미스터
세바스찬과
검둥이
마술사

MR. SEBASTIAN AND THE NEGRO MAGICIAN
by Daniel Wallace

Copyright ⓒ Daniel Wallace, 2007
All rights reserved.

Korean Translation Copyright ⓒ MUNHAKDONGNE Publishing Corp., 2011
This Korean edition is published by arrangement with
Daniel Wallace c/o Regal_Literary Inc. through Shinwon Agency Co.

이 책의 한국어판 저작권은 신원 에이전시를 통해
Daniel Wallace c/o Regal_Literary Inc.와 독점 계약한 (주)문학동네에 있습니다.
저작권법에 의해 한국 내에서 보호를 받는 저작물이므로
무단 전재 및 무단 복제를 금합니다.

이 도서의 국립중앙도서관 출판시도서목록(CIP)은
e-CIP 홈페이지(http://www.nl.go.kr/ecip)에서 이용하실 수 있습니다.
(CIP제어번호: CIP2011000700)

미스터 세바스찬과 검둥이 마술사

대니얼 월리스 장편소설 ｜ 엄일녀 옮김

문학동네

나의 아이들
애비, 릴리언, 헨리에게

차례

긴 이야기 • **011**

비밀의 개 • **060**

제러마이어 모스그로브의 일지에서 • **106**

골화증 아가씨의 러브송 • **153**

잃어버린 시간 • **259**

정의 • **273**

드라이브 • **335**

감사의 말 • **353**

옮긴이의 말 • **355**

1959년 7월 2일

사랑하는 해나에게

네게 할 얘기가 있단다.

네 오빠 헨리를 땅에 묻고 집으로 돌아온 뒤 나는 다시 앨라배마로 갔다. 그래야만 했어. 내가 모르고 살았던 그 모든 일에 대한 중압감 때문에 다시 그곳으로 이끌려가고 말았지. 거기서 헨리가 생의 마지막 몇 년간 함께 일했던 그의 마지막 친구들하고 얘기를 나눌 기회가 있었단다. 너도 잠깐 그 사람들을 만난 적이 있잖니. 그땐 참 이상한 사람들이라고 생각했지. 무슨 끔찍한 악몽에서 튀어나온 사람이라도 보듯 우릴 쳐다보던 눈빛하며, 비통함에 거의 얼이 나간 모습하며. 하지만 나는 그들이 나한테 해줄 말이 있다는 걸 알았고, 뭔가 들을 수 있으리라 기대하며 그들을 찾아갔단다. 그리고 진짜로 얘기를 들었지. 그 사람들 알고 보니 아주 친절하고 싹싹하더구나. 특이한 직업과 괴상한 생김새로 우리가 지레짐작했던 것과는 전혀 달랐단다. 너한테는 서배너로 출장 간다고 거짓말했는데, 이해해주기를 바란다. 나는 헨리에 대해 알 수 있는 것은 뭐든 다 알고 싶었단다. 그를 뇌리에서 지울 수가 없었어. 마지막 날 그의 표정을 잊을 수 없다. 그 표정은 꿈속까지 날 쫓아왔고, 죽을 때까지 쫓아다닐 거야. 내가 잘못한 건 없지. 하지만 마치 이런 거야. 망망대해에서 두 자리밖에 없는 보트를 타고 있는데, 헨리가 저만치 바다 위에서 날 부르며 팔을 뻗어…… 그런데 나는 가라앉는 그애를 그저 바라보고만 있었던 거지.

　이것이, 여기 쓴 내용이 내가 알아낸 전부란다. 우린 우리가 이렇게 살리라곤 전혀 예상치 못했고, 분명 헨리도 자신이 그렇게 살 거라고는 예상치 않았을뿐더러 바라지도 않았을 거야. 차이가 있다면, 우린 운이 좋았고 헨리는 아니었다는 거겠지. 내 마음 한구석에서는 헨리가 영원히 수수께끼로 남았으면 하지만, 그래도 역시 사람에 관해서는 최대한 속속들이 아는 편이 나을 것 같다. 특히 우리 가족—때론 가장 속을 알 수 없는 게 가족이지—에 관한 일이라면 더더욱. 언젠가 네 아들이, 우리 손자가 이 글을 읽을지도 모르겠구나. 내 생각엔 그 아이가 헨리의 이야기를 알고, 거기서 우리가 차지했던 역할을 아는 게 중요할 것 같다. 나는 아무것도 잘못한 게 없지만, 그래도 네가 날 용서해주기를 바란다.

　　　　　　　　　　　　　　　　　　　　　　　제임스

긴 이야기

1954년 5월 20일

'제러마이어 모스그로브의 차이니즈 서커스단'의 경영자 제러마이어 모스그로브는 사 년 전, 즉 20세기가 딱 절반을 찍은 그때 헨리 워커를 고용했는데, 헨리가 사무실로 걸어 들어오자마자 그 자리에서 바로 채용했다. 사실 마술사가 필요하긴 했다. 제러마이어는 루퍼트 캐번디시 이후로 거의 일 년이나 마술사 없이 쇼를 꾸려왔다. 그의 풀네임은 루퍼트 캐번디시 경이었고, 손재주 좋은 요술쟁이였다. 탈곡기에 손가락을 왕창 잘리기 전까지는. 한동안은 그를 손님의 몸무게와 나이를 맞히는 추측자로 계속 데리고 다녔는데, 항상 둘 다 높게 잡는 바람에 사람들이 슬금슬금 그를 피하기 시작했다. 제러마이어가 캐번디시 경에 대해 들은 마지막 소식은 어느 양계장에서 닭 잡는 일을 구했다는 것이었다. 그 이후로는 끝이었다. 마술 없는 서커스는 앙꼬 없는 찐빵 아닌가. 그런 걸 서커스라고 부를 수나 있나.

경영권을 인수하기 전, 온몸에 털이 덥수룩하게 난 거구의 제러마이어는 '곰 사나이'였다. 손가락 끝과 번들거리는 뺨은 그에게도 피부 거죽이 있다는 유일한 증거였다. 그래도 그는 늘 꿈이 있었고, 서커스단의 전 소유주가 죽었을 때(놀랍게도 괴상한 사건이 줄줄이 터지는 이 기인 별종들의 세계에서 그는 자연사했다) 압도적인 덩치와 말발을 앞세워 왕관을 이어받은 뒤 쭉 왕좌에 머물렀다. 그가 왕위에 오른 후 달라진 건 아무것도 없었고, 다만 이름이 바뀌었다. 서커스단에 중국과 관련된 거라곤 터럭 하나도 없었건만 제러마이어는 그 발음이 마음에 들었다. 그래서 차이니즈 서커스단이 됐다.

헨리가 왔던 날, 제러마이어의 사무실은 베니어합판을 목마 두 마리 등 위에 걸쳐 만든 판때기 책상과 의자 하나가 전부였다. 벽도 천장도 없었고, 지푸라기와 말똥이 카펫을 대신했으며, 제러마이어가 서커스 천막을 세우려고 점찍은 공터 끄트머리에 있었다. 헨리는 난데없이 불쑥 나타났다. 나중에 헨리가 혼자 먼 길을 헤매는 것을 봤다든가 하수구에서 기어나오는 것을 봤다든가 하는 미스터리한 출현담이 떠돌았지만, 그것은 사 년 뒤에 일어난 미스터리한 실종에 구색을 맞춘 얘기였다.

"할 줄 아는 걸 해보시오." 제러마이어는 아주 사무적인 태도로 헨리에게 요구했다. 그러나 허약하고 깡말라 비틀거리던 헨리는 할 줄 아는 게 거의 없었다. 부들부들 떨리는 손으로 주머니에서 꺼내든 낡은 카드 한 벌은 축제 때 뿌리는 색종이처럼 바닥에 흩어졌다. 마침내 헨리는 카드 한 장으로 꽃 한 송이를 만들어내고 물을 와인으로 바꾸는 데 성공했다. 하지만 말이야 바른 말로, 그는 근사한 겉모습 외에는 별 볼일이 없었다. 키가 크고 뼈만 앙상한 헨리는 불운해 보였고, 무엇보다 흑인이었다. 녹색 눈의 흑인— 검둥이—이라는 게 결국 제러마이어가 그를 채용한 결정적인 이유였다. 이 바닥에서 마케팅에 유용하다는 건 무시할 수 없는 메리트다. 사실 젖소가 별거 아니듯 마술사도 별거 아니다. 그러나 검둥이 마술사라면, 요컨대 머리 둘 달린 젖소라면 얘기가 다르다. 오히려 중국 기예보다 더 낫다. 제러마이어는 헨리가 눈이 휘둥그레질 만한 마술을 전혀 보여주지 못해도(헨리는 그후 몇 년간 성공적인 공연을 했음에도 자신이 무능력하다고 생각했다) 상관없다고 생각했고, 적어도 자신이 밥벌이하는 이 남부 소도시의 대중을 상대로는 사실상 무능력한 편이 더 유리할 거라고 보았다. 그는 헨리를 채용했고, 그의 예상은 적중했다. 검둥이의 망신은 신나는 구경거리였다. 그것은 삶을 긍정하게 만들었다. 백인 마술사가 헨리처럼 공연한다면, 그러니까 카드를 뒤적이다 떨어뜨리고, 양복 저고리 속에 넣은 비둘기를 잘못해 질식사시키고, 여자를 톱으로 자르는 마술을 하다 진짜로 자른다면(응급처치를 해서 여자는 괜찮았다) 단순히 한심하기 그지없는 서글프고 처량맞은 쇼였을 것이다. 그러나 검둥이 마술사 헨리, 끝내주게 마술 못하는 검둥이 마술사는 그저 코미디였고, 봐도봐도 질리지 않았다. 매일 밤 그의 공연을 보려는 관중이 천막을 가득 메웠다.

헨리가 세 젊은이를 만난 그날 밤에 그 젊은이들은 그의 공연을 처음 보는 게 아니었다. 그때가 세번째였다. 헨리는 세 사람이 눈에 익었고—셋이 서로 얘기하는 걸 우연히 들었다—이젠 셋을

긴 이야기 13

구분할 수도 있었다. 타프, 콜리스, 제이크. 셋 다 청소년기의 끝물에 들어선 나이였다. 타프는 야비하고 무자비하고 노끈처럼 비쩍 마르고 끈질겼다. 콜리스는 지방과 근육으로 똘똘 뭉쳐 몸집은 말만 했지만 머리는 새대가리였다. 그리고 제이크. 조용하고 순한 제이크는 타프의 동생이었다. 딱히 해를 끼치진 않지만 그렇다고 도움이 되는 타입도 아니었고, 형 타프의 깡과 콜리스의 덩치에 주눅들어 있었다. 매일 밤 세 사람은 조금씩 앞쪽으로 당겨 앉았고, 이제 맨 앞줄에 딱 붙어 있었다. 헨리의 공연 천막은 그리 크지 않았지만—모두가, 심지어 뚱보 아줌마조차 그보다 더 넓은 천막을 썼다—그래도 만원은 만원인지라 그나마 소소한 즐거움 혹은 조그만 위안 같은 것이 있었다. 커튼 사이로 힐끗 내다보고, 전략적으로 무대 주변을 관객 시야에서 숨기려고 드라이아이스가 담긴 양동이에 물을 한 통 쏟아부으면서, 헨리는 성공에 대한 환상을 품었다. 그가 처한 현 상황에서는 당연히 그래야 했다. 환상은 헨리의 인생 그 자체였다.

막이 올랐다. 흔한 수법으로 널빤지에 매단 손전등 세 개가 마술사의 등장에 앞서 카펫처럼 깔린 뿌연 연기에 세 줄기 빛을 쏘았다.

그의 공연은 마술쇼라고 하면 흔히 상상하는 그런 것의 패러디였다. 그는 검은색 연미복을 근사하게 차려입고 하얀 셔츠에 나비넥타이를 매고 운두 높은 실크해트를 썼다. 갖출 건 다 갖춘 셈이었다. 때론 이 옷차림만으로도 객석에서 낄낄거리는 웃음이 터져나왔다. 하지만 제러마이어는 그대로 밀고 나갔다. "기대는 저버리지 말아야지. 마술 본편은 꽝이더라도."

여기에 헨리의 표정이 양념을 더했다. 그는 죽도록 진지했다.

무대에 설 때는 절대 관객에게 웃음을 보이지 않았다. 웃는 건 나중이다. 흑인이든 백인이든 상관없이 자꾸 눈이 갈 만큼 잘생긴 사내였기 때문에 그는 표정 하나만으로 관객을 몽땅 손아귀에 쥐고 쥐락펴락했다. 그의 외모는 독보적이었다. 키도 크고 어깨도 넓고 다리도 장대같이 길었다. 수척한 얼굴은 하도 말라서 생김새가 한눈에 들어왔다. 높은 광대뼈, 강인한 턱, 넓은 이마, 길쭉하고 높은 코. 그래도 역시 치명적으로 매혹적인 부분은 바로 눈이었다. 아몬드처럼 생긴 눈은 에메랄드그린색이었다. 매일 저녁 헨리는 오늘밤에야말로 자신의 힘이 돌아올지도 모른다고 믿었다. 무대에 오르기 전에 특별한 사건은 하나도 일어나지 않았지만, 영적 부활이나 접신도 없고, 요컨대 마술 같은 일은 전혀 없었지만, 헨리는 그런 일이 생겼을 때, 가령 생긴다 치면 준비된 상태이고 싶었다. 그에 적합한 상태이고 싶었다. 그래서 최소한 공연이 시작되기 직전에 헨리는 꿈에 부풀어 있었다. 그래야 할 이유가 전무한 순간에도.

그의 힘은 순전히 추억일 뿐이지만 몹시 강력했고, 세상 어느 누구도 상상하지 못할 만큼 그가 강했던 무렵의 추억이었다. 이제 와선 아주 먼 옛날 이야기이고 완전히 별개의 삶이지만. 그러나 그때의 기억은 그의 눈 속에, 두려움 없는 표정에, 몸짓 그 자체에 깃들어 있었다. 그는, 그저, 자신감이 넘쳤다. 그리고 이 또한 관객에게는 재미난 볼거리였다.

재미난 볼거리이자 짜증 유발 요인이기도 했는데, 특히 콜리스와 타프에게 그랬다. 두 사람의 표정에서, 자세에서, 행동에서 헨리는 짜증을 읽었다. 어젯밤에 헨리가 무대에서 걸어나오자 타프가 바닥에 깔아놓은 톱밥에 침을 뱉었다. 콜리스는 오만상을 찌푸렸다. 마지막으로 제이크는 커튼처럼 눈을 가린 가늘고 긴 뱅 스타일 앞머리를 쓸어올리며 미소 지으려 애썼다. 그들은 이제 막 다 자라서 성년에 가까워졌지만, 제이크의 얼굴은 아직도 어린 소년처럼 경탄을 표현할 수 있는 여지를 품고 있었다. 제이크는 심지어 셋째 날 밤에도, 이미 두 번의 비참한 실패를 목격한 후에도 여전히 이번에야말로 뭔가 근사한 일이 벌어질 거라는, 오늘 저녁에는 진짜 마술의 세계를 제대로 경험하리라는 기대를 헨리와 나누어 가진 것 같았다. 제이크가 점차 실망하는 모습을 지켜보는 것은 헨리에게도 고역이었다. 그 자신이 안고 있는 낙심의 상처에 소금을 뿌리는 격이었다.

그날 밤, 마지막 손님까지 들어와 천막이 가득 찬 뒤 헨리는 바람잡이 JJ가 날이면 날마다 읊어대는 대사를 들었다. 매일 토씨 하나 안 틀리고 똑같았지만 JJ는 용케도 설교단에 처음 선 목사처럼 한마디 한마디에 충만한 에너지를 불어넣었다. 자자, 신사 숙녀 여러분, 날이면 날마다 오는 마술사하고는 차원이 다릅니다. 여러분이 힘들게 번 돈을 그깟 흔해빠진 마술쇼, 그러니까 어느 얼간이가 모자에서 토끼나 꺼내고 미인을 톱으로 자르고 아니면 신사분의 부인을 영원히 사라지게 만들고─물론 정 원하신다면 선생님, 우리 마술사가 그렇게 해드릴 수도 있지만요(아하, 진짜로 마누라가 좀 없어졌으면 하고 바라시는군요)─하여간 제가 그런 쌔고 쌘 구경이나 하시라고 여러분을 모실 사람으로 보입니까? 아니죠! 저는 그런 지루하고 무의미한 농간에 여러분의 시간을 낭비하게 할 사람이 아닙니다! 왜냐면 이 낡아빠져 반쯤 기울어진 천막 너머에서 그딴 것과 비교도 할 수 없는 엄청난 인물과 사건이 기다리니까요. 왜냐면 이 남자는 악마를—진짜 악마라니까요!—직접 대면하고 루시퍼의 가장 사악한 비밀을 지니고 왔으니까요. 앞으로 그가 밝힐 비밀은 여러분의 혼에 바로 꽂혀 넋을 앗아갈 겁니다. 그러나 그는 오직 보여주기만 할 뿐 말로는 하지 않습니다. 진정한 마술이란 바로 이런 거죠.

헨리와 JJ는 친구였다.

그날 밤 타프 일행은 돈을 내지 않으려고 했다. 헨리는 그들이 입구에서 JJ와 입씨름하는 소리를 들었다. 타프가 말했다. 우린 저 치의 공연을 벌써 두 번이나 봤다구. 아주 개떡 같았지. 오, 주여. JJ가 응수했다. 듣고 있자니 음식값 비싸다고 투정부리는 여편네 같구먼. '맛도 더럽게 없는데 양도 적잖아!' 뭐 이런 건가? 어쨌거나 JJ는 그들을 들여보내줬다. 누구라도 들여보내줬을 것이다. 콜리스가 그 우람한 팔로 한번 비틀기만 하면 이승과는 안녕해야 했을 테니.

그리하여 막이 올랐다. 무릎께까지 차오른 연기 속으로 미끄러지듯 걸어나온 헨리는 무대 끝에 서서 관중을 훑어보았다. 그리고 입을 열었다. 그의 낮은 음성에는 필연적인 실패, 그것도 아주 기차게 실패할 수밖에 없음을 이제야 알게 된 남자의 우수가 어려 있었다.

"잘 오셨습니다, 친구들이여. 나는 검둥이 마술사 헨리 워커입니다. 그러나 오늘밤 여러분이 목격할 마법은 나의 것이 아닙니다. 여러분의 얼을 쏙 빼놓을 환상, 그것이 어떤 식으로 이루어지는지 내 입으로는 말씀드릴 수 없습니다."

"거지 같지." 타프가 다른 사람들에게도 다 들리게 말했다. "거지같이 이루어진다는 건 하느님이 아시지."

헨리는 타프 쪽을 힐끗 쳐다봤다.

그리고 계속했다. "흑마술은 다양한 이유로 사악하고 다양한 방식으로 사악하지요. 오직 악마만이 그 원천을 알고 있습니다. 왜냐면 흑마술은 악마가 직접 행하는 거니까요."

"말 한번 잘했네." 타프가 이죽거렸다.

"마음을 여세요." 헨리는 말을 이었다. 관객이 자신보다 타프를 더 자주 쳐다보는 것 같았다. "이 세상에서 마법이 일어날 수 있다고 생각하신다면, 오늘밤 여러분의 세계에서 마법을 보게 될 것입니다."

"행여나." 타프가 말했다.

물론 타프의 말이 옳았다. 애당초 시작부터 그른 공연은 우울한 모양새로 갈 데까지 갔다. 헨리는 처음 카드 한 벌을 꺼낼 때부터 손이 떨렸고 이내 몇 장을 바닥에 떨어뜨렸다. 카드가 그의 발치에 엎어져 떨어졌다. 헨리는 재빨리 무릎을 꿇고 카드를 그러모으면서 교묘히 패를 나누고 정돈하는 척했다. 관객 사이에 벌써 초조한 기운이 퍼졌다. 얼마나 더 나빠질 수 있을까? 사람들은 궁금했다. 망가지는 방법이 얼마나 많을까? 실상 사람들이 직접 보고자 한 것은, 여기 와서 알고자 한 것은 바로 그런 것이었다. 인생의 사다리에서 얼마나 추락했든, 지금 자신이 처한 상황이 얼마나 비참하든 혹은 앞으로 비참하게 되든 자기 밑에서 바닥을 깔아줄 누군가는 항상 있을 터였다. 그 사람의 이름이 헨리 워커가 아닐까?

그래도 카드를 다시 모으는 그의 몸짓은 제법 그럴듯했다. 거의 내가 언제 떨어뜨렸냐 하는 수준이었다. 헨리는 관중을 향해 환히 웃어 보였다. 이는 새하얗고 가지런했으며 눈빛은 굳건하고 맑았기에, 그 미소는 그의 자신감이 전혀 손상되지 않았음을 증명했다. 금 하나 가지 않았다. 이런 일은 누구한테나 일어날 수 있고, 일부러 실수해서 사랑받으려는 일종의 귀여운 수법일지도 모른다. 누가 알겠는가? 지금부터 얼을 쏙 빼놓을 마술로 여러분께 즐거움을 선사하겠지만, 사실 난 여러분과 하나도 다를 바 없답니다. 이웃집 청년처럼 나도 실수를 합니다. 나는 결코 완벽한 인간이 아닙니다. 당신이나 옆사람이나 그 옆사람처럼 말이죠.

그러나 오늘밤에는 뭔가 색다른 기운이 감돌았다. 보통 헨리의 관객은 단순히 즐기기 위해 오는 평범한 사람들이었다. 지금 이 순간, 미치광이와 기인과 인생낙오자로 가득 찬 한밤중의 사이드쇼*가 벌어지는 작은 천막에서 실수 연발 검둥이 마술사를 좋아하지 않을 사람이 어디 있겠는가? 다들 좋아했다. 어느 천재가 KKK단을 창안한 곳에서 그리 멀지 않은 이곳 북부 앨라배마에서조차 사람들은 발이 셋뿐인 강아지를 귀여워하듯 그를 예뻐했다. 여기 사람들은 세상을 바라보는 방식이 좀 특이했다. 우리 집에는 절대 놈을 들이지 않을 거야. 놈이 우리 딸을 쳐다본다면 눈깔을 빼버려야지. 하지만 뭐, 확실히 놈이 마술 한두 가지쯤은 보여줄 수 있지 않겠어? 그 정도는 괜찮아. 그러나 오늘밤 천막 안은 희생자를 던져주지 않으면 가라앉힐 수 없는 진짜배기 증오와 굶주린 악의로 숨 막힐 것 같았다.

헨리가 산뜻하게 카드를 부채꼴로 펼쳐 보이자 콜리스는 목청을 가다듬었다. 타프는 껄껄 웃었다. 제이크는 애처로운 표정으로

---

* 서커스 본공연과는 별도로 소규모로 벌이는 다양한 쇼.

고개를 설레설레 저었다. 헨리는 세 사람 쪽을 흘끗 쳐다봤고, 순간 얼굴에서 핏기가 싹 가셨다.

카드 한 장이 타프의 손에 있었다. "뭐 찾는 거 있어?" 타프가 물었다.

헨리는 억지웃음을 지었다. "네." 그는 빈손을 내밀며 대답했다. "고맙습니다."

그는 카드를 향해 손을 뻗었고 막 카드를 잡으려는 찰나 타프가 손을 뒤로 뺐다.

"카드 좀 주시겠어요? 부탁드립니다." 헨리는 정중히 요청했다.

"줄 거야." 타프가 말했다.

"감사합니다."

"하지만 그 전에," 타프는 말을 멈추고 헨리가 당황하는 모습을 보며 시간을 끌었다. "그 전에 먼저 이 카드가 뭔지 말해봐. 너같이 그…… 뭐냐…… 그……" 타프는 단어가 떠오르지 않는지 제이크를 팔꿈치로 꾹 찔렀다.

"……경이적인." 제이크가 조용히 답했다.

"그래, 그거 말이야. 너같이 경이적인 재능을 지닌 사내라면 그리 어려운 일은 아니겠지?"

"어느 카드를 말씀하시는 겁니까?" 헨리가 물었다. "지금 선생님이 가슴에 얹고 있는 그 카드 말인가요?"

"그래."

그 말에 몇몇 관객이 웃음을 터뜨렸다. 하지만 사람들은 모두 헨리의 난감한 처지에 시선을 고정했다. 어느 누구도, 단 한순간도, 이것이 공연의 일부라고 생각하지 않았다. 다들 무슨 일이 벌어지는지 정확히 알았고, 하느님 맙소사, 아주 시작부터 엉망이었다. 타프는 카드를 가슴팍에 대고 맑은 눈빛의 헨리를 쳐다보았다. 저놈이 감히 한번 추측을 해보려나 아니면 그게 여의치 않아 힘으로 카드를 뺏으려나. 헨리가 자기 쪽으로 다가오자 타프는 그가 진짜로 빼앗아가려는 줄 알았다.

그러나 몇 발자국 앞에서 헨리는 걸음을 멈췄다.

"저는 기억력이 아주 비상합니다." 헨리가 말했다. "한 번 본 것은 다 기억하지요. 예를 들어 선생님." 그는 셋째 줄에 앉은 농부를 가리켰다. "선생님의 왼발 밑창에 팝콘 한 알이 붙었습니다." 농부는 신발 밑을 보며 속으로 생각했다. 안 그러면 어쩔 건데? 그리고 여기저기서 탄성이 흘러나왔다. "그리고 거기 아가씨." 그는 농부 바로 뒤에 앉은 젊은 여자를 바라보았다. "원피스에 붙은 가격표를 떼셔야 할 것 같아요. 그렇게 멋진 옷이 오 달러라니 정말 싸게 잘 사셨지만, 우리 모두가 그 사실을 알 필요는 없겠지요." 여자는 민망한지 얼굴이 새빨개졌다. 헨리는 타프를 쳐다보았다. "이렇듯 저는 이 한 벌에 든 쉰두 장의 카드 하나하나를 전부 기억합니다. 제가 들고 있는 카드를 0.5초만 보면 저한테 없는 게 뭔지 말할 수 있죠."

그는 잠시 타프가 이 말을 이해할 시간을 주었다.

"하지만 그건 너무 쉽죠. 선생님은 그 카드가 뭔지 아니까, 사실 지금 그 카드 외에 다른 것은 생각할 수 없을 테니까 선생님의 머릿속을 읽는 편이 더 인상적이겠군요. 물론 그건 전혀 쉬운 일이 아닙니다."

헨리는 눈을 감고 준비 자세에 들어가 심호흡을 했다. 이윽고 그의 얼굴에 당황한 기색이 떠올랐다. "지금…… 지금 좀 찾기가 힘들군요. 그러니까 선생님의 머리 말입니다. 어디 두셨죠? 아, 저기 있군요. 너무 작아서 놓칠 뻔했어요!"

헨리는 온화한 어조로 명랑하게 얘기했고, 사람들은 즐거워하며 웃고 또 웃었다. 제이크까지 살짝 미소를 지었다. 하지만 타프와 콜리스는 웃지 않았다.

헨리는 마법을 쓰듯 우아하게 손을 허공에 흔들었다. "아, 이제 카드가 보입니다…… 좀더 가까이, 좀더 명확하게. 자, 이제 봤어요. 카드가 안개 속에서 떠올라 저한테 살며시 보여줬어요. 네, 분명히 봤습니다."

헨리는 눈을 번쩍 떴다. "하트 3입니다."

타프는 얼이 나간 듯 꿈쩍도 하지 않고 헨리를 쳐다보다 이내 불쾌한 미소를 억지로 짓고는 헨리에게 카드를 확 집어던졌다. 스핀을 세게 먹은 카드는 날아와서 헨리의 가슴팍을 쳤고, 헨리는 땅에 떨어지기 전에 카드를 잡아서 관객에게 보여주었다. 다들 신이 났다.

하트 3이었다.

"감사합니다." 헨리는 모자를 살짝 들고 고개를 숙이며 인사했다. "감사합니다." 그는 박수갈채가 잠잠해질 때까지 기다렸다. "하지만 이건 마술이 아닙니다. 마술은, 진짜 마술은 이것과는 전혀 차원이 다릅니다. 이건 그냥 트릭이죠." 그는 카드 한 벌을 다 펼쳐서 관객에게 보여주었다. 쉰두 장의 카드가 몽땅 다 하트 3이었다. 그걸 보고 관객은 더욱 신이 났다. 한 사람을 이렇게 간단히 바보 천치로 만들다니. 오직 타프만 부르르 떨었고, 제이크는 헨리를 한 대 치려는 타프를 말리며 계속 붙잡고 있었다.

당시 그들의 속셈에 어떤 수상한 점이 있었다 해도 그 순간에는 확실히 기를 죽였음을 헨리는 알았다. 어쨌든 사달은 나게 마련이었다, 조만간.

나머지 공연에서는 아주 망신살이 뻗쳤다. 첫번째 트릭의 우연한 성공은 대여섯 개의 황당한 재앙으로 이어졌고 관중은 냉담한 반응을 보이며 실망감으로 술렁거렸다. 누가 헨리에게 얼음덩이를 던졌다. 반 발자국 빗나갔다. 공연 말미에는 호의적인 시선이 단 하나도 보이지 않았다. 타프와 콜리스에게는 천국이었다. 헨리는 항상 재난을 통해 배우면서 꿋꿋하게 애써 태연한 척했다. 가령 오늘밤 같은 경우에는 앞으로 계란 저글링은 절대 프로그램에 넣지 않으리라 맹세했다. 그런 식으로 밤이면 밤마다 그의 마술보따리는 줄어들었다. 헨리는 그의 보조(마지라는 이름의 가출 청소년에 불과했다)가 지난번에 반으로 자르는 마술에서 입은 부상이 아직도 낫지 않아 못 나온 바람에 식은땀을 흘리며 홀로 무대를 지켜야 했다. 도대체 얼마나 깊은 나락으로 추락한 걸까. 화려했던 과거의 추억이 헨리를 조롱했다. 위대한 사람들은 자신이 이룩한 업적의 영광을 되새기며 산다. 나락으로 추락한 사람은 **자신**이 아니라 잘 모르는 다른 사람인 것 같았다. 아주 초보적인 마술, 가령 손바닥에 동전 감추기, 스카프 숨기기, 성냥갑 없애기, 비둘기 꺼내기 같은 것조차 그의 능력 밖이었다. 게다가 그런 것은 그날 모인 사람들 앞에서 헨리가 자기 입으로 털어놓았듯 마술도 아니었다. 그냥 **트릭**이었고 누구나 배우면 할 수 있었다. 누구나…… 물론 헨리도 애초에 전부 마스터한 트릭이었다. 그는 지금도 꾸준히 연습했다. 오래전에 은퇴한 운동선수가 메이저에서 다시 부르면 언제라도 달려갈 수 있게끔 몸을 계속 관리하는 것처럼, 헨리도 카드 뽑기, 컵앤볼, 슬리빙 코인* 같은 다들 알 만한 기초 마술을 밤낮으로 갈고닦았다. 그러나 이제 그는 그런 기초 마술조차 성공률이 제로라는 사실을 깨달았다. 칼을 삼켰다간 바로 죽음이었다. 그가 가진 섬팁**은 피부색이 달랐다. 서커스단 전체를 날려버릴까봐 두려워 불을 뿜지도 못했는데, 불쇼를 못하는 마술사는 정식 마술사라고 할 수도 없었다. 헨리도 알다시피 세계 최초의 마술사는, 헨리도 한때 그와 맞먹는 실력이었는데, 불쇼를 고안한 장본인이었다.

늘 그렇듯 병아리 눈물만큼 찔끔거리는 박수와 함께 막이 내렸고, 헨리는 허리를 숙이고 커튼 뒤로 물러나 천막 뒤쪽 차양을 빠져나와서 서커스장 끄트머리까지 걸었다. 그는 걸음을 멈추고 한밤의 똥냄새 나는 달콤한 공기를 들이마시며 눈을 감았다. 또 한 차례의 비참한 공연이 끝났다. 저쪽에서는 바람잡이들이 호객하는 소리가 들리고 이쪽에서는 아이들 주려고 박제 상품을 노리는 아버지들과 기진맥진한 아기를 재우려는 어머니들이 보이는 가운데, 헨리는 어둠 속에 홀로 서서 그저 그들이 오기만을 기다렸다. 다른 사람들 속에 섞이는 것은 물론 불가능했다. 밤이 되면 헨리는 이 근방에서 유일한 검둥이였다. 여기 노란색, 빨간색, 형광오렌지

---

* 차례로 컵과 공 세 개를 가지고 공을 없애거나 위치를 바꾸는 마술, 동전을 소매 속에 숨겨 사라지게 만드는 마술.
** 마술사가 물건을 숨기는 트릭에 사용하는 가짜 엄지손가락.

색의 현란한 조명 아래서 괴물처럼 생긴 기형들조차―어차피 그들 중 대다수는 거울 속임수를 이용한 가짜 기형이었다―검둥이보다는 자유롭게 활보했다. 몹시 발랄해서 사람을 끌고, 무척 귀에 거슬려서 사람을 지치게 하는 장터의 애처로운 음악은 그곳의 냄새와도 어울리지 않았고(공중화장실은 매일 저녁 여섯시면 문을 닫았다), 그곳에서 일하는 사내와 여자하고도 어울리지 않았다. 그들의 마르고 핼쑥한 얼굴에 박혀 있는 퀭한 눈은 꼭 당신만 보는 것 같고, 노점 앞을 오가는 많은 사람 가운데 하필 꼭 당신만 찍어서 말을 건다. 한번 해보세요, 빗나갈 리 없다니까요, 첫판은 무료예요.

타프의 손이 헨리의 어깨에 닿자 헨리는 돌아섰다. 타프는 막대기 두 개를 조그만 놋쇠못으로 고정시킨 작은 나무 십자가를 호주머니에서 꺼내들었다.

"우리는 하느님의 전령일세, 미스터 워커." 타프가 말했다. "우리는 일을 바로잡기 위해 여기 온 거야."

"일이 그렇게 된 겁니까?"

"그렇게 된 거지."

"이거 좀 얼떨떨한데요. 하느님은 오랫동안 제 공연을 안 보셨거든요."

"참새 한 마리가 땅에 떨어지는 것도 하느님의 뜻이니라."

혹시 누구 보는 사람이 없나 헨리는 주변을 둘러보았다. 아무도 없었다. 늘 그렇듯 믿을 건 자신밖에 없었다.

"공연이 여러분의 기대에 못 미쳐 죄송합니다." 헨리는 말했다. "제 기대에도 미치지 못한 쇼였어요. 그래도 여러분이 지불한 몫만큼은 됐을 겁니다."

"우린 돈 안 냈는데." 콜리스가 말했다.

타프가 콜리스를 흘끗 노려봤다. "지금 놈이 그걸 꼬집은 거야, 콜리스."

"어."

제이크는 두 사람 뒤에서 그림자에 파묻혀 서성였다. 앞머리가 다시 내려와 눈을 가렸다. 그는 신발 앞코로 흙을 파다 종종 눈을 들어 헨리와 두 사람을 살피고 다시 혼잣속으로 기어 들어갔다. 그는 거의 있으나마나 한 존재였다.

"그래서 하느님이 당신에게 말씀하셨습니까?"

타프는 고개를 끄덕였다. 그리고 작은 십자가를 보았다. "그분은 누구에게나 말씀하신다네, 미스터 워커. 다만 듣는 이에 따라 차이가 나는 거지."

"그분이 뭐라고 하셨습니까?"

타프는 눈을 껌벅였다. 눈을 뺀 나머지 부분은 미동도 없었다. "흠, 아주 많은 말씀을 하셨지. 말이 많은 분이시거든. 하지만 지금 이 순간에 관련된 얘기라면 이렇게 말씀하셨지. 그분 생각에는 흑인 마술사보다 백인 마술사가 더 나은 듯하다고."

헨리는 이 말에 대해 생각해보았다. "그분이 그렇게 말씀하셨다구요? 그것도 좀 얼떨떨한데요. 왜냐면 백인 마술사 중에도 더 나은 사람이 있고 안 그런 사람이 있거든요. 피부색은 실력과 별 상관이 없습니다. 죄송하지만 백인 마술사도 여러분을 실망시킬지 모릅니다."

"그건 내 눈으로 직접 확인해보도록 하지." 타프가 말했다.

한마디 할 때마다 콜리스와 타프는 헨리에게 조금씩 다가섰고,

이제 그들은 코앞에 와 있었다. 헨리는 조용히 심호흡을 몇 번 하고 기다렸다. 맞서 싸우지는 않을 것이다. 그들과 싸울 무기도 뭣도 없었다.

"그래서…… 이젠 어쩌지요?" 헨리가 물었다.

"이제? 글쎄, 그 카드 트릭만 아니었다면, 그 하트 3으로 농간한 거 말이야. 아마 몇 대 치고 듣기 안 좋은 소리 좀 하고 우리 갈 길을 갔겠지. 하지만 이젠 우리하고 드라이브 좀 하셔야겠어."

콜리스가 헨리의 팔을 잡았다. 비틀어 꺾는 아귀힘에 뼛속까지 찌릿했다. "하트 3이라." 콜리스가 헨리의 귀에 대고 숨을 뿜었다. "타프한테 왜 그랬을까나?"

콜리스가 헨리를 어두운 곳으로 끌어당겼을 때 삼류 떠돌이극장의 신파극에서나 있을 법한 일이 벌어졌다. '세상에서 제일 힘센 사나이' 루디와 마주친 것이었다. 루디는 세상에서 제일 힘센 사나이는 아니었고 전국의 서커스 흥행단만 놓고 봐도 가장 힘센 사나이는 못 됐지만(트레일러 운전사인 쿠트가 그 영예를 요구했다), 위스키가 북돋아준 정신 나간 무모함으로 그것을 대신했다. 루디가 강철막대기를 엿가락처럼 휠 수 있었던 것은 순전히 알코올의 힘이었다. 루디의 이는 돌을 우적우적 씹느라 다 나갔다. 머리로 널빤지를 격파하느라 뺨과 이마와 커다란 코는 상처와 멍이 가실 날이 없었다. 그의 공연은 그날그날 관객이 던져주는 격파 물품에 따라 달라졌고, 그는 지금까지 한 번도 도전을 거부하지 않았다. 몇 달 전 아침에 헨리는 사 년 만에 처음으로 술에 취하지 않은 말짱한 루디를 보았다. 루디는 망가진 몸뚱이를 한탄하며 이렇게 먹고사는 자기 신세가 처량해서, 또 엉덩이 가벼운 매표원 욜란다와의 관계 때문에 흐느껴 울었다. 가슴 아픈 광경이었고 애틋한 현실의 역습이었다. 그러나 버번 4분의 1 병이면 고치지 못할 게 없었다. 맨정신일 때 그의 삶은 휘청거렸다. 술에 취했을 때 그는 '세상에서 제일 힘센 사나이'였다.

루디는 다가와서 헨리의 등짝을 한 대 퍽 후려치고는 세게 포옹한답시고 바싹 끌어안았다. 콜리스는 손을 놓고 말았다. 루디는 지금 기분이 아주 좋았다. 숨결에서 위스키 냄새가 났고 온몸에서 정말이지 힘이 넘쳐흘렀다. 보아하니 욜란다의 트레일러에서 막 나온 모양이었다. 욜란다와 일을 치른 직후의 루디는 어느 때보다 활기찼다. 그녀가 루디 전에 얼마나 많은 남자를 만났든 욜란다와 함께 있을 때가 그에겐 하루 중 최고의 시간이었다.

루디는 한눈에 헨리가 위기에 처했음을 알아차렸다. 루디는 절대 우둔한 사내가 아니었다. 그는 호탕하게 웃으며 쾌활하게 헨리를 끌어안았지만, 곧장 몸이 굳어 침묵에 잠긴 채 단번에 사태를 파악했다. 그러고 나서 표정이 확 바뀌었다. 눈매가 날카로워졌다. 특히 콜리스를 보고 그가 맘만 먹으면 자신에게 실제로 부상을 입힐 수도 있다는 점을 알아보았다. 그러나 루디는 감내할 수 있었다. 콜리스가 루디에게 심각한 상처를 입힐 수도 있겠지만, 루디는 잘 견뎌낸 다음 콜리스를 반으로 격파해버릴 것이다.

"이거 안녕하신가, 꼬마들." 루디는 상냥하면서도 을러대는 투로 말을 걸었다. "뭐 재미난 거라도 있나?"

타프는 어깨를 으쓱했다. "별로. 그냥 이런저런 설교를 좀 하느라." 타프는 루디에게 조그만 십자가를 들어 보였다. "저 사람 공연을 보니까 성령을 쓸 줄 아는 것 같아서."

루디는 침을 퉤 뱉었다. 타프의 왼발에 맞을 뻔했다. 루디는 껄껄 웃었다. "헨리는 간단한 트릭도 젬병인데 뭔 소리야? 그잖아?" 루디가 말했다. "그래도 그 물건은 참 이쁘구먼. 네가 들고 있는 귀여운 십자가 말이야." 그리고 또 침을 뱉었다.

타프는 십자가를 도로 주머니에 넣었다. "하느님은 당신을 사랑하시지. 아무리 그분이라도 참 힘드시겠지만, 어쨌든 당신도 사랑하셔. 그분은 여기 있는 헨리조차 사랑하시는걸. 이게 '복음'이라는 거지."

루디는 애통한 듯 고개를 설레설레 저었다. "나한테는 니들 모두가 '나쁜 소식'인데."

타프는 한숨을 푹 쉬었다. "뭐, 다 좋을 수는 없으니까."

루디는 헨리를 자기 쪽으로 더 끌어당겼다. 헨리가 놈들에게 끌려가게 내버려두지 않을 것이다.

"그렇다면 내가 할 수 있는 말은, 니들 같은 깡패가 오늘 헨리와 마주쳐서 다행이라는 거야." 루디가 말했다. "몇 년 전이라면 헨리는 손 하나 까딱하지 않고 니들을 소금덩어리로 만들었을 거야. 그냥 생각만 하면 짠 하고 소금이 되는 거지. 그치, 헨리?"

헨리는 시선을 돌렸다. 그의 얼굴은 밤의 어둠을 끌어당기는 것 같았고 덕분에 얼굴색이 더욱 짙어져 어둠 그 자체가 되었다. "그런 건 중요하지 않아요." 헨리는 나직이 말했다.

"중요하다구, 그래도." 루디가 반박했다. "사람이 과거에 어땠는지와 앞으로 어떨지가 똑같지는 않겠지만, 그래도 그냥 없었던 셈 칠 수는 없잖나. 조지 워싱턴은 이백 년 전 사람이고 지금은 한 줌 먼지가 됐지만, 그렇다고 조지 워싱턴을 생각하기도 싫으냐 하면 그건 아니잖아. 영웅이지. 우리의 첫번째 대통령. 그에 대한 책도 있다구. 책도 있어! 그잖아?" 루디는 콜리스를 똑바로 쳐다보았다.

"있는 것 같은데." 콜리스는 어깨를 으쓱하며 대답했다.

"있어. 맞아." 루디는 못 박았다. 그는 애정 어린 눈빛으로 헨리를 내려다보았다. "사 년 전 자네가 여기 와서 제러마이어 모스그로브에게 차이니즈 서커스단에서 일하게 해달라고 했던 날이 기억나는군, 헨리. 비 오는 어두운 밤이었지."

"비는 안 왔는데요. 그리 어둡지도 않았고요."

"그날 밤은 어두웠어. 진짜 캄캄했다구. 하도 캄캄해서 자네 얼굴이 어둠에 묻혀 거의 보이지도 않았어. 이건 농담이 아니야, 엄연한 사실이지. 그때 우린 웨스트버지니아에 있었잖아. 거기서 자네가 우릴 찾아왔지. 그 전에 자네는…… 뭘 했다고 했지?"

"그냥 딴 일 하고 있었죠."

"딴 일 하고 있었지. 맞아. 그래. 들판을 헤매는 주의 어린양이었지. 자네의 지친 다리를 쉴 곳이 필요했던 거야. 가족이 필요했지. 그래서 우리가 자네에게 쉴 곳과 가족이 되어주었어, 그잖아? 나하고 JJ하고 제니하고 다른 동료들도."

헨리는 고개를 끄덕였다. 회상에 잠긴 듯 땅만 내려다보면서.

루디는 타프를 날카롭게 노려보았다. "이 친구는 내 형제나 마찬가지야. 피부색은 상관없어. 헨리는 내 동생이지. 자, 네 생각은 어때?"

"그렇다면 형씨의 여동생이 궁금해지는데." 타프가 말했다.

그 말에 콜리스가 바보같이 웃었고 루디는 고개를 절레절레 저었다. "그런 말을 들었으니 널 죽여야겠어. 너와 네 친구까지 몽땅. 하지만 그 대신에 얘기를 하나 해주지."

"좋아." 타프는 말했다. "맘대로 하셔."

루디는 헨리의 어깨에 두른 팔을 풀지 않은 채 사람들을 헨리의 빈 천막으로 안내했다. 그는 세 사람에게 빈 의자에 앉으라는 시늉을 했다. 그와 헨리는 서 있었다.

"얘기는 이렇게 된 거라구, 제군들." 루디가 말을 꺼냈다. "그때는 나도 헨리를 몰랐지만 어디서 듣기로는, 최소한 헨리한테 듣기로는 헨리 워커는 세상에서 가장 위대한 마술사였어. 왜냐면 이 친구가 **진짜** 마법을 부렸거든. 그땐 헨리 워커라는 이름을 쓰지 않았어. 뭔가 다른 예명이 있었는데 절대로 얘기해주지 않더군. 헨리는 그 뭐냐, 후디니나 켈라나 카터*처럼 마술이랍시고 눈속임 재주를 피우는 작자들하고는 차원이 달라. 그런 건 트릭이지. 헨리는 **진짜** 마법을 펼쳤다구. 예를 들어 다른 사람들은 여자를 공중 부양시킬 때 끈으로 매달았지. 하지만 헨리가 띄운 여자는 말 그대로 허공에 떠 있었어. 여자를 반으로 자르면, 오 주여, 진짜로 반 토막이 났지. 심지어 상자에 집어넣지도 않았다구! 헨리는 그냥 여자를 반으로 잘랐고, 관중 가운데 의사가 있으면 무대 위로 불러 검사도 시켰어. 여자가 여전히 살아 있는지 확인하는 건 물론이고—당연히 여자는 쌩쌩했지—한눈에 드러난 오장육부까지 살펴보라고 했지. 그러고 나서 헨리는 여자를 도로 붙였어."

---

* 차례대로 헝가리 출신의 미국 마술사로 탈출 묘기의 일인자. 공중 부양 마술로 유명한 미국 마술계의 대부. 신체 절단 마술로 유명한 '위대한 카터'라고 알려진 미국 마술사.

루디는 이야기꾼이었다. 타프와 콜리스와 제이크는 이야기에 푹 빠져들었다. 이젠 헨리가 그냥 걸어나가버려도 눈치채지 못할 것 같았다. 그러나 헨리는 그대로 머물렀다. 루디가 우람한 팔을 자기 어깨에 두르고 있기 때문만은 아니었다. 헨리도 이야기가 듣고 싶었다.

"사라진 카드를 네 왼쪽 뒷주머니에서 튀어나오게 하는 건 일도 아니었지. 밧줄을 뱀으로 바꾸는 것도, 하늘 가득 비둘기를 채우는 것도 마찬가지였어. 사람들이 입을 떡 벌리는 마술도 헨리한테는 하품거리밖에 안 됐어. 혹자는 헨리에게 무궁무진한 힘이 있다고까지 했지, 그가 힘을 실제로 쓸 생각이 있다면 말이야. 하지만 헨리는 그러지 않았어. 할 수가 없었지. 왜냐면 딱 한 번 그 힘을 썼는데 아주 슬픈 비극으로 끝나고 말았거든."

"그 얘긴 안 돼요, 루디." 헨리가 말렸다. "제발 하지 마세요."

"하지만 이 얘기가 골자인데." 루디가 말했다. "이거 빼면 남는 게 없잖아. 게다가 자네가 나한테 해준 얘기이고. 얘들한테 들려줘서 얘들이 다른 사람들한테 퍼뜨리도록 하는 게 내 의무라구." 루디는 타프 쪽으로 허리를 숙이고 음모를 꾸미듯 나직이 속삭였다. "네 의무이기도 해."

"루디." 헨리가 부르자 루디는 한 팔로 그를 단단히 조였고, 헨리는 더 말할 수 없었다.

루디는 얼굴을 긁더니 한쪽 뺨의 4분의 1쯤 되는 커다란 딱지를 떼어냈다. 그는 딱지를 유심히 살피고 나서 땅에 던졌다. 아물지 않은 상처에서 진물이 흘러나왔다.

"그 기묘한 일이 벌어졌을 때 헨리는 겨우 열 살이었어." 루디는 말문을 열었다. "그 전엔 그냥 평범한 꼬마였지. 하지만 그후로 백 팔십도 달라졌어. 헨리네 가족, 그러니까 헨리 아버지와 헨리와 헨리의 소중한 여동생 해나가 새집으로 막 이사했을 때였지. 도시 한 블록을 다 차지하는 엄청 큰 호화 주택이었어. 어른이라면 그 규모에 압도됐겠지만, 애들이 뭘 아나―이십오 년하고도 몇 년 더 전이었으니 애였지―온통 방으로만 이루어진 세상을 발견한 기분이었겠지. 헨리와 해나는, 해나가 헨리보다 한 살 어렸는데, 하룻강아지 범 무서운 줄 모르고 어린애 특유의 무모함으로 탐험에 나섰지. 층층마다 칸칸마다 끝이 보일 때까지 가보기로 했어. 그런데 다 봤나 싶으면 또 위층이 있고, 올라가보면 방 옆에 또 방이 있고, 그 옆에 또 방이 있고, 끝도 없이 이어졌어. 매일 밤 방을 옮겨다니며 잘 수 있었고 몇 달을 그렇게 자도 끝이 안 났지. 왜냐면, 니들도 이제 알았겠지, 헨리네 가족이 살게 된 곳은 집이 아니었거든. 호텔에 들어간 거였어."

루디가 이 얘기를 알게 된 건 이 바닥에 술꾼이 루디만은 아니었기 때문이다. 트레일러 사이 그늘에 처박혀서, 누구네 차 뒷좌석에 숨어서, 제러마이어의 사무실 뒤편에 놓인 피크닉테이블에서 헨리는 종종 그와 술잔을 기울였다. 두 사람은 함께 술을 마시며 이런저런 얘기를 나눴다. 그리하여 헨리는 기인이라는 말을 알기 훨씬 전에 이미 기인이 돼버린 루디의 이력을 듣게 되었다. 어렸을 때 루디는 형의 친구들을 웃겨서 관심을 끌려고 도마뱀 머리를 물어 삼켰는데, 덕분에 자신은 친구가 하나도 생기지 않았다. 헨리는 반 년 동안 일주일에 3센티씩(위로도 옆으로도) 자랐던 루디의 급격한 성장과 낯가림에 대해서도 들었다. 그리고 이십대까지 고

등학교 풋볼팀 선수로 활약했는데 덩치 자체가 무기여서 어떤 팀은 겁을 먹고 시합을 거부했다는 얘기도 들었다. 죄다 거짓일 수도 있고 전부 사실일 수도 있다. 헨리는 더는 확신할 수 없었다. 헨리의 머릿속은 온갖 것으로 가득 차 있었고, 죽은 사람들로 북적거렸다. 술에 취해 나오는 이야기—이따금 진짜 공연처럼 시끌벅적한 쇼가 되기도 했다—는 무의미하고 피곤한 사실 여부에 구애받지 않았다.

그러나 그것은 위장의 일종이었을 수도 있다. 진실은 허구의 탈을 쓰고 나왔고, 그랬기에 더욱 얘기하기 편했다.

그럼에도 루디는 헨리의 말을 믿는 것 같았다. 적어도 믿고 싶어했다. 루디는 귀를 기울였다. 헨리도 이것만은 확신할 수 있었다. 전에 그가 이야기를 해줄 때도 그런 심증이 있었고, 루디가 자신이 해준 얘기를 반복하는 지금 이 순간 심증은 확증으로 굳었다. 루디는 타고난 이야기꾼만이 할 수 있는 방식으로 능수능란하게 이야기를 요약하고 각색해서 풀어놓았다. 가령 '온통 방으로만 이루어진 세상'은 루디의 아이디어였고, 루디의 묘사가 이야기를 훨씬 그럴듯하게 만들었다. 루디의 묘사 덕분에, 헨리는 이야기에 빠져들었을 뿐 아니라 어릴 때로 돌아간 기분마저 들었다.

그가 루디에게 했던 얘기는 모두 사실이었다. 실증적이지는 않지만 어쨌든 진실이었다. 어떤 부분은 그냥 넘어가고 어떤 내용은 통째로 빠뜨렸지만, 헨리가 들려준 얘기는 진짜 있었던 일이었다. 호텔. 여동생. 객실. 그의 가족은 이렇게 짜부라졌다. 한때 잘나가던 집안이었지만 그의 아버지는 경제대공황 때 모든 것을 잃었다. 그땐 다들 그랬고 대공황을 피해간 사람은 거의 없었지만, 그의 가족은 특히 더 심해서 천벌을 받은 것 같았다. 어머니는 시름시름 죽어갔다. 폐결핵 때문이라고 했지만 헨리는 그뿐만이 아니라는 것을 알았다. 어머니의 삶은 송두리째 날아갔다. 드레스와 보석과 화려한 파티와 예쁜 신발과 리본 등 한 폭의 그림 같은 생활은 이제 영원히 사라져버렸고 되돌릴 가능성조차 없었다. 인생은 그들이 잃어버린 것을 벌충하기엔 너무 짧았다. 심지어 요양소로 데려갈 돈조차 없었고 의사는 어차피 요양소에 가봤자 별수 없었을 거라고 말했다. 병은 악화될 대로 악화된 상태였다. 어머니는 집에서 죽어갔는데, 그 집도 얼마 안 있어 뺏길 처지였다.

아이들의 면회는 허락되지 않았다. 헨리와 해나는 1층에 있는 어머니의 침실 창문 바깥에서 바라보기만 했다. 해나는 너무 작아서 어머니를 보려면 헨리가 들어올려줘야 했다. 풍성한 관목 두 그루 사이에 서서 아이들은 어머니를 향해 손을 흔들었고, 그러다 작고 보드라운 팔이 나뭇가지에 긁혀 가느다란 생채기가 났다. 어머니는 힘이 빠질 때까지 마주 손을 흔들어주었다. 아이들의 눈앞에서 어머니는 점점 유령이 되어갔다. 아이들은 어머니의 숨이 점점 가빠지면서 생기가 빠져나가는 것을 보았고, 입술 가장자리에 말라붙은 핏자국도 보았다.

그러던 어느 날 의사가 아버지를 다른 방으로 데려가 얘기를 했다. 헨리는 대충 의사가 무슨 말을 할지 알 것 같았다. 그래서 해나와 함께 어머니 방으로 가서 해나를 방문 앞에 세워두고 혼자 안으로 들어갔다.

여기 있어. 헨리는 해나에게 말했다. 여동생에게 손톱만큼의 위험도 무릅쓰게 하고 싶지 않았다. 금방 나올게.

해나는 그곳에서, 복도에서 혼자 더는 견딜 수 없을 때까지 기다렸다. 헨리가 예상했던 대로 해나는 문을 열고 빠끔 안을 들여다보았다. 헨리는 고개를 저어 들어오지 말라는 신호를 보내고, 허리를 숙여 어머니의 볼에 키스했다. 그리고 이건 너 대신이야라고 해나에게 말하고 또 한번 어머니에게 키스했다.

어머니는 그날 돌아가셨다. 일주일 뒤 은행에서 집을 압류했다. 헨리와 해나와 아버지는 그들의 아름다운 집을 영원히 뒤로한 채 불행한 인생 역정의 다음 장으로 넘어갔다.

"헨리의 아버지는 호텔 잡역부로 취직했지." 루디는 말을 이었다. "나비넥타이를 매고 시어서커 양복을 쫙 빼입던 남자가, 애들한테 상류사회 말투를 쓰라고 가르쳤던 남자가, 손이 도자기처럼 매끈했던 남자가 이젠 호텔 잡역부가 되었지. 추락에 끝이 있던가? 의자 옆 협탁에 음료수를 갖다놓고 커다랗고 푹신한 의자에 파묻혀 발을 올리고는, 자 여기까지 와서 이런 푹신한 의자에 앉았으니 이제 다 됐지? 하고 한숨 돌려도 되는 순간이 있을까? 아냐. 끝이란 없어. 헨리네 가족은 주방과 세탁실 사이에 낀 방에 살았어." 루디는 처음 그 얘기를 들었을 때 정신없이 웃어댔다. 세상에 주방과 세탁실 사이 방이래! 그런 게 어딨어. 보태고 꾸며서 좀 강조해보려고 한 얘기인가보지. 그러나 그것은 엄연한 사실이었다.

"주방과 세탁실 사이였지." 루디는 다시 한번 나직이 말하며 타프의 눈을 정면으로 쏘아보았다. 그보다 더 심한 게 있으면 어디 말해보라는 듯이. 물론 너도 정화조가 망가지고 현관 밑에선 지저분한 똥개 한 마리가 으르렁거리는 거지 같은 집에서 사는지도 모르지. 하지만 적어도 넌 값비싼 옷을 차려입고 화려하게 꾸민 개를 안은 힘 있고 높으신 양반들이 우르르 몰려다니는 꼴은 안 봐도 되잖아. 가난한 널 보면 세상에는 덜 가진 자나 가진 게 없는 자도 있다는 게 생각난다며 혐오하는 사람들을 안 봐도 되잖아. 뭐 대개는 아무 생각 없이 널 무시하겠지만.

"힘든 시기였겠다고? 당연하지." 루디는 말했다. "그날을 끝으로 헨리 아버지가 아이들에게 물려줄 거라곤 땡전 한 푼 안 남았으니까. 체념하고 이대로 쓰러져 죽을 수는 없다는 깡과 악만 남았지. 그의 행동거지로 보건대 그는 여전히 늘 지향하던 별을 좇았고, 그건 돈하고도, 큰 집이나 멋진 의자하고도 상관없었어. 그건 삶의 태도에 관한 거였고, 죽는 날까지 그는 그렇게 살았어. 모든 것을 다 놓아버린 날까지. 그는 고칠 줄도 모르는 것을 붙잡고 고치느라 진을 뺐지. 취직할 때 거짓말을 했거든. 다 커서는 손에서 연장을 놓아본 적이 없습니다. 그는 콧수염을 기른 호텔 사장에게 말했어. 고장 수리에 관해선 도사라니까요. 사실 그는 고장 수리에 관해 낫 놓고 기역자도 몰랐어. 그래도 덕분에 노숙은 면했잖아. 아이들도 먹일 수 있게 되었고. 애들한테 먹일 게 없었다면 그는 자기 몸뚱이라도 잘라 팔았을 거야.

그 지경까지 되었어도 헨리와 해나는 조그만 즐거움을 찾았지. 애들은 어떤 상황에서든 재미를 찾게 마련이야. 막대기 하나로도 세상을 바꿀 줄 알거든. 헨리는 아버지가 갖고 다니는 열쇠를 훔쳤어. 두 개구쟁이는 빈 객실을 탐험하고, 침대에서 침대로 뛰어다니고, 라디오를 듣고, 사람들 흉내를 냈어. 주위에 널려 있던 돈 뿌리는 사람들 말이야. 해나가 아내 역을 하고 헨리는 남편 역을 맡았지. 여보, 서두르지 않으면 늦겠어요. 해나가 욕실에서 헨리한테 말해. 내 커프스단추가 안 보이는데! 헨리가 소리치지. 이런 바보! 바로 거기 뒀잖아요. 오늘 저녁 슈나이더 씨 집에서 기막히게 멋진 시간을 보낼 것 같아요. 그러면 헨리가 대답해. 나도 그렇게 생각하오."

루디는 어떻게 이런 걸 다 기억할까. 그때 그는 취해 있었고, 그 뒤로도 매일 술에 쩔어 있었는데. 헨리는 도무지 이해가 되지 않았다. 루디의 대사가 해나가 말한 그대로였기 때문이다. 기막히다는 해나가 제일 좋아하는 단어였다. 이 감자 기막히게 맛있어! 그렇게 살금살금 다가오지 마, 기막혀서 정말! 기막힌 소식이 있어, 311호 커플이 체크아웃했는데 화장대 위에 잔돈을 두고 갔어! 아홉 살짜리 소녀에겐 마법의 단어였다. 그녀가 배운 말 가운데 유일하게 엉뚱한 단어였다.

"그리고 언제 해도 질리지 않는, 새로운 셋집에 딱 어울리는 놀이가 있었지. 바로 숨바꼭질이었어. 둘이서 숨바꼭질하던 날 그 일이 벌어졌다네. 내가 아까 말한 사건 생각나나? 헨리를 영원히 바꿔버린 사건, 즉 오늘날 네 눈앞에 보이는 이 남자가 탄생한 사건이었지."

"그만." 헨리가 가로막았다. "그만, 거기까지."

"하지만 이제 시작인데. 이제 막 재미있는 데까지 왔구만. 니들도 듣고 싶지, 그치?"

제이크는 다른 사람들을 둘러보았지만, 아무런 표정이 없었다. "듣고 싶어요." 제이크가 말했다.

루디는 고개를 끄덕이고 헨리의 뒤통수를 쓰다듬었다. "게다가 이놈들이 널 치고 싶어한다면 헨리, 놈들은 반드시……" 루디는 육식동물다운 웃음으로 긍정하는 콜리스를 쳐다보았다. "자기들이 괴롭히는 자가 어떤 사람인지 알아야 한다고 생각해."

루디의 목적은 실망스럽게도 너무나 명백했다. 그는 녀석들이 헨리를 단순히 검둥이가 아닌 그 무엇으로 봐주기를 바랐다. 헨리를 있는 그대로 봐주기를 바랐다. 한 남자로. 내력이 있는 한 사람으로. 그들은 루디에게 다른 무기가 없다는 것을, 덩치만 컸지(털 없는 오랑우탄, 원시인, 인간 가르강튀아*) 싸움에는 젬병이라는 사실을 알 리 없었다. 루디는 자기가 아닌 남한테 상처를 입힌다는 생각만으로도 간이 오그라들었다. 놈들이 무슨 짓을 하든 이미 스스로에게 한 것보다 더한 짓은 할 수 없었고, 무슨 짓을 당해도 복수는 아예 생각도 하지 않을 터였다. 루디는 할 수만 있다면 세상 모든 고통을 저 혼자 짊어졌을 것이다.

"702호였지, 내가 제대로 기억했다면." 루디는 물론 제대로 기억했다. "헨리는 그 방이 비었다고 생각했어. 숨기에 더할 나위 없이 좋은 방이었지. 꼭대기 층의 맨끝 방이었거든. 아침 일찍 사무실에서 숙박부 명단을 훔쳐봤는데, 위스콘신에서 온 커플이 그날 아침 체크아웃했지. 그래서 문을 열고 방 안에 몰래 들어갔을 때 웬 남자가 등받이가 꼿꼿한 나무의자에 앉아 자기를 똑바로 쳐다보자 기절초풍할 뻔했지.

헨리는 잔뜩 얼어서 사과하고 다시 나오려고 했어. 하지만 그 남자는 헨리가 올 줄 알고 있었다는 눈치였지. 그는 신중하고 차분한 표정으로 눈썹 하나 까딱하지 않았어. 이리 들어오렴. 남자가 말했어. 헨리는 갈팡질팡했지. 헨리와 해나는 항상 방이 비었는지 신

---

* 1534년 프랑스 작가 라블레가 쓴 풍자소설에 나오는 거인.

경 써서 확인했거든. 전에는 이런 일이 단 한 번도 없었어. 어서.
남자가 다시 한번 말했고, 헨리는 등 뒤에서 스르륵 문이 닫히게
놔뒀어. 그땐 고작 열 살이었고 어른이 말하면 무조건 따라야 하는
줄 알았으니까. 너한테 보여줄 게 있단다. 네가 꽤 재밌어할 것 같은데.
좀 더 가까이 오렴. 헨리는 순순히 시키는 대로 했어. 남자는 의자에
앉은 채 줄곧 헨리를 향해 미소를 지어 보였고, 헨리는 그쪽으로
느리게 몇 걸음 다가갔어. 남자는 특이하고 화려한 옷을 입고 있었
어. 먹물처럼 새카만 바지와 재킷에 새하얀 셔츠를 입고 은색 넥타
이를 맸는데, 이 최고급 호텔에 견줘봐도 좀 지나치다 싶게 화려했
지. 특히 그는 외출할 것처럼 보이지도 않았고, 저녁 만찬을 위해
차려입었다기엔 시간이 너무 일렀어. 숱 많은 곱슬머리는 헤어로
션을 듬뿍 발라 뒤로 넘겼고, 얼굴은 어찌나 뽀얗고 창백하던지.
몇 년이 지난 뒤 헨리는 그 남자야말로 자기가 생전 처음 본 진정
한 백인이라고 말하곤 했지. 남자의 피부는 하나도 타지 않았고,
분홍색도 아니고 옅은 주황색도 아니고, 여하튼 우리하고는 달랐
거든. 진짜로 완전히 새하얬어.

　더 가까이. 남자가 재촉했고, 헨리가 쭈뼛쭈뼛 몇 걸음을 떼자 남
자의 눈이 번쩍거리기 시작했어. 마치 남자의 몸 안에서 표시등이
번쩍하고 켜진 것 같았지. 헨리는 그 눈에서, 다 안다는 듯한 미소
와 새하얗고 차가운 피부에서 눈을 뗄 수 없었어. 아주 신경에 거
슬렸지. 지금 이렇게 얘기하는 와중에도 피가 혈관 속에서 느려지
고 끈적하게 눌어붙어 굳어지는 느낌이 들어." 루디는 목소리를
낮췄다. 그리고 속삭임에 가까운 허스키한 음성으로 말을 이었다.
"왜냐면 사람이 아니었거든. 그는 인간이 아니었어." 루디는 말을

끊었다 천천히 중얼거렸다. "악마였어!"

이제 타프와 콜리스조차 넋이 나간 채 이야기에 깊이 빠져들어 아예 그 장면의 일부가 되었다. 그들은 그 방 안에, 인간이 아닌 악마로 드러난 남자로부터 몇 센티미터 떨어진 곳에 꼬마 헨리와 함께 서 있었다. 콜리스는 숨을 멈췄고, 숨을 내쉴 때 신성하고 전능한 주 예수 그리스도여! 하고 중얼거렸다. 자기가 여기 온 이유도 까먹었다. 루디는 세 사람 모두에게 마법을 걸었다. 헨리 혼자만 그 영향력에서 벗어나 있었다. 그는 루디한테 그 얘기를 했던가 생각해보았다. 루디한테 한 얘기가 어느 버전이었는지 기억해내려 애쓰면서. 사실만 담은 내용이었나 아니면 좀더 다듬어서 진실에 가깝게 각색한 얘기였나. 진실에 가까운 버전이었나보다. 루디가 하는 얘기가 다 맞았으니까. 구구절절이.

"악마는," 루디는 이야기를 계속했다. "이름이 없지. 그러니까 자기소개도 안 해. 헨리는 그냥 알았던 거야. 니들도 악마를 만나게 되면, 부디 그런 일은 없게 하소서, 그냥 한눈에 알 수 있어. 그는 꼬마에게 미소를 지었을 뿐인데, 꼬마는 못 박힌 듯 꼼짝달싹도 할 수 없었어. 악마한테 홀린 거지. 악마가 어두운 빛으로 애를 꽁꽁 봉해버린 거야. 악마가 허락하기 전까진 숨도 쉴 수 없어. 방이 자기 심장이 된 것처럼, 방이 자기를 삼킨 뒤 뒤집어진 것처럼 헨리는 심장이 뛰는 소리를 들었어. 악마의 눈은 점점 빨개지고 커져서, 터널 속으로 들어가듯 악마의 눈 속으로 걸어 들어갈 수도 있을 것 같았지. 그때 명령을 받은 것처럼 헨리는 진짜 그 눈 속으로 걸어 들어갔어. 악마의 눈은 춥고 바람이 휘몰아치는 터널이었다네. 그날 헨리는 악마한테 세례를 받은 거야. 그리고 끝이었지.

그 남자는 사라졌어. 해나가 방문을 열고 빈 의자를 마주 보고 서 있는 오빠를 발견했을 때 헨리는 혼자였어. 해나는 오빠의 어깨에 가볍게 손을 얹고 말했지. 오빠 그거네. 헨리는 그거였어. 헨리는 자신이 뭐가 된 건지 정확히 말로 설명하지 못했어. 그걸 부르는 이름이 없었거든."

루디는 이야기를 멈추고 얼굴을 찌푸리며 무지막지하게 큰 손으로 턱을 쓰다듬었다. 이가 아픈 모양이었다. 루디는 입을 벌리고 손가락으로 더듬어 마침내 범인을 찾아내고는 다들 보는 앞에서 생니를 뽑았다. 뽑혀 나온 이를 꼼꼼히 살펴보고 나서 옆으로 휙 던졌다. 피는 그대로 꿀꺽 삼켰다.

"그날이 헨리가 마술사가 된 날이야. 우리가 흔히 보는 요술쟁이나 착시를 노리는 재주꾼, '나는 여기서 마술을 할 테니 댁은 거기서 구경이나 하쇼' 따위 마술사하고는 차원이 달라. 헨리는 진짜 마술사가 된 거야. 헨리는 마술사가 될 생각이 전혀 없었고 되고 싶지도 않았지만, 일은 그렇게 돼버렸어. 사람이 뭐 항상 되고 싶은 대로 되던가? 바라던 대로야! 주어진 생에서 늘 꿈꿔왔고 바라던 사람이 됐어! 우리 중에 이렇게 말할 수 있는 사람이 몇이나 되겠어? 아주 적지. 내 생각에 나는 운이 좋은 축에 속해. 헨리는…… 운이 나빴지.

악마를 만나기 전까지 헨리는 늘 한 사람을 염두에 두고 살았어. 여동생 말이야. 어머니는 돌아가시고 아버지는 얼이 나갔으니, 여동생 해나가 이 세상에서 지키고 보호해야 할 유일한 선물이었지. 헨리는 그 누구보다 그 무엇보다 동생을 사랑했어. 하지만 이제 그는 초월적 힘의 일부가 돼버렸지. 우연히 마술사가 돼버린 사람. 그가 생각만 하면 뭐든 현실이 됐어. 실제로 머릿속으로 생각만 해도 물건이 움직였어. 저녁 식탁에서 소금병이 테이블을 휙 가로질러 헨리의 손안에 착 들어오는데, 헨리의 아버지는 너무 피곤해서 혹은 바로 술에 취해버려 알아차리지 못했지. 깨진 꽃병이 금세 원상 복구가 돼. 카드가 허공에서 사라졌다 식탁 밑이나 머리카락 속에서 혹은 헨리의 피부 밑에서 다시 나와. 해나가 참 좋아했지. 아까 얘기했다시피 해나는 겨우 아홉 살이었으니 그런 일이 불가능하다는 것도, 오빠가 악마의 하수인이라는 것도 몰랐던 거야. 악마의 하수인이야, 악마가 아니라. 어쨌든 인간이 가질 수 없는 힘을 어린 소년이 갖게 됐으니 악마의 하수인이 된 게지.

이제 헨리의 첫번째 마술쇼를 말할 차례군. 해나의 아이디어였어. 아버지를 우울한 일상에서 잠시나마 벗어나게 해주자는 생각이었지. 헨리는 전에 해나가 숨바꼭질하다 주운 낡은 실크해트를 쓰고, 식탁보를 망토처럼 어깨에 두른 다음 목 밑에서 서툴게 잡아맸어. 해나는 프릴이 아주 많이 달린 원피스를 입었지. 그리고 무대를 올릴 빈 객실을 구해야 했는데, 하필 주말이라 호텔이 거의 꽉 차서 방이 딱 하나만 남았어. 702호. 악마의 방이었지. 헨리는 반대했어. 안 돼. 안 해. 다른 방을 찾아보자. 아니면 딴 방이 날 때까지, 월요일까지 기다리자. 하지만 해나는 고집을 피웠고, 헨리는 여동생이 조르면 오래 못 버텼어. 결국 702호에서 하기로 했지.

해나와 헨리는 아버지의 손을 하나씩 잡고 위층으로 올라갔어. 이게 웬 난리냐? 아버지가 투덜댔어. 도대체 어딜 가는 거니? 하지만 지하실에서 꼭대기 층까지 가는 내내, 복도 맨끝 방, 즉 호텔을 통틀어 가장 끝에 있는 방까지 가는 내내 해나는 손가락을 입술 앞에 세울 따름이었지. 해나가 문을 열려고 하는데 헨리가 말렸어. 내가 먼저 들어갈게. 헨리는 문손잡이를 잡은 채 한참 뜸을 들였고, 가슴에선 숨이 막혔지. 그런데 막상 손잡이를 돌려 문을 여니 방은 비어 있었어. 헨리는 비로소 숨을 놓았지. 지금 뭐 하는 거냐? 아버지는 화를 냈어. 이러다 걸리면 우리 모두 곤란해져. 알 만한 애들이 왜 그러니? 하지만 해나는 귓등으로도 듣지 않고 아버지를 트윈베드 한쪽에 앉혔어. 오빠가 아빠를 위해 마술쇼를 할 거예요. 나도 도울 거구요! 아버지가 말했어. 마술쇼? 그거 재미있겠구나. 그러고는 볼 준비를 했지.

헨리는 일반 마술사들의 흔한 레퍼토리 중 몇 개를 뽑아 단순한 것부터 시작했어. 연습해본 적도 없는 트릭이었지. 연습할 필요가 없었어. 그냥 저절로 됐거든. 헨리는 카드 한 벌을 꺼내들었고, 아버지가 카드 한 장을 고르기도 전에 무슨 카드인지 알았지. 기막히지 않아요? 해나는 한 손을 허리에 대고 마치 제가 하기라도 한 듯 절을 했어. 헨리는 숟가락을 공중에 띄웠고, 아버지는 줄이 달리지 않았나 가까이서 유심히 들여다봤어. 줄이 없다는 걸 알고 진심으로 감탄했지. 헨리는 모자에서 토끼도 꺼내고, 소매에서 비둘기도 꺼냈어…… 헨리 자신도 놀란 것 같았지. 토끼야 나와라 하고 속으로 생각하면 진짜로 나왔어. 새야 나와라. 누워서 떡 먹기였고, 진짜 해나 말대로 기가 막혔지. 그들은 털 달린 하얀 것이 침대 밑으로 뛰어 들어가고, 비둘기가 창문으로 날아가는 것을 쳐다봤어. 아버지는 몇 년 만에 처음으로 웃었지. 해나와 헨리는 행복한 눈짓을 교환했어. 딱 그런 표정을 보고 싶었거든. 그 미소에 해나가 들떴던 거야. 해나는 등을 곧게 펴고 의기양양하게 섰어. 자, 그럼 이제 세상에서 가장 신기하고 놀랍고 기막힌 묘기를 보여드리겠습니다. 오늘 저녁 여러분의 눈을 즐겁게 해주기 위해 우리 오빠 '인크레더블 헨리'가 저를 사라지게 만들 겁니다!

해나의 아이디어였어. 사라지는 마술은 한 번도 해본 적이 없었지. 헨리가 그런 걸 하고 싶어할 리 없잖아. 해나와 몇 발자국만 떨어져도 질겁하고, 밤이나 낮이나 보이는 데 있기를 바랐으니까. 해나가 목욕할 때면 문밖에서 기다릴 정도였다구. 해나는 트윈베드에서 헨리가 팔을 뻗으면 닿을 자리에서 잤어. 하지만 헨리는 하겠다고 했지. 해나가 고집을 부렸거든. 생각해보니까 확실히 그보다 더 환상적인 쇼는 없겠더라구. 아버지가 보는 앞에서, 똑같은 자리에서 해나가 사라졌다 나타난다. 완벽한 대단원의 막이지. 그거 정말 대단하겠는걸. 아버지는 윙크를 했어. 실제로 그 마술은 정말 대단했지.

헨리는 해나의 머리 위로 침대 시트를 덮었고, 해나는 미동도 없이 서 있었어. 베일을 벗기기 직전의 동상 같았지. 헨리는 잠시 기다렸어. 어둠의 힘이 그의 내부에서 밀려 올라와 자아를 압도할 정도로 커지면서 무지막지한 힘이 뼈 마디마디까지 퍼져나가자 헨리는 터져버릴 것 같았다네. 마침내 헨리는 주문을 생각해냈어. 사라져라! 그리고 극적 효과를 위해 해나의 머리 위에서 손을 저었어. 브알라! 헨리는 실제로 브알라!라고 외쳤어. 그리고 해나는 사라졌지.

바닥에 떨어진 시트는 텅 비었고, 깃털처럼 가벼워 보였지. 헨리와 아버지는 즐거운 경악에 빠져 서로를 쳐다봤어. 둘 다 이런 일이 진짜로 벌어지리라곤 생각지 않았거든. 그런데 벌어진 거야.

아버지는 자리에서 일어나 시트를 들춰봤어. 해나는 없었지. 그는 헨리를 쳐다봤어. 너 어떻게…… 더는 말을 잇지 못했지. 이건…… 도저히 믿을 수가 없군. 바닥에 구멍이 있나? 없었어, 그런 건. 그럼 이건 도대체…… 도무지 너희가 어떻게 한 건지 알 수 없구나. 맙소사. 아버지는 고개를 설레설레 저으며 다시 침대 끄트머리에 가서 앉았어. 이제 해나를 도로 나타나게 할 차례구나. 헨리는 대답했어. 네.

그리고 기다렸지. 헨리는 다시 한번 네라고 말했어. 이제 다음 차례야, 해나를 도로 데려올 차례. 그러곤 주문을 생각해내려고 준비하는데, 뭔가 좀 이상한 거야…… 평범하달까. 속에서 뭔가 빠져나간 것처럼 휑한 기분이 들었어. 이제 해나를 도로 데려올 차례입니다. 헨리는 말하면서도 제 목소리가 어쩐지 작게 들렸어. 헨리는 해나를 데려올 주문, 카드와 책과 심지어 조그만 탁자까지 도로 나타나게 했던 주문을 생각했어. 돌아와! 그는 생각했지. 하지만 이번엔 아무 일도 일어나지 않았어. 바닥의 시트는 여전히 힘없이 축 늘어져 있었어. 자, 어서. 아버지가 초조하게 말했어. 헨리는 이번엔 큰 소리로 허파가 찢어져라 외쳤어. 돌아와!" 루디는 침울하고 서글픈 눈빛으로 말을 멈췄다.

"하지만 해나는 돌아오지 않았어. 영원히 돌아오지 않았지. 진짜 마술사는 바로 악마였으니까. 늘 그렇듯 이건 악마의 트릭이고 악마의 계획이었던 거야. 한 사람이 세상에서 가장 아끼는 모든 것을 빼앗는 것. 자신의 두 손으로 갖다 바치게 만드는 것. 헨리는 바로 그런 일을 저지른 거야. 마술 재능 대신 자신의 여동생, 자기 인생에서 가장 소중한 여동생을 잃은 거지."

루디는 헨리의 굳은 얼굴을 쳐다보고는 애통한 목소리로 나직이 말을 이었다. "그후로는 영영 해나를 보지 못했지. 단 하루도 해나를 찾지 않은 날이 없었지만." 그리고 루디는 한꺼번에 집어 삼킬 듯 세 녀석을 향해 눈을 부라렸다. "그러던 어느 날, 제군들, 헨리는 악마를 찾아냈다네! 악마를 찾아내서…… 죽였어. 마법을 사용한 건 아니야. 마법은 필요 없었지. 헨리는 가없는 비탄의 힘으로 악마를 죽였어."

* * *

루디는 말을 멈췄다. 그는 눈을 감고, 심호흡을 하고, 고개를 주억거렸다. 화자가 아니라 청자였던 것처럼, 한마디 한마디 헨리의 과거에 관한 어두운 비밀을 귀 기울여 듣고 있었던 것처럼 고개를 끄덕였다. 그러나 루디는 자신이 실패했음을 알았다. 이 녀석들이 어떤 감동을 받기를 바랐든지―루디가 정녕 하고 싶었던 말은 그저 사람이란 속을 들여다보면 다 똑같아, 이봐, 안 그래?였다―그는 성공하지 못했다. 연전연패였다. 사는 게 다 그렇다. 승리라는 건 실상 존재조차 없고, 딱히 사수할 수 있는 게 아니다. 승리는 그냥 실패하는 중간에 가끔 우연히 생기는 거다. 오늘밤 루디가 아무리 잘해냈다고 해도 내일이면 말짱 도루묵이다. 루디는 헨리의 맑은 녹색 눈을 쳐다보고 구해주려 발버둥 쳐도 헛수고라는 걸 알았고, 그래도 절대 포기하지 않으리라는 걸 알았다. 두 사람은 친구였고, 친구 사이란 원래 그런 거니까. 포기하지 않는 것.

타프는 담뱃불을 붙였다. 소맷자락으로 코를 한 번 휙 훔친 제이크는 어떤 거대한 사고의 거미줄에 사로잡힌 것 같았다. 콜리스는 침을 뱉었지만 딱히 방금 들은 얘기에 대한 반응은 아니었고, 그냥 뭔가 해야 할 것 같아서 그런 거였다.

이제 거리에는 인적이 끊겼다. 천막과 공원의 불은 남김없이 꺼졌고 사방이 고요했다. 웃음소리가 들렸지만, 아주 먼 데서, 트레일러 뒤에서 들려오는 소리였다. 삶은 이제 어딘가 다른 곳으로, 눈에 띄지 않는 은밀한 밤 속으로 숨었다. 루디는 이미 욜란다를 생각하고 있었다.

"뭐." 타프가 정적을 깨뜨렸다. "더럽게 긴 얘기네."

"게다가 저놈 열 살 때 일이고." 콜리스가 말했다. "꼴을 보아하니 이십 년어치는 더 있겠는데." 그는 루디를 쳐다보았다. "얼마나 더 남았어?"

루디는 한숨을 쉬었다. "그게 다야."

타프는 하품을 하며 입을 살짝 두드렸다. 그는 콜리스를 그리고 제이크를 바라보았다. "니들은 어떨지 모르겠지만 난 피곤해 죽겠다. 돌아가자. 기도할 시간은 아직 있으니까. 기도할 시간이야 늘 있지."

"나도 그래." 콜리스가 받았다.

제이크는 한숨 놓은 것 같았다. 그는 주머니에서 일 센트를 꺼내 한 손으로 공중에 튕기고는 앞면 혹은 뒷면을 외쳤고, 어린애같이 좋아하며 손등 위에서 탁 잡았다. 헨리는 제이크가 매번 동전을 확인한 뒤에 짓는 표정으로 미루어 쉽게 그 결과를 짐작할 수 있었다. "얼른." 타프가 동생의 옆구리를 찔렀고, 세 사람은 돌아서서 천천히 걸어갔다.

루디는 마침내 헨리를 놓아주었다.

"잘됐군." 루디는 떠나는 세 사람을 바라보며 고개를 끄덕였다. "내가 자네 대신 저놈들을 패줄 수 있다면 좋을 텐데."

"괜찮아요, 루디. 제법 잘 먹혔잖아요, 어쨌든 오늘밤에는. 하지만 그 이야기 말인데, 당신한테 할 말이 있어요."

"응?"

"사실은 그렇게 된 게 아니에요."

다음 날 오후 해 질 녘에 그들은 돌아왔다. 그들은 트레일러에서 나오는 헨리를 기습해 쇠사슬로 꽁꽁 묶은 다음 타프가 몰고 다니는 낡은 플리트라인 뒷좌석에 밀어넣었다. 콜리스가 헨리 옆에 앉았고, 가는 동안 헨리의 갈비뼈 한 대를 부러뜨렸다. 제이크는 조수석에 앉아 동전을 튕기느라 여념이 없었는데, 손등 위에서 탁 잡으면서 이따금 무심결에 중얼거렸다. 앞면, 뒷면, 앞면. 그들은 아무것도 없는 황량한 벌판 같은 목장 한가운데에 차를 세웠고, 콜리스와 타프는 갖다댈 수 있는 온갖 정의를 주워섬기면서 헨리를 때리기 시작했다. 둘이 번갈아가며.

"주님이 이러라고 시키던가요?" 헨리는 피를 토하면서 가까스로 입을 열었다.

"그분은 수수께끼의 후-레-자-식일 뿐이지. 안 그래?" 타프가 말했다.

콜리스가 한 손으로 헨리의 손을 부러뜨렸다. 타프는 진흙 묻은 신발 옆면으로 헨리의 얼굴을 걷어차더니 가까이 다가와 허리를 숙이고 미소 지었다. 인상적인 것은, 타프의 이가 온전히 다 있었다는 것이다. 아니 정상보다 개수가 더 많았는지도 모르겠다. 이가 만원버스에 탄 사람들처럼 앞뒤로 겹쳐서 입속이 바글바글해 보였다.

"그 녹색 눈은 어디서 난 거야?" 타프가 헨리에게 물었다. 그러나 대답을 기다리진 않았다. "제기랄, 내 눈이랑 똑같잖아."

타프는 일어섰다. 그는 여전히 일요일에 교회 갈 때 입는 정장 차림이었다. 이젠 그 위에 피가 묻었다. 하얀 셔츠에 튄 피가 무슨 무늬 같았다. 헨리는 핏자국을 쳐다보며 무슨 무늬인지 생각하느라 눈을 껌벅였다.

"콜리스, 좀 도와줘. 지금까지 우리가 죽인 검둥이가 몇 명이지?"

이 질문에 콜리스는 손을 멈추었다. "검둥이 다?"

"검둥이 다."

콜리스는 손가락을 꼽으며 숫자를 세고는 한숨을 쉬었다. 그리고 다시 셌다. "최소한 일곱은 되는 것 같은데." 콜리스는 이게 맞는지 타프를 쳐다보았다.

"여덟이지." 타프가 말했다. "그때 그 개까지 합하면."

콜리스가 이마를 찌푸렸다. "개도 검둥이라고 할 수 있어?"

"검둥이가 기르는 개라면." 타프가 대답했다.

콜리스는 검둥개라는 생각이 마음에 들지 않았다. "항상 외양만으로 판단할 수는 없잖아."

제이크는 고개를 절레절레 저었다. 그의 말소리는 하도 작아서 숨소리보다도 안 들렸다. 차라리 숨소리가 크고 명확해서 말보다 더 이해하기 쉬웠다.

"우린 아무도 안 죽였어."

"제이크." 타프는 지겹다는 듯 내뱉었다. "입 닥쳐."

헨리는 온몸이 만신창이가 된 것 같았다. 광대뼈를 맞아 왼쪽 눈이 감겼고, 오른쪽 눈은 피투성이였다. 얼굴 전체가 부었다. 연미복(납치되기 직전에 갈아입은 옷이었다)도 엉망이 되었다. 놈들이 헨리의 도구상자에서 쇠사슬을 찾아내기 전까지 연미복의 꼬리를 찢어 두 손을 묶어놓았기 때문이다. 타프가 사슬을 하도 세게 감아서 손목이 까지고 숨도 거의 못 쉴 지경이었다. 다행히 다년간의 훈련 덕분에 헨리는 숨 쉬지 않는 법을, 공기 없이 사는 법을 알았다. 후디니식 삼류 물속 탈출법은 여러 모로 쓸모가 있었다. 하지만 전에는 왼팔이 부러지지도, 갈비뼈가 나가지도, 이렇게 바지가 소변에 젖지도 않았다. 겁에 질려서가 아니라 단지 화장실에 갈 수 없어 참다가 사슬이 조이는 바람에 그렇게 된 것이었다. 일을 보고 나자 고난이 시작된 뒤 처음이자 마지막으로 안도감이 들었다.

이런 짓을 당해도 이겨낼 수 있던 때가 있었다. 십 년 전, 십오 년 전, 심지어 이십 년 전만 되었어도 이 깡패들은 제일 악독한 보복을 당했을 것이다. 들개 한 무리를 생각해보라. 헨리는 생각만 하면 됐으니까. 들개 한 무리를 생각하면, 들개 한 무리가 뒤쪽 어두운 소나무숲에서 으르렁거리며 나타났다. 눈이 빨간 놈, 노란 놈, 하여간 모두 사악하게 눈을 빛내며 쇠톱 같은 이를 드러내고 계수나무처럼 까맣고 뻣뻣한 털을 세운 들개들이 탐욕스럽고 불사신 같은 괴물처럼 차라리 죽는 게 소원이 될 때까지 죽지 않을 만큼만 갈가리 물어뜯을 수도 있었다. 그리고 헨리 워커, 검둥이 마술사는 상처 하나 없이 저벅저벅 걸어가버릴 터였다. 하지만 지금은 아니었다.

"우린 아무도 안 죽였잖아." 제이크가 다시 말했다.

타프는 고개를 저었다. 지금 이 순간 그는 동생을 증오했다. 헨리도 알 수 있었다. "개는 치여 죽었어." 제이크가 말했다.

"그건 사고였다구."

"뭐……" 타프는 웅얼거렸다.

날은 금방 사위었고, 나무보다 그림자가 더 길어졌다. 햇볕 몇 점이 풀밭 여기저기를 노랗게 물들였고, 따로 떨어져나온 햇살이 헨리의 머리꼭지를 덮혔다. 이것이야말로 헨리가 빨아들이려는, 기억하려는 것이었다. 빛은 오감을 어루만졌다. 빛의 냄새를 맡을 수 있을 정도였다. 그는 해나가 빛의 여신으로 햇빛 사이에서 살 거라고, 달은 해나에게 너무 추울 거라고 생각했다.

제이크가 헨리에게 다가갔다. 그는 뒷주머니에서 기름때 묻은 수건을 꺼내 무릎을 꿇고 앉아 헨리의 눈에서 피를 닦아주려고 손을 뻗었다.

"그러지 마세요." 헨리가 말했다. "제발 그러지 마세요."

그러나 제이크는 헨리의 오른쪽 눈가에 수건을 얹고 눈 주위를 부드럽게 문질러 아래쪽 눈꺼풀에 고인 핏물을 빨아들였다. 그리고 눈 가장자리를 닦으면서 좀더 힘을 주었다. 헨리가 아파서 움찔하자 제이크는 손을 거뒀지만, 여전히 헨리의 얼굴 가까이에서 주의 깊게 바라보았다. 그는 헨리의 눈을 쳐다보고 그 주변도 유심히 살폈다. 헨리를 생전 처음 보는 사람처럼 쳐다봤는데, 사실 제대로 보긴 처음이었다. 제이크는 피가 묻어 빨갛게 된 수건을 바라보다 다시 헨리의 뺨을 닦았다. 아까보다 더 세게 문지르는 바람에 살이 쓰라렸다. 제이크는 뒤로 물러앉아 헨리의 얼굴을 빤히 쳐다보았다. 이해할 수 없다는 듯 멍한 표정으로.

"제이크는 고치는 걸 아주 좋아하지." 타프가 말하며 웃었다. "그 얘기 알아, 콜리스? 새 얘기 말이야. 지난여름에 새 한 마리가 베란다 환풍기로 날아들었는데, 제이크가 그 녀석을 상자에 넣어서 다시 날 수 있을 때까지 돌봤다니까. 아주 깨끗하게 고쳐놨지. 근데 고양이가 잡아먹어버렸어."

콜리스는 낄낄거렸다. "그런 걸 보고 뭐라고 하던데. 무슨 말이 있었는데."

"마음이 아프다." 제이크는 일어나서 헨리에게 눈을 떼지 않은 채 뒤로 물러났다. "그런 건 마음이 아프다라고 하는 거야." 그리고 돌아서서 타프를 쳐다보았다. "가자. 할 만큼 했잖아."

그러나 타프는 제이크의 말을 듣지 않았다.

"좋지. 하지만 나한테 더 좋은 생각이 있어."

타프가 재킷 주머니에서 권총을 휙 꺼냈다. 헨리는 권총과 함께 딸려나온 십자가가 어두운 풀밭으로 떨어지는 것을 보았다. 타프는 알아차리지 못했다. 정신이 온통 총에 팔려 있었다. 타프는 이런 데 총이 있었냐는 듯 의뭉스럽게 총을 쳐다보았다.

숲 속 깊은 곳에서 올빼미 우는 소리가 모두의 귀에 들려왔다.

* * *

자, 이제 제러마이어와 나머지 사람들이 헨리가 없어졌다는 걸 알아차릴 때가 됐다. 제러마이어 모스그로브의 차이니즈 서커스 단이라는 배는 빡빡하게 운행되지 않았다. 하나뿐인 집, 즉 접는 침대와 핫플레이트, 그리고 옛날 애인 사진을 침대맡에 붙여놓고 같이 베개를 베고 누운 장면을 상상하기도 하는 축축하게 곰팡이 핀 트레일러에서 빈둥거리다 몇 분 늦게 나타난다고 해서 놀랄 사람은 아무도 없었다. 혼자 있을 때는, 주변에 정체성을 지적해주는 세상 사람들이 없을 때는 그들도 다른 사람과 다를 바 없었다. 그러나 밖에만 나가면 타자가 되고 예외가 됐다. 즐길 수 있을 때 즐겨야지. 누군들 좋아서 이러고 살겠는가? 물론 전우애라는 게, 이 외로움 속에서도 혼자가 아님을 알았을 때 밀려드는 친밀한 따뜻함이라는 게 있긴 있었다. 그러나 이런 친구들이라니, 이런 정신 나간 사회부적응자들이라니, 별수 없으니까 그렇지 누가 이런 사람들을 친구 삼고 싶어하겠는가? 자기 처지를 잘 알고는 있지만, 세상 사람들을 다 우습게 여기긴 하지만, 그와는 별개로 꿈이 하나 있었다. 이웃이 있는 집. 딱히 큰 평수도 필요 없고 그냥 마당 딸린 깨끗하고 아담한 집, 옆집에선 아주머니가 뒷마당에 묶어놓은 빨랫줄에 빨래를 너는 그런 집이면 된다. 파이를 만들고 노란 꽃을 가꾸는 그런 아주머니면 된다. 마을의 집은 전부 흰색이고, 지붕널 위에는 집보다 한 배 반은 더 큰 텔레비전 안테나가 불안하게 흔들리며 달렸다. 또 아이도 한두 명 있다. 결국 종합해보면, 세상의 일부라는 소속감을 느끼고 싶은 것이다. 그런 게 **평범한** 거고, 평범한 건 좋은 거다. 평범하기만 하면, 다른 사람들이 웃어도 주고 길도 물어보고 일자리도 주고, 그들의 딸과 결혼도 할 수 있다. 그러니까 트레일러에서, 그런 세상을 최소한 꿈이라도 꿀 수 있는 유일한 장소에서 몇 분 더 지체한다고 아무도 뭐라 하지 않는다.

그래도 결국 사람들은 헨리가 사라졌다는 사실을 발견할 것이다. 루디는 둘에 둘을 더해 전모를 파악하겠지만, 어쨌든 그건 중요하지 않았다. 지금은 중요치 않았다. 사람들은 여기서 절대 헨리를 찾아내지 못할 것이다. 헨리를 보지도 못할 테니까. 그들이 공연 무대로 삼은 울타리 친 공원의 경계를 벗어나는 일은 매우 드물었다. 서커스단은 그 자체로 하나의 소도시였고, 삶의 형태가 아이들이 꾸는 어두운 밤의 악몽으로 진화하는 생태계였다. 때때로 누군가 떠나고, 사라지곤 했다. 보통 천막과 놀이기구 설치를 도와주고 남은 설탕빵과 솜사탕을 얻어가는 늙은 주정뱅이가 그랬다. 공연자가 떠나는 일은 아주 드물었다. '악어 부인' 아그네스가 얼마 전에 나갔는데, 어머니를 돌보러 플로리다에 있는 집으로 돌아간 것이었다. 한 달 전에는 '불 먹는 사나이' 버스터가 군대에 갔다. 그리고 이제 헨리가 어디서도 보이지 않았다. 자기 사슬에 묶인 포로는 목장에서 피를 흘리며 바야흐로 살해되려는 찰나였다.

"제발 좀 그만해." 제이크는 형의 손끝에서 여섯째 손가락처럼 튀어나온 은색 총구를 보자마자 다급히 끼어들었다. "그러니까 내 말은…… 젠장, 형." 제이크의 목소리에서 헨리는 울먹임을 들었다. 소년은 이제야 이 모든 일의 종착지를 깨달은 것이었다.

"너야말로 그만해."

"형, 그 총 쏠 건 아니지? 진짜 그럴 생각은 아니지?"

권총을 든 타프의 오른손이 헨리가 생각했던 것보다 훨씬 날렵하게 제이크의 옆얼굴을 강타했고, 유리 깨지는 소리가 났다. 그 서슬에 제이크는 자동차 보닛에 얼굴을 박았다. 키스하듯 입술이 살짝 보닛에 눌렸다. 제이크는 한동안 그 자세로 있었다.

타프가 숨을 몰아쉬며 동생에게 다가섰다. "넌 그 새하고 똑같

아. 고양이한테 잡아먹히지 않게 조심해."

타프는 떨리는 손으로 권총을 머리 위로 높이 들어올려 쐈다. 총소리를 듣자 헨리는 막연히 안심이 됐다. 사실 그 소리가 지구상에서 자신이 듣는 마지막 소리일 거라고 생각했다. 그의 눈이 머리 위에 걸린 하늘의 마지막 빛 속에 잠겼다. 거기 가까스로 머물며, 헨리처럼, 머뭇거리는 빛 속에.

"이런 기회는 두 번 다시 오지 않아." 타프는 돌아서서 헨리를 향해 총을 겨누었다. 그러나 방아쇠가 아니라 손잡이를 쥐고 있었다. "두 번 다시 없어. 저놈을 봐. 저놈들을 보라구. 원래 우리 거였어. 탁자나 의자처럼 우리 소유였다구." 타프는 침을 뱉었다. "이제 저놈들은 티브이도 들고, 뚫린 입으로 무슨 말이든 할 수 있어. 의사도 하고, 치과의사도 되고…… 마술사도 하잖아. 멈추지 않을 거야. 폭주 기관차처럼. 그냥 치고 지나가는 거야. 세상이 그렇게 되는 거지. 내가 그걸 바꿀 수는 없겠지만, 찬반 표시는 하고 싶어. 내 의견을 기록으로 남겨두고 싶다구."

콜리스는 발을 흔들어 신발에 묻은 진흙을 털어냈다. 그리고 손목시계를 쳐다보았다. "나도 너랑 같은 생각이야, 타프. 그놈을 죽여."

"그러지 마." 제이크가 말했다.

"검둥이 마술사 헨리. 쳇, 저놈은 마술사가 아냐."

제이크는 셔츠 소매로 얼굴을 슥 문질러 피를 닦아내고 헨리를 바라보았다. 헨리는 고개를 저었다. 그러나 제이크는 헨리를 무시했다. "그럴지도 모르지." 제이크가 말했다. "하지만 이 사람, 검둥이도 아냐."

타프는 한번 헛웃음을 날리고 고개를 설레설레 저었다.

"너 잘났다." 타프는 비아냥거렸다. "진짜 잘났어. 그게 말이 돼? 그 잘난 정신머리는 얻다 둔 거야?"

제이크는 차에서 떨어져 헨리에게 다가갔다. 타프와 콜리스도 뒤따랐다. 헨리는 해나를 생각했다. 오로지 한 단어, 해나만을 생각했고 어두운 소나무숲 깊은 곳에서 어린 소녀들이 흔히 그렇듯 반짝이는 해나를, 이십삼 년 전에 마지막으로 봤을 때처럼 우아한 상아색 단추가 앞에 달린 파란 원피스를 입고 까만 신발에 하얀 양말을 신은 해나를 보았다. 해나는 웃으며 손을 흔들었고, 헨리는 코트 소매에 숨겨두었던 머리핀으로 사슬을 풀고 손을 들어 동생을 향해 흔들었다. 타프는 공이치기를 뒤로 젖히고 겨냥했다. "꼼짝 마." 타프가 으르렁거렸다. "손가락 하나 까딱하지 마." 헨리는 손을 흔들다 말고 그대로 얼어붙었고, 해나는 오빠에게 다가가는 세 사람을 보았다. 헨리는 그녀의 눈을 보고 그녀가 아직도 자신을 사랑한다는 걸 알았다. 그러나 늘 그랬듯 슬픈 눈빛이었다. 예전이나 지금이나 그녀가 오빠를 위해 할 수 있는 일은 하나도 없었다. 그녀는 늘 그랬듯 그저 헨리의, 오빠의 사랑스러운 여동생일 뿐이었다.

제이크는 무릎을 꿇고 수건으로 헨리의 얼굴을 닦아내기 시작했다. 해는 거의 저물어 세상은 잿빛으로 바랬다. 그래도 콜리스와 타프는 헨리의 얼굴을 볼 수 있었다. 제이크가 그의 얼굴에서 색을 몽땅 지워내는 것 같았다. 뺨에서도, 코에서도, 목에서도. 얇은 검은색 표피 밑에서 다른 사람이 나왔다. 백인이었다. 이젠 제이크가 마술사였다. 팥으로 메주를 쑤는, 불가능하고 믿을 수 없고 아주 놀라운 일을 실현시켰다.

"이게 뭐야!" 타프가 말했지만 아무도 듣지 않았다. 심지어 자기 귀에도 안 들렸다.

"환상이죠." 헨리가 대답했다. "제게 남은 유일한 마술입니다."

해나는 사라졌다.

타프는 제이크의 손에서 수건을 뺏어들고 헨리의 얼굴을 마구 문지르기 시작했다. 베이고 터진 상처를 덧내면서 점점 더 세게, 검은 것이 하얘질 때까지 박박 닦아냈다.

타프는 수건을 떨어뜨리고 뒤로 물러나서 멍하니 바라보았다.

콜리스도 멍하니 바라보았다. "그 마술 아무한테나 할 수 있는 거야?"

셋 다 돌처럼 굳었다.

타프는 손을 무겁게 들어올려 머리를 긁적이고 눈을 감았다.

"이건 도무지 말이 안 되잖아." 다시 한번 길고 완벽한 침묵이 이어졌다.

이윽고 콜리스가 입을 열었다. "저놈 동료가 말한 거 생각나? 악마라고 했잖아." 그는 한 걸음 뒤로 물러섰다. "이건 악마의 짓 같아."

"입 닥쳐, 콜리스." 타프는 콜리스 쪽을 쳐다보지도 않고 말했다. 헨리만 뚫어져라 쳐다봤고, 헨리도 타프를 물끄러미 바라보았다. "넌 검둥이가 아냐. 그리고 마술사도 아니지. 그러면…… 도대체 정체가 뭐야?"

이 질문에는 대답할 말이 많았다. 진짜 많았다. 하지만 그중 어느 것도 쉽지 않았고, 헨리는 겨우 이렇게만 말할 수 있었다. "그건……" 그의 목소리가 하도 작고 느려서 타프는 허리를 숙여야 했다. "이야기가 깁니다."

타프는 몸을 일으켰다. "긴 이야기라구?" 타프는 고개를 저으며, 한 음절 한 음절에 치미는 분노를 꾹꾹 눌러 담았다. 다들 그를 쳐다보며 그의 분노가 폭발하기를 기다렸다. 타프는 동생을 날카롭게 노려보더니 콜리스에게로 시선을 옮겼다. "또 그놈의 빌어먹을 긴 이야기라구?"

그다음에 아무도 예상치 못한 일이 벌어졌다. 타프가 웃음을 터뜨렸던 것이다. 그는 미친 사람처럼 웃어댔다. 그리고 콜리스가 웃었다, 타프가 웃으니까. 이어서 제이크도 웃었다. 오늘은 분명 아무도 죽지 않을 테니까. 그러나 헨리는, 죽지 않으리라는 걸 알게 된 헨리는 웃지 않았다. 그는 먼 곳을 바라보며 앉아 있었고, 밤이 떠올라 그를 덮쳤다. 세상 모든 어두운 것이 그랬듯.

비밀의 개

바람잡이 JJ의 이야기

1954년 5월 21일

그게 어떻게 된 일인가 하면, 이런 겁니다.

신사 숙녀 여러분! 소년 소녀 여러분! 대머리와 파란 머리 여러분! 외지에서 온 빈털터리와 산간벽지에서 온 머저리 여러분! 아는 것도 없고, 입은 헤벌리고, 갓 생성된 신세계에서 길을 잃고 낙담한 모든 분……

환영합니다! 여러분은 공연을 보려고, 잠시 숨 좀 돌리며 쉬려고, 이 서글프고 단조로운 현실에서 벗어나려고 여기까지 오셨지요. 난데없이 새가 튀어나오고, 모자 속에 토끼가 살고, 여러분의 마음을 읽어낼 뿐 아니라 어떤 마음을 먹고 있는지, 즉 어떤 카드를 왜 고를지를 알아맞히고, 마누라 몰래 몇 번이나 바람을 피웠는지까지 알아내는 사람이 있는 곳으로 오셨습니다. 여러분의 좁은 이해력을 넘어선 초능력을 지닌 이 사람을 보면, 한마디로 눈이 휘둥그레질 겁니다. 놀라 자빠질 겁니다.

그러나 여러분은 오늘밤 공연을 보지 못하십니다.

왜냐면 공연자가 사라졌거든요. 행방불명됐어요. 안타까움이 제 심장에 사무치는데, 여러분의 심정도 분명 그렇겠지요. 그 소식에 저는, 아니 우리 모두는 오장육부가 끊어지는 듯했습니다. 조그만 저희 서커스단의 소중한 멤버가, 여러분의 걱정과 고뇌를 하룻밤 동안 잊게 해줄 수 있는 사람이었으면 하던 그가, 결국엔 거대한 쇠망치로 쾅하고 가슴팍을 후려갈기듯 얼마 못 가 여러분의 서글프고 처량맞은 신세와 현실을 깨닫게 해줄…… 제가 무슨 얘기를 하고 있었죠? 아, 네, 그러니까 저는 다만 우리를 즐겁고 신나게 해줄 사람이 여기 없다는 사실에 진짜로 낙심했다는 거죠.

검둥이 마술사 헨리가 사라졌습니다. 하지만 왜? 어디로?

제가 그걸 알면 이 마을과 마을 안에 있는 모든 게 제 것이게요?

물론 추측은 무성합니다. 연인을 찾았다, 주님을 찾았다, 자기 자신을 찾았다, 돈다발을 찾았다! 아니면 누구 말대로 야심차게 기획한 새 마술이 실패했다? 마술사들이 제일 위험한 마술을 할 때 뚱뚱한 여자나 노총각을 쓰는 이유가 있습니다. 그 사람들은 좀 잘못돼도 찾는 이가 없지요…… 그 때문에 저를 비난하지는 마십시오. 저 뒤쪽의 뚱뚱한 숙녀분조차 제 얘기에 웃으셨으니까요. 하지만 얘기가 삼천포로 빠졌군요…… 솔직히 말해서…… 아니, 아까 하던 말 계속하죠. 사실 제가 잡담밖에 아는 게 없고, 일하는 데 필요한 것도 잡담뿐이잖아요. 하지만 이건 일부러 하는 잡담입니다. 개가 냄새를 맡고 쫓아가는 것처럼, 제가 목적지로 가는 방법이죠. 이제 좋은 소식에 거의 다다랐습니다.

신사 숙녀 여러분! 오늘밤 여러분은 제러마이어 모스그로브 차이니즈 서커스단이라는 괴짜와 기인과 별종의 집합소에서 처음

시도하는 전무후무한 공연의 산증인이 되실 겁니다.

바야흐로 저는 진실을 말씀드리려 합니다.

시작하기 전에 먼저 아셔야 할 매우 기본적인 사항이 몇 가지 있습니다.

우리 중 여러분이 보시는 모습 그대로인 자는 아무도 없습니다. 세상에서 제일 힘센 사나이? 약골입니다. 그 사람은 밤에 잘 때마다 울어요. 스파이데렐라*는 거울을 이용한 합성이죠. (세상에 여자 머리가 달린 거미는 없습니다. 특히 카트리나처럼 매력적인 얼굴이 거미 몸에 달릴 리가요. 전 늘 카트리나한테 마음이 좀 있었어요.) 그리고 '악어 부인' 아그네스? 그냥 악성 피부병을 앓는 것뿐입니다.

피부 하니까 헨리가 생각나는군요.

옆사람 손을 꽉 잡으세요. 마음에 안 들어도 잡으세요. 지금부터 제가 하는 얘기를 들으시면 제일 담이 센 분이라도 어질어질할 테고, 기절해서 넘어가는 분도 있을 테니까요. 다들 심장은 있으시죠? 무너져내릴 테니 각오하세요. 그리고 상상력 없는 분들, 여기 왜 오셨답니까?

자, 이제 말씀드리죠. 검둥이 마술사 헨리는 검둥이가 아닙니다.

그는 백인입니다.

백인! 여러분이나 저처럼 말입니다.

제 말을 이해하실 시간을 좀 드리죠.

---

* spiderella. 스파이더(spider)와 신데렐라(cinderella)의 합성어.

이 사실을 아는 사람은 몇 없습니다. 여기 차이니즈 서커스단에 도요. 이유는 아시리라 짐작합니다. 보잘것없는 인생을 사는 동안 여러분은 이런 충격적인 얘기를 들어본 적이 있습니까? 지난 시절의 보드빌* 업계에서 말고는, 보드빌의 쇠망은 이 직업, 그러니까 우리 기인의 공연과 그걸 만드는 기인 전부의 종말을 반영하는데, 어쨌든 거기서 말고는 이런 일이 있었다는 얘기를 단 한 번도 듣지 못했습니다. 미쳤다고 스스로 그런 짓을 하겠습니까? 백인이 흑인이 되다니, 이 시대에? 왕이 거지가 되겠다는 것과 마찬가지잖아요. 캐리 그랜트가 문둥이가 되려는 셈이고, 메릴린 먼로가 이빨 빠진 여드름투성이 트럭 운전사가 되려는 셈입니다. 세 발 달린 강아지가 남은 발 중 하나를 과학을 위해 기증하겠다는 셈이죠. 딱 그짝이죠, 안 그래요?

아니, 그보다 더 고약해요. 당최 믿을 수가 있어야죠. 하지만 말도 안 되는 일이 다 그렇듯 이런 일에는 늘 이유가 있습니다, 그죠? 오늘밤 제가 그 이유를 설명해드리겠습니다. 헨리와 저는 친구였습니다. 아마 제일 친한 친구였을 거예요. 포도주 한 병을 앞에 두고 밤늦도록 같이 술잔을 기울이면서, 헨리는 아무에게도 보여주지 않았던 옛 모습을 일부나마 제게 보여줬지요. 저만이 여러분께 얘기를 들려드릴 수 있습니다. 하지만 저는 헨리한테 들은 대로 말할 수밖에 없습니다. 헨리가 이야기해준 그대로 그를 재연하고자 합니다. 말하자면, 그를 재창조하는 거죠. 한때 우리 앞에 그가 진짜 모습을 드러냈을 때처럼, 그러나 이번엔 더욱 선명하게 더

---

* 춤과 노래, 슬랩스틱 코미디 등 짤막한 연극이나 쇼를 다양하게 올리던 공연.

욱 참다운 모습을 드러내길 바랍니다. 이제 진실로써 그를 조명할
테니까요.

* * *

대공황의 먹구름 아래에서 엄마 없이 자란 열 살짜리 소년. 여
기서부터 시작하죠. 한때 유복했던 사람들이 고작 밥 한 끼를 먹기
위해 구걸을 해야 했습니다. 당당했던 사내들이 신발 한 켤레 때
문에 말똥을 치워야 했지요. 자기 회사를 경영하던 잘나가는 회계
사 워커 씨는 고급 호텔에서 유지 보수 일을 하는 처지로 전락했습
니다. 여동생 해나는 헨리의 삶에서 유일한 빛이었어요. 문자 그대
로 그녀의 금발은 밤에도 빛났습니다. 그의 삶에서 뭐가 없어진 걸
까요?

뭐, 거의 다 없어졌죠. 세상에는 없어진 것 천지였습니다. 그중
에서도 가장 아쉬운 건 놀라움이었죠. 가능성.

마술. 우리 모두에게 이것보다 더 간절한 게 있을까요? 가령 제
경우엔, 하루도 빠짐없이 이 구경 저 구경 하라고 선전하러 다닙니
다. 공연을 어디서 하는지 알려주는 게 제 일이니까요. 공연은 항
상 저기, 이 낡은 서커스 천막 너머, 대자연의 실수를 그린 이 화려
한 그림 뒤에서 벌어집니다. 항상 똑같아요. 사실 아홉시부터 여섯
시까지 직장 생활을 하는 거랑 하나도 다를 바 없습니다. 가끔 저
기 소나무 기둥 뒤 하수구 근처에서 욜란다를 만날 때를 제외하면
말이죠. 우린 대화를 나눕니다. 욜란다가 고백하길, 자기는 소리치
면 들릴 거리에 있는 사내들하고 전부 잤답니다, 나만 빼고. 우린

한 번도 자지 않았고, 앞으로도 절대 안 잘 겁니다. 그녀는 진짜 꿈처럼 아름답고—집시처럼 까무잡잡한 피부에 미인이죠—저는 유혹에 넘어갈 뻔하기도 했죠. 그래서 더 특별한 겁니다. 저 혼자만이 그녀에게 손가락 하나 대지 않았다는 사실 때문에 다른 사람보다 더 그녀에게 친밀감이 들거든요. 마치 결혼한 부부처럼 오직 나만이 그녀를 이런 식으로 가질 수 있는 거죠. 이건 마술입니다, 안 그래요? 제 경우엔 그렇다구요.

자, 상상해보세요. 때는 1931년 여름, 애들은 학교에서 해방된 지 얼마 안 됐지만 학교는 벌써 머나먼 기억 저편에 묻혔습니다. 헨리와 여동생은 아무 데나 돌아다니며 탐험을 했고, 마음 내키는 대로 뭐든 할 수 있었지요. 프리몬트 호텔은 그애들의 놀이터였습니다. 귀엽고 애처로운 열 살짜리 소년을 머리에 그려보세요. 유달리 야심차게 몇 층을 아우르며 숨바꼭질을 하다 비었다고 생각한 객실의 손잡이를 돌렸는데, 거기서 한 남자와 마주쳤습니다. 남자는 마치 소년이 올 줄 알았던 것처럼 아이를 정면으로 마주 보고 의자에 앉아 있었죠. 남자는 검은색 정장에 나비넥타이를 매고, 헨리가 이때까지 본 구두 가운데 가장 윤이 나는 반질반질한 흑백 구두를 신었습니다. 남자는 웃고 있었는데 피부가 너무 하얘서, 백지장처럼, 흰 구름처럼 새하얘서 오히려 이가 누래 보일 정도였죠. 머리에는 기름을 발랐고요. 옆에 있는 협탁에는 공책 한 권과 펜 하나가 놓여 있는데, 아무것도 쓰여 있지 않았지요. 그는 동전 하나를 들고 가볍게 전후좌우로 굴렸습니다.

"헨리." 남자가 입을 열었습니다. "이것 참 유쾌한 놀라움이구나."

"제…… 이름을 아세요?"

"그냥 짐작이 맞은 거지." 다른 표정은 하나도 없는 듯 미소가 그의 얼굴에 얼어붙어 있었습니다. "이름이란 건 참 재밌어. 내 이름은 날마다 바뀐단다."

"바뀐다고요?"

"그래. 어제 내 이름은 허레이쇼였지. 오늘은 미스터 세바스찬이란다. 내일은? 모르지. '토비어스'가 어떨까 생각 중이야."

헨리는 알아들었다는 듯 고개를 주억거렸습니다. 완전히 빠져들었지요. 헨리는 그 남자의 주문에 아마도 신기록으로 걸려들었을 겁니다. 일 분도 안 걸렸다니까요.

"그런데 해나는 어디 있지?" 미스터 세바스찬은 손가락 사이로 동전을 뱀처럼 움직이며 말했습니다. 그는 사람들 이름을 다 알았죠.

"숨었어요."

"그래. 넌 해나가 여기 숨었다고 생각했구나. 그렇지?"

헨리는 동전에서 눈길을 떼지 못한 채 고개를 끄덕였습니다. "그거 어떻게 하는 거예요?" 헨리가 물었죠.

미스터 세바스찬의 입꼬리가 더 째지는 듯했어요. 눈도 번쩍 빛나는 것 같았구요.

"아, 이거. 이런 식으로 하는 거지."

그리고 다음 순간, 그들이 처음 만난 바로 그날에 미스터 세바스찬은 불가능한 일을 해냈습니다. 사라진 거죠. 헨리는 맹세라도 할 수 있을 겁니다. 몇 초 동안 텅 빈 의자만 있었어요. 헨리는 남자의 손에서 눈을 떼지 않았는데, 손이 나머지 몸과 같이 사라져버린 겁니다. 헨리가 미처 방 안을 둘러보기도 전인데 그가 다시 나타났어요. 아까와 똑같이 다리를 꼬고 앉아서 미소를 지었죠.

"어떻게 한 거예요?" 헨리가 물었습니다.

미스터 세바스찬이 대답했습니다. "마술이란다."

그날 밤, 종잇장처럼 얇은 매트리스 하나로도 꽉 차는 좁은 방안의 어둠 속에서 헨리와 해나는 잠을 이루지 못했다. 방을 가로질러 길게 매어놓은 줄에 걸린 두 사람의 옷가지가 유령처럼 보였다. 손님이 변기 물을 내리자, 벽면에 장식처럼 드러난 금속 파이프에서 물이 쿨렁거리는 소리가 들렸다. 둘 다 깨어 있다는 것을, 상대방이 어둠 속에서 눈을 동그랗게 뜬 채 누워 있다는 것을 피차 잘 알고 있었다. 두 사람은 연년생이었고, 헨리의 일부가 어머니의 자궁에 남아 있다 해나의 일부가 된 것처럼 두 사람 사이의 끈은 공고했다. 둘은 서로의 눈길을 느낄 수 있었다.

"오늘 굉장한 일이 있었어." 헨리가 말을 꺼냈다.

해나는 숨을 들이켰다. "나도 그래!" 해나는 속삭이는 것보다도 작게 거의 쥐어짜내듯 말했다. "나도 굉장한 일이 있었다구." 해나는 꿈지럭대며 오빠와 자기 자리를 구분 짓는 가상의 경계선 가까이 와서 누웠다.

"먼저 말해봐."

"아냐, 네가 먼저 말해."

"알았어. 오늘 개 한 마리를 찾았어."

"그게 무슨 소리야? 개를 찾았다니?"

"호텔 뒷골목에 개가 한 마리 있었는데, 내가 찾아냈어."

"호텔 뒷골목에서 뭘 했는데?"

"잡지를 읽었어."

"잡지?"

해나는 매트리스 밑에서 뭔가 끄집어내더니 헨리에게 보여줬다. 잡지에서 찢어낸 반들반들한 종이. 〈큐나더〉*였다. 아름다운 열대 섬의 해변에서 여자가 잘생긴 남자 옆에 서서 끝없이 푸른 바다 너머를 바라보는 사진이었다. 그들 위로 쌍엽기 한 대가 높이 날았다. "온갖 장소에서 찍은 이런 사진이 되게 많아. 언젠가 나도 그런 데 가볼 거야."

"우리도." 헨리는 지적했다.

"응?"

"'우리' 겠지. 언젠가 우리도 거기 가볼 거야."

그러나 해나는 아무 말도 하지 않았다. 그저 사진만 들여다볼 뿐이었다.

"나는 죽 늘어선 쓰레기통 뒤에 있었어." 해나가 입을 열었다. "이런 사진들을 보면서. 한참 보고 있는데 무슨 소리가 나는 거야. 개더라구."

"무슨 종인데?"

"파랑. 그 비슷한 거야. 파란 개."

"그런 개는 없어."

"뭐, 어쨌든 내가 그 개를 찾았어."

"개가 널 찾은 것 같은데?"

---

* 고급 크루즈를 운항하는 영국 큐나드 해운사에서 일 년에 두 번 발행하는 회원제 여행 잡지.

"저녁 먹고 다시 가서 햄을 좀 줬어."

헨리는 이 상황에 대해 생각하느라 잠시 침묵에 빠졌다. "우리 햄을 좀 줬어?"

"응."

"우리가 먹을 햄도 별로 많지 않은데."

"내 거였어, 오빠 게 아니라. 오늘 저녁에 나온 내 몫을 안 먹고 개한테 준 거야."

"그럼 오늘 그 개는 너보다 더 잘 먹었겠네."

"그렇지, 뭐. 그래도 괜찮아."

둘 다 한동안 말이 없다가 해나가 돌아누웠다. 오빠가 어떻게 생각할지 뻔했다. 오빠의 생각을 알아차리는 데는 뒤늦게 태어난 오빠의 일부일 필요도 없었다.

"내 개야." 등을 돌린 채 해나가 말했다. "내가 주고 싶은 대로 줄 거야."

헨리는 굳이 토를 달지 않았다. 동생은 그의 일부이기도 했지만, 그 나머지는 그가 아니니까. 동생이 바보 같은 개한테 먹이를 주게 내버려두자. 해나가 뒷골목에서 살든 쓰레기통 뒤에서 자든 그가 신경 쓸 일이 아니다. 헨리는 속으로 그렇게 중얼거렸다. 해나는 이제 매트리스 저쪽 끄트머리로, 평소보다 훨씬 더 멀리 굴러갔다. 헨리는 거리감을 느꼈다. 자리가 더 넓었다면 해나가 더 멀리 갔을 거라는 걸 알았다. 그렇게 시작됐다. 헨리는 미스터 세바스찬 혹은 허레이쇼 혹은 토비어스 혹은 그날 그의 이름이 뭐든 그에 대해 한마디도 꺼내지 않고 잠이 들었다. 이 비밀이 그에게 유일한 위로가 됐다.

다음 날 헨리는 702호에 다시 갔다. 이번에도 해나 없이 혼자였다. 해나는 일어나자마자 휙 나가서 빵 한 덩이를 들고 개한테 갔다. 미스터 세바스찬—헨리한테는 미스터 세바스찬으로 **보였기** 때문에 맘속으로 그를 이렇게 불렀다—은 똑같은 의자에 똑같은 옷을 입은 채 똑같은 미소를 짓고 앉아 있었다. 다만 동전이 아니라 뒷면이 파란 카드를 한 벌 들고. 카드는 손에서 손으로 마치 제 머리로 생각하는 것처럼 스스로 움직였는데, 미스터 세바스찬이 시키는 대로 생각하도록 훈련받은 듯 완벽한 솜씨로 하나씩 차례대로 허공에서 물 흐르듯 부드럽게 미끄러졌고, 자석처럼 착 달라붙다가도 연기처럼 자유롭게 흩어졌다.

헨리는 입이 떨어지지 않았고 움직일 수도 없었다. 생애 처음으로 진정한 사랑을 만난 것 같았다.

미스터 세바스찬이 말했다. "가르쳐주지, 네가 원한다면."

헨리는 천천히 고개를 끄덕였다. 그는 원했다.

저는 오클라호마 출신입니다. 아버지는 석유 상인이었죠. 어렸을 때는 성에서 살았습니다. 멋진 신기루처럼 초원에 솟은 성이었어요. 니커스*를 입고 성 앞에 서서 찍은 어릴 적 사진도 있습니다. 니커스를요! 머리는 기름을 발라 뒤로 넘겼죠, 지금도 여전한 이 스타일로요. 그러다 제가 열두 살 때 아버지가 전 재산을 날렸습니다. 도박꾼 주제에 솜씨는 형편없었으니 정말 운도 없는 조합이었죠. 우린 성에서 나왔고, 어머니는 가족을 떠났습니다. 우리는

---

* 무릎 근처에서 졸라매는 품이 넓고 느슨한 바지.

노먼에서 엘리베이터도 없는 건물에 살았어요. 열네 살 때 아버지는 재산을 고스란히 다시 모았고—지칠 줄 모르는 일꾼이었던 아버지는 머리도 좋았어요, 전 새어머니까지 생겼죠—열여섯이 된 해에 다시 다 날렸죠. 똑같은 식으로 말입니다.

저는 그 생활이 지긋지긋했습니다. 불확실성. 내일이면 부자가 될지 가난뱅이가 될지, 성에서 살지 정육점 위층의 방 한 칸에서 살지, 어머니가 있을지 없을지 도대체 알 수가 없었어요. 그래서 집을 나왔습니다. 오클라호마를 떠나는 기차에 훌쩍 올라탄 이후 한 일 년 정도 별일 없이 빌빌거리다 여기까지 흘러 들어와서, 천막을 철거했다 다시 세우는 일을 했지요. 그러다 제 전임자가 목소리를 잃고 1949년 대화재 때 목숨마저 잃자, 저더러 그 자리를 이어받아 기인들을 위해 호객을 해보라고 하더군요. 물론 저는 그 사람들을 좋아하고, 그들도 저를 좋아합니다. 게다가 그들은 스타잖아요. 상황이 참 웃기죠. 그 사람들은 연예인이에요. 저는 여기 있기엔 너무 평범해서 이 저명한 사람들 사이에 낄 수 없죠. 제가 할 줄 아는 건 얘기밖에 없어요. 하여간 제가 하려던 말은 이겁니다. 헨리와 저는 비슷한 처지였다는 것. 우리 아버지만 아니었다면, 저도 여기 있을 리 없었죠.

호텔에 살면서 일 년여 동안 헨리는 아버지의 손이 점점 거칠어지는 것을 보았다. 베이고 멍들고 못이 박이면서 아버지의 두 손은 그 손에 쥐던 연장을 닮아갔다. 전에 살던 집에서 아버지는 종종 잠든 아들의 손을 잡고 이마의 머리카락을 뒤로 쓸어넘겨주었다. 그러나 헨리는 이제 아버지가 자신을 만지는 것이 싫었다. 아버지의 손길은 전혀 위안이 되지 않았으니까. 사포가 스치는 것 같았으니까.

물론 다른 이유도 있었다. 아버지의 손은 그들의 서글픈 삶을 대변했다. 저녁 식탁에서 헨리는 아버지가 나이프와 포크를 쥐는 모습을 곁눈으로 살짝 쳐다보았다. 아버지는 포크의 목을 조르듯 쥐고 광포한 욕구를 보이며 음식에 달려들었다. 헨리는 아버지를 비난하지 않으려 노력했지만, 노력 자체가 선입견을 굳히는 데 기여했을 뿐이다. 정말 추했다, 아버지가 식사하는 모습은. 아버지는 하루 종일 열심히 일했고 배가 고팠으며, 먹을 것도 많지 않았고 먹을 시간도 별로 없었다. 예전에 어머니는 이렇게 말했다. 외국에 있다고 꼭 그 나라 사람처럼 입어야 하는 건 아니란다. 헨리는 어머니가 가르쳐준 포크와 나이프 쥐는 법, 의자에 똑바로 앉는 법, 버터를 건네달라고 요청하는 법을 잊지 않았고, 여전히 그 방식으로, 어머니의 방식으로 식사를 했다. 그는 음식을 점잖게 잘라서 은으로 된 포크의 끝부분으로 찌른 다음 천천히 들어올려 입에 넣고, 늘 하나 둘 셋 넷 다섯을 세면서 생각에 잠긴 듯 씹었다. 그 외에도 자잘하게 지켜야 할 게 많은 식사법을 따랐다. 플레처리즘.* 어머니는 이 식사법을 그렇게 불렀다.

해나는 그 중간쯤 되는 어정쩡한 방법으로 먹었다. 오빠의 기분을 아니까 오빠를 실망시키기도 싫고, 오빠의 방식을 따르자니 아버지가 머쓱해하는 것 같았다. 아버지도 속으로는 자신의 변화를 잘 알았으니까. 해나는 호텔 주방에서 남았다고 갖다준 질기고 식

---

* 건강을 위해 음식을 조금씩 충분히 씹어 먹는 식사법.

은 스테이크를 톱질하듯 썰다 오빠의 눈초리를 알아채면 옛날의 고상한 식사법으로 돌아갔고, 그렇게 모두를 만족시키려 애쓰다 결국 아무도 만족시키지 못했다. 그녀는 어렸고, 여러 세계와 다양한 관계와 이런저런 애정 사이에 어중간하게 끼어 있었다. 헨리는 이해했다. 그래서 용서했다. 해나는 자기 편한 대로 먹어도 된다.

오늘 저녁은 호텔에서 남은 음식으로 잡다한 야채와 딱딱한 빵 꽁다리 네 개, 주방에서 너무 많이 만든 크림소스 생선 요리가 낡은 양철 접시에 담겨 나왔다.

"이거 맛있군." 헨리의 아버지는 음식을 한입 가득 문 채 말했다. 입가로 크림이 비어져 나왔다.

헨리와 해나는 고개를 끄덕였고, 이내 해나가 한숨을 내쉬었다. "배부르다."

해나는 자기 몫의 요리에 거의 손도 대지 않은 채였다. 헨리는 해나를 쳐다보았다.

"그럴 리 없잖아." 헨리가 반박했다.

"여하튼 배불러." 해나는 딴청을 피웠다.

아버지는 웃으며 해나의 머리를 쓰다듬었고, 해나는 움찔했다. "해나는 조그맣잖니, 헨리. 얘를 봐. 바람 불면 날아가게 생겼어! 두세 입만 먹어도 충분한가보지. 남은 건 우리가 나눠 먹자." 아버지가 말했다. 손은 이미 해나의 접시로 뻗은 뒤였다.

"안 돼요!" 해나는 급히 말했다. "놔두세요. 남은 건 나중을 위해 아껴둘래요. 이따가 먹을 거예요. 지금은 안 먹을 거지만."

"언제 먹을 건데?" 헨리가 물었다.

"나중에."

"네 배에서 꼬르륵거리는 소리가 여기까지 들려." 헨리의 말에 해나가 한번 해보자는 듯 그를 노려보았다. "개처럼 꾸르륵거리는데."

해나는 한 손에 접시를 들고 식탁에서 일어나 걸어가다 오빠가 아직도 쳐다보나 헨리 쪽을 흘긋 돌아보았다. 헨리는 여전히 쳐다보고 있었다. 어쨌든 그녀는 방을 나갔다.

"이게 다 뭐 하는 짓이냐?" 아버지가 물었다.

헨리는 아버지에게 사실대로 털어놓을까 고민했다. 해나가 자기 몫을 안 먹고 호텔 뒷골목에서 발견한 길거리 개한테 준다고. 하지만 그는 해나를 배신할 수 없었다, 아직은.

"해나가 제대로 먹지 않아서 걱정하는 것뿐이에요." 헨리는 말했다. "저러다 병나지 않을까 걱정돼서요."

아버지는 웃으며 아들을 건너다보았다. 그의 회색 눈동자에서 희미한 빛이 일렁였다. "착한 오빠구나. 착한 아들이기도 하지. 제대로 먹지 않아서 걱정되는 사람은 바로 너야. 넌 잡초처럼 쑥쑥 자라잖니! 금방 나보다 키가 더 크겠구나. 우리 아들……" 여기서 그는 말을 멈추고 아들을 더 자세히 들여다보았다. "헨리, 그게 뭐냐?"

아버지는 커가는 아들의 인물 조사를 수행하다 아들의 주머니에서 비죽 튀어나온 뭔가를 보고 얼굴에서 생기가 싹 달아났다.

"그거 담배냐?" 아버지가 물었다.

"아녜요. 당연히 아니죠." 아들이 말했다.

"우린 담배 살 돈이 없다. 우리 처지가 이 지경이 되면서 난 담배를 끊었다. 끊고 싶어서가 아니라 끊을 수밖에 없었어. 그런데 넌 그런 데 돈을 쓰고……"

"담배 아니라니까요." 헨리가 말했다. "트럼프예요."

"트럼프?" 아버지가 되물었다.

헨리는 마지못해 주머니에서 카드 상자를 꺼내 아버지 앞 식탁 위에 올려놨다. 저녁 먹기 전에 반 시간은 족히 카드 상자를 들여 다봤으면서도, 헨리는 여전히 그보다 더 근사한 것은 본 적이 없다고 생각했다. 어느 한구석도 빠지지 않았다. 마분지로 된 밝은 빨간색 상자, 윗면에 인쇄된 '자전거'라는 단어—아주 단순했지만 정말 예뻤다—뒷면에 그려진 자전거를 탄 큐피드. 이 얼마나 우스꽝스러운 아이디어인가! 자전거를 탄 큐피드라니? 뭘 뜻하는 걸까? 통 모르겠지만 그게 무슨 대수랴. 헨리는 그저 좋았다. 모서리가 반듯하고 옹골진 상자 안에 많은 것이 담겨 있었다. 쉰두 장의 카드. 벌써부터 헨리는 여기 바깥세상보다 카드 상자 속에 더 많은 삶이 존재하리라 생각하기 시작했다. 그게 뭔지는 아직 몰랐지만. 더 많은 가능성. 마술.

"아." 아버지는 겸연쩍게 말했다. "별거 아닌 일로 화를 냈구나. 트럼프인데." 아버지가 카드 쪽으로 손을 내밀자 헨리는 움찔했다.

"하지 마세……"

"응?"

"망가뜨리지 마세요." 헨리는 말했다.

아버지는 아들의 목소리에서 묻어나는 뉘앙스를 감지했다. 명령하듯 뻐기는 말투였다. 그래도 아버지는 미소를 지었다. "내가 어떻게 트럼프를 망가뜨릴 수 있겠니? 크리스털로 만든 것도 아니고 그냥 종이인데."

"저기, 좀, 먼저 손이라도 씻고."

"물론이지." 아버지는 순순히 말했다. "물론 그래야지. 뭐 묻으면 안 되니까. 그렇지?" 그는 냅킨에 손을 문지른 뒤 조심스럽게 카드 상자를 집어들고 찬찬히 살폈다. "새것처럼 보이는데."

"새거예요."

"샀니?"

"선물로 받았어요."

카드 상자를 살피는 동안 아버지의 안경이 코끝으로 주르륵 미끄러졌다. "선물? 손님이?"

"네." 헨리는 대답했다. "맞아요."

아버지는 고개를 설레설레 저었다. "그 사람들은 자기보다 운수 나쁜 사람한테 뭔가 주면서 스스로 뿌듯해하지. 겨우 트럼프 하나 가지고." 그는 웃음을 터뜨렸다. "그게 지금 우리잖니, 운수 나쁜 사람. 그리고 그 사람들은 운수가 좋고."

헨리는 반박하고 싶은 걸 억지로 참았다. 자신과 미스터 세바스찬이 하는 일에 잘못된 것은 전혀 없었지만, 아버지에게 설명했다간 죄다 '나쁜 생각'이라며 금지당할 것 같았다. 그는 해나한테도 말하지 않았다. 이 트럼프는 온전히 자신만의 것이었으니까. 이곳에 온 다음부터 온전한 자기 것은 하나도 가져보지 못했다.

아버지는 계속 카드 상자를 들여다봤다. "내가 한때 카드 좀 했지. 그러니까 내가…… 뭐, 그냥 오래전이라고만 해두자. 일을 마치고 나서 테이블을 치우고 몇 판 돌리곤 했지. 일 센트 내기였어. 진 사람은 항상 미친 듯이 화를 냈지." 워커 씨의 얼굴에 미소가 떠올랐다. "카드에는 역사가 담겨 있단다. 정확히는 잘 모르겠지만, 카드의 왕족 그림에는 뭔가 의미가 있다고 알고 있어."

헨리는 주체할 수 없었다. 저도 모르게 불쑥 말이 튀어나왔다. "하트 킹은 샤를마뉴 대제구요, 다이아몬드 킹은 율리우스 카이사르, 클로버 킹은 알렉산드로스 대왕, 그리고 스페이드 킹은 다윗이에요. 성경에 나오는."

아버지는 재미있다는 듯 안경 너머로 헨리를 쳐다봤다. "그러냐?"

"네."

"여기 그려진 나머지 사람들도 다 아니?"

"아뇨. 하지만 알아낼 거예요."

"그래. 장하다, 우리 아들."

아버지는 손안에서 카드 상자를 굴리며 미소 지었다. "난 셔플하기를 좋아했지. 그 소리가 참 좋았단다, 특히 이런 새 카드로 할 때면. 이 아버지가 셔플하는 소리 한번 들어볼래?"

헨리는 카드로 손을 뻗었고, 아버지는 얼른 뒤로 뺐다. 그 본능적인 움직임이 마치 뼈다귀를 지키려는 개 같았다. 그는 이런 인간이 되어버린 것이었다. 아들한테서 뭔가를 빼앗고 돌려주지 않으려는. 두 사람은 그 자세 그대로 굳어버렸고—헨리는 팔을 내뻗은 채로, 아버지는 어깨를 뒤로 뺀 채로—시선이 맞물렸다. 헨리의 시선은 차갑고 냉정한 반면, 아버지의 눈은 어두워지며 애잔한 빛을 띠었다.

"······싫으냐?" 아버지가 물었다.

마치 총을 맞고 쓰러져 마지막 유언을 남기는 것처럼 들렸다. 싫으냐? 헨리는 정말 싫었지만, 아버지의 목소리에 담긴 울림—이 얼마나 애처롭고 비참한가, 자기 아들이 이런 사소한 일에서조차 아버지를 거부하다니―을 어찌할 수 없었다.

"아녜요." 헨리는 말했다. "당연히 듣고 싶죠. 그냥 상자를 열어 드리려고 했던 거예요."

아버지는 웃었다. "상자 여는 법은 나도 안단다, 얘야." 이제 그의 목소리에선 찬바람이 불었다. "네가 내 눈 속에서 일렁이는 빛이기 전부터 난 카드를 쳤어."

"그게 무슨 말이에요?"

"그냥, 네가 태어나기 훨씬 전부터 카드를 쳤다는 뜻이다."

"근데 눈 속에서 일렁이는 빛이 무슨 뜻이에요?"

"그건 말이다, 내가 네 엄마를 봤을 때, 신이여 그녀의 지친 영혼을 쉬게 해주소서, 내 눈에서 그러니까 불꽃이 튀었고, 네 엄마 눈에서도 마주 불꽃이 일어나 우린 아기를 갖기로 했단다. 그래서 네가 태어났으니, 너는 한때 내 눈 속에서 일렁이는 빛이었다는 거지." 헨리는 그게 어떤 모습일지 궁금했다. 아버지의 눈에서 빛이 일렁이는 모습.

"어머니하고 같이 카드를 하셨어요?"

"그러진 않았다." 아버지는 먼 일을 회상하듯 잠긴 목소리로 말했다. "우린 많은 걸 함께 했지만 카드는 한 번도 친 적이 없구나. 네 엄마는 정원에서 살다시피 했지. 너하고 해나를 빼면, 정원을 가장 사랑했단다."

"저하고 해나하고 아버지도 빼고요." 헨리는 정정했다.

"그래, 나도 그 목록에 들어갈 것 같구나. 수국 바로 다음으로."

아버지는 웃었고, 헨리도 웃었고, 어색함은 달아났다. 이제 주의를 카드로 돌렸다. 아버지는 엄지손가락으로 상자 귀를 누르고 한두 번 실패한 끝에 겨우 상자를 열었다. 헨리는 아버지가 수술 집도라도 하는 듯 지켜보았다. 맵시 있고 이상적인 밝은 빨간색 상자를 그러쥔 아버지의 손가락은 크고 징그러워 보였다. 아버지는 한 손으로 상자를 잡아 흔들었고, 다른 손으로 쏟아져나오는 카드를 잡았다. 그날 아침, 헨리는 처음으로 카드 상자를 직접 열어보았다. 이건 네 거다. 미스터 세바스찬은 말했다. 뭔가 소소한 것, 생필품이 아닌 삶의 장식품 같은 장난감을 받은 것은 참으로 오랜만이었다. 조그만 상자에 커다란 것이 들어 있지. 그리고 이 특별한 상자 안에는 쉰두 개가 들어 있단다. 헨리는 고맙습니다라는 말밖에 하지 못했고, 그 말소리조차 너무 작아서 마음속에 있는 감정을 하나도 드러내지 못했다. 머잖아 이 카드는 뭐든 네가 시키는 대로 할 거야. 미스터 세바스찬은 말했다. 어떻게 하는지 가르쳐주마. 살면서 무슨 일이 일어날지, 우리 앞에 행운이 떨어질지 비극이 일어날지 알 수 없지만, 이 카드만큼은 완벽하게 네 손안에 있을 거다.

지금 카드는 헨리의 손에 없다. 아버지가 카드를 부채꼴로 쭉 펼쳤다. 그리고 대단한 일이라도 벌어진 양 아들을 바라보았다. 그는 카드를 셔플하면서 눈을 감고 날렵하고도 경쾌한 소리에 귀를 기울였다. 정말 아름다운 소리였다. 관객이 박수를 치는 것 같았다.

"공중에서도 셔플을 할 수 있었단다." 아버지는 카드를 식탁에서 들어올리며 말했다.

"안 보여주셔도 돼요." 헨리는 말했다. "탁자에 놓고 셔플하는 소리가 좋아요."

"한번 해보자. 이렇게 허공에서."

"아버지, 진짜로……"

하지만 이미 늦었다. 아버지는 카드를 앞으로 내밀어 셔플하기 시작했고, 첫째 장부터 그의 손을 벗어난 카드는 제대로 번갈아 겹치며 한데 모이는 대신 쉰두 장 전부가 탈출하듯 허공으로 튀어올라 사방으로 흩어졌다. 바닥, 식탁, 난로. 카드 한 장은 아버지의 접시 가장자리에 내려앉았다. 헨리는 한쪽 귀퉁이가 육즙에 젖어 들어가는 카드를 보았다.

"아버지!" 헨리는 카드를 집어들고 셔츠에 문지르며 악을 썼다. 헨리는 카드를 꼼꼼히 살폈다. 괜찮아 보였다. 그는 다른 카드를 찾아 나섰다. 머리끝까지 화가 났다. 헨리는 아버지를 향해 눈을 부릅떴다. "진짜…… 아버지가 한 짓 좀 보세요! 이 카드에 손댈 수 있는 사람은 오직 나뿐이라구요! 내 잘못이야, 아버지한테 주는 게 아닌데. 이만하면 알았어야 했는데, 아버지가 손대면 뭐든……"

그러나 헨리는 여기서 멈췄다. 다음 말을 뱉어버리면, 그가 할 수 있는 어떤 말보다 가슴 아픈 말이 될 것임을 잘 알았으니까.

"헨리." 아버지가 말했다. "고작 카드잖니."

불난 집에 부채질한 격이었다. "고작 카드라뇨." 헨리는 말문이 막혔다. "고작 카드라구요?" 그는 허리를 굽히고 몇 장을 더 집어들었다. 이제 그는 아버지를 보지 않았다. "고작 카드란 말이죠." 헨리는 되뇌며 의자 밑에서, 식탁 밑에서, 냉장고 밑에서 회수한 카드를 셌다. 카드는 사방으로 날아가 차갑고 금이 간 리놀륨 바닥에 바람 맞은 낙엽처럼 온통 흩뿌려져 있었다. 그는 카드를 다 찾을 때까지 카드만 봤고, 자기 접시를 비우고 방으로 돌아가 전부 다 무사히 회수한 것을 확인하고 확신할 때까지 세고 세고 또 셌다.

우리 아버지가 저를 찾아온 날이 생각나는군요. 그날 저는 사과 궤짝 위에 서 있었습니다. 제가 쓰던 연단이 코끼리의 습격으로 부서졌거든요. 전날 밤 비가 와서 땅바닥은 유난히 질퍽거렸고 여기 저기 웅덩이도 파여 발한테 미안한 상황이었죠. 막 호객을 시작했을 때가 기억납니다. 신사 숙녀 여러분! 소년 소녀 여러분! 대머리와 파란 머리 여러분! 사람들을 쳐다봤는데 거기 아버지가 계신 겁니다. 아버지는 저 뒤쪽에 서 계셨고, 검은 양복에 나비넥타이—분명 옅은 오렌지색이었을 겁니다—차림이셨죠. 나는 계속 떠벌리면서 아버지가 재산을 도로 모았나보다 생각했어요. 다시 부자가 된 모양이라고. 다행이라고 속으로 생각했죠. 아버지는 사업을 하시면서 언젠가 제가 그의 사업을 물려받기를, 말하자면 바통 터치하기를 바라셨지만, 저는 거기 사과궤짝 위에 서서 어디 불이라도 난 듯 소리를 지르고 있었습니다. 스파이데렐라! 머리는 여자, 몸은 사람을 잡아먹는 타란툴라 거미! 아버지는 그대로 걸어가버렸습니다. 저는 아버지의 뒤통수가 군중 사이로 사라지는 것을 지켜봤지요. 제가 본 아버지의 마지막 모습이었습니다.

개는 당연히 파란색일 리 없었다. 머리끝부터 발끝까지 새카맸고, 헨리가 처음 다가갔을 때부터 흉포하기 이를 데 없었다. 무섭게 으르렁거리는 데다 바짝 곤두선 등짝의 털은 어쩌나 꼿꼿하고 억센지 꼭 톱니 달린 칼처럼 보였다. 헨리는 꼼짝달싹도 못했다. 잔뜩 겁에 질려 어디 한 군데도, 손가락도 눈동자도 움직이지 못했다. 숨만 쉬어도 개가 경고하듯 더 심하게 으르렁거렸기 때문이다.

말도 못하게 악취가 진동했다. 담벼락을 따라 양철 군인처럼 쭉 늘어선 긁히고 짜부라진 쓰레기통 뒤에서 헨리와 개는 피할 수 없는 결전의 순간을 미루듯 서로를 차갑게 노려보았다. 그 순간을 연기하기 위해 헨리는 숨을 멈췄다.

물론 헨리가 상상했던 것은 이런 식의 전개가 아니었다. 그는 이런 개가 자신을 맞이하리라곤 생각도 못했다. 소녀다운 여린 감성을 자극하는 비루먹은 순하고 불쌍한 생물을, 해나가 갖다주는 음식 부스러기에 전적으로 의지해 살아가며 막대기 같은 걸로 겁을 주면 도망가는 그런 녀석을 거두었을 거라고 예상했다. 그러나 이 개는 괴물이었고, 헨리는 해나가 생명의 위협을 느껴 먹이를 준 게 아닐까 의심이 들었다. 하지만 사정이 그러하다면 해나가 이곳으로 되돌아올 이유가 전혀 없었다. 프리몬트 호텔은 두말할 나위 없이 고급 호텔이었고, 삶에 흠결이 있다는 의견은 호텔의 웅장한 황금색 문으로 고객이 걸어 들어오는 순간 기각됐다. 그리고 여기 뒷골목에 기각된 일체의 진실이 있었다. 삶의 모든 흠결과 가식의 폐기물이 이곳으로 흘러들었다. 인간이 버린 모든 형태의 쓰레기, 물질적인 것과 정신적인 것 전부가 이곳에 있었다. 냄새는 끔찍하고 지독해서, 마치 뭔가가 서너 번에 걸쳐 죽은 다음 팽개쳐져 여름의 찌는 듯한 무더위 속에서 서서히 썩어가는 것 같았다. 또한 너무 진하고 얼얼해서, 뭉게뭉게 일어나 쓰레기통 주위를 맴도는 냄새를 두 눈으로 직접 볼 수 있을 정도였다.

해나가 이런 곳에 있었다니 도무지 상상이 가지 않았다. 헨리에게 그녀는 완벽에 버금갔고, 소녀 중의 소녀였으며, 금발은 워낙 반짝이고 피부는 워낙 새하얘서 그녀 주변에는 먼지 하나 존재할 수 없었다. 이 골목은 그녀와 정반대였다. 어둡고 무시무시하고 사악한 곳, 헨리는 지옥의 한구석이 바로 이럴 거라고 상상했다.

동생을 이해할 수 없다고 느낀 건 그의 전 생애를 통틀어 처음이었다.

일 분여가 지났고 헨리는 더는 숨을 참을 수 없었다. 검은 개는 때를 감지했다. 덮칠 기회를 노렸다. 눈동자가 이제 시뻘겋게 보였고, 헨리를 죽일 듯 노려보며 쇠톱 같은 이빨을 드러냈다. 점점 더 지옥에서 온 괴물 같았다. 헨리는 개한테 물려 죽기 전에 스스로 죽어버리고 싶은 충동에 사로잡혔다.

그리고 해나가 거기 있었다.

"오빠." 해나가 말을 걸었다. 헨리는 움직일 수 없었기 때문에 해나가 바로 옆까지 오도록 보지 못했던 것이다. 그녀는 소매가 팔랑이는 빛바랜 하늘색 원피스를 입고 어머니가 가장 좋아했던 귀 각 머리핀을 꽂았다. 천사 같았다. 그녀는 헨리를 향해 미소 지었다. "좋은 생각이 아니라고 말해주려 했는데. 오빠가 물어봤다면."

그러고는 돌아서더니 개를 불렀다. "조앤 크로퍼드!" 명랑하고 단호한, 개를 부르는 데 더할 나위 없이 완벽한 목소리였다. 조앤 크로퍼드가 꼬리를 흔들며 다가왔다. 헨리 입장에선 도저히 이해할 수도 믿을 수도 없는 급격한 변신이었다.

해나는 귀여운 개의 머리를 긁어주고 조금 전까지만 해도 뻣뻣하게 곤두서 있던 등허리 털을 쓸어내렸다. 지금은 부드럽게 가라앉은 듯 보였다.

"이름을 조앤 크로퍼드라고 붙였어?"

해나는 고개를 끄덕였다. 헨리는 개의 뒷다리 사이를 흘끔 보왔다.

"이건 수컷이야. 개답게 블랙키라든가 뭐 그런 이름을 붙이는 게 어때?"

"난 '조앤 크로퍼드'가 좋아."

조앤 크로퍼드는 으르렁거리며 헨리 쪽으로 약간 코를 들이밀었다.

"쓰다듬어봐." 해나가 말했다.

"별로." 헨리는 뭔가 속고 있다는 두려움을 떨칠 수 없었다.

"그게 동물하고 친해지는 방법이야. 상냥하게 대하는 것." 해나는 잠시 말을 멈추고 생각했다. "사람도 그런 것 같네. 상냥하게 대하면, 그 사람도 나한테 친절하게 대해줄 거야."

해나는 헨리를 쳐다보며 기다리다가, 헨리가 움직일 생각을 않자 직접 오빠의 손목을 잡고 개 쪽으로 당겼다. 헨리는 계속 손을 빼려 했지만 의외로 동생은 힘이 셌다. 해나가 그의 손가락을 개의 입 쪽으로 내밀었다. "쓰다듬어봐."

"해나." 헨리는 물릴 각오를 했다.

그러나 조앤 크로퍼드는 작게 콧방귀를 뀌었을 뿐, 곧 혀를 내밀어 헨리의 손을 핥짝거렸다. 그리고 조금 더 핥고는 끝이었다. 그 뒤로는 다 괜찮았다.

해나는 주머니에서 햄을 꺼내 개에게 내밀었다. 개는 덥석 물더니 세 입 만에 해치웠다.

"계속 이런 식으로 먹이를 갖다줄 순 없어." 헨리가 말했다.

"왜, 내 맘이지."

"우린 음식이 필요하잖아."

"내 몫이야. 오빠 건 아니라구."

"너도 먹어야지."

"조앤 크로퍼드도 먹어야 해. 애하고 나눠 먹으니까 나는 착한 사람이지."

"너무 착해서 탈이지."

"착한 게 어떻게 탈이 될 수 있어?"

"네가 그렇잖아. 넌 지나치게 착해."

해나는 고개를 저었다. "내 걱정은 안 해도 돼, 오빠."

"난 너를 돌봐야 해."

"아니." 해나는 헨리를 보며 웃었다. "그럴 필요 없어. 난 괜찮아. 게다가 오빠는 얘를 겁줘서 쫓아버리려고 여기 나온 거잖아. 안 그래?"

개가 두 사람을 보았다. 해나를 봤다 헨리를 봤다 하면서 이쪽 저쪽 번갈아가며 남매의 얼굴을 쳐다봤다. 두 사람의 대화를 따라가기 좀 벅차다는 듯, 하지만 아주 약간 벅찰 뿐이라는 듯한 표정이었다. 우뚝 선 호텔의 가장자리에 햇빛이 부딪혀 스포트라이트처럼 그들 모두를, 헨리와 해나와 개를 비추었고, 불멸의 냄새를 피우며 쓰레기를 구웠다. 헨리는 다시 숨을 멈췄다.

하지만 해나는 아니었다. 그녀는 아무렇지도 않았다. 그저 조앤 크로퍼드의 머리를 앙증맞은 손으로 쓰다듬었고, 개는 그녀의 다리에 머리를 문댔다.

"내가 얘한테 몇 가지 재주를 가르쳤다, 볼래?"

헨리는 보고 싶다고 대답했다.

다음 날, 헨리는 어제도 그랬고 그제도 그랬듯 702호에 갔다. 하지만 그날은 헨리가 그를 알고 나서 처음으로, 알게 된 지 그리 오래된 건 아니었지만 여하간 처음으로 미스터 세바스찬이 웃고 있지 않았다. 헨리는 그게 뭘 뜻하는지 알았다. 비즈니스. 그래서 헨리도 표정을 완전히 사무적으로 바꾸었다.

"앉아라, 헨리." 그가 말했다.

헨리는 앉았다. 미스터 세바스찬은 들고 있던 수성펜을 여전히 빈 공책 옆에 조용히 내려놓았다. 그리고 헨리의 눈을 물끄러미 응시했다. 헨리는 이런 느낌이 든 적이 한 번도 없었다. 미스터 세바스찬이 자기 속에 들어앉은 기분이었다.

"이건 시작이다." 그가 입을 열었다. "마술사로서 네 인생의 시작. 하지만 시작하기에 앞서 맹세를 해야 한다. 마술사의 맹세. 이제 내가 너에게 가르쳐주려는 것은 마술사가 아닌 자에게 비밀로 해야 하며, 만약 말했을 경우에는……"

그는 말을 멈추고 뒷말을 헨리의 상상에 맡겼다. 헨리는 최악의 경우보다 더 나쁜 경우를 상상했다. 그 자리에서 갑자기 불타 죽는다거나, 익사한다거나, 산 채로 구덩이 혹은 상자에 갇힌다거나, 망망대해의 쪽배에 실린다거나, 아무도 볼 수 없는 세상에 떨어진다거나, 투명인간이 된다거나, 혀를 뽑혀 영원히 벙어리가 된다거나.

"하겠니?"

"하지만 전 마술사가 아닌데요."

미스터 세바스찬은 한쪽 눈썹을 치켜세웠다 내렸다. "마술사가 아니라고?" 그는 반문했다. "마술사가 아니라고? 넌 나보다 훨씬 더 굉장한 마술사야. 진짜로. 네 안에 깊숙이 잠재된 특별한 힘, 그 엄청난 힘을 넌 짐작도 못할 거다, 아직은. 마술의 힘이 시시한 인간의 손에 있을 때는 정말 위험하지. 만약 네가 그 힘을 다스리는 법을 배우기 전에 그 힘을 알게 됐더라면, 오, 세상의 예기치 못한 재앙이라! 어쨌든 마술사는 점점 힘을 잃어버리게 마련이고, 나도 힘이 없어지고 있다. 힘이 완전히 사라지기 전에 다른 사람에게 전수해야만 하지. 헨리, 이렇듯 나는 오랜 세월 동안 제자를 찾고 있었다. 올곧은 성정과 잠재력을 지니고 이 세상 것이 아닌 외투를 두를 자, 내가 죽은 후에 내 뒤를 이을 자. 그리고 나는 적임자를 찾은 것 같구나. 바로 네 안에서."

"저요?"

미스터 세바스찬은 엄숙하게 고개를 끄덕였다. "그리고 맹세를 통해 마술사로서 인정받고, 마술세계에 들어갈 허가를 받게 되지. 각오는 됐니?"

헨리는 생각해볼 필요도 없었지만, 만일을 대비해 고민하는 척했다. 그리고 고개를 끄덕였다.

미스터 세바스찬은 가슴주머니에서 조그만 칼을 꺼냈다. "손을 이리 내라."

헨리는 칼을 쳐다보다 자기 손을 내려다보았다. 이내 다시 칼로 시선을 옮겼다. 그리고 자기 안에 깊숙이 내재된 특별한 힘, 미스터 세바스찬은 알지만 헨리는 아직 모르는 힘을 불러내서, 어제 조앤 크로퍼드에게 손을 내밀 때와 비슷하게 주춤주춤 손을 앞으로 내밀었다. 조앤 크로퍼드는 그의 손을 핥았다. 그러나 미스터 세바스찬은 헨리의 검지를 베었고, 핏줄기가 가늘게 흘러나와 바닥으로 똑똑 떨어졌다. 미스터 세바스찬은 그것을 지그시 응시했다. 그리고 자신의 손가락을 베어 상처에서 피가 배어나오자 헨리의 손가락에 맞댄 다음 눈을 감고 말했다.

"마술사로서 나는 어둠의 예술에 문외한인 자 그리고 나와 같이 마술사의 맹세를 하지 않은 자에게 절대 환상의 비밀을 누설하지 않을 것이며, 마술에 대해 언급조차 하지 않을 것을 맹세한다. 나는 절대 내 마술의 원천을 밝히거나 나를 가르친 마술사의 이름을 입에 올리지 않을 것이며, 환상을 완벽히 조율해 실행에 처음 성공할 때까지 절대 문외한 앞에서 공연하지 않을 것을 맹세한다. 이를 어길 경우, 내가 얻은 모든 것을 잃게 될 것이다. 나는 환상을 실행할 뿐 아니라 그 속에서 살아갈 것을, 오직 그 길만이 마술세계에 온전히 몸담을 수 있는 길이기에 실재가 아니라 허상이 될 것을 맹세한다. 마술사와 그의 제자가 피로써 하나가 됐으니, 나는 영원히 이를 맹세하노라."

"맹세합니다." 헨리가 말했다.

세바스찬은 눈을 떴다. "이제 시작하자꾸나."

카드 속에 모든 것이 있다. 헨리가 서약을 맺은 뒤 미스터 세바스찬이 한 말이었다. 카드 속에 모든 것이 있다. 헨리는 솔직히 뇌리를 떠나지 않는 맹세, 피, 미스터 세바스찬의 엄숙한 얼굴 등을 보고 나서 뭔가 대단한 게 있을 거라 기대했다. 그러나 오로지 카드뿐이었다. "삼라만상의 기본 원칙이지." 그는 말했다. 헨리는 끊임없이 연습했고, 말 그대로 꿈에서도 연습하는 경지에 이르렀다. 그는 카드를 손에 쥔 채 잠들곤 했고, 전날 배운 기술을 몇 번이고 다시 복습했다. 연습은 주로 화장실에서 했는데, 해나에게 보여줄 수 없었기 때문이다. 보여주고 싶은 마음은 굴뚝같았지만. 해나는 마술사가 아니었고 맹세도 하지 않았으므로 비밀을 지켜야 했다. 낮에는 별 문제가 없었다. 해나는 조앤 크로퍼드와 뒷골목에서 지냈고 아버지는 일을 했으니까. 그러나 식구들이 돌아오면 화장실에서 그가 무슨 짓을 하나 문을 두드리기 일쑤였고, 헨리는 딴엔 최대한 숨긴답시고 괴로운 신음과 한숨을 흘리며 변기 물을 내리고 나왔다. "병원에 가볼래?" 아버지가 물었다. "집에 오면 만날 화장실에만 있으니." 헨리는 괜찮다고 얼버무렸다. 어쨌든 아버지는 의심스러운 눈초리로 아들을 바라봤지만, 의심해봤자 별 소용은 없었다. 사실 아버지도 화장실에 볼일이 있었던 것이다. 어느 날 헨리는 화장실 안쪽 벽장의 대걸레걸이 뒤에서 아무 표시도 없는 술병을 발견했다. 아버지가 술을 마시는 줄은 전혀 몰랐다. 그때 그날, 하룻밤 만에 아버지에겐 술이 인생의 전부가 되어버렸던 것이다. 여기서 술을 드셨구나, 헨리는 직감했다. 혼자서, 이 화장실에서. 아버지가 그랬듯, 아들이 그랬듯.

미스터 세바스찬이 가르쳐주는 카드 기술은 하나하나 전부 이름이 있었다. 몬태나 하이드웨이. 카르파티아 전투. 산악 폭동. 후디니의 탈출. 수십 개가 넘었고, 헨리는 학교 다닐 때처럼 그것을 일일이 외워야 했다. 그러나 힘들지 않았다. 정말 하나도 힘들 게 없었다. 연습은 고됐고 끝없는 반복이었지만, 헨리는 생애 최고의 순간을 만끽하는 기분이었다. 마치 언어를 익히듯, 가장 복잡하고 교묘한 책략이라도 단번에 간파해 날이 저물 무렵이면 완벽하게 재연할 수 있었다. 미스터 세바스찬도 감탄해 마지않았다. 넌 진짜 위대한 마술사가 될 거다. 그는 헨리에게 말했다. 아주 특별하고 나보다 더 훌륭한 마술사가. 그리고 네가 굳이 말하지 않아도 세상 사람들은 이 모든 것을 내게서 배웠다는 걸 알게 될 거다. 이것은 나 말고 다른 사람에게선 배울 수 없으니까. 오로지 나 미스터 세바스찬밖에 없지.

헨리는 매일 그를 찾아갔다. 해나가 조앤 크로퍼드와 놀러 나갈 때까지 기다렸다가, 노려보는 사환들과 놀라 쳐다보는 잘 차려입은 손님들을 지나쳐 전속력으로 여섯 층을 뛰어 올라갔다. 매일 미스터 세바스찬은 그곳에서 똑같은 의자에 앉아 똑같은 옷을 입고 시체처럼 창백한 얼굴에 똑같은 미소를 띠고 그를 기다렸다. 헨리는 그의 피부에 대해 물어보고 싶었다, 그의 손도 똑같이 새하얬으니까. 햇볕에 나가본 적이 있는지 묻고 싶었다, 없어 보였으니까. 어쩐지 그는 단 한 번도 방 밖을, 이 방 밖을 나서본 적이 없는 사람처럼, 여기서 태어나 필요한 건 전부 룸서비스와 메이드를 통해 해결한 사람처럼 보였다. 그는 정말 그래 보였다. 하지만 물어서는 안 될 것 같았다. 무슨 병일지도 모르니까. 만약 미스터 세바스찬이 말하고 싶었다면 말했겠지만, 헨리는 그러지 않을 것을 알았다. 두 사람은 마술에 대해서만 얘기했고, 그걸로 둘 다 만족했다.

처음엔 트릭에 관한 것뿐이었다. 트릭을 완벽하게 마스터하면 마법은 자연히 깃들게 마련이다. 너는 마법을 위해 집을 짓는 거다. 그는 헨리에게 말했다. 마법이 널 신뢰하고 편안히 여길 때, 들어와 있을 자리를 만드는 거지. 기술은 예술이 되고, 일단 예술이 되면 더는 단순히 마술사만의 것이 아니다. 마술사는 그걸 다른 사람들과 나눠야 하고, 나눌 수밖에 없다. 어떻게 된 건지 다 안다고 생각하는 관객을 찾아야 한다. 날렵한 손재주나 기교, 착시, 기만 혹은 관객

중 한 명과 짜고 벌이는 판, 비밀 기계장치나 거울 따위를 이용한 눈속임의 결과라고 생각하는 관객을. 그러면 마술사는 진짜 독창적이고 세련된 효과를 선보이려고 노력하게 된다. 관객이 자신의 눈을 믿지 못하고, 어떻게 한 건지 감도 못 잡을 뿐 아니라 뭔가 납득할 만한 설명이 있을 거라고 속으로 짐작하게 만드는 효과 말이다. 그러나 납득할 만한 설명은 없다. 마술사조차 자기 마술을 설명할 수 없을 것이다. 전적인 당혹감도 오락의 한 부분이다. 진실은 거짓에서 비롯된다. 생각해보라. 마술사는 삶에서 유일한 상황, 즉 사람들이 기꺼이 속임수에 넘어가고자 하는 상황의 지배자가 될 것이다. 사람들은 속임수에 넘어가려고 돈을 낸다. 그리고 그제야, 다 아는 뻔한 방법이라고 생각하다 그제야 이것이 세상에서 가장 고차원적인 사기라는 사실을, 두 눈으로 목격한 것이 자신의 나쁜 머리로는 도저히 따라잡을 수 없는 차원의 것이라는 사실을 깨닫는다. 그야말로 마법이지, 미스터 세바스찬은 거듭거듭거듭 말했다. 마법!

헨리는 더할 나위 없이 완벽한 제자였다. 그는 듣는 대로 믿었다.

* * *

여름이 되자 고상한 사람들이 파도처럼 프리몬트 호텔로 밀려들었다. 우아하고 사랑스럽고 행복한 사람들이었다. 그들은 땀도 흘리지 않는 것 같았다. 헨리의 눈에 그들은 인간공장 라인에서 갓 걸어나온 신상품처럼 보였다. 처음부터 다 자란 상태로 엄청난 부를 거머쥐고, 한창때가 되기도 전에 늙어버리고 상처투성이가 되는 우리 같은 사람들이 겪는 중간 과정은 다 건너뛴 채 나온 완성품. 다림질한 하얀 정장을 빼입은 남자들과 엠파이어 드레스를 입고 밤에는 여우털 코트를 걸치는 여자들이 어찌나 근사하던지. 이 사람들을 위해 얼마나 많은 동물이 생명을 바쳤을까. 하지만 헨리는 동물도 기꺼이 목숨을 내줬을 거라고 생각했다. 해나도 그 사람들 같았다. 그들처럼 빛났다.

7월에는 호텔 예약이 다 찼고, 이는 워커 씨가 아이들과 함께 있을 시간이 거의 없다는 뜻이었다. 사실 일 때문에 너무 바빠 그 밖엔 아무것도 할 시간이 없었다. 세 식구는 저녁식사 때만 한자리에 모일 수 있었고, 그나마도 아주 잠깐이었다. 워커 씨는 심신이 쇠약해졌다. 이 일이, 이 생활이 그를 좀먹었고, 그는 이래저래 벌써 시체처럼 보였다. 살갗은 누렇게 뜨고 파리해졌으며, 눈빛은 멍하고 얼굴은 푹 꺼져 퀭했다. 아버지가 숨겨둔 술병을 찾아낸 이후로 헨리는 아침마다 병을 확인해 연필로 살짝 양을 표시했다. 하지만 그럴 필요도 없었다. 아버지는 이틀이면 한 병을 다 비웠고, 새 술이 그 자리를 채웠다. 그의 일은 최선을 다해도 늘 형편없었지만, 이젠 아예 고역이었다. 술이 그의 머리를 흐려놓았다. 그는 곤드레만드레 취해서 다녔다. 그는 기술을 잊어버렸다. 변기 고치는 법, 열쇠 만드는 법, 누수 잡는 법. 그는 연장도 잃어버렸다. 헨리는 호텔 매니저—크로턴 씨를 아버지는 '거물'이라고 불렀고, 그는 헨리가 여태까지 본 사람 중 제일 뚱뚱했다—가 아버지의 꼴을 보고 야단치는 소리를 어깨너머로 들었다. "이거야 술에 쩐 노숙자 꼴이잖소." 크로턴 씨는 화를 내면서 아버지의 일자리가 달랑달랑하다는 것을 굳이 숨기지 않았다. "당신 일자리를 달라는 구직자

원서가 백 개도 넘어. 나는 친구로서 편의를 봐주느라 당신을 고용한 거야. 그걸 좀 알아줬으면 좋겠지만, 우정도 이젠 약발이 다됐어. 손님들이 불만을 제기하고 있다구, 워커 씨." 저녁 식탁에서 아버지는 아무 말이 없었고—다들 아무 말이 없었다—세 식구는 라디오에 귀를 기울였다. 〈플래시 고든〉*이 방 안을 사람의 소리로 채웠다. 아버지는 아예 이 자리에 없는 사람 같았다.

헨리와 해나는 어느 때보다 더 각자의 삶에 몰두했다. 헨리가 트릭을 배우는 동안 해나는 조앤 크로퍼드에게 트릭을 가르쳤다. 7월 중순이 되자 조앤 크로퍼드는 '앉아, 기다려, 손'을 할 수 있게 됐다. 헨리는 상대가 삼십 분 동안 깔고 앉았던 지갑 속에서 하트 퀸을 끄집어낼 수 있게 됐다. 그리고 아버지는 진 한 병을 하루 만에 사라지게 할 수 있게 됐다. 헨리는 할 줄 아는 마술을 해나에게 보여주고 싶어 죽을 지경이었지만, 맹세—환상을 완벽히 조율해 실행에 처음 성공할 때까지 절대 문외한 앞에서 공연하지 않을 것—를 어길 수 없었고, 미스터 세바스찬은 아직 완벽하다는 말을 해주지 않았다. 이것은 오직 두 사람만의 비밀이었다. 헨리는 여전히 화장실에서 길고 긴 시간을 보냈고, 뭔가 딴짓을 하는 척 자주 변기 물을 내렸다.

해나는 고사리 같은 손으로 늘 부드럽게 세 번 노크했다.

"오빠, 빨리 나와. 나 화장실 가야 해."

"로비 화장실로 가."

---

* 1934년 출간된 알렉스 레이먼드의 SF만화. 큰 인기를 얻어 이후 TV 시리즈, 영화, 라디오 드라마, 소설 등으로 제작됐다.

"급해." 해나는 손잡이를 돌렸지만, 잠겨 있었다.

헨리는 일부러 신음 소리를 냈다. "여기 들어오기 싫을걸. 냄새가 구려. 내가 장이 좀 안 좋은데, 진짜 심각하다구. 지금 설사하는데 장난 아냐."

"거짓말."

"진짜야."

"오빠가 거기서 뭐 하는지 알아." 해나가 말했다.

"그렇겠지." 헨리가 말했다. "다른 사람도 다 하는 걸 하니까."

"그게 아니라," 해나는 문에 대고 말했다. "오빠가 뭐 하는지 안다구. 거기서 카드를 하잖아."

헨리는 문을 열었다. 해나는 평생 그 자리에 서 있었던 것처럼 그곳에 서 있었다. 헨리 바로 앞에, 자연스럽고 아름답고 고집스럽게. 두 사람은 이제 옛날처럼, 내가 아는 것을 상대방도 모조리 알던 때와 같이 서로를 바라보았다. 두 사람 사이에 더는 비밀이 없었다.

"그 아저씨가 말해줬어." 해나가 말했다..

"그 아저씨가 너한테 말했다구." 헨리는 해나의 말에 뭔가 이해할 수 없는 부분이 있었다. "너한테 말했다구?"

"나는 알아도 괜찮댔어." 해나는 빙그레 웃었다. "왜냐면 난 오빠 동생이니까. 그리고 아저씨는 내가 나중에 훌륭한 조수가 될 거라고 했어."

"조수?"

"마술사의 조수." 해나는 미래를 그려보며 흥분했다.

헨리는 고개를 주억거리고, 자기 귀에도 들리지 않는 말을 중얼거렸다. 당최 뭐가 뭔지 알 수 없었다. 정신이 사나워, 이해가 될 때까지 하나에만 집중해 생각할 수가 없었다. 미스터 세바스찬이 아무한테도 말하지 말라고 해서 비밀을 지켰는데, 지금 그가 비밀을 누설했다. 일이 이렇게 돼서는 안 되는데.

"미스터 세바스찬을 알아?" 헨리가 물었다.

해나는 고개를 끄덕였다. "하지만 그 아저씨 이름은 그게 아냐."

"아니, 그 이름이야."

"그 이름이었지. 지금은 위대한 제임스야."

"그게 너한테 말해준 이름이야?"

해나는 그렇다고 했다.

"그럼 뭔가 다르네." 헨리가 말했다. "다른 사람인가보다."

해나는 고개를 저었다. "진짜 새하얀 남자. 그런 사람은 그 아저씨밖에 없어."

해나는 헨리가 손에 꽉 쥐고 있는 카드를 내려다보았다. "그러니까 뭔가 보여줘."

"안 돼."

"오빠 솜씨가 좋다고 그러던데."

"미스터 세바스찬이 허락하기 전까지는 안 돼."

"하지만 아저씨는 나한테……"

"미스터 세바스찬을 어떻게 알았어?" 마침내 정신을 추슬러 알아내야 할 정보가 무엇인지 깨달은 헨리가 물었다.

"조앤 크로퍼드 일로 도와줬어. 예전에."

"널 도와줬다구?"

"먹이를 줬어. 조앤 크로퍼드는 나보다 더 많이 먹어야 하거든.

조앤 크로퍼드가 떠날까봐, 먹이가 필요해서 딴 데로 갈까봐 걱정했는데, 어느 날 위대한 제임스가 남은 음식이 든 커다란 양동이를 들고 뿅 나타났어. 그리고 브알라."

"브알라?"

"마술 같았어." 해나의 푸른 눈이 커졌다.

"마술일지도." 헨리는 말했다.

"분명 그럴 거야. 아마 그렇게 신이 난 강아지는 못 봤을걸. 그렇게 신이 난 여자애도." 해나는 배시시 웃다 아주 약간 표정이 굳었다. "그후로 우리는 친구가 됐어. 위대한 제임스하고 나는."

"미스터 세바스찬이야."

"뭐, 좋아. 오빠 부르고 싶은 대로 불러." 해나는 다시 카드 쪽으로 시선을 돌렸다. "그래서, 안 보여줄 거야?"

헨리는 혼자만의 생각에 잠겨 아무것도 듣지 못했다. "왜 나한테 얘기하지 않았을까? 너에 대해."

해나는 헨리를 쳐다보며 어깨를 으쓱했다. 해나는 오빠의 검은색 앞머리를 눈가에서 치웠다. "얘기할 게 뭐 있어? 그렇게 뚱하게 보지 마. 어느 날 우리는 만났고, 친구가 되었어. 끝."

로비를 가로질러 702호로 뛰어가는데, 난데없이 손 하나가 불쑥 튀어나와 헨리의 어깨를 잡았다. 어렴풋이 머리 위로 형체를 드러낸 사람은 아버지였다.

"뛰면 안 되지." 아버지는 초조하게 주위를 돌아보았다. "그러다 다른 사람하고 부딪치기라도 하면 어쩌려고, 우리 처지 몰라서 그러니?" 헨리는 아버지의 숨결에서 진 냄새를 맡을 수 있었다.

거나하게 취한 상태였다.

"안 뗄게요."

아버지의 눈빛이 묘해졌다. "너하고 할 말이 있다."

"지금은 안 돼요."

"지금 하자."

아버지는 다시 로비를 좌우로 훑어보았다. 그들을 보는 사람은 아무도 없었다. "이리로 들어가자."

두 사람은 컨퍼런스룸으로 들어갔다. 안에는 최고급 마호가니로 만든 기다란 갈색 회의테이블이 있었고, 자리마다 초록색 갓을 씌운 탁상 전등이 놓여 있었다. 벽에는 위대한 인물의 초상화가 죽 걸려 있는데, 저마다 자기가 신이라고 생각하는지 근엄하고 당당한 표정이었다. 이곳은 중요한 일을 치르는 곳이었다. 중대한 결정이 이루어지는 곳이었다.

아버지는 문을 닫고, 모자를 벗어 테이블 위에 올려놨다. 그는 굳은살이 박인 손으로 얼굴을 문지르더니 눈을 감고 한숨을 내쉬었다.

"헨리, 나는 네가 지난 몇 주 동안 어딜 다녔는지 안다." 그는 확인차 아들의 얼굴을 쳐다봤지만, 아무것도 알아내지 못했다. 헨리는 무표정했다. 다들 알아서는 안 되는 것을 알고 있다. 일이 이렇게 돼서는 안 된다. "702호 남자를 보러 다녔지. 그…… 하여간 이름이 뭐든. 그 사람은 이름이 한두 개가 아니지, 나도 안다. 그 사람하고 넌 친구가 됐고."

아버지는 말을 멈추고 시선을 돌렸다. 그는 벽에 걸린 사람 가운데 한 사람을, 만약 그 모든 일이 터지지만 않았다면 자신일 수도 있는—전혀 터무니없는 얘기는 아니다—남자를 바라보았다.

"안됐지만 좋은 소식은 아니다. 내가 하려는 얘기는, 그 사람은 나갈 거란다. 호텔 매니저하고 결정권을 가진 사람들이 그 남자가 여기 머무는 게 더는 호텔에 도움이 안 된다고 결정을 내렸어. 그는 떠날 거다."

"언제요?"

"좀 이따가, 금방. 그때까진 네가 그 사람을 보지 않는 게 좋을 것 같구나. 그가 더는 그 방에 없다는 데 익숙해져야지. 그리고 그를 보는 게 너에게 좋은 일인지 나는 잘 모르겠구나."

"제가 그 아저씨를 안 만났으면 하세요?"

아버지는 헨리의 눈을 마주 볼 수 없었다. 차라리 벽에 걸린 초상화를 보고 얘기하는 편이 더 쉬웠다. 그는 초상화 속 남자들을 한 명씩 쳐다보았다. 마치 그들과 얘기하듯이.

"안 보는 편이 네게 좋을 거야."

"그러니까 그 아저씨를 만나면 안 된다는 거죠?" 헨리는 거듭 물었다. "그 말씀이죠?" "그래. 내 말이 그 말이다." 아버지는 지나가는 눈길로 헨리를 흘깃 차갑게 훑었다. 그의 눈은 텅 비었고 공허했다. 헨리는 아버지의 영혼 밑바닥까지 볼 수 있었고, 거기엔 아무것도 없었다. 아무것도. "거기 가는 건 금지다."

"그럼 안 갈게요." 헨리는 대답한 뒤 아버지를 위대한 사람들과 함께 컨퍼런스룸에 남겨두고 빠져나와 702호로 재빨리 올라갔다.

마술은 엄격하다. 헨리가 용서할 수 없는 실수—카드를 놓치거나, 눈속임을 들키거나, 손놀림이 매끄럽지 못하거나—를 저지를 때마다 미스터 세바스찬은 이 말을 되뇌었다. 수업시간 내내 이 한 마디밖에 안 한 적도 있었다. 마술은 엄격하다. 혹은 연습만이 완벽해지는 길이다. 그러곤 시범을 보였다. 카드는 그의 손에서 물처럼 공기처럼 연기처럼 흘러다녔고, 헨리는 그 기교를 다양한 완성도로 서툴게 흉내 냈지만, 절대 그렇게 통달한 듯 쉽게 해내지는 못했다. 미스터 세바스찬의 손놀림은 진짜 마술이었다. 헨리는 미스터 세바스찬이 어떻게 했는지 정확히 알면서도 그렇게 해낼 자신이 없었다. 흡사 언어 같았다. 헨리가 아무리 유창하게 말해도, 진짜 마술사라면 반드시 그가 어느 지방 출신인지 알아낼 터였다.

그러나 셔플 방법을 배운 이래 오늘이 최악이었다. 미스터 세바스찬은 처음부터 마음이 딴 데 가 있는 것 같았고 약간 화가 난 것 같기도 했다. 탁자 위의 공책은 덮여 있었다. 헨리는 조금 전 아버지와 했던 대화를 일절 얘기하지 않았고, 미스터 세바스찬 역시 크로턴 씨와의 대화에 대해 일언반구도 없었다. 그냥 다른 수업과 똑같았다.

"하트 5를 뽑아봐라." 미스터 세바스찬이 말했다. 그러나 헨리는 다이아몬드 9를 뽑았다. "에이스를 손안에 감춰라." 그러나 카드는 손가락 틈새로 훤히 보였다.

"패를 갈라라." 그는 불을 뿜듯 버럭 내뱉었다. 이제 헨리의 손은 덜덜 떨렸고, 카드를 통째로 집으려다 손이 미끄러져 첫날 저녁에 아버지가 그랬던 것처럼 죄다 흩뿌리고 말았다. 카드가 사방에 흩어졌다. 헨리는 얼른 무릎걸음으로 카드를 주우러 다녔고, 어깨 너머로 미스터 세바스찬을 흘끔거리며 그가 무슨 말이든 하기를 바랐다. 그러나 미스터 세바스찬은 침묵을 지켰다. 의자에 등을 기대고 앉아 헨리가 카드를 빠짐없이 다 셌다고 생각할 때까지 조용히 노려보고만 있었다.

"나는 너에게 참 많은 것을 가르쳤는데." 미스터 세바스찬은 입을 열었다. "너는 배운 게 거의 없구나."

"전 많이 배웠어요. 잘한다고 칭찬도 해주셨잖아요."

"넌 카드를 다 갈무리하지도 못했어."

"아녜요, 다 모았어요. 다 갖고 있다구요."

"하트 3이 옷장 밑에 있다." 미스터 세바스찬이 말했다.

"아녜요." 미스터 세바스찬이 그걸 알 리 없다. 그가 앉은 자리에서는 옷장 밑이 보이지도 않는다.

"카드는 저한테 다 있어요. 세어봤어요."

미스터 세바스찬은 한숨을 내쉬고 눈을 감았다. 그리고 다시 눈을 떴을 때 헨리가 그 자리에 그대로 서 있자, 소년이 눈길을 피할 때까지 노려보았다. 결국 헨리는 미스터 세바스찬의 기이한 의지의 힘에 밀려 카드를 찾아야겠다는 기분이 들었고, 이젠 카드가 옷장 밑에 있다는 것을, 거기 있어야 한다는 것을, 거기에 없다면 이런 일도 일어나지 않았으리라는 것을 알았다. 헨리는 무릎을 꿇었고, 그래도 안 보여서 바닥에 납작 엎드렸다. 그런데도 안 보이자 손을 밀어넣고 먼지 구덩이를 헤집다 카드일지도 모르는, 카드가 거의 분명한 무언가에 손가락이 닿았다. 그것은 정말 하트 3이었다, 하트 3이어야만 했다. 그러나 헨리는 빈손으로 나왔다. 아니, 빈손인 것처럼 보였다. 다른 건 다 망쳤지만, 손안에 카드 숨기기는 할 수 있었다.

헨리는 일어나 미스터 세바스찬의 눈을 똑바로 쳐다보았다. "아무엇도 없어요."

헨리는 거짓말을 했고, 미스터 세바스찬은 그게 거짓말이라는 것을 알았다. 당시에는 마치 이것이 이후에 전개될 모든 일, 즉 숙명의 라이벌, 우주적 반목, 맹목적 증오의 서막을 알리는 듯했다. 그러나 그것은 훨씬 오래전부터, 그들의 전생부터 시작된 것임을, 필연적 운명이라 그들의 힘으로는 어찌할 수 없는 것임을 헨리는 더 나이가 들어서야 깨닫게 될 터였다. 두 사람이 손쓸 수 있는 일은 아무것도 없었다.

"왜 나한테 말하지 않았어요?" 헨리가 물었다.

"뭘?"

"해나에 대해서요."

"말할 게 뭐 있니?" 그는 해나와 똑같이 대답했다. 둘이서 암호로 정한 것 같았다.

"없죠." 헨리는 말했다. "얘기를 안 했다는 것 빼곤."

미스터 세바스찬은 미소를 지었다. "하지만 그건 우리와 상관없는 얘기지. 이것과는, 우리가 하는 일과는. 네가 뭘 하고 사는지 시시콜콜 나한테 얘기하는 건 아니잖니, 안 그런가?"

하지만 헨리의 생활에는 이것 외에 달리 얘기할 만한 거리가 없었다. 깨어 있는 시간은 일분일초도 남김없이 몽땅 이 방 안에서 행해지는 일에 전심전력으로 쏟아부었다.

"해나는 제 동생이에요."

"네 동생이 아니기도 하지. 마찬가지로 나는 네 스승이자 멘토이기도 하고 아니기도 하다. 나는 미스터 세바스찬이지만 동시에 다른 사람이기도 해. 가령 내 평생 취미인 나비에 대해 우린 한 번도 얘기한 적이 없지."

"나비요?"

미스터 세바스찬이 오른손을 펼치자, 파란색 갈색 초록색이 섞인 예쁜 나비 한 마리가 손바닥에서 날아올라 방 주위를 맴돌며 자기만이 볼 수 있는 무언가를 찾듯 허공을 날아다니다 마침내 전등갓 위에 살포시 내려앉아 날개를 접었다 폈다 접었다 폈다 했다. 왼손을 펼치니 또 한 마리가 날아올랐다. 옆 테이블에 놓인 상자를 열자 세 마리가 더 나왔고, 이어서 여섯 마리가 더 나와 조그만 방이 나비로 가득 찼다.

"해나는 제 동생이에요." 헨리가 거듭 말했다.

"그래, 나도 안다. 하지만 이젠 달라졌지, 너하고 해나 사이는. 그렇지? 예전하고는 달라. 해나도 그렇게 말했다. 조앤 크로퍼드 때문에 많이 바뀐 것 같더구나."

"조앤 크로퍼드는 개일 뿐이에요."

"어린 해나는 지금 그 무엇보다 그 개를 더 많이 챙기고 있어."

"저한테 그 말씀을 해주셨어야 했어요."

"'그 무엇보다'라고 했다. 너보다도 말이야."

"저한테 그 말씀을 해주셨어야 했어요."

"게다가 무엇을 하는가와 무엇을 해야 하는가 사이에는 종종 어마어마한 차이가 있단다, 헨리." 그는 말했다. "그런 건 일찌감치 깨달아야지. 내가 그런 것까지 가르쳐야 하니?"

"아뇨." 헨리는 대답했다. "알아요. 이미 알고 있어요."

미스터 세바스찬은 회중시계를 꺼내 잠시 들여다보았다. "자, 그럼 이제 끝마쳐야 할 시간이구나."

"끝마친다구요?" 헨리는 미처 예상치 못했다. 바라기도 했고 두려워도 했지만 이런 식일 줄은 꿈에도 몰랐다. "그게 무슨 말이에요?"

"헨리, 내 생각에 우린 여기서 끝내야 할 것 같다. 오늘 네 연습은 잘되지 않았지만, 사실 엉망진창이었지, 너는 이제 진짜 마술사다. 중요한 건 속에 있는 알맹이야. 나는 이제 네게 더 가르칠 것이 없구나."

"안 돼요." 헨리는 말했다. "이게 다일 리 없어요."

"다는 아니지. 하지만 나머지는 너 스스로 터득해나가야 한다."

헨리는 그가 너무 미웠다. 한 대 치고 싶었다. 손가락을 꽉 말아 쥐고 그의 얼굴에 주먹을 날리고 싶었다. 그러나 미스터 세바스찬이 뭔가 이상한 힘을 발휘하고 있어서, 발이 바닥에 붙은 듯 꼼짝할 수 없었다. 헨리는 그저 거기 서서 숨만 쉴 수 있을 뿐이었다.

"하나만 더." 헨리는 말했다. "하나만 더 가르쳐주세요."

미스터 세바스찬은 양손을 허공에 펼쳐 보이며 웃음을 터뜨렸다. "하지만 아무것도 없는데! 너한테 다 뺄렸다! 티끌 하나 보여줄 게 없구나."

"맨 처음 보여주셨던 트릭은요?" 헨리가 물었다.

"맨 처음 보여준 트릭?" 미스터 세바스찬은 어리둥절한 표정을 지었다. 진짜로 곰곰 생각하는 눈치였다. "첫 트릭이라……"

"사라지는 마술이요. 제가 여기 왔던 첫날 하셨던. 그건 한 번도 보여주신 적이 없잖아요."

미스터 세바스찬은 미소를 띠고 헨리를 지그시 바라보았다. 연민, 사랑, 가여움, 뿌듯함. 그 모든 감정이 하나의 표정에 담겨 있었다. 미스터 세바스찬이 우리 아버지가 됐어야 했어, 헨리는 생각했다. 만약 미스터 세바스찬이 우리 아버지였다면 절대 떠나지 않고 영원히 그런 눈빛으로 나를 봐주었을 거야.

"아, 그거 말이군." 그는 한숨을 쉬었다. "그걸 잊었구나. 너한테 가르쳐주려고 했는데. 하지만 오늘은 아니다."

"그럼 언제요?"

"내일."

"내일. 정말이죠?"

"물론이지. 내일, 내일 가르쳐주마."

하지만 내일은, 당연히, 그는 사라지고 없었다.

해나도 개도 사라지고 없었다.

그놈이 아이와 개를 데려간 거였죠. 훔쳐간 겁니다. 마술처럼 그들은 한꺼번에 사라졌어요.

신사 숙녀 여러분, 하나의 이야기가 막바지에 다다르고 또다른 이야기가 피어납니다. 과연 무슨 이야기일까, 제가 이야기를 시작하기 전에 이미 여러분 스스로 자문해보셨을 겁니다. 한 남자가 오죽하면 자기 피부색을 바꾸었을까? 더군다나 원래 피부색이 바꾼 피부색보다 훨씬 나은데? 자자, 그에 대한 대답은 벌써 나왔습니다. 여러분이 알아야 할 사항은 아까 제가 다 말씀드렸지요. 백인 남자가, 세상에서 제일 하얀 남자가, 귀신처럼 온통 새하얀 남자가 그의 누이동생을 훔쳐갔습니다. 그러니 어떻게 그 색깔로 살 수 있겠습니까? 제 말이 그겁니다, 여러분. 헨리는 그 악마에 대한 해독제로서 살아가려고 했습니다. 자기 멘토와는 반대로, 뭐든 그와는

104

반대가 되려고 한 거죠.

인생만사야 구절양장, 우여곡절이 있게 마련이죠, 안 그렇습니까? 여기서 시작해 저기로 흘러가고, 또 저기서 생겨나 다른 데로 이어지고, 다 그런 거죠. 그런데 이게 다 어디서 비롯된 것이냐, 그걸 알자니 귀신이 곡할 노릇이죠. 저야 아버지 때문에 여기 서게 된 거고, 헨리도 마찬가지죠. 하지만 그게 다가 아닙니다…… 분명 뭐가 있어요. 그렇다고 지금의 나를 이해한답시고 한참 전으로 거슬러 올라가는 건 불가능합니다. 왜냐, 과거는 금세 암흑에 묻히거든요. 다들 죽었고, 얼마 안 남은 사람들마저 가물가물해요. 여러분, 거기 그렇게 서 계시느라 피곤하죠? 저도 다 압니다. 오랫동안 참고 들어주셔서 감사합니다. 그래도 표 값을 환불받고 싶으신 분이 계시면 뒤쪽 매표소에 있는 욜란다한테 문의해주세요. 욜란다가 기꺼이 도와드릴 겁니다.

이상이 제가 사람들한테 들려준 이야기입니다.

제러마이어 모스그로브의 차이니즈 서커스단의 경영자
제러마이어 모스그로브의 일지에서

1954년 5월 28일

서커스단을 거쳐간 기인들에 대한 기록

'치킨 레이디' 헤스터 레스터. 1944년 8월 9일 밤 우리를 떠났다. 그녀의 이야기는 애잔하게 시작된다. 처진 피부로 태어나다. 전신에 살이 그냥 축 늘어졌다. 커다란 살가죽을 걸친 자그마한 여인. 그녀는 피부, 특히 목둘레 살 때문에 치킨 레이디가 됐다. 꼭 닭의 아랫볏처럼 턱 밑에서 피부가 덜렁거렸다. 눈썹이 내려앉아 닭처럼 눈이 매우 작아 보였고, 엉덩이는 커다랗고 등은 굽었으며 가슴은 불룩 솟았다. 이렇듯 그녀의 외모는 이 직업에 딱 들어맞았다. 무척 인기가 좋았다. 철부지 꼬마들이 다가오면 그녀는 목을 외로 꼬고 꼬끼오 울었다. 여러 모로 완벽한 기인이었다. 정상인의 세상에서 추방당한 그녀는 이곳에서 마음의 안정을 찾았고 많은 사랑을 받았다. 특히 우리의 '뚱땡이' 밥 시먼스 씨의 사랑을 받았다. 물론 그의 살도 비슷하게 처졌지만, 솔직히 그는 정통파 뚱땡이라고 하기엔 좀 빈약했다. 관객 중에 더 뚱뚱한 사람이 나타나 으스대면 참 난감하고 당황스러웠다. 어느 날 저녁 두 사람은 동시에 서커스단을 떠났고, 우리는 작은 파티를 열어 그들의 행운을 빌어주었다. 사랑은 사람의 마음을 희망으로 채운다. 그들은 평범한 삶을 희망했다. 두 사람이 그것을 찾았을 수도 있지만, 나는 그러지 못했을 거라 생각한다. 모든 악재에도 굴하지 않던 헤스터의 낙천성은 우리 모두에게 훌륭한 귀감이 되었고, 우린 모두 그녀를 그리워할 것이다. 밥은 그다지.

'인간 바늘쿠션' 셸비 케이츠. 정확하진 않지만, 그는 켄터키 주 렉싱턴 근처에서 12월의 어느 추운 밤에 죽었다는 소문이 있다. 선천적으로 감각이 없었던 탓에 셸비는 맞고 베이고 꼬집히고 할퀴이고 망치로 찍히고 톱으로 썰리고, 하여간 대중이 사악한 마음으로 저지를 수 있는 짓이란 짓은 다 당했다. 규칙은 단 하나였다. 공연 시작 때 그의 몸에 붙어 있던 모든 부분이 끝날 때도 붙어 있을 것. 그렇지 않으면 일대일 교환이었다. 눈에는 눈, 이에는 이. 셸은 참 기이했다. 피가 나도 피가 나는 줄 모르고, 어디가 부러져도 전혀 느끼지 못했다. 우리는 깜냥껏 섹시한 아가씨를 한 명 찾아 세 치수 작은 야한 간호사복을 입혀 항상 셸 가까이에 있도록 했다. 그녀는 셸을 간호하는 척했다. 무대 뒤에 네이선 P. 존스라는 진짜 의사(이 바닥에서 진짜라는 게 다 그렇지만서도)가 있었다. 의대에 좀 다녀봤다고 할 수 있는 남자였다. 껌 하나로 상처를 틀어막을 수 있다고 했고, 실제로도 이따금 시범을 보였다. 그는 셸의 목숨을 열여덟 번 살렸다.

셸의 문제는 복합적이었다. 그는 안으로도 밖으로도 무엇 하나 느끼지 못했다. 술을 마시면 취하긴 하는데 취한 기분이 들지 않았다. 사랑에 빠져도 아무 느낌이 없었지만, 그래도 사랑에 빠진 상태였다. 이 때문에 괴리가 생겼고 그는 가슴이 찢어졌다. 그는 자신을 돌보는 가짜 간호사를 사랑했다. 그녀도 역시 그를 사랑했지만, 그는 자신이 느끼는 감정을 그녀에게 보여줄 수 없었다. 그 감정을 몰랐으니까. 그래서 그는 술을 마셨고, 그래도 여전히 알지 못했다. 감정은 없고 심장은 무너진 채 술에 취한 그는 어느 추운 밤 숲 속을 헤매다 사라졌고, 다시는 볼 수 없었다……

'털원숭이 인간' 마크 마크슨. 대머리가 되었다. 자살로 생을 마감했다. 1947년 3월.

세상에서 제일 마른 남자 '꼬챙이' 휘트. 엑스레이가 필요 없었다. 꼬챙이 휘트는 그냥 뼈가 다 보였다! 이십오 센트만 더 내면 그의 갈비뼈를 세어볼 수도 있었다! 배를 더듬어서 오늘 저녁에 그가 무엇을 먹었는지 맞혀보라! 그림자를 드리우려면 같은 자리에 '세 번'은 서 있어야 했다. 휘트는 유랑생활에 염증이 나서 배 턴루지 근처 작은 마을에 정착해 식당을 열었다.

'밤비' 덱스트러스. 그녀는 몸을 공처럼 둥글게 말아 신발상자 속에 들어갈 수 있었다. 그녀는 정말 조그마했다. 그녀의 팔다리는 덩굴처럼 유연하게 서로 꼬였다. 앨라배마 주 몽고메리에서 어느 날 밤 그녀의 재능에 혹한 남자가 자기 집 안방에서 공연하면 수만 금을 주겠다고 꼬드기자 홀랑 넘어가서 달아났다. 지금쯤 아마 돈이 아주 많은 마담이 되었을 거다.

'검둥이 마술사' 헨리 워커. 마술사는 고사하고 검둥이도 아니었던 헨리는 머리끝부터 발끝까지 거짓이었고, 내가 가장 아끼는 단원 가운데 한 명이었으며, 최상위 계급의 미국인이었다. 그는 스스로 광대가 되었다. 그리고 홀연히 사라졌다. 그는 우리 중 가장 방황하는 영혼이었고, 여기 오기 전부터 제정신이 아니었으며, 떠난 뒤에는 영원히 알 수 없게 되어버렸다. 나는 그를 뇌리에서 지울 수 없었고, 실제로 무슨 일이 일어났는지 궁금했다. 그의 실종은 완전히 미스터리로 우리 사이에서도 의견이 분분했는데, 대략 세 부류로 나뉘었다.

1. 자신이 주장하던 마술세계의 소용돌이 속으로 빨려 들어갔다(오래전 우리가 알기 전의 그는 마술세계의 일원이었다는 말도 있다). 마술의 수준을 한 차원, 아니 여러 차원 끌어내린 죄로 벌을 받아 제대로 된 마술사에게 그 자리를 넘겨주기 위해 마술세계에서 제거됐다는 설도 있다. 이 가설에 따르면, 그는 아마 끝없는 어두운 공간을 떠다니거나 끝없는 어두운 평원에서 늑대떼에게 쫓기거나 혹은 그 비슷하게 고통스럽고 끝없는…… 물론 이에 대한 실증은 없다. 이것은 헨리를 전혀 모르는 사람들이 쥐 죽은 듯 고요한 늦은 밤에 나누는 얘기다. 우리는 밤의 적막이 영 낯설고, 그래서 우리 자신의 악몽으로 그 적

막을 채운다. 이 세계보다 더 어두운 다른 세계로 빨려 들어간 다는 두려움은 우리 사이에선 흔한 얘기다. 아마 그에 관한 격 언도 어디 있을 텐데. 없으면 내가 하나 만들어야겠다. 해야 할 일 리스트에 적어두자.

2. 깡패 세 명한테 납치됐다. 그들의 다 알 만한 인품을 거스 르는 다 알 만한 죄를 지었다는 이유로. 이 가설은 뒷받침하는 증거도 있다. 우리 루디가 직접 목격하기도 했고, 도중에 봤다 는 사람도 있고, 그에 앞서 전날 밤 야유 사건도 있었다. 헨리의 트레일러를 조사해보면 몸싸움을 암시하는 증거가 나온다. 쇠 사슬이 사라졌다. 라나 터너*의 사진도 사라졌다. 이 가설은 첫 번째 시도가 루디의 출현으로 무산되자 그 실패와 증오로 더 열 받은 세 깡패가 다음 날 되돌아와 그를 멀리 끌고 가 검둥이라 는 이유로 죽였다고 주장한다. 그는 검둥이가 아닌데. 그러나 그는 사실대로 얘기하려 들지 않았고, 그래서 죽었다. 그는 삶 을 그리 좋아하지 않았고, 동종 인류에게 등을 돌림으로써 자신 을 구원하려 했다.

3. 불현듯 삶이 좋아져서 구두약을 지우고 염색약을 버린 뒤, 이발사 혹은 진공청소기 판매원 혹은 페인트공으로서 그가 원 래 태어났던 세상으로 돌아갔다. 그는 행복하고, 우리가 상상도 못할 만큼 행복하고, 사람들은 동네에서 그를 스쳐가며 생각한 다. 저기 행복한 남자가 지나가는구나. 제니(언제나 희망에 찬 우 리의 '골화증** 아가씨')는 이 3번 가설의 유일한 제안자이지

---

* 1940~50년대에 활약한 금발에 푸른 눈의 할리우드 여배우.

만, 자신조차 이 가설을 믿지 않는다. 3번은 가설 가운데 가장 마음이 아프다. 가엾은 제니, 그를 사랑했고 그를 그리워하며 지금도 여전히 희망을 버리지 않은 제니 때문에.

제니뿐 아니라 이 기인들을 다 생각하면('부적합자들의 왕'인 나를 포함해), 이런 세상을 생각하면 나는 매일 억장이 무너진다. 이런 곳은 이 세상 안에만 존재할 수 있고 또 필요한데, 왜냐하면 세상이 없다면 우리는 모두

[페이지가 찢겨나감.]

하지만 내 생각에도 3번이 맞는 것 같다. 항상 그렇듯 아주 그럴듯하고 좋은 증거도 있다. 신의 손이 잠깐 나타나 인생이 든 상자의 뚜껑을 확 닫아버린 거다. 시작부터 끝까지 단번에 확. 인생은 원래 고달프지만, 비극이라는 놈은 단지 소수의 사람만 건드리고, 나머지 우리네는 평생 그 기억에 시달린다. 머릿속에서 노래 하나가 영원히 반복되는 것처럼. 내 머릿속에서 맴도는 노래. 헨리. 그게 그의 진짜 이름이라면 말이지만. 헨리와 나는 얼마간의 시간을, 꽤 진지한 시간을 함께했다. 그는 과묵한 사내였지만 나에게는 입을 열었고, 아무한테도 하지 않았던 얘기를 들려주었다. 그는 우리

** 석회가 가라앉아 골 조직이 만들어지면서 신경을 누르는 증상.

와 정착하기 전까지 집도 없었고, 그냥 노숙과 방랑을 하면서 스리 카드 몬테*나 뭐 그런 짓을 해서 감옥을 들락거렸다. 관공서를 그리 좋아하지 않는 사내였고, 관공서도 그를 결코 좋아하지 않았다. 빈털터리들의 친구였던 내가 그에게는 아마도 생을 통틀어 가장 친한 친구였을 것이다. 그가 털어놔야 했던 이야기는 정말…… 그런 이야기는 절대 잊을 수 없다. 더구나 그런 목소리로, 그런 녹색 눈으로, 그런 세파에 지친 얼굴로 들려주면, 저도 모르게 의자 끄트머리에 바투 다가앉게 된다. 그의 음성이 아닌 다른 목소리로 그 이야기를 재현하는 것은 불가능하다. 그의 누이동생…… 유괴됐다…… 이름 없는 남자가 훔쳐갔다. 아니 이름이 너무 많은 남자, 손가락을 베어 그와 피를 나눈 남자. 맹세를 하게 했던 사람. 그의 누이는

[여기서 몇 페이지가 없어지고, 모스그로브의 외로움, 진실한 친구에 대한 소원 등 별 관련 없는 언급이 이어짐. 또한 제시라는 이름의 여인, 그가 사랑했지만 그를 사랑할 수 없었던 여인이 나옴. 그녀가 말하길, 사람보다 털이 더 마음에 걸렸다고 함.]

그러나 동생은 뒷골목에 없었고, 개도 없었다. 날이 지나고 밤이 가도 여전히 보이지 않자, 헨리는 아버지를 데리고 그 방에 갔다. 그리고 문을 두드렸다. 대답이 없었다. 아무도 없었다. 워커 씨

---

* 카드 세 장 중 하나를 알아맞히는 도박.

112

가 마스터키(커다란 고리에 매달아 허리에 차고, 교도관처럼 어디나 짤랑거리고 다녔다)로 문을 열었더니 방은 원래대로 텅 비었고, 사람이 있었다는 흔적은 화장대 위에 잘 보이게 놓인 카드 한 장뿐이었다.

　(헨리는 카드를 집어 주머니에 넣었고, 그날 이후 늘 몸에 지니고 다녔다. 만일 그가 살아서든 시체로든 다시 나타난다면, 여전히 그 카드를 지니고 있을 거라고 장담할 수 있다. 아니면 내 손에 장을 지진다.)

　헨리는 누이동생이 그렇게 된 뒤로 말을 전혀 하지 못했다. 그의 입이 열리기만 기다리는, 무슨 말이든 나오길 기다리는 사람들에게 둘러싸여도 마찬가지였다. 호텔 경비, 관할 경찰, 탐정, 멀리 뉴욕에서 온 기자, 짙은색 싸구려 양복에 챙 넓은 모자를 쓴 사람들 다수. 아무것도 없었다. 지문 하나 없었다. 하지만 헨리는 알고 있었다. 그는 적어도 단서, 범인을 쫓을 수 있는 실마리를 갖고 있었다. 그의 얼굴을 보면 알 수 있었다. 헨리는 유령을 본 것 같았다. 실제로도 그러했다. 미스터 세바스찬은 유령이었고, 그의 누이동생도 유령으로 만들어버렸다. 두 유령은 남은 평생 헨리 곁을 떠나지 않을 터였다.

　열기는 생각했던 것보다 훨씬 빨리 사그라졌다. 헨리는 여러 가지를 좀더 철저히 조사하길 바랐을 것이다. 그러나 사람들은 오는가 했더니 가버렸고, 수사도 종료된 듯했고, 누이동생은 여전히 보이지 않았다. 헨리는 말이 한마디도 나오지 않아 도울 수 없었다. 그러나 분명 뭔가 있을 거라고 생각했다. 그가 마침내 입을 열었을 때, 속삭임이 흘러나왔다. 아버지는 그의 말을 듣기 위해 아들의 입에 귀를 갖다댔다. "하트 킹." 헨리는 말했다. "하트 킹은 샤를마뉴 대제구요, 다이아몬드 킹은 율리우스 카이사르, 클로버 킹은 알렉산드로스 대왕, 스페이드 킹은 다윗이에요, 성경에 나오는." 헨리는 이 말을 몇 번이고 되풀이했다. 아버지는 아들이 아주 미쳤다고 생각했을 것이다.

헨리는 마치 뒤에 괴물이 버티고 있기라도 한 듯 한 가지 생각을 넘어설 수 없었다. 내가 동생의 유괴를 방조한 거야.

다른 말도 할 수 있게 되자, 헨리는 아버지에게 그간 있었던 일을 전부 얘기했다(맹세를 어기지 않는 선에서였는데, 그는 맹세를 매우 진지하게 받아들였다). 그러나 이미 밝혀진 사실에 덧붙일 만한 것은 별로 없었다. 아무런 단서도 없었다. 미스터 세바스찬과 그렇게 많은 시간을 보내고도 얘기할 만한 내용이 이렇게 없다니, 헨리도 놀랐다. 그 남자의 얼굴을 아버지에게 자세히 설명하니—시체처럼 하얀 피부, 새빨간 입술, 지워지지 않는 미소, 숱 적은 새카만 머리칼—무슨 기괴한 동화에 나오는 망령처럼 되어버렸다.

그의 아버지는 울었고, 술을 들이켰고, 아들의 등을 두드리며 아주 용감히 잘해주었다고 말했다. 두 사람은 어떻게든 살아가야 한다고, 동생을 찾아낼 거라고, 절대 포기하지 않을 거라고, 어찌고저쩌고 기타 등등. 그러나 헨리는 거짓말이라는 걸 알았다. 어린 아이인 그조차도 알고 있었다. 인생은 원래 그런 거고 그렇게 흘러간다. 오래도록 찾을 수는 있겠지만 결국 그애를 묻어야 하리라. 그리고 그들은 묻을 것이다.

아버지로 말하자면, 딸의 실종은 기나긴 상실 목록의 대미를 장식하는 최후의 치명타였다. 이제 더는 감당할 여력이 없었다. 그는 뭘 어찌해야 할지 몰랐다. 이번 상실은 그를 나락으로 떠밀었고, 몰락의 수레바퀴에 기름칠을 했다. 금주령도 소용없었다. 그는 주정뱅이가 됐고, 너무 슬픈 나머지 금주령 따위는 개의치 않았으며, 사실 그 어느 것도 개의치 않았다. 딸의 실종은 그의 운명을 봉인했다. 남은 평생 그는 고주망태일 것이다.

신문기자와 경찰이 떠나고 얼마 되지 않아 크로턴 씨는 워커 씨와 면담을 했고, 워커 씨는 더는 영광스러운 프리몬트 호텔 직원이 아니게 됐다. 그와 그의 아들은 그후 몇 주간 어느 호텔에 머물렀는데, 거의 모든 면에서 프리몬트 호텔과 천지 차이였고, 주방과 세탁실 사이 공간보다 훨씬 열악했다. 이가 들끓는 성냥갑 같은 방에 침대는 식빵 한 장보다 두툼할 것도 없었고, 벽지는 위층에서 새는 물로 얼룩덜룩했고, 화장실은 모르는 사람들—운도 지지리 없는 다른 투숙객—과 같이 썼고, 변기에서는 이름 모를 것들이 자랐다. 바깥세상에서는 인생의 내리막길에 들어선 미국인들이 일단 배만 채우면 생겨날 희망을 위해 구걸하며 그악스레 대거리했고, 사방 벽은 그러한 불협화음으로부터 그들을 지켜주는 백지장처럼 얇은 보호막이었다. 헨리는 이제 일이 굴러가는 궤도가 보였다. 진실이 보였다. 그들은 내내 발헤엄을 쳐왔고, 바야흐로 물에 빠지는 중이었다. 우린 이제 쓰레기들하고 지내는구나. 진에 푹 전 그의 아버지가 말했다. 우리가 쓰레기가 된 것이구나.

눈물 나는 얘기다. 그와 같은 처지에 놓인 사람이 백만 명은 됐으니 망정이지, 안 그랬다면 나도 울어버렸을 거다. 어린 소년. 얼굴에 기미가 낀 아버지. 충혈된 눈 위로 눈꺼풀은 늘어지고, 희망이라곤 없고, 찢어지게 가난하고, 솔직히 말해 지겨운 사람들. 헨리는 카드 마술을 연습했고, 그러고 있으면 세상 어디든 갈 수 있을 것 같았다. 마술을 할 때면 주변 세상이 사라지고, 인간의 발이 닿지 않은 상상 속 세계를, 이 세상과 저세상을 자유롭게 날아다녔기 때문이다. 아버지는 술에서 깨면 아들이 연습하는 모습을 넋을 잃고 바라보았다. 얼떨떨하면서도 황홀했다. 그는 아들을 관찰했다. 그때 어떤 생각이 벌처럼 그의 머리 근처에서 윙윙거렸다. 그는 낡아 해진 베레모를 머리 위에 얹고 아들의 손목을 끌고 나섰다. **카드를 가져와라.** 아버지가 말했다.

이리하여 카드가 헨리의 인생을 구했다. 아버지의 인생도 거의 구할 뻔했고.

어떻게 된 얘기인고 하니, 그의 아버지는 그를 올버니의 번화가로 데려가, 한쪽 귀퉁이에 사람들이 둥글게 모인 가운데에서 좌판을 벌인 남자를 보여주었다. 넋을 잃고 바라보는 여남은 명의 구경꾼은 각계각층을 망라했다. 주트슈트*를 빼입은 사람도 있고, 통 넓은 낡은 반바지에 챙이 처진 모자를 쓴 사람도 있었다. 다리가 없는 남자가 바퀴 달린 받침대를 타고 돌아다녔다. 워커 씨와 그의 아들은 구경꾼들 사이에 끼어들었다. 테이블 앞의 남자는 살은 다

---

* 상의는 어깨가 넓고 길이가 길며, 바지는 통이 넓은 1940년대에 유행한 남성복.

어디로 갔는지 뼈만 앙상하게 남은 손으로 카드 석 장을 현란하게 뒤섞었다. 얼굴은 선이 날카롭고 볼은 움푹 패었으며 피부는 마맛자국과 여드름투성이였다. 챙이 넓은 모자(당시에는 다들 모자를 썼다)를 뒤로 밀어 써서 넓은 이마가 드러났다. 그는 산만하면서도 정신을 쏙 빼놓는 말투로 빠르게 지껄였다. 다들 번개처럼 빠른 손놀림을 쳐다보면서 그의 말에 넋이 나가 꼼짝도 하지 않았다.

빨간 카드를 잘 보세요, 이게 돈줄입니다. 자, 지금 뒤집습니다. 여러분이 찾기 쉽게 그 카드가 어느 건지 보여드리죠. 보셨죠? 처음이니까 천천히 할게요. 자, 확실히 알겠죠. 확실하죠, 안 그렇습니까, 선생님? 그렇죠, 눈썰미 있는 분이시네요. 선생님하고는 시작도 하지 말아야 하는데. 자, 이제 내기를 걸겠습니다. 선생님은 빼고요, 안 됩니다, 아니 뭐 그렇게까지 하시겠다면야 물론, 오 달러요, 한번 위험을 무릅쓰고 해볼까요. 우린 모두 먹여 살려야 할 가족이 있으니, 제가 선생님의 가족을 먹여 살리거나 선생님이 우리 식구를 먹여 살리는 거죠. 자, 이제 뽑으세요. 말씀하세요. 한가운데, 이거요? 어디 봅시다…… 아! 안타깝습니다! 다들 그 카드라고 생각했지요, 애석하군요. 감사합니다, 네, 제가 선생님의 돈을 먹고, 네, 우리 아기도 선생님에게 감사드릴 겁니다.

워커 씨는 아들을 쳐다봤고, 이제 아들에게 뭔가 새로운 것을 기대했다. 할 수 있겠니? 그가 물었다. 헨리는 몇 초 더 유심히 바라보더니 어깨를 으쓱했다. 물론이죠.

그리고 시작했다. 겨울이 지나고 봄이 올 때까지, 스리카드 몬테, 아니면 '퀸을 쫓아라', 아니면 '아가씨를 찾아라'가 그들을 먹이고 입히고 재워줬다. 참 아름다운 광경이었다. 이 어린 소년이 자기보다 두 배, 세 배는 더 나이가 많고 열 배는 더 몸무게가 나가

는 남자들에게서 돈을 갈취하는 장면은. 그것은 위험천만했고

[글씨가 커피, 와인, 담뱃재, 눈물로 번짐— 판독 불가.]

"그게 불법인지 전혀 몰랐습니다." 워커 씨는 그들에게 말했다.

[페이지가 찢겨나감.]

을 감옥에서 만났다. 그는 워커 씨에게 마술을 하듯 명함을 들이밀었다. 명함에는 이렇게 쓰여 있었다.

톰 헤일리의 매직타운
세계 신인 마술사 매니지먼트 및 대행
(올버니가 여러분의 세계라면)
뉴욕 올버니 말콤 가 321번지

이 명함은 내가 두 눈으로 직접 봐서 잘 안다. 헨리는 그 오랜 세월 동안 명함을 지니고 다녔다. 명함은 헨리의 손을 타서 꾸깃꾸깃 구겨지고 닳았으며, 가장자리가 뭉개졌다. 꼭 그의 하트 3처럼. 센티멘털한 헨리. 그게 그의 진짜 이름이라면 말이지만. 나도 그 명

함을 가지고 있다. 톰 헤일리는 중요 인사니까. 그는 헨리의 인생을 바꾸어놓았다.

그가 바로 헨리를 검둥이로 만든 사람이었다.

톰 헤일리! 얼마나 위대한 사람이었던가! 록펠러나 루스벨트처럼 위대한 사람은 아닐지라도, P. T. 바넘*만큼은 위대했다. P. T. 바넘도 그처럼 올버니의 자갈길에서 태어나 명줄 질긴 어머니 때문에 올버니에 붙박였고, 외아들로서 어머니가 돌아가실 때까지 돌봐야 한다는 의무감에 사로잡혀 있다가 막상 임종을 지키고 나니 떠나기엔 너무 늦었다. 피어보지도 못하고 졌을 톰 헤일리의 꿈을 생각해보라! 알렉산드로스 대왕이 마케도니아 촌구석에 한평생 처박혀 있었다고 생각해보면 그림이 좀 그려지려나. 키가 훤칠하고 불가사의하게 명랑하고 두 눈에서 가능성이 꿈틀거리는 사내였다. 당신이 그를 위해 뭔가 할 일이 있다는 가능성, 그가 당신에게서 훔쳐간 뭔가로 둘 다 부자가 될 거라는 가능성. 자판기처럼 돈을 끌어당기는 사람. 하지만 대개 잔돈푼이었다. 그는 뭐든지 컸다. 손도 크고 이도 크고 귀도 크고 코도 크고 해와 달의 에너지를 동시에 받는 것처럼 힘이 넘쳤다. 키도 크고 대체로 날씬했지만 올챙이배가 근사하게 살짝 튀어나왔는데, 본인은 그 배를 사뭇 자랑스러워했다. 멜빵 사이로 튀어나온 배는 제법 훌륭해 보였다. 그는 싫어하는 사람은 절대 만나지 않았고, 자신을 싫어하는 사람도 만

---

* 미국의 전설적인 서커스 흥행사. 그의 교묘한 심리 조작은 '바넘 효과'라는 용어를 낳았다.

나지 않았다. 이것이 바로 톰 헤일리였다.

　　[이후 모스그로브는 긴 문장을 할애해 자기 부모의 죽음—
　　어머니는 화재로, 아버지는 트랙터 사고로—을 자세히 묘
　　사했음. 그는 양친을 절절히 사랑했음. '사십 년이 지난 후
　　에도 애정이 손톱만큼도 줄어들지 않다니 이 얼마나 신기
　　한가. 두 분은 내 마음 속에 여전히 살아계시다'라고 씀.]

　톰 헤일리의 사무실은 제지공장에서 그리 멀지 않은 창고 거리
끝자락에 위치한 사 층짜리 건물의 2층이었다. 창문마다 숯 검댕
이 진을 쳤고, 콧구멍이 타들어갈 듯 끔찍한 유독성 냄새가 흘렀
다. 길 건너에 버려진 유개화물차 옆에는 일군의 부랑자와 뜨내기
막일꾼이 옹기종기 모여 있었는데, 그곳은 그들에게 밤새 몰아치
는 바람과 찬비와 기타 등등을 막아주는 천국이었다. 전차 종점에
서 여섯 블록 떨어진 곳이라 워커 씨와 그의 마술 신동은 남은 길
을 걸어가야만 했다, 맙소사. 헨리의 아버지는 다리를 절었는데,
아파서가 아니라 다리를 움직이는 것, 즉 한 발 한 발 내딛는 그 과
격한 운동 자체를 술에 전 그의 뇌가 온전히 감당하지 못했기 때문
이다. 그냥 감당이 안 됐다. 똑바로 서 있는 것만도 기적이었다.
　"그게 불법인지 전혀 몰랐어." 그는 천번째로 우물거렸다. "그
렇지?"
　"난 아주 잘 알고 있었는데." 헨리가 말했다. "경찰이 올 때마다
그 아저씨가 내빼는 걸 봤거든요."
　워커 씨는 머릿가죽에서 불이 날 때까지 아들의 머리를 쓰다듬

었다. "예리한 녀석이야, 정말. 날 쏙 빼닮았어."

헨리가 알고 있다고 한 건 거짓말이었다. 그는 사실 아버지와 닮지 않은 점과 닮지 말아야 할 점을 속으로 일일이 기록해 리스트를 작성했고, 시인의 영혼을 지닌 '누더기를 입은 딕'*의 표준처럼 굴었다. 어머니를 훨씬 더 닮았어, 소년은 생각했다. 비록 어머니를 잘 알지는 못했지만, 그는 날조해서라도 어머니에게 자신이 추구하는 미덕을 부여해야 했다. 성실, 열정, 공정, 인내 그리고 슬퍼할 줄 아는 능력. 마지막 항목에 대해서라면 그는 이미 완성형이었다.

"그래, 우리가 법을 어겼다 치자." 워커 씨는 어깨를 으쓱하며 말했다. "법이 우릴 위해 해준 게 뭐가 있니? 저기 있는 저 불쌍한 놈들한테 해준 게 뭐가 있어? 더 나쁘게만 만들지. 저놈들이 우릴 보네. 하여간 마음 고쳐먹고 똑바로 사는 거다, 너랑 나랑. 그래서 이 톰 헤일리라는 양반하고 얘기하러 가는 거고. 너도 알잖니, 무슨 일이든 다 이유가 있게 마련이라고. 우리가 감옥에 안 갔으면 이 명함을 어떻게 받았겠니. 난 우리가, 너와 내가 거기서 며칠 밤 묵었던 게 다행이지 싶다. 좋은 일이 생길 거야, 헨리. 그런 기분이 들어."

그런 기분을 여남은 명이 넘는 다른 아버지와 아들, 어머니와 딸, 숙부와 조카와 함께 공유한 모양이었다. 톰 헤일리의 코딱지만 한 대기실은 미어터질 지경이었다.

---

*1868년에 출간된 허레이쇼 앨저의 동화. 가난한 구두닦이 소년 딕이 정직하고 성실하게 일해 성공한다는 내용.

"이런 젠장." 워커 씨가 말했다. 그는 주위를 둘러보고 경쟁자들에게 기가 죽었다. "이제 우린 어떡하지?"

"우리처럼 기다려야지." 킬러의 눈빛을 번득이는 거구의 사내가 그들의 속마음을 읽고 새치기는 용서하지 않겠다는 듯 퉁명스럽게 툭 내뱉었다. "저 앞에 가면 등록하는 용지가 있소."

그들은 등록하고 세 시간을 기다렸다. 그들 바로 앞에 있던 소년은 황금색 걸쇠가 달린 낡은 가죽 서류가방을 들고 있었다. ("이 가방 안에 놀라운 게 잔뜩 있는데 넌 절대 못 믿을걸!" 소년이 말했지만 헨리는 거짓말이라는 걸 똑똑히 알았다. 놀라운 일을 이미 여러 번 경험했기에 그 안에 놀라운 게 하나라도 있을지 의심스러웠다.) 한 사내는 무릎 위에 모조 인형을 올려놓고 있었다. ("저건 꼭 인형 커플 같군." 워커 씨는 다 들리게 큰 소리로 말했다.) 튀튀를 입은 소녀는 마술사의 조수가 되고 싶어했고, 헨리 또래 소년이 예닐곱 정도 있었는데, 원하는 카드를 뽑고, 지갑을 공중 부양하고, 최면을 걸고, 감쪽같게 하고, 그 밖에 모든 것을 할 줄 아는 아이들일 거라고 헨리는 생각했다.

헨리는 가망이 없었다.

"다들 잘 차려입었는데요." 헨리는 아버지에게 말했다.

"그럴 여력이 되나보지." 워커 씨가 씁쓸하게 말했다.

이들이 일자리를 원하지 않는다면 여기 올 리도 없다는 걸 잘 알았지만, 그래도 정말 일자리가 절실해 보이는 사람은 그와 아버지뿐이었다.

그들 차례가 돌아올 즈음 워커 씨는 곯아떨어져 기관단총처럼 코를 골아댔다. 헨리는 인생의 전부를 차지하는 트럼프와 함께 시

간을 보냈다. 그와 그의 가장 친한 친구 쉰두 명이라고 부르는 카드
와. 그는 한 손으로 셔플하기, 두 손으로 셔플하기, 파도타기, 폴스
컷, 힌두 셔플, 조던 카운트, 멀티플 시프트*를 연습했다. 이 모든
아름다운 것을, 그의 누이동생을 빼앗아간 남자의 유산을. 헨리는
문이 열릴 때마다 고개를 들고 자기 이름이 불리기를 고대했다. 매
번 문밖으로 연기가 물결치듯 흘러나왔고, 안에서 뭔가 타는 것 같
았다.

마침내 그는 자기 이름을 들었다.

"헨리?"

톰 헤일리의 비서는 그와 눈이 마주치자 미소를 지었고, 그가
아버지를 팔꿈치로 찔러 깨우자 그녀는 윙크를 보냈다. 전에는 아
무한테도 윙크한 적 없어, 이 윙크는 너만을 위한 거야, 라는 느낌
을 주는 윙크였다. 헨리는 그녀가 마음에 들었다. 그녀는 예뻤다.
짧은 금발이 그녀의 동그란 뺨을 숄처럼 감쌌고, 립스틱은 소방차
처럼 빨간색이었으며, 푸른 눈은 상냥했다. 예쁘다, 헨리는 그런
생각을 하기 시작했다. 그녀의 이름은 로런이었다.

"안으로 들어오세요." 로런이 말했다.

닳아빠진 초록색 비닐을 씌운 낡은 철제의자 한 쌍이 있었다.
헨리와 아버지는 거기에 앉았다. 안은 어두웠다. 우드블라인드가
창문에 쳐져 있었다. 벽에는 통신대학에서 받은 학위 액자가 걸려
있었다. 두 사람 앞의 어수선한 책상 위에는 하단에 주소록이 붙어

---

* 폴스 컷은 카드를 섞는 척할 뿐 실제로는 섞지 않는 속임수, 힌두 셔플은 화투 섞
는 방식과 거의 비슷한 셔플법, 조던 카운트는 카드를 셀 때 쓰는 속임수, 멀티플
시프트는 카드 여러 장을 한꺼번에 원하는 위치에 놓는 법.

있는 커다란 검은색 베이클라이트 전화기가 놓여 있었다. 필터 없는 담배가 똑같이 생긴 것들이 수북이 쌓인 재떨이에서 돌보는 이 없이 타들어갔고, 마디진 끝부분은 납작하게 눌린 채 아직도 약간 젖어 있었다. 그들이 자리에 앉자마자 전화가 울렸고, 로런이 받았다.

"매직타운입니다." 그녀는 대답하고 나서 한동안 상대방의 말을 들었다. "죄송하지만 저희는 예약을 받지 않습니다. 선착순이에요. 아뇨, 토끼는 가져오지 않는 편이 좋습니다. 네, 네, 그럼."

그녀는 전화를 끊었다.

"헤일리 씨는 금방 나오실 겁니다." 그녀가 말했다.

그는 금방 나왔다. 변기에 물 내리는 소리가 나고, 한쪽 귀퉁이의 쪽문이 열리며 톰 헤일리가, 그의 198센티미터 전체가 느닷없이 그들 앞에 모습을 드러냈다.

"고마워요, 로런." 그는 테너 음성으로 추파를 던졌고, 누가 봐도 둘은 사귀는 사이가 분명했다. 로런은 약간 살찐 편이었지만, 나중에 톰 헤일리는 헨리에게 물론 로런이 살이 좀 찌긴 했지, 하지만 그 살은 다 제자리에 가서 붙었다구라고 말했다. 비록 톰 헤일리는 사내 연애를 하지 않는다는 규칙을 세워놨지만 예나 지금이나 그것을 지킬 능력이 부족했고, 기회 있을 때마다 종종 규칙을 깼듯 이번에도 로런을 위해 깼다. 그 자신도 어쩔 수 없었다. 어쨌든 톰 헤일리는 치마를 두른 사람만 있으면 자신을 어쩌지 못했다. 이 특별한 욕망의 노예가 되어 마냥 행복한 사내였다.

로런이 사무실을 나갔다. 톰 헤일리는 그녀가 안 보일 때까지 눈길을 떼지 않았고, 그녀가 나가자마자 금세 그리워하는 것 같았다. 아니면 그녀의 모습만이라도, 최소한.

드디어 그는 자기 앞에 앉은 사람들을 쳐다보았다. 한동안 뚫어져라 워커 일가의 생존자들을 바라보았다. 그는 두 사람을 평가하려 했고, 실제로 평가했으며, 헨리는 그가 평가 작업을 순식간에 마쳤음을 알 수 있었다. 그러나 그는 평점에 대해 입을 다물었다. 그는 재떨이에서 재가 되어가는 담배꽁초를 집어 새 담배에 불을 붙였다.

"매직타운에 오신 것을 환영합니다, 친구들. 우리 모토는 **마술은 돈이요 돈은 마술이다**입니다. 사람들은 금방 잊어버리죠. 우리가 여기서 제공하는 서비스가 바로 그겁니다, 망각. 레테의 강에서 떠온 한 모금. 제게 가설이 하나 있는데ー물론 증명되지는 않았습니다, 그러니까 가설이지요ー신은 사실 마술사라는 겁니다. 신은 그저 근방에서 가장 실력 있는 마술사예요. 어쨌든 그래서 여기 매직타운에서 노력하는 게 바로 이겁니다. 신처럼 될 것." 그는 이 연설을 토씨 하나 안 틀리고 천 번도 넘게 했을 것이다. 그는 헨리에게 미소를 지어 보였다. "카드 트릭을 좀 하는구나?"

"네, 사장님." 헨리가 대답했다.

"사실 이레 만에 세상을 창조하겠다는 야심보다는 소박하지, 안 그래?"

톰 헤일리는 좀더 활짝 미소를 지으며 세시 방향으로 그림자가 드리워진 침울한 얼굴 앞에 깍지를 끼었고, 아들을 데려온 아버지는 완전히 무시한 채 헨리 쪽으로 시선을 고정했다. 아버지의 존재는 애초에 생략해버렸다.

"내 귀를 보고 있군." 톰 헤일리가 말했다.

헨리는 얼굴이 빨개졌다. "네, 사장님."

"상당히 크지?"

"네, 사장님."

"아마 세상에서 제일 클 거야. 내가 아는 한은 그래. 미스터 기네스에게 측정하러 오라고 편지를 보냈는데, 아직 답장이 없단다." 톰 헤일리는 서랍을 열고 여성용 손거울을 꺼내 자기 얼굴을 들여다보았다. "그렇다고 내 귀가 기형은 아니야. 그 나름대로—나는 엄격한 비평가란다, 헨리 워커, 특히 스스로를 평가할 때는—매력 있는 귀라구. 로런은 거대한 나비 날개에 비유했단다, 얼굴 양쪽에 날개가 있는 거지. 하지만 내가 허투루 시간당 칠십오 센트를 그녀에게 지급하는 건 아니란다." 그는 헨리에게 윙크를 했다. 헨리가 오늘 경험한 두번째 윙크였다. "게다가 실제로 쓸모도 있단다. 나는 뭐든지 들을 수 있지. 1.5킬로미터 떨어진 곳에서 바퀴벌레가 코 고는 소리도 들을 수 있단다."

"바퀴벌레가 코를 골아요?" 헨리가 물었다.

톰 헤일리는 고개를 끄덕였다. "네 심장 뛰는 소리도 들린단다." 그는 눈을 감고 헨리의 가슴 안쪽 고동 소리에 맞춰 연필로 책상 가장자리를 가볍게 두드리기 시작했다.

"그러면 사람들이 귀가 큰 사람을 뭐라고 부르는지도 아시겠구려." 워커 씨는 웃음을 터뜨리며 말했다.

"알죠." 톰 헤일리는 냉담하게 말했다. "넉넉한 모자 두 개를 쓰고 다닌다."

그러고 나서 헨리 쪽으로 고개를 돌리고, 다시 아버지를 배경에서 깡그리 지워버렸다. "그럼 네가 뭘 할 수 있는지 볼까."

[분명히 한 페이지가 불에 탔음.]

단순한 것부터 복잡한 것까지 모조리 독학으로 진화를 거듭했다. 이따금 톰 헤일리는 몇몇 트릭을 주문했고—이를테면 포 프렌들리 킹스라든가 셉즈 바텀, 스리카드 매치* 등—헨리의 아버지가 어리둥절해져 현기증을 느끼며 보는 가운데 각 트릭의 이름을 속사포처럼 쏟아냈다. 톰 헤일리는 아무런 감정도 드러내지 않고 가끔 고개만 끄떡였는데, 헨리는 그것이 그가 할 수 있는 최고의 칭찬임을 알게 됐다. 그 외엔 무표정이었다. 미소 한 번 머금지 않았다.

워커 씨는 아들과 톰 헤일리를 번갈아 쳐다보았다. 그는 온기를 찾으려는 듯 두 손을 비볐다. 요즘에 손이 항상 시렸기 때문에 생긴 신경질적인 버릇이었다. 그는 개가 먹이를 찾아 킁킁거리듯 코로 숨을 쉬었다. 그는 들떠 있었다. 헨리조차 트릭 중간중간에 숨을 돌릴 때면 아버지가 흥분했음을 눈치챌 수 있었다. 이것은 그들의 처음이자 마지막 기회였고, 워커 씨의 존재가 그 기회를 망치고 있었다. 그는 오디션 중간에 끼어들어 잘한다, 아들 혹은 그런 것도 할 줄 아는지 몰랐어!를 연발하며 방해했다. 그의 감탄사는 매번 엉뚱한 순간에 튀어나왔고, 결국 톰 헤일리는 그에게 조용히 하라고 일렀다.

---

* 차례대로 셔플 후에도 킹 네 장이 항상 붙어 나오게 만드는 트릭, 카드패 중 맨 밑에 놓인 카드를 맞추는 트릭, 관객이 뽑은 카드를 보지 않고 그와 똑같은 숫자의 나머지 카드 세 장을 보여주는 트릭.

"알았어요." 워커 씨는 말했다. "알았다구요. 하지만……"

"하지만 뭡니까?" 톰 헤일리가 그를 노려보며 말했다.

"하지만 얘는 스리카드 몬테를 제일 잘합니다." 워커 씨가 말했다. "정말 굉장한 걸 보고 싶다면 그걸 해보라고 하세요. 지난 두 달 동안 그걸로 먹고살았으니까."

헨리의 손이 멈췄고, 카드도 허공에서 얼어붙었다. 해서는 안 될 말이었다. 어린애도 그쯤은 안다. 톰 헤일리는 한숨을 내쉬고 눈을 비볐다. 한없이 길고 고통스러운 침묵 속에서 헨리는 아버지에 대해 전에는 인정할 수 없었던 것을 인정할 수밖에 없었다. 아버지는 틀렸다. 어떤 특정 사안에서 틀린 게 아니라 전반적으로 글러먹었다. 그의 존재 자체에 대한 무언가가 글러먹었다. 그가 이렇게 구제 불능으로 퇴락하다니, 아무도 손대지 않으려 하는 곰팡내 나는 빵처럼 변질되다니, 참으로 슬픈 일이었다. 그러나 달리 생각하면, 헨리는 화가 났다. 헨리는 아버지를 도울 수 없었고, 아버지도 분명 그를 도울 수 없었다. 아버지는 지독히 무거운 족쇄였고, 앞길이 구만리 같은 헨리의 발목을 잡고 질질 끌어당겼으며, 헨리는 스스로 그 사슬을 끊어내야 한다는 것을 무섭도록 명확하게 알았다.

"워커 씨." 톰 헤일리는 목청을 가다듬고 말했다. "스리카드 몬테는 길거리 악동이나 하는 마술입니다. 그건 마술사가 인생을 포기하고 기어 들어가는 무덤이라구요. 기막히게 뛰어난 재능을 지닌 이 소년이 아버지의 실패를 만회하기 위해 자신의 예술을 더럽혀야만 했다니ㅡ이렇게 말하는 저도 마음이 아픕니다, 가슴이 미어집니다, 진심입니다ㅡ하지만 이건 딸자식을 창녀촌에 팔아먹는 것과 다름없습니다."

이 말에, 딸에 대한 언급에 헨리의 아버지는 벌떡 일어나 톰 헤일리의 책상 위로 몸을 던졌고, 머리부터 떨어져 톰 헤일리의 가슴팍을 들이박으며 손으로 그의 몸뚱이를 마구 쥐어뜯어 조끼와 멜빵을 벗겨냈고, 넥타이로 목을 조였다. 그러는 내내 상처 입은 짐승처럼 울부짖으며 흐느꼈다. 마침내 톰 헤일리는 그를 밀쳐내고 책상에서 잡아떼 땅바닥으로 던졌고, 쓰러진 아버지는 버려진 태아처럼 몸을 둥글게 말고 부들부들 떨었다. 톰 헤일리는 한동안 그를 쳐다보다 고개를 들어 그 자리에서 꼼짝도 않는 헨리를 보았다.

"누이가 있니?" 톰 헤일리가 헨리에게 물었다.

"있었어요." 헨리가 대답했다.

톰 헤일리는 고개를 끄덕였다. 그리고 바닥에 구겨진 채 쓰러져 있는 사내를 내려다봤고, 곧 그를 부축해 일으켰다. "죄송합니다, 워커 씨. 제가 말이 지나쳤군요. 그런 줄 몰랐습니다."

"나는 그애의 머리카락 한 올 다치게 하지 않았어." 워커 씨가 말하며 헨리를 바라보았다. "너도 알잖니, 그지, 헨리? 절대 안 그랬어."

"다치게 해요?" 헨리가 말했다. "아버지는 아무것도…… 해나는……"

톰 헤일리는 점점 더 당황하는 듯 보였다. "정말 죄송합니다, 뭔가 제가 심려를 끼치는 말을 했나봅니다. 전혀 몰랐습니다. 전 진짜로……" 그는 시선을 돌려 책상을 쳐다보았다. 온갖 계약 서류, 누드 잡지, 멋진 문구류, 엉망진창인 잔해. "로런!" 그는 큰 소리로 외쳤고, 일 초도 되지 않아 그녀가 문을 열고 고개를 디밀었다.

"다음." 그가 말했다.

"다음?" 워커 씨가 뇌까렸다. 지금 막 정신이 돌아온 듯 좀 전에 일어난 일은 하나도 기억 못하는 사람 같았다. "다음? 헛소리 작작 해! 내 아들만큼 잘하는 사람 있으면 나와보라 그래! 나와보라 그래!"

"그거야 사실이죠." 톰 헤일리가 말했다. "아드님처럼 기량이 탁월한 소년은 저도 처음 봤습니다. 정말 훌륭해요. 하지만, 아드님의 재주는 훌륭하지만, 미안하게도 두 분을 위해 제가 할 수 있는 일은 없습니다."

"하지만…… 왜?" 워커 씨는 물었다.

톰 헤일리는 일어나 문 쪽으로 걸어가더니 문을 벌컥 열었다. "바로 이렇기 때문이죠, 워커 씨."

세 사람은 그쪽을 쳐다보았다. 대기실은 여전히 만원이었다. 세상에는 카드를 손에 쥔 소년과 그들을 도와주고 싶어하는 소녀가 끝없이 생겨나는 것 같았다. 한 명이 나가면 또 한 명이 들어왔다.

"날마다 이렇습니다. 관객보다 마술사가 더 많을 지경이죠. 어쩌다 이렇게 됐는지 저도 모르겠습니다. 전에는 안 그랬는데. 누가 물에 약이라도 탔는지, 아니면 공기에 뭘 풀었는지, 하여간 이런 애들이 사방에 깔렸어요. 헨리는 엄청난 재능이 있는 아이입니다. 하지만 여기 있는 애들이 다 그래요. 다만 세상에 백인 마술 신동이 또하나 있을 필요는 없다는 거죠."

"그럼 왜 굳이 오디션을 본 거요?" 워커 씨가 물었다. "잔뜩 꿈에 부풀었는데."

톰 헤일리는 어깨를 으쓱하고 그를 지그시 쳐다보았다. "그렇다면 아주 헛걸음은 아니었군요. 꿈이라도 꿔본 게 얼마 만인가요?"

오디션은 끝났다. 톰 헤일리는 문을 약간 더 열어젖히고 그들이 나가기를 기다렸다. 헨리는 카드를 주머니에 밀어넣고 머뭇거렸다. 아버지가 아들의 어깨에 손을 얹었다. 아들을 격려하기 위해서가 아니라 똑바로 서기 위해서. 두 사람이 지나갈 때 톰 헤일리는 헨리 아버지의 팔꿈치를 잡고 자기 쪽으로 잡아당겼다. 그리고 귓속말로 무어라 속삭였다. 헨리는 톰 헤일리가 한 말을 나중에야 알게 되지만, 하여간 이 비슷한 얘기였다. "요즘 백인 마술 신동은 세상에 널렸지만, 검둥이 마술 신동은 정말 희귀합니다. 모래알 속의 진주죠. 사람들이 만날 저한테 어디 믿을 만한 검둥이 마술사가 없냐고 전화를 걸어댑니다. 하지만 어디 그런 사람을 찾을 수가 있어야죠. 제가 검둥이 마술 신동을 아주 애타게 구한다는 말입니다."

톰 헤일리와 헨리의 아버지는 서로를 백 퍼센트 이해했다. 더는 말이 필요 없었다. 톰 헤일리는 명함 뒷면에 뭐라고 휘갈겨 쓴 뒤 아버지에게 건넸다.

"우린 괜찮을 거다." 나가면서 아버지는 헨리의 귀에 대고 중얼거렸다. "우린 괜찮을 거야."

톰 헤일리의 아파트는 궁전은 아니었지만 깨끗하고 따뜻했으며, 적어도 당분간은 공짜였다. "숙식비는 앞으로 얻을 수익에서 공제하도록 하지요." 그가 말했다. "수익은 분명 짭짤할 겁니다. 몇 프로 안 뗄 테니까 너무 걱정하지 마세요."

헨리와 아버지는 천장에 철사로 알전구를 매달아놓은, 벽장보다 넓을 것도 없는 방을 같이 썼다. 벽에는 오래된 나무 십자가가 걸렸고, 구석에 조그만 매트리스가 놓였으며, 바닥엔 이불이 한 무더기 쌓여 있었다. 워커 씨는 제일 먼저 매트리스를 시험해보았다.

"괜찮네." 그는 구름 같은 베개 더미에 머리를 떨어뜨리며 말했다. 베개는 최고급품이었다. "좀 삐거덕거리는군. 그래도 없는 것보다 낫지, 안 그러냐?"

헨리는 이불을 깔기 시작했고, 그때 톰 헤일리가 방 안으로 고개를 디밀었다. "침대는 우리 재주꾼용입니다." 그는 헨리에게 윙크를 날리며 워커 씨에게 말했다. "헨리는 푹 자야 합니다. 내일은 중요한 날이거든요."

워커 씨는 침대에서 내려왔다. 두 사람 다 아직 옷도 벗지 않은 채였다. 잠시 후 두 사람은 불을 껐다. 사방이 쥐죽은 듯 고요했다. 먹물 같은 정적. 귀를 후벼 파는 듯한 도시의 미친 소음, 거리를 쌩쌩 달리는 차, 주먹다짐과 악다구니, 연인들의 외침과 흐느낌 없이 잠들어본 게 얼마 만인지. 이따금 톰 헤일리가 뭔가를 열었다 닫고, 물을 틀고, 변기 물을 내리는 소리가 들렸다. 하지만 그런 건 집 안에서 나는 일상적 소리였다.

"중요한 날?" 헨리는 반문했다.

헨리는 눈꺼풀을 가볍게 실룩이는 아버지를 쳐다봤다.

"아버지." 소년이 속삭였다. "내일이 왜 중요한 날이에요? 사장님은 우리가 필요 없다더니 갑자기 마음을 바꿨네요. 무슨 일이 있었던 거예요? 사장님이 뭐라고 했어요, 아버지?"

그러나 그의 아버지는 꿈나라에 가 있었다.

다음 날 아침 일찍 베이컨 굽는 냄새에 이끌려 헨리와 아버지는

132

잠에서 빠져나와 매직카펫에 실린 듯 비몽사몽 부엌으로 들어왔다. 철제다리에 녹이 슨 붉은 포마이카 식탁에는 세 명 자리가 세팅되어 있었다. 경박한 선탠족처럼 바싹 익은 베이컨 두 줄이 접시마다 길게 놓였고, 그들이 식탁에 앉자 엄청난 양의 계란이 와르르 접시에 쏟아졌다. 헨리는 배가 고팠는데도 조금씩 베어 먹었다. 반면 아버지는 누가 접시를 채가기라도 할세라 볼이 미어지도록 아구아구 쑤셔넣었다. 톰 헤일리는 헨리를 바라보며 싱긋 웃었다. 그는 헨리의 아버지를 측은하게 여겼다. 헨리는 그의 눈빛에서 속내를 읽을 수 있었다. 자신도 아버지를 측은하게 여겼기 때문에 그 표정을 잘 알았다.

그들은 아무 말 없이 식사를 했다. 헨리가 마지막 한 입을 먹고 오렌지주스를 다 마시자, 톰 헤일리는 그의 접시 옆에 작고 하얀 알약 두 개를 놓았다.

"반드시 식후에 먹어. 물하고 같이. 물을 많이 마셔야 한다."

헨리는 알약을 쳐다보았다. 그는 지금까지 단 한 번도 약을 먹어본 적이 없었다. "이게 뭐예요?"

"마법의 알약." 톰 헤일리가 대답했다. 그리고 또 윙크를 했고, 헨리는 그의 윙크가 거의 모든 문장에 구두점처럼 따라붙는 신경성 틱장애라는 것을 알아차렸다. "의사들은 소랄렌*이라고 부르지."

"의사한테 받은 약인가요?" 워커 씨가 물었다.

"그런 셈이죠. 거의 의사라고 볼 수 있어요. 자격증만 없지 의사나 마찬가지입니다."

---

* 멜라닌 세포를 자극해 광선 흡수에 대한 민감성을 증가시키는 약제.

"그러니까 이걸 먹으면 그렇게 되는 겁니까?"

"이걸 먹으면 그렇게 됩니다." 톰 헤일리가 대답했다.

"그렇게라니요?" 헨리가 물었다.

워커 씨는 숨을 깊이 들이마셨다. "검둥이가 되는 거야."

"네? 뭐가 된다구요?" 헨리는 금시초문이었다.

"검둥이는 아니야." 톰 헤일리가 받았다. 그는 걱정하지 말라는 듯 헨리의 등을 두드렸다. "검둥이로 태어나지 않은 이상 검둥이는 될 수 없어. 생물학을 보면 간단하잖아. 이건 그냥 색깔만 변하게 하는 거야. 흰색을 검은색으로. 잘 모르는 사람이 보면 감쪽같을 거야. 어차피 잘 아는 사람이 있을 리도 없고. 너는 그대로 너야. 미합중국 어딘가 출신의 헨리 워커. 하지만 사람들은 네가 아프리카 오지에서 왔다고 철석같이 믿을걸."

헨리는 아버지를 쳐다봤다. "이 얘기를 나중에 하려고 하셨어요?"

"지금 했잖니." 아버지는 접시 가장자리를 손가락으로 훑으며 말했다.

[몇 줄에 걸쳐 박박 그어놓았음. 판독 불가.]

차를 타고 사무실로 가면서—그는 갓 뽑은 스튜드베이커를 몰았고, 헨리와 아버지는 난생처음 이런 차에 타봤다—톰 헤일리는 앞으로 일이 어떻게 진행될지 전체 과정을 자세히 설명했다. 매일 헨리는 매우 안전하고 효능이 놀라운 약을 먹고 한 시간 남짓 특수 램프 아래서 피부를 태울 것이다. 조만간 그의 피부는 상당히 검어질 것이다. 그다음 머리를 깎을 것이고—다행히 헨리의 머리는 원래 숱이 많고 까맸다—헨리는 진짜 검둥이처럼 까맣게 보일 것이다. "행운이나 빌어!" 톰 헤일리는 말했다. 효능은 일시적일 뿐이라고 했다. 기껏 하루나 이틀 정도였고—알약과 램프가 없다면—금방 원래 피부색으로 돌아올 것이다.

"하지만 저는 검둥이가 되고 싶은지 어떤지 잘 모르겠어요." 헨리가 말했다.

"물론 그 심정 잘 알지." 톰 헤일리는 뒷좌석에 혼자 앉아 있는 헨리를 돌아보며 말했다. "그런데 네 아버지한테도 설명했다시피 네가 검둥이가 아니라면 우린 마술이고 나발이고 쥐뿔도 없는 거야. 내가 말했잖니, 백인종 마술사는 널리고 널렸다고. 시장은 이미 포화 상태야. 그 상황에서 내가 할 수 있는 건 아무것도 없단다. 하지만 넌 재주가 아주 뛰어난 아이다, 헨리. 그런 재주를 썩히다니, 그런 꼴은 못 보지. 게다가 실질적인 면에서 너는 머리카락도 까맣고 그럭저럭 통할 것 같은 외모더구나. 이런 건 금발인 애들은 못해. 그러니까 요점은 우리가 함께 뭔가 특별한 일을 벌일 수 있다는 거지."

"하지만 이건 속임수예요." 헨리가 말했다. "안 그래요?"

톰 헤일리는 너털웃음을 터뜨렸다. 아무래도 상처받은 것 같았다. "속임수? 설마. 내가 사기꾼이라면 이렇게 오래 업계에서 일할 수 있었을 것 같니? 천만의 말씀. 이건 환상이란다, 헨리. 연극의 한 요소지. 사람들이 검둥이 마술사를 보고 싶어하면, 우리는 검둥이 마술사를 보여주는 거야. 별거 아냐."

"하지만 저는 검둥이 마술사가 아닌걸요."

"아직은 아니지. 하지만 이제 그렇게 될 거고, 그 차이를 알아보는 사람은 없을 거야. 덕분에 사람들은 행복해지고 온갖 시름을 다 잊게 되지. 우린 이야기를 들려줄 거야. 사람들은 재미있는 이야기를 좋아하거든. 도저히 믿을 수 없는 어마어마하고 무시무시한 이야기—쪽배, 아프리카 오지, 벌써 이야기들이 마구 떠오르는데?—를 해주면, 사람들이 돈을 내고 그 이야기를 살 거야. 진짜라구! 우리는 천사의 임무를 맡게 될 거란다, 헨리. 너하고 내가 그들의 소망을 들어주는 거지. 우리 일이 얼마나 중요한지 이제 감 잡았니? 너는 할 수 있어. 그냥 검둥이가 되기만 하면 돼. 네 덕분에 사람들은 좀더 행복하게 웃으면서 죽을 거야. 뭐 아주 행복하지야 않겠지만, 그래도 조금은 낫겠지. 그 조금이 중요한 거 아니겠니?"

톰 헤일리는 길가를 가리켰다. "저기 바로 앞에 무료급식소가 있어. 괜찮은 데지. 그리고 교회가 운영하는 숙소에서 거처를 내줄거야. 하루나 이틀 정도. 네가 정 하기 싫다면 저기서 내려주마."

헨리는 낡아빠진 코트를 입은 지치고 굶주린 사내들이 아버지처럼 구부정한 어깨로 정처 없이 서성이는 모습을 바라보았다.

헨리는 그대로 뒷좌석에 머물렀다. 그리고 딱 한 번 고개를 끄덕였다.

톰 헤일리는 빙긋 웃었다. 처음부터 그럴 줄 알고 그들을 골랐던 것이다.

네 이름은 바카리야. 스와힐리어로 '성공할 사람'이라는 뜻이지. 보렴, 나는 숙제를 다 해놨단다. 이야기를 믿을 만하게 만드는 건 사소한 디테일이지. 그 차이를 아는 사람은 없겠지만, 나한텐 아주 중요해. 그러니까 너는 콩고 저 깊숙한 밀림 출신이야. 화물선 밑바닥의 궤짝에 숨어 이 나라로 밀항했어. 선원들이 널 암시장에 팔려고 끌고 온 거지. 웃지 말라니까. 뭐 좋아, 좀 우습긴 하지. 어쨌든 그 사람들은 네 마법 실력을 꿈에도 몰랐던 거야! 너는 미국에 도착하자마자 선원 중 하나를 당나귀로 만들고 또하나는 돼지로 만들고 또 한 명은 한 줌 연기로 사라지게 했어. 하지만 여러분, 오늘날 그와 같은 힘을 직접 목격하리라 기대하지는 마십시오, 하고 널 보러온 관객에게 말하는 거지. 여러분은 안전합니다! 바카리는 그런 짓을 다신 하지 않겠다고 맹세했습니다. 너무 위험하거든요. 그 힘을 사용하려면 그가 모시는 신 가운데 하나를 불러와야 하고, 신은 아주 긴급한 상황이 아니면 호출당하는 걸 좋아하지 않으니까요. 그래도 여러분은 놀라운 광경을 보게 될 겁니다. 탈출, 변신, 영혼과의 대화, 마술, 점술, 초혼, 이 모든 것을 여러분은 이 자리에서 두 눈으로 똑똑히 볼 겁니다. 여러분은 얼이 쏙 빠져서 이곳을 나갈 즈음에는 바카리의 이름이 여러분의 뇌리에 영원히 각인될 겁니다. 바카리는 영어를 한마디도 할 줄 모릅니다만, 사실 할 필요가 없습니다. 그의 마술이 알아서 말하니까요.

그것은 흔한 램프가 아니었다. 상자 안에 들어 있었고, 보통 램프보다 훨씬 밝고 뜨거웠다. 그 앞에 앉아 있으면 한여름 태양에 얼굴을 쬐는 기분이었다. 매일 한 시간씩 그는 붉은 포마이카 책상 앞에 앉아 얼굴에 램프 빛을 쬐었다. (나중에는 손도, 그후에는 몸뚱이까지 골고루 쬐었다.) 예전에 호텔 옆 조그만 공원에서 해나와 같이 누워 있던 때가 생각났다. 꼭 이런 기분이었다. 두 사람은 네잎 클로버를 찾는 중이었다. 아무리 찾아도 보이지 않아서, 얼마

후에 부드러운 초록빛 클로버 위에 벌러덩 누워 떠가는 구름을 바라보았다. 그들 바로 위에서 거대하게 굽이치는 구름이 해를 일부 가렸다. 햇빛이 구름 가장자리에서 뻗어나와 마치 뒤에 뭔가를 숨긴 채 구름 자체가 타오르는 것처럼 보였다. 저기가 하느님이 사는 곳이야. 해나가 말했다.

"우리 삼촌을 보고 이 아이디어가 떠올랐지." 톰 헤일리는 어느 날 저녁을 먹으며 말을 꺼냈다. 그는 숟가락 가득 으깬 감자를 퍼서 고기 한 점과 함께 입속에 밀어넣고 잠깐 씹다가 맥주와 함께 꿀꺽 삼키고 담배를 피웠다. 그는 아침에 눈을 떠 밤에 잠자리에 들 때까지 항상 불붙인 담배를 물고 살았다. "삼촌은 피부가 안 좋아서 이 약을 먹었는데, 어느 날 밖에 나갔다 햇빛이 채찍처럼 내리쬐는 바람에 피부가 짙은 갈색으로 변해버린 거야. 그후로 삼촌을 만딩고*라고 불렀지. 지금도 그렇게 불러. 그런데 사람 머리라는 게 참 재밌어. 고객이 하루 종일 전화에 대고 암스트롱 부부나 윌리엄 칼 같은 흑인 마술사를 보내달라고 징징거렸거든. 내가 어디 가서 흑인 마술사를 찾겠어, 뉴욕 올버니에서? 사람의 머리는 참 과학의 기적이 아닌가 싶어. 아이디어가 핀볼처럼 퍼뜩, 본 적 있어? 핀볼 머신? 핑 팡 핑팡? 난 속으로 생각했지. 안 될 거 뭐 있어? 왜 우리 둘이서……"

"셋이죠." 헨리의 아버지가 끼어들었다. "우리 셋이서." 그가 얘기를 듣고 있었다는 사실보다 여기에 있다는 사실이 더 놀라웠다.

---

* 아프리카 서부의 말리공화국과 그 주변 나라에 사는 흑인종.

"지금 여기서, 블레이크 가와 오스틴 가 모퉁이에 있는 이 조그만 아파트에서, 우리 셋이 하면 안 될 거 뭐 있겠어? 나는 그저 딱 맞는 아이를 기다렸지. 이 일을 해낼 만한 완벽한 아이를. 그리고 찾아냈어. 바로 네 안에서."

혹은 그가 나중에 술회했듯 원래 자기 피부색을 포기해서라도 아등바등 살아보려는 궁지에 몰린 사람. 더는 잃을 게 없는 사람을.

"부탁 하나만 하자, 꼬마야." 그는 헨리에게 말했다. "한 사나흘은 거울을 보지 마라. 아무래도 그게 더 나을 듯하다."

그는 식탁에서 일어나 싱크대 서랍에서 노란색 마스킹테이프를 꺼내들고 거울이란 거울은 전부, 얼굴이 비칠 만한 것은 전부 신문지로 가렸다. 토스터까지.

"이러면 깜짝 놀랄 거다." 그는 윙크하며 말했다. "적어도 너는."

그동안 그들은 톰 헤일리의 아파트에 갇혀 라디오에서 흘러나오는 스윙 음악을 들으며 지냈다.

[모스그로브는 여기에 '내가 바라는 건……'이라고 썼으나 뒷부분은 마저 쓰지 않았음.]

로런이 점심을 가져다주었고, 워커 씨는 밀조한 진도 받았다. 그녀는 모자 세 개를 돌아가며 썼다. 클로슈, 필박스,* 그다음엔 베레모. 헨리는 그중에서 베레모가 가장 마음에 들었다. 베레모를 쓴 로런은 상냥하고 아름다운 스파이 같아 보였다. 그녀는 아담한

---

* 차례로 종 모양의 여성 모자. 납작하고 둥글며 챙이 없는 고전적인 여성 모자.

부엌 식탁에서 헨리 바로 옆에 앉았다. 둘은 똑같이 얼굴에 홍조를 띠었고, 팔꿈치도 다리도 닿을 듯 말 듯했으며, 헨리는 허벅지에 부딪는 그녀의 치마 주름을 느꼈다. 그녀는 자기 입술을 훔치던 냅킨으로 헨리의 입가를 닦아주곤 했는데, 그럴 때면 헨리는 미지의 나라에서 온 미지의 생물체를 바라보듯 그녀의 피부와 눈동자를 멍하니 쳐다보면서 그저 가만히 있었다. 그는 그녀와 사랑에 빠졌다. 사내로서가 아니라 뭔가 소중한 것을 품은 소년으로서 말이다. 그의 아버지는 그와 다른 시각, 즉 남자의 시각으로 사나흘 정도 그녀한테 잘 보이려고 면도도 하고 셔츠도 바지 속에 넣어 입다가, 그래봤자 아무 차이가 없다는 것을 알고 그만두었다. 그녀는 그의 존재를 거의 의식하지 못했기 때문에, 그는 금방 원래대로 태평스럽게 '나는 살 의욕이 없어요' 모드로 되돌아갔다. 헨리는 그녀가 종종 밤에 톰 헤일리를 만나러 온다는 것을 알고 있었다. 벽 너머로 두 사람의 인기척을 들었던 것이다. 그러나 그녀는 늘 아침이 되기 전에 돌아갔다.

"넌 참 용감한 일을 하고 있다고 생각해." 그녀가 헨리에게 말했다. "좀 정신 나간 짓이긴 하지만, 어쨌든 용감한 거지. 그리고 톰이 저렇게 신나하는 건 예전에 개 경주에서 십 달러를 딴 뒤로 처음이야. 톰을 기쁘게 해줘서 고마워, 헨리." 그녀는 헨리의 이마에 키스했다. "검둥이한테 키스한 건 처음이야." 윙크를 날리며 그녀가 말했다.

"저는 검둥이가 아니에요." 헨리가 말했다.

"물론 아니지. 하지만 넌 어느 백인보다 검둥이에 가장 가깝게 도달한 사람이야."

톰 헤일리는 아침에 사무실로 출근했고, 헨리와 아버지만 집에 남았다. 아버지는 늦잠을 잤다. 보통 정오쯤에 일어나는데도 여전히 졸려 보였고, 깨어 있을 때도 계속 잠을 달고 다니는 것 같았다. 톰 헤일리는 아버지가 좋아하는 진을 넉넉히 조달해주었고, 아버지는 눈 뜨자마자 제일 먼저 오렌지주스에 진을 약간 섞어 들이켰다. 그러니 삶의 매 순간 어느 정도는 취해 있는 상태였다. 그는 라디오를 듣고 만화책을 읽었다. 제일 좋아하는 만화는 『사복의 트레이시』*였는데, 그리 웃기는 만화도 아니었다. "나는 트레이시란 녀석이 맘에 들어." 아버지는 매일 똑같은 말을 읊조렸고, 그때마다 꼭 처음 소감을 밝히듯 말했다. "갖출 건 다 갖췄잖아." 그는 트레이시에게서 자신의 마지막 남은 편린을 발견한 것 같았다.

한 시간 남짓 램프를 쬔 다음에 헨리는 루틴을 연습했다. 루틴이란 순서가 있는 일련의 마술 트릭으로, 하나하나가 유기적으로 쌓여 마지막에 불꽃놀이처럼 화려하게 끝나는데, 전에는 한 번도 루틴으로 연습한 적이 없었다. 헨리는 이미 알고 있던 환각 마술에—이 근사한 기술은 톰 헤일리가 본 적도 없는, 아니 들어본 적도 없는 것이었다—톰 헤일리가 보여준 로프 마술 몇 가지와 물과 뱀까지 사라지게 하는 마술을 추가했다. 이 마술이 그들이 상연할 공연의 주제에 잘 어울릴 거라고 생각했기 때문이다. 헨리는 손놀림이 매우 민첩하고 주의를 분산시키는 재주도 뛰어나서, 전통적으로 사용되어온 말재간과 주문 없이도—그도 그럴 것이 바카

---

* 체스터 굴드의 액션 범죄 만화. 이후 작품 제목이 '딕 트레이시'로 바뀌었다.

리는 영어를 한마디도 못하니까—마술쇼를 성공적으로 해낼 수
있었다. 적어도 지금 헨리의 유일한 관객인 아버지에게는 그랬다.
하지만 헨리는 아버지가 자신의 트릭을 제대로 보고 있기나 한지,
또 진짜 보고 있다손 처도 제대로 이해나 할 수 있는지 의심스러웠
다. 아버지는 이 세상에서 한 발짝 물러나 있는 것 같았다.

톰 헤일리는 그렇지 않았다. 그는 날마다 쌩쌩한 에너지와 새로
운 아이디어로 무장해서 돌아왔다. 어느 날은 터번을 하나 가지고
왔다. "나도 이게 인도 거라는 건 알아. 하지만 우리가 출연할 무
대에서는 어차피 잘 모를 거야. 혹여 누가 알아차리고 물어보면 증
기선이 봄베이에 한 달간 정박했고, 거기서 멋진 문화 세례를 좀
받았다고 하면 돼. 봄베이가 항구 맞지? 찾아보지 뭐. 하여간 그런
건 상관없어. 나는 네가 달에서 왔다고 소개할 수도 있고, 내가 청
중을 휘어잡고 나면 넌 달에서 온 소년이 될 거야. 두고 봐."

헨리는 걱정하지 않았다. 지금은 걱정 따위 접어둔 채 자신의
매니저를 전적으로 신임했다. 톰 헤일리는 헨리에게 믿기 어려운
얘기들을 들려주었고 헨리는 그걸 오롯이 믿었다. 적어도 아주 잠
깐이라도 평범한 관객을 잡아둘 만큼은, 가령 루틴을 공연하는 시
간에다 그들이 동네를 빠져나가는 데 걸리는 시간을 더한 만큼은
믿었다. 너하고 해리 후디니가 같이 무대에 서 있는 게 보여, 헨리. 물론
너는 오프닝 공연을 맡겠지만 어쨌든 같은 무대라구. 너는 후디니처럼
유명해질 거야. 난 알아. 넌 이 바닥에서 유일한 검둥이 마술사는 아니
야. 뭐, 유일한 백인 검둥이 마술사도 아닐 수 있고. 하지만 검둥이 마술
사는 아주 드물고, 그중에도 너처럼 타고난 기술을 구사하는 사람은 눈
씻고 찾아봐도 없다는 것만큼은 장담할 수 있어. 헨리 워커, 이 천재소년

같으니! 어디서 그런 걸 다 배운 거야? 아, 물론 다른 마술사한테 배웠겠지. 근데 누구야? 좀 알려주라. 내가 아는 사람일지도 모르잖아. 그러나 헨리는 그 이름을 아직은 입 밖에 낼 수 없었다. 사실 이름을 알기나 하는지도 잘 모르겠다. 세바스찬. 허레이쇼. 토비어스. 제임스. 모두 지어낸 이름일 것이다. 처음부터 미스터 세바스찬이 노린 건 해나였으니, 자기에게 말해준 건 순 거짓말이었으리라. 이로써 그를 찾는 게 힘든 이유가 설명되지 않는가.

며칠 후 계획대로 됐다. 톰 헤일리는 사무실에서 돌아오면 현관문을 열며 소리쳤다. 집에 아무도 없어? 그리고 곧장 냉장고로 가서 제일 시원한 밀조 맥주를 꺼내들었다(가장 안쪽에 항상 서리 낀 호박색 병이 하나 있다). 괜히 금주법 때문에 술만 더 고프다고 그는 입버릇처럼 말했다. 그런데 오늘은 집에 돌아오자 복도 한가운데에 헨리가 서 있었고, 톰 헤일리는 코앞에 서 있는 헨리를 보고 냉장고를 향해 곧장 가지도, 집에 아무도 없어?라고 외치지도 못하고 그 자리에서 입을 떡 벌리고 돌처럼 굳었다. 담배꽁초가 잠시 그의 입술에 매달려 있다 마룻바닥으로 툭 떨어졌고, 계속 연기를 피워 올렸다.

"헨리냐?" 그는 물었다.

그는 자신의 눈을 믿을 수 없었다.

"오늘은 램프 앞에 한참 있었어요." 헨리가 말했다.

"그런 것 같구나." 톰 헤일리는 신중히 말을 골랐다. "그래."

그는 천천히 헨리에게 다가가 전혀 딴사람일 가능성을 제외하지 않은 듯 헨리를 유심히 살폈다. 그는 검지를 들어 헨리의 볼을 아래로 훑은 다음 자기 손가락을 들여다봤다. 아무것도 묻어나지 않았다. 손가락 끝은 눈처럼 깨끗했다.

그는 빙그레 웃었고, 그 미소를 본 헨리의 얼굴에도 웃음이 피어올랐다. 아주 오랜만에 맛보는 감정이었다. 누군가의 자랑이 되고 싶다는 느낌.

"그래, 네 모습을 직접 보고 싶겠지?"

헨리는 고개를 끄덕였다. "보고 싶어요."

톰 헤일리는 헨리에게서 눈을 떼지 못했다. "와우." 그는 두 번 세 번 거푸 감탄했다. "와우." 그러더니 물었다. "네 아버지는 어디 가셨니?"

헨리는 자기들 방을 가리켰다. 문은 닫혀 있었다.

"안에서 뭐 하시냐?"

"제가 보기 싫대요." 헨리가 말했다.

"너를 보기 싫어한다고." 톰 헤일리는 나지막이 중얼거리며 무릎을 꿇고 헨리의 눈을 가린 앞머리를 뒤로 넘겨주었다. "뭐, 네 아버지는 좀 예민하신 분이니까."

"아버지는 주정뱅이예요. 우리 아버지긴 하지만, 인생을 덮친 온갖 재앙 때문에 삶을 포기한 주정뱅이죠. 난 그렇게 되지 않을 거예요."

톰 헤일리는 미소 지었다. "그래. 넌 그럴 리가 없어."

"아버진 제가 이러고 있는 걸 마음에 안 들어하세요. 하지만 저도 아버지가 저러고 있는 게 마음에 안 드니 피장파장이죠."

"그런 셈이네." 톰 헤일리는 일어나서 눈에 보이는 가장 가까운 반사면인 토스터에서 신문을 뜯어냈다. 헨리는 일주일 만에 처음으로 토스터의 부드러운 곡선 면에 비친 자기 얼굴을, 유령의 집 거울에 비친 것처럼 비틀리고 짜부라진 얼굴을 보았다. 피부가 다 갈색으로 물들었다. 헨리 워커는 까무잡잡했다.

"이거 하나만 더 하면 되겠군." 톰 헤일리는 부엌 서랍에서 가위를 찾아내 헨리의 머리를 조그맣고 까만 헬멧 모양으로 잘랐다. 효과는 끝내줬다.

"당신, 내 아들한테 무슨 짓을 한 거야?" 헨리의 아버지가 뒤에서 나타났다.

"다 동의하셨잖습니까." 톰 헤일리가 말했다. "충격이겠지요. 이해합니다. 저도 좀 놀라긴 했어요. 하지만……"

헨리의 아버지는 톰 헤일리에게 달려들어 주먹을 휘둘렀다. 하지만 싸움이라곤 평생 이겨본 적이 없는 사람이었다. 톰 헤일리는 워커 씨의 팔을 잡아 양옆에 꽉 눌러 붙여 마치 포옹하듯 붙잡고서 그의 속에서 불길이 꺼질 때까지, 제 눈물에 불길이 잡힐 때까지, 떨림과 호흡이 가라앉을 때까지 기다렸다.

"저건 이제 내 아들도 아냐!" 그는 흐느끼면서 소리쳤다. "딴사람이잖아. 내 아들은 어디 간 거야."

그건 사실이었다. 헨리도 알고 있었다. 헨리는 사라졌고, 그의 몸에서 완전히 떠났다. 그는 이제 '콩고 오지에서 온 바카리'라는 소년이었고, 톰 헤일리를 쳐다보고

[판독 불가.]

다음 날 아침 그들은 근사한 아침상을 받았다. 헨리는 계란의

탄 부분에 신경 쓰지 않게 됐고, 탄 게 지금의 너한테는 좋을 거라는 톰의 말을 액면 그대로 믿어버리기에 이르렀다. 아버지는 그게 후추인 줄 알았다.

아침을 다 먹고 톰 헤일리는 마술 공연을 하듯 손뼉을 두 번 짝 짝 쳤다. "자, 이제 진짜 바깥세상에서도 통할지 어떨지 알아보자. 코트 입어. 밖은 춥다."

"바깥에요?"

갑자기 헨리의 심장이 자동차 엔진처럼 부릉거리기 시작했고, 톰 헤일리는 그 리듬에 맞춰 나이프로 식탁을 두들겼다.

"너무 걱정하지 마, 헨리. 다 잘될 거야."

백인 남자 두 명과 검둥이 꼬마라니, 기묘한 일행이었다. 간밤에 내린 함박눈 때문에 헨리는 더욱 까매 보였다. 지나는 사람들이 한 번씩 고개를 돌리고 이상하다는 듯 한참을 쳐다봤다.

"좋아." 톰 헤일리는 걸어가면서 나지막이 뇌까렸다. "아주 좋아. 정말 성공적이군."

헨리의 아버지는 콜록거렸다. "어디 가는 거요? 얼어 죽겠구먼."

"여기서 서너 블록쯤 떨어진 곳에 적당한 데가 있어요. 첫번째 테스트죠. 이 꼬마 프랑켄슈타인이 잘 어울리는지 어떤지." 톰 헤일리는 헨리의 복슬복슬한 머리를 쓰다듬었다. "농담이야. 그냥 하는 말이라는 거 알지?"

다섯 블록을 더 가서 그들은 공원 건너편 길가의 한 귀퉁이에 섰다. 걸어오는 동안 풍경은 블록마다 시시각각으로 변했다. 사무실 빌딩에서 아파트로, 아파트에서 코딱지만 한 잔디밭이 딸린 조그만 집으로. 집들은 손질이 잘되어 있긴 했지만 낡고 허름해서 꼭 안쪽부터 주저앉을 것 같았다. 이제는 흑인밖에 보이지 않았다. 모조리 흑인이었다. 담요를 두르고 문간에서 벌벌 떨고 있는 남자들도 있었고, 인도에서 눈을 치우는 사람들도 있었다. 그러나 그들의 표정은 한결같았다.

쉰쯤 되어 보이는 흑인 여자가 파란색 코튼 원피스를 입고 짙은 색 숄을 두르고 그들을 지나쳐 걸어갔다. 날씨에 비해 옷을 얇게 입었는데 ─ 요새 안 그런 사람이 어디 있겠는가? ─ 빠른 걸음으로 어딘가 몸 녹일 곳을 향해 가는 중인 듯했다.

"이봐, 실례 좀 하지." 톰 헤일리가 말을 걸었다. 그녀는 쭈뼛쭈뼛 걸음을 멈추고 백인 남자를 노려보았다. 톰 헤일리 같은 남자와 몇 번 얘기해봤는데 아주 데었다는 표정이었다. 그러나 그녀는 재빨리 그런 표정을 감추었다.

"네, 선생님."

"이 소년 말인데." 그는 헨리를 앞으로 살짝 밀면서 말했다. "길을 잃었어. 어디가 어딘지 하나도 모르겠다는군. 이 근처에 산다는데, 백 퍼센트 확실한 건 아니래. 아는 애야?"

그녀는 헨리를 길게 한번 훑어보았다. "모르는 애인 것 같은데요."

"다시 잘 봐." 톰 헤일리가 말했다. "그냥 좀 확실히 해두려고."

이번에는 그녀가 하도 한참을 들여다보기에 두 사람 ─ 헨리와 톰 헤일리 ─ 은 이 여자가 낌새를 챘구나 생각했다. 그러나 아니었다. 그녀는 웃으며 말했다. "모르겠어요. 죄송합니다."

톰 헤일리는 계속 걸었고, 헨리와 아버지는 그 뒤를 따랐다. 길건너에 그네와 미끄럼틀, 밧줄타기가 있는 놀이터가 보였다. 깨끗하긴 했지만 여기에서도 그네의 철제기둥에 녹이 슨 게 보였고, 애들 중 하나가 하늘 높이 그녀를 구르자 프레임 전체가 흔들리며 금방이라도 땅에서 뽑힐 것처럼 삐거덕거렸다. 아이들이 예닐곱쯤 놀고 있었다. 모조리 검둥이였다.

"가봐." 톰 헤일리가 말했다.

헨리는 그를 쳐다보았다. 한두 걸음 뒤에서 어물거리는 아버지가 아니라, 그를 쳐다보았다.

"가서 놀아." 그는 말했다.

"쟤들하구요?"

"물론이지, 뭐 어때? 넌 쟤들하고 똑같아. 별 차이 안 나." 그는 윙크했다.

"저 혼자서요?"

"내가 같이 가주마." 아버지가 나섰다. 그 말에 톰 헤일리는 웃음을 터뜨렸다.

"당신이 헨리와 같이 가면 어떻게 보일 것 같습니까? 흑인 꼬마와 백인 남자. 어떤 꼴로 보일 것 같아요? 이건 헨리가 통하는지 어떤지 알아보려는 거예요. 긴말할 것 없습니다."

워커 씨는 반박할 말을 찾지 못했다. "이제 만날 그렇게 보이겠군." 헨리의 아버지는 말했다. "오늘도 내일도 모레도. 당신이 그 짓을 계속하면, 앞으로도 계속 지금 같겠구먼."

톰 헤일리는 아무 말도 하지 않았다. 애초에 이럴 줄 알았으니까.

헨리는 조심스럽게 천천히 다가갔다. 하지만 새로운 동네에서 처음 사람들을 만날 때 아이들이 흔히 보이는 신중함 혹은 머뭇거림과 크게 다르지 않았다. 워커 씨와 톰 헤일리는 걸어가는 헨리를 지켜보았다. 헨리는 한 번 돌아보고 손을 흔들었고, 그들도 마주 손을 흔들어주었다. 그후로는 한 번도 돌아보지 않았다. 놀이터에는 철제울타리가 빙 둘러져 있었다. 헨리는 문을 밀어 열고 아이들을 향해 걸어갔다. 아이들은 서로 공을 던지며 놀았다. 자세히 보니 공은 단단히 뭉친 눈덩이였고, 누가 그 눈뭉치를 먼저 깨나 시합하는 놀이였다. 아이들은 깔깔거렸다. 헨리 또래 같았다. 헨리는 더 가까이 걸어갔다. 아이들이 자기 존재를 의식했음을 알아차렸다. 하지만 아이들은 헨리가 원 한가운데로 들어와 잠시 서 있을 때까지 그냥 모른 척했다. 그러다 금방 헨리 쪽으로 눈뭉치가 날아왔다.

해나 외에 다른 사람과 놀아본 건 몇 년 만이었다.

톰 헤일리와 워커 씨는 모자와 어깨 위로 떨어지는 눈송이를 맞으며 헨리를 바라보았다.

"워커 씨, 우리 얘기 좀 합시다." 톰 헤일리는 워커 씨 쪽으로 시선도 돌리지 않은 채 말했다. 그는 헨리에게서 눈길을 떼지 않았다.

"알고 있습니다." 워커 씨가 말했다.

"그렇습니까?"

"네."

"아시겠지만, 개인적인 감정이 있어서가 아닙니다. 이건 비즈니스니까요."

"물론이죠."

"잘 돌아가지 않을 겁니다, 우리 셋이 있으면. 비즈니스란 게 그렇죠."

"당신한테 그렇겠지." 워커 씨가 말했다. "나한테가 아니라. 내게는 얘기가 좀 달라."

"네, 이해합니다. 그래도 비즈니스는 비즈니스니까요."

톰 헤일리는 코트 주머니에서 돈다발을 꺼내 워커 씨의 손에 쥐여주었다. 꽤 많은 액수였다. 헨리의 아버지가 돈뭉치를 주머니에 쑤셔넣자 주머니가 불룩하게 튀어나왔다. 톰 헤일리가 자기 명함을 건넸다.

"전화하세요. 종종 안부를 알려드릴게요. 일이 잘되면 좀더 들어올 겁니다. 그럼 우편환으로 부쳐드리거나……"

"그 얘긴 하고 싶지 않소." 워커 씨는 그의 말을 잘랐다.

"그럼 뭐, 알겠습니다."

"작별 인사를 하고 싶은데. 최소한 내 아들한테 작별 인사는 할 수 있겠지?"

톰 헤일리는 아무 말도 하지 않았다. 고개를 젓지도 윙크를 하지도 어깨를 으쓱하지도 않았다. 듣지 못한 척 시선을 멀리 보내며 똑바로 앞만 응시했고, 이윽고 워커 씨가 서 있던 자리를 돌아보자 그는 사라지고 없었다.

눈발이 점점 거세지더니 마구 퍼붓기 시작했다. 눈뭉치가 깨졌고, 아이들은 하나 더 뭉쳤다. 그리고 하나 더. 가볍게 주거니 받거니 하던 것이 본격적인 눈싸움이 됐고, 헨리는 맞은 만큼 던졌으며, 모두 다 같이 깔깔거렸다. 헨리는 아주 신나게 놀았고, 신나게 놀고 있다는 자각마저 없었다. 그저 즐길 뿐이었다. 함박눈이 펄펄 내렸다. 몇 분 만에 놀이터는 온통 새하얘졌다. 이렇게 많은 눈은 생전 처음 보았다. 그런데 바람이 불면서 기온이 갑작스레 떨어졌고, 아이들은 좀더 따뜻한 데로 몰려갔다. 본능적으로 애들을 쫓아갔지만 아이들은 금세 눈보라 사이로 자취를 감추었고, 헨리는 혼자 길을 잃고 걸음을 멈추었다.

그때였다. 헨리는 미스터 세바스찬을 보았다. 몇 겹의 눈보라가 헨리와 주위의 모든 것을 덮어버리는 사이, 놀이터 건너편에 있는 미스터 세바스찬을 보았다. 그는 헨리를 기다렸다. 항상 그랬던 것처럼 똑같은 옷을 입고 똑같은 의자에 앉아서, 마치 702호에 있는 것처럼 헨리를 기다렸다. 주변이 온통 새하얗게 덮였는데도 미스터 세바스찬은 하얗게 빛났다. 색이 거의 없다시피 했고, 이제는 아예 결여된 것 같았다. 그는 손짓으로 헨리에게 가까이 오라고 했다. 그애는 내가 데리고 있다. 그는 말했다. 전에는 네 것이었지만 이제는 내 것이지. 보여줄게. 이리 와. 그럼 보여줄게, 헨리. 헨리는 그에게로 걸어갔지만, 다가갈수록 미스터 세바스찬은 조금씩 멀어지는 것 같았다. 헨리는 달리기 시작했고, 그러다 발부리가 걸려 얼굴부터 철퍼덕 눈 속에 처박혔다. 벌떡 일어나 다시 달렸지만, 쏟아붓는 눈과 세찬 바람에 미스터 세바스찬이었던 환영은 갈가리 찢어졌다. 헨리가 다다랐을 때는 완전히 사라져버린 후였다. 예상대로였다. 미스터 세바스찬이 할 줄 아는 게 딱 하나 있다면, 바로 사라지는 것이었다.

하지만 생각해보면, 요새 안 그런 사람이 어디 있는가? 헨리가 아는 사람들은 모두 사라지는 재주를 공유한 것 같았다. 처음에는 어머니가, 그다음엔 여동생이, 그리고 이제는—헨리는 확신했다—아버지도. 톰 헤일리와 아버지한테서 떨어져 놀이터 쪽으로 발을 내딛는 순간, 헨리는 아버지를 다시 보지 못하리라는 것을, 아주 오래는 아니더라도 어찌 되든 상관없을 만큼 한참 동안은 보지 못하리라는 것을 알았다. 이것은, 그들 말을 빌리면, 카드에 나와 있었다. 그는 딱 한 번 뒤돌아서 마지막으로 쳐다보았고, 그걸로 끝이었다. 마지막 일별로 충분했다. 상실의 목록은 점점 더 길어졌고, 그래서 이번 상실이 다른 것만큼 뼈아프게 느껴지지 않는 것이리라. 정말 그다지 아프지도 쓰리지도 않았다. 어떤 것은 잃고 나서 힘겨워지고, 어떤 것은 잃고 나서 홀가분해진다. 헨리에게 이번 상실은 후자였다. 그날 오후 톰 헤일리의 아파트로 돌아오면서 헨리는 거의 날아갈 듯한 기분이었다. 아버지가 사라진 틈으로 세상이 그에게 입구를 열어준 것 같았다. 밝고 환하게 빛나는 신세계.

톰 헤일리는 헨리의 어깨에 팔을 둘렀고, 두 사람은 조용히 눈을 헤치며 걸었다. "뭐 좀 먹자." 톰 헤일리가 마침내 입을 열었다.

헨리는 고개를 끄덕였다. "좋아요."

두 사람은 백인 남자와 흑인 꼬마가 나란히 앉아 먹을 수 있는 식당이 나올 때까지 걸었다.

꽤 시간이 걸렸다.

헨리 워커. 내 감히 단언컨대 우리는 그를 다시는 보지

[일지는 밑도 끝도 없이 끝났음.]

골화증 아가씨의 러브송

1954년 5월 29일

가까이 오세요. 좀더요. 이젠 속삭이는 정도로밖에 목소리가 나오지 않지만, 제가 아는 대로 다 말씀드릴게요.

그는 나를 사랑하지 않았어요, 저도 알아요. 우리가 만났을 즈음에는 둘 다 이미 때가 늦었죠. 헨리는 사랑할 기운이 더는 남아 있지 않았고, 내 심장은 다른 여자들처럼 부드럽고 따뜻하게 뛰었지만 몸뚱이는 완전히 굳어 돌처럼 딱딱했으니까요. 우리가 만났을 즈음에 나는 팔도 다리도 움직이지 않았고, 입만 간신히 열어 씹고 삼키고 담배를 피웠죠. 음식은 다른 사람들이 먹여줬어요. 헨리가 오기 전에는 다들 돌아가며 맡은 잡무였죠. 나는 하루에 두 끼를 받아먹어요. 아침에 한 번, 저녁에 한 번. 나는 모두에게 짐이었고, 지금도 여전해요. 정말 단어 뜻 그대로 짐덩어리인데 아무도 뭐라 그러지 않아요. 예, 이런 가족이 있다니 행운이죠. 하지만 헨리가 오고 나서 혼자 다 떠맡았어요. 몇 년간 하루도 거르지 않고 매일 끼니를 챙겨줬어요. 우리는 얘기를 나눴고, 그러면 더 즐거웠죠. 하지만 얘기를 안 해도 똑같이 즐거웠고, 말없이 함께 있으면서 둘이서 자아낸 무언의 분위기를 즐겼어요. 그는 나를 사랑하지 않았지만, 상당히 좋아하긴 했다고 생각해요. 그는 딱딱한 껍데기 속의 진짜 나를 보았고, 나 또한 그의 진짜 속마음을 보았거든요. 이런 게 사랑이죠, 물론. 이런 투시력, 이렇게 영혼을 꿰뚫어 보는 망원경. 하지만 막상 봤더니 아무것도 없다면요? 심장이 죽고 쪼그라들어 굳어버렸다면요? 그럼 투시력이 있어도 장님이나 마찬가지죠.

아침이면 그는 달걀과 소시지와 토스트와 커피를 갖다줘요. 괜찮은 호텔에서 나오는 수준이에요. 저녁에는 뭐가 나올지 몰라요. 그의 상상력이 허락하는 한 온갖 메뉴가 무궁무진하게 펼쳐져요. 항상 깜짝 메뉴였고, 늘 기다릴 만한 가치가 있었죠. 그는 음식이 식지 않도록 '단검' 모스비의 드럼 세트에서 낡은 금색 심벌즈를 갖다 접시를 덮었어요. 사려 깊은 남자였죠. 그가 오기 전엔, 달걀이 차게 식었거나 베이컨이 제 손가락처럼 딱딱해져 부스러지거나 우유가 엎질러져 있어도 저는 한마디도 하지 않았어요. 절대로. 제니, 주는 대로 먹어. 엄마는 항상 말씀하셨고, 저는 항상 그 말씀에 따랐어요. 하지만 헨리는 숙녀를 대하는 법을 알았어요. 비록 골화증에 걸린 숙녀라도.

그는 나에게 모든 걸 가져다주었어요. 내 육신을 먹여 살리는 음식, 내 마음을 먹여 살리는 이야기. 여기서 그가 마음을 터놓고 얘기할 수 있는 상대는 오직 저뿐이었을 거예요. 물론 다른 친구도 있었죠, 헨리는 친절했으니까. 혹은 친절하려고 노력했으니까. 하지만 우리 둘이 함께 있는 시간은 특별했어요. 그는 누구에게도 하지 않은 얘기를 나한테 해줬어요. 차이니즈 서커스단에 들어오기 전 삼사 년가량은 그에게 잃어버린 시간이에요. 비탄과 후회와 위스키로 기억이 흐리멍덩했어요. 하지만 그 이전의 일들은 똑똑히 가슴에 새겼죠. 우리가 만났을 즈음 저는 목석처럼 무감했는데, 그가 들려준 인생 이야기는 감동적이었어요. 마치 앉은 자리에서 비행기를 타고 붕 날아서 세계를 한 바퀴 돌고, 천국에 올랐다가 지옥 저 깊은 곳으로 홱 처박힌 느낌이었어요. 눈을 감으면 다 보였죠. 그의 인생은 어떻게 해볼 수 없는 정해진 길을 따라 흘렀고, 그건 아무리 노력해도 바꿀 수 없었어요. 그는 둘로 쪼개진 상태였어요. 우리는 그에게 마지막 희망이었죠. 테미스는 운명의 여신으로 잘 알려진 사랑스러운 세 딸을 낳았어요. 클로토, 라케시스, 아트로포스. 클로토가 생명의 실을 잣고, 라케시스가 실의 길이를 재고, 마지막으로 아트로포스가 그 생명의 실을 자르죠. 여신은 자기를 속여보려는 우리의 나약한 시도를 비웃어요. 왜냐면 그네가 항상 압도적 우위에 있으니까요. 헨리에게 일어났던 일들은 우리 모두에게 흔히 일어나는 일이죠. 하지만 헨리와 같은 운명은 지난 천 년간 없었어요. 그는 마치 이야기책에서 평범한 요즘 세상으로 툭 떨어져나온 것 같아요. 제 생각에 헨리 워커는 영웅이에요, 비극적 영웅. 진짜 영웅과 비극적 영웅의 유일한 차이는, 후자는 상실을 겪으며 살아간다는 거예요. 헨리는 살면서 모든 것을 잃었어요. 누이동생, 어머니…… 그가 어떻게 계속 숨을 쉴 수 있었는지 저에겐 수수께끼예요.

　제 얘기를 들어주는 사람은 아무도 없어요. 불가능하거든요. 제 목소리는 속삭임에 지나지 않으니까요. 진짜 제 말을 듣고 싶다면, 조용한 곳에서 조용히 있어야 해요. 그렇게까지 해서 들으려는 사람은 이제 없지만, 저는 머릿속에서 공명하는 제 목소리를 좋아해요. 하지만 무엇보다도 헨리의 목소리를 가장 좋아하죠.

　중요한 건 상실의 개수가 아니라 크기예요. 어린 소녀가 고리던지기에서 상으로 금붕어를 받았는데, 집에 닿기도 전에 금붕어가 죽어서 엉엉 울어요. 뭐, 원한다면 그것도 계산표에 기입할 수 있겠죠. 하지만 한 소년이 아홉 살 생일을 맞기 전에 어머니가 돌아가시고, 열한 살 생일을 맞기 전에 인생의 빛과 같았던 여동생을 뺏기고, 절망한 아버지는 사신의 품에 안긴 채 거기 그렇게 누워 아들과 세상이 멀쩡히 보는 앞에서 매일 조금씩 죽어간다면…… 네, 이런 게 진정한 상실이죠. 육신이 찢기고 영혼에서 피가 흐르는 상실. 헨리는 그런 것도 계산에 넣지 않는 사람이었지만, 그래서 친구가 있는 거겠죠. 친구들이 대신 기록해주니까요.
　아, 그래도 전 러브스토리라면 사족을 못 써요. 방을 가로질러 서로의 눈빛이 마주치는 장면으로 시작해 격렬한 포옹으로 끝나는 얘기 말예요. 그런 이야기는 아무리 들어도 질리지 않아요. 사람들은 그런 건 소설에나 나오는 일이라고 생각하죠. 하지만 그렇지 않아요. 그런 일은 날마다 생겨요. 제 두 눈으로 직접 보아온걸요. 저는 무대 위 단상에서 전시관의 시체처럼 나무 널빤지에 허리를 펴고 기대앉아, 작업복을 입은 청년들이 사라사 원피스를 입은 아가씨들과 호들갑스럽게 꼭 끌어안고 있는 모습을 봐요. 사랑은 때때로 두려움에서 비롯되는데, 제가 제공하는 게 바로 그거죠. 저는 꼼짝도 할 수 없고 그들에게 어떠한 해도 끼칠 수 없다는 걸 잘 알면서도, 제가 그들이 본 것 중 가장 무서운 존재인가봐요. 저는 여기서 아주 인기 아이템이에요. 차력사야 흔하디흔하고, 네? 턱 수염 난 여자요? 오, 제발 좀. 가난뱅이 백인들이 밀려 들어와 예 닐곱 줄로 서서 기다려요. 저를 만져보고 진짜 살아 있는 사람인지 확인하려구요. 그들이 손을 움찔하며 잡아빼는 장면을 보셔야 하 는데! 마치 불에 덴 것처럼 손을 확 떼요. 여기는 사랑이 싹트는 곳이에요. 아가씨들이 데이트 상대의 품 안으로 쓰러지죠. 그네들 은 숨을 삼키고, 청년의 손을 필사적으로 찾아요. 어떤 날은 두 눈 에 오로지 사랑만 담은 채—제 몸에서 유일하게 움직이는 부분이 죠—사람들이 꽉 찬 객석을 뚫어져라 쳐다봐요. 그리고 마침내 겁에 질린 젊은이와 눈이 마주치면, 그에게 말없이 이렇게 전해요. 그녀를 어루만져. 그녀의 손을 잡으라구. 평생 그녀를 사랑해줘.

결국 헨리는 두 이야기를 가진 남자였죠. 하나는 복수담이고, 또하나는 사랑 이야기예요.

저는 사랑 이야기가 좋았어요.

그녀의 이름은 메리앤 라플뢰르였다. 그는 그녀를 메리 혹은 메 리 더 플라워 혹은 마이 플라워 혹은 메리 미, 마이 플라워*라고 불렀 다. 그녀는 백인이었고, 그녀를 처음 만난 날은 그도 백인이었다. 당시 그는 몇 년 동안 거의 백인으로 지냈다. 하지만 1933년부터 1938년까지는(열두 살의 평범한 소년이 열일곱 살의 청년이 되었

---

* 나와 결혼해줘, 나의 꽃.

다) 늘상 검둥이였다. 톰 헤일리는 그에게 흑인으로만 지내야 한다고 강조했는데, 뜻하지 않게 무슨 일이 일어날지 모르기 때문이었다. 최악의 상황은 항상 뜻하지 않게 일어나는 법이니까. 헨리는 눈코 뜰 새 없이 바쁜 스케줄을 소화하면서도 드문드문 몇 주 정도 공연이 전혀 없을 때가 있었고, 그러면 하루나 이틀쯤은 예전의 자기 모습을 되찾아보고 싶었다. 그러나 톰 헤일리는 허락하지 않았다. 그는 언제나 더 큰 그림을 그렸다. 길거리에서 누가 올버니에서 온 새하얀 백인 헨리를 보고 만약 '콩고 오지에서 온 바카리'라는 걸 알아챈다면 난리가 날 것이다. 그럼 모든 게 끝장이었다. 그러나 모든 걸 끝장내고 싶은 사람은 없었다. 헨리는 흑인으로 지냈다. 하도 오랫동안 흑인으로 지내서 약을 끊은 후에도 그의 피부는 어두운 색을 유지했고, 희지도 검지도 않은 거무스름한 잿빛으로, 순수한 백인도 흑인도 아닌 상태로 되어버렸다. 하지만 그건 나중의 일이다. 청소년기의 대부분을 그는 검둥이로 보냈다.

오 년 동안 그와 같은 인물은 없었다. 그는 전국 방방곡곡을 누볐고—뉴욕, 세인트루이스, 샌프란시스코—가는 곳마다 '콩고 오지에서 온 바카리'를 보려는 관객으로 인산인해를 이루었다. 백 달러짜리 지폐를 태웠다 멀쩡히 되살리는 구경을 하려고 사람들은 구름처럼 몰려들었다. 그는 계란으로 어디서도 볼 수 없는 마술을 부렸고, 마찬가지로 구경꾼이 앞다퉈 몰려왔다. 톰 헤일리는 바카리가 정체불명의 외부인에서 현실 속의 소년으로, 거의 실물에 가깝지만 그렇다고 헨리 본인은 아닌 소년으로 변해가는 과정을 배후 조종했다. 미국은 그가 미국인이 되어가는 과정을 지켜보았다. 사람들은 바카리가 자기네 관습과 언어를 배우는 과정을 지켜보았다. 그에 관한 신문기사도 나왔다.

바카리 말을 하다!

"여러분께 아프리카의 마술을 보여드리겠습니다."

바카리가 영어로 더듬더듬 말해서 큰 박수를 받았다.

공연 때마다 그는 조금씩 말을 배워나갔다. "오늘밤엔 말이야." 톰 헤일리가 말했다. "계란 대신 야구공을 써보자. 그리고 세번째 공이 사라지면 말하는 거야. '삼진 아웃!' 물론 약간 어눌하게 해야지. 거 왜, 너 잘하잖아, 아프리카식 억양을 좀 섞는 거."

곧 바카리는 대화를 할 수 있을 정도가 되었다. 그의 스타일이 진화하는 모습은 한동안 국민적 오락거리였다. 그러다 그가 너무 미국인에 가까워지고 이제 거의 미국인과 다를 바 없어지자 관심은 급속도로 사그라졌다. 다른 진짜 아프리카 흑인 마술사들이 그들의 상상력을 추월하기 시작하자, 톰 헤일리는 이제 바카리는 콩고로 돌아갈 때가 됐다고 생각했다.

그리하여 바카리는 '힌두의 고행자' 아키 데 라자 왕자가 되었다. 1937년이었다. 헨리는 자주색 터번을 두르고 동인도식 억양으로 말했다. 이번 인도 왕자 편에서 헨리의 피부색은 두세 톤 정도 밝아졌다. 톰 헤일리는 피부 톤을 조정하는 데 아주 도사가 됐다. 톰의 어머니는 아들이 의사가 되는 게 평생소원이었지만, 그는 헨리의 전용 약사가 되었다. 색소 알약과 램프의 정교한 조합이 필요했다. 그는 닥터 톰 헤일리라고 쓴 명함을 새로 만들었다. 그는 스스로 대단히 만족했다.

아키 데 라자 왕자 헨리는 점쟁이가 되어 사주팔자를 봐주었다. 미래를 볼 수 있는 것 같았다. 공연 시작 전에 닥터 톰 헤일리는 청중한테서 미리 질문을 받아와 헨리와 암호를 주고받았다. 질문은 주로 엇비슷한 몇 가지에 집중되었다. 돈, 건강, 사랑. 헨리가 무대에 서기 전에 닥터 톰 헤일리는 그냥 잡담하는 척 옆사람에게 슬쩍 질문을 던졌고—"결혼한 지 몇 년이나 됐어요?"—그 결과를 팔꿈치를 긁거나 무릎을 두드리는 식으로 헨리에게(무대 뒤에서 보고 있었다) 알려주었다. 그리고 "아내와 내가 행복하게 잘 살까요?"라는 질문이 나오면, 헨리는 "앞으로 십칠 년 동안 앞서 십칠 년처럼 행복하게 살 것이오" 하고 대답했고, 청중은 자신의 사생활에 대한 그의 방대한 지식에 놀라 뒤집어졌다. 그는 모르는 게 없었다, 모르는 게 없는 것처럼 보였다.

그러나 아키 데 라자 왕자의 가장 유명한 마술은 망고나무 트릭이었다. 그는 120센티미터 정도 높이의 조그만 나무상자에 흙을 약간 넣고, 맨 위에 망고 씨앗을 놓은 뒤 천으로 덮었다. 몇 초 후 그가 천을 치우면 15센티미터쯤 자란 귀여운 망고나무가 상자 안의 흙에 뿌리를 내리고 있었다. 이어서 또다시 상자를 천으로 덮었다 치우면 키 1미터, 지름 15센티미터짜리 망고나무가 서 있었다. 아무도 그의 트릭을 알아채지 못했다. 물론 똑같은 트릭을 할 줄 아는 백인 마술사들만 빼고. 그러나 사람들은 그들에게 눈길도 주지 않았다. 왜냐하면 그들은 아키 데 라자 왕자가 아니니까.

약 이 년 반 동안 헨리는 아키 데 라자 왕자로 지냈다. 그리고 욕망에서 비롯된 불행한 사건만 아니었다면, 얼마나 더 오래 왕자 역을 했을지 알 수 없는 노릇이다.

톰 헤일리는 틈만 나면 자기 입으로 떠들고 다녔듯 젖가슴이라면 사족을 못 쓰는 사내였다. 여자라면 제일 먼저 가슴부터 봤고, 다른 건 거의 보지도 않았다. 다른 건 아무래도 좋았으니까. 그는 여자의 가슴을 '발보아'라고 불렀다. 헨리는 그게 어디서 나온 말인지 짐작도 가지 않았다. 어쨌든 두 사람은 하루도 거르지 않고 커튼 사이로 공연을 보러 온 사람들을 훔쳐봤고, 톰 헤일리는 한 사람을 짚어내고는 허리를 굽혀 헨리의 귀에 나지막이 속삭이곤 했다. 저 여자 발보아 좀 봐라! 헨리도 그걸 보고 고개를 끄덕이곤 했다. 달리 어째야 할지 몰랐으니까. (분명히 말해두는데, 헨리는 가슴 좋아하는 남자가 아니었어요. 여자를 신체 부위별로 나눠서 보는 타입이 아니었고, 그렇게 될 리도 없었죠. 그가 여자를 사랑한다면, 그녀의 모든 것을 사랑해요. 엄지발톱부터 머리카락 한 올까지 남김없이 다 사랑하는 남자예요. 나도 그건 알아요, 그가 전혀 사랑하지 않았던 나조차.)

공연이 진행되는 동안 톰 헤일리는 그의 욕구에 딱 들어맞는 발보아를 찾아 관객을 샅샅이 훑어보았다. 1930년대 말에 유행한 목이 깊이 파인 아리따운 목둘레선은 신이 내린 선물이었다. 앙가슴이 톰만 들을 수 있는 세이렌의 노래를 불렀다. 숨을 쉴 때마다 대양의 파도처럼 오르내리는 가슴은 그날 밤 그가 머리를 누이길 갈망하는 곳이었다. 그는 눈을 감고 드러나지 않은 젖꼭지를 상상했고, 그의 욕망의 지도엔 그 지점이 X자로 표시되었다. 그는 술꾼 혹은 마약중독자나 다름없었다. 그는 그걸 가져야만 했고, 가지면 가질수록 더 많이 갖길 원했다. 그는 항상 큰 가슴을 좋아했는데, 해가 갈수록 더 큰 걸 바랐고, 갈수록 더더 커야만 했다. 나중에는 무시무시하게 큰 가슴에만 만족했고, 다른 남자라면 역겹게 느낄 정도의 변태 취향까지 나아가, 그야말로 거대한 가슴을 원했다. 브래지어를 위협하는 가슴. 눈물도 어떤 애정도 톰 헤일리에게는 소용없었다. 그는 고대에나 있었을 법한 신화적 가슴을 요구했고, 서툰 남자의 손에 들어갔다간 숨 막혀 죽을 수도 있는, 오직 그만이 다룰 수 있는, 오직 그만이 올바르게 사랑해줄 수 있는 가슴을 원했다. 가슴이 그에게 사랑해달라고 울부짖었다.

몇 년 전 그는 자신이 발견한 장소에서 공연을 열었다. 바로 신시내티였고, 1939년의 일이었다. 헨리와 톰 헤일리는 자주 신시내티에 갔는데, 거기서 라자의 인기가 좋았기 때문이다. 또한 그곳은 터무니없이 큰 가슴이 신기하게도 왕성한 생산력을 자랑하는 지역이었다. 여기 물에 뭔가가 있는 거야. 톰 헤일리는 한숨을 내쉬며 혼잣말로 중얼거렸다. 엄마 젖을 빠는 저애들이 얼마나 부러운지. 헨리는 일주일 전에 막 열여덟 살 생일을 맞은 참이었다. 톰 헤일리는 머핀에 초를 하나 꽂아놓고 생일 축하 노래를 불러준 뒤 말했다. 네 생일선물로 뭘 줄지 다 생각해놨다. 지금 당장은 갖고 있지 않지만. 헨리는 기쁘게 기다리겠노라고 말했다. 그래서 내가 널 좋아하지. 톰 헤일리는 말했다. 널 좋아하는 이백마흔일곱 가지 이유 중 하나야. 기쁘게 기다리겠다고. 그래, 그런 사람에게 좋은 건수가 생기게 마련이지.

좋은 건수는 신시내티의 어느 무더운 한여름 밤에 생겼다. 한참 잘 자고 있는데 웃음소리와 함께 뭔가 소란스럽게 엎어지고 깨지는 소리가 났고, 전등 빛이 눈꺼풀 밑으로 날카롭게 파고드는 바람에 헨리는 잠에서 깼다.

"일어나, 라자." 톰이 그의 어깨를 흔들었다. 헨리의 눈에 처음 들어온 것은 톰 헤일리의 커다란 귀였는데, 비몽사몽 몽롱한 상태에서 두 귀가 눈앞에서 펄럭이는 것처럼 보였다. "선물을 갖고 왔어."

그제야 헨리는 다른 사람이 또 있다는 걸 알아차렸다. 문밖 어딘가에서 여자들이 킥킥거리는 소리가 들렸다.

"밖에 누구 있어요?" 헨리의 말에 톰 헤일리는 바로 그의 입을 손으로 틀어막고 속삭였다. "잊지 마. 넌 라자라구." 그리고 윙크를 했다. "오케이?" 헨리는 고개를 끄덕였다. "여자가 처음엔 좀 차갑더라도 걱정하지 마. 쌀쌀맞은 여자가 열 오르면 오히려 화끈하다구!"

진이라는 매직카펫에 톰 헤일리의 숨결이 실려왔다. 헨리가 일생 동안 아주 잘 알아온 냄새였다. 하지만 차이가 있다면, 아버지는 슬퍼하면서 마셨고, 톰 헤일리는 즐겁게 취했다는 것이다.

"누구예요?" 헨리가 나직이 물었다.

"그냥 여자." 톰 헤일리가 대답했다. "전하의 망고나무를 보고 싶어하는 아가씨입니다, 라자!" 이번에는 제법 큰 소리로 말했다. "전하의 엄청난 팬을 한 명 소개해드리겠습니다." 엄청나고, 감 잡았지? 하고 말하듯 그는 다시 한번 윙크를 날렸다. "베스, 들어와요, 베스."

그녀가 헨리의 침실 문간에 모습을 드러냈다. 그날 초저녁 공연 때 본 아가씨였다. 경보 발령! 발보아다! 톰 헤일리는 커튼 뒤에 숨어 그녀를 가리키며 말했다. "얼굴이 말상이지만 각도만 잘 잡으면 얼굴은 안 보여. 나중에 그 방법을 전수해주지."

확실히 그녀는 어딘지 모르게 말을 연상시켰다. 널찍한 치아, 콧구멍이 도드라진 코, 얼굴 양쪽으로 몰린 커다란 갈색 눈, 다홍색 입술. 나머지는 온통 젖가슴이었다. 그녀는 스타를 만난 팬이 으레 그렇듯 기뻐 어쩔 줄 몰라하며 넋 나간 표정으로 헨리를 쳐다봤다. 그리고 톰 헤일리를 힐끗 봤고, 그가 잘해보라며 고개를 끄덕여주자 헨리가 누워 있는 침대로 다가갔다.

"아키 데 라자 전하." 그녀는 진짜 왕족 앞인 양 절하며 말했다. "만나뵙게 되어 무한한 영광(pleasure)입니다, 전하."

"쾌락(pleasure)에 방점을 찍어서." 톰 헤일리는 윙크를 주체하지 못했다. 그는 베스에게 말했다. "전하의 영어 실력은 조금씩 나아지고 있지만, 아직 잘 알아듣지 못하시는 게 많아." 이어서 헨리에게 말했다. "쿠부 무프티. 쿠부 마주네코."

베스 리드는 헨리의 침대 가장자리에 걸터앉았다. 웃통을 벗은 채 자고 있던 헨리는 이불을 끌어당겨 가슴께를 가렸다. 베스가 이불을 끌어내렸다. "나, 베스." 그녀는 자신을 가리키며 말했다. "오케이?"

헨리는 고개를 끄덕였다.

그는 가슴도 얼굴과 마찬가지로 다갈색으로 태웠고, 베스는 그것에 홀딱 반한 모양이었다. 그녀는 그의 가슴을 살짝 만지더니 또 깔깔거렸다. 그리고 바로 문 앞에 서 있는 톰 헤일리를 돌아보았다. "정말 괜찮은 거예요?"

"물론. 내 목숨을 걸고 장담하지. 그의 고향에서는 이게 전통이야. 열여덟 살 생일에 성인식을 치러야 하고, 그러지 못하면 엄청 수치스러운 딱지가 따라붙어요. 일주일인가 정글을 헤매며 고해

의식을 치러야 할걸."

"아, 그래서는 안 되죠." 베스는 엄마가 아이에게 하듯 헨리의 얼굴을 두 손으로 감쌌다.

톰 헤일리는 공포에 질린 헨리의 눈빛을 다 이해한다는 미소로 받았다. "걱정하지 마세요." 그는 말했다. "다 잘될 겁니다. 아니, 아주 훌륭할 거예요. 베스가 전하를 특별히 모실 겁니다. 자, 이제 저는 슬쩍 빠져야겠군요. 딱히 저를 필요로 하지 않으신다면."

"이제 우리 둘이서도 괜찮아요. 그렇죠, 전하?" 베스가 말했다. "그런데 브래지어 끄르는 것 좀 도와주실래요?"

톰 헤일리의 눈이 번쩍 떠졌다. "기꺼이, 아주 기꺼이 도와드리죠."

그는 베스의 드레스를 천천히 음미하면서 벗겼고, 헨리와 함께 그녀가 브래지어에서 쏟아져나오는 광경을 바라보았다. 헨리는 끝이 없겠다고 생각했고, 톰 헤일리는 끝이 없기를 바랐다. 다 나오고 나자 톰 헤일리는 불을 끄고 나갔다.

다음 날 아침 식탁에는 부자연스러운 침묵이 흘렀다. 톰 헤일리는 비스킷에 잼을 바르면서, 계란을 치즈에 마구 비벼 우걱우걱 먹어치우는 헨리를 힐끔힐끔 쳐다봤다.

"괜찮아?" 그는 헨리에게 물었다.

헨리는 계란을 우물거리며 시선을 접시에 고정한 채 고개도 들지 않고 말했다. "괜찮아요."

톰 헤일리는 싱긋 웃으며 윙크했고, 그후로 다시는 그 만남을 입에 올리지 않았다.

따라서 사망 당일 저녁 톰 헤일리가 라자의 공연에 넋을 잃고 앉아 있는 모습을 커튼 뒤에서 눈여겨보다 점찍어두었던 여자와 함께 있었다는 사실은 하나도 새삼스러울 게 없었다. 그녀의 이름은 뮤리엘 새크메리였다. 그녀는 친구와 함께 둘째 줄에 앉아 있었고, 툭하면 흥분해서 친구를 팔꿈치로 찔러댔다. 뮤리엘은 딱 그의 취향이었다. 별로 매력적이지는 않았지만, 그녀만의 독특한 귀여움이 있었다. 그것 두 개. 톰은 그녀에게 저녁이나 같이하자며 청했고, 테이블 너머로 관능의 파라다이스를 만끽하다 반쯤 씹은 스테이크 비곗덩어리 한 조각이 목구멍에 걸렸다. 그는 질식해 그 자리에서, 저녁식사를 하던 레스토랑에서 그대로 쓰러졌다. 헨리는 일찌감치 호텔 방으로 돌아와 책을 읽었기 때문에, 몇 시간 동안 자신이 또 한 명의 아버지를 잃었다는 사실을 몰랐다. 그 밖에 잃은 것이 또 있었다.

톰 헤일리는 죽으면서 색소침착법에 대한 비밀도 같이 가져가버렸다. 헨리는 장례식에 가려고 태닝을 시도했는데, 약을 너무 많이 먹어서 장례식 당일 아침 다시 검둥이가 되고 말았고, 검둥이는 장례식에 참석할 수 없었다. 헨리는 자신의 인생을 구해주고 아버지가 되어준 사람의 장례식에 참석하지 못했다. 지금의 자신을 있게 해준 사람이었는데.

그후로 몇 주에 걸쳐 그는 서서히 다시 백인이 되었다, 아니 희끄무레하게 되었다. 원래 피부색으로 완전히 돌아가지는 않았다. 하지만 어차피 헨리는 원래 피부색이 어땠는지 알지도 못했다. 하도 오래전 일이라서. 자기 자신이었던 때가 하도 오래전이라 무엇이 자기다운 건지도 생각나지 않았다. 그는 스리카드 몬테에 다시 손을 댔다. 그는 좌판 앞에 발걸음을 멈춘 사람들의 피부색을 일일이 살피며 그들 중 하나가 미스터 세바스찬이 되기를 기다렸다. 그들 중 하나는 미스터 세바스찬이었다. 헨리는 알았다. 그러나 미스터 세바스찬은 현명하게도 얼굴을 드러내지 않았고, 완전히 딴사람으로 변신하는 법을 알고 있었다. 헨리와 마찬가지로. 그는 언제나 그곳에 존재하면서도 존재하지 않았다.

헨리는 돈을 벌어 어느 혼자 사는 여자의 집 2층에 세를 들었다. 어머니가 살아 있다면 그 나이쯤 되었겠다 싶은 아주머니였다. 말이 별로 없었지만, 헨리와 마주 앉아 밥 먹는 그의 모습을 바라보는 걸 좋아했다. "참 예의 바르기도 하지. 포크와 나이프 쥐는 법하며, 제일 먼저 무릎 위에 냅킨을 펼쳐놓는 것도 그렇고. 요즘 젊은이들은 매너가 없어. 그런 시절은 갔다니까." 헨리는 아무것도 할 줄 몰랐다. 그는 세상 한가운데에서 길을 잃었다. 다시 태어나 처음부터, 실존하는 법부터 하나하나 다시 배워야 할 것만 같았다. 그러나 이것만은 잘 기억했다. 포크와 나이프 쥐는 법.

헨리에게는 다행스럽게도 전쟁이 일어났다. 2차 대전. 헨리는 즉시 육군에 입대했고, 프랑스에 주둔하는 미군 제22보병사단에 소속됐다. 프랑스! 그는 항상 프랑스에 가보고 싶었다. 해나도 그랬다. 해나는 쓰레기통을 뒤져 찾아낸 여행 잡지에서 파리 사진을 뜯어내 그에게 보여주었다. 그러나 그녀는 파리에 가지 못했고, 그는 가게 되었다.

전쟁터에서 그는 행복했다. 처음으로 진정한 친구가 생긴 곳이었다. 찰리 스미스, 데이턴 멀로니, 무키 마크스. 다들 재주가 있는 친구였다. 찰리는 만돌린을 연주했고, 데이턴은 프랑스어를 했으며, 무키는 새처럼 노래를 잘했다. 그리고 헨리는 당연히 트럼프를 갖고 있었다. 프랑스 전역에 걸쳐 지독한 전투를 치르며 마침내 휘르트겐 숲 전투*에 이르기까지, 그들은 함께 싸우고 함께 자고 함께 먹었다. 다른 부대에도 가수나 연주자, 또는 가방끈 긴 프랑스어 능통자는 있었다. 그러나 마술사가 있는 부대는 단 하나뿐이었다. 프랑스는 무척 아름다운 곳이었고, 헨리는 죽기에 알맞은 장소라고 생각했다.

그러나 그는 전사하지 않았다. 죽을 만큼 많은 수의 적을 상대했지만, 끝내 살아남았다. 그들 가운데 아무도 죽지 않았다. 셀 수 없이 많은 사망자가 나왔지만, 불에 타 죽고 탱크에 산산조각이 났지만, 그들 넷은 모든 전선에서 무사히 빠져나왔다. 긁힌 상처 하나 없었다. 이 말도 안 되는 그들의 운은 헨리와 그의 마술 덕분으로 여겨졌다. 헨리는 참호 속에서 카드 트릭을 보여줬고, 한번은 수류탄을 사라지게 하는 마술을 선보여 다들 그가 지닌 재주를 알고 있었다. 하지만 무키 마크스는 헨리에게 그들을 보호하는 특별한 힘이 있다고 믿었고, 사람들에게 자기가 직접 겪은 일이라며 말을 퍼뜨리고 다녔다. 그중 대부분은 순전히 스스로 지어낸 허풍이었는데, 헨리가 주문으로 총알의 궤적을 바꿀 수 있다고 했다. 헨리가 숨을 한 번 쉬면 그들 모두 투명인간이 됐다. 주위에서 포탄이 아무리 터져도 헨리가 빙 둘러 보호막을 치면 아무것도 뚫고 들

---

* 2차 대전 당시 벨기에-독일 국경에 있는 휘르트겐 숲에서 슈미트 지역을 장악하기 위해 미군과 독일군이 벌인 사상 최악의 전투.

어오지 못했다.

어느 날, 포격전 중간에 잠시 쉬는 틈을 타서 헨리와 무키는 담배를 피우며 다음 전투를 대비했다. 찰리는 데이턴에게 고향에 있는 예전 여자친구의 사진을 보여주었다. 케이티 베이커. 성은 이제 베이커가 아니었지만 그는 계속 그렇게 불렀다. 그녀는 다른 남자와 결혼해 케이티 래스커가 되었다. 찰리는 여전히 그녀 사진을 들여다보길 좋아했다. 이따금 이런 때가 있었다. 세상이 끝날 것처럼 무시무시한 소음과 총격이 있고, 세상 모든 악이 당신에게, 오로지 당신에게만 집중되는 듯하다가, 잠시 정적. 담배 한 대 태우는 시간.

헨리는 무키 쪽으로 고개를 돌렸다. "그 얘기 좀 그만해, 무키."

"무슨 얘기?"

"마술 말이야. 독일군에게서 우리를 보호하는 '매직파워' 얘기. 사람들이 자꾸 떠들어대잖아. 껄끄럽다고."

"하지만 사실인걸." 무키는 말했다. "넌 우리의 수호천사 같은 존재야. 진짜 천사는 아니지만. 바로 여기 우리와 같이 있는 인간이지. 게다가 넌 총도 쏠 줄 알잖아! 나라면 천사보다 훨씬 낫다고 해주겠어."

"난 요술쟁이가 아냐, 무키. 그냥 카드 마술을 좀 할 줄 알 뿐이라고, 그게 다야. 알다시피 그런 일은 못해. 어림도 없지."

프랑스에서 2차 대전 동안 헨리 워커는 딴사람이 되려고, 전혀 새로운 인물이 되려고 노력했다. 하지만 잘되지 않았다.

무키는 웃음을 터뜨렸다. "내 속마음을 읽었잖아, 생각나?"

"짐작이 맞은 거지."

"그럼 그 계란은 어디서 난 거야? 난데없이, 그것도 여러 번. 계란 맛도 좋았다구. 담뱃갑이 테이블 위로 붕 떠올랐잖아, 끈이 달린 것도 아닌데. 끝내주는 능력이야, 헨리. 너무 수줍어할 거 없어. 네가 우릴 지켜주는 거야. 그래서 난 너를 사랑해."

찰리가 거들었다. "나도야. 나도 너를 사랑해. 오장육부를 다해서."

밑도 끝도 없이 라이플총 소리가 날아올라 밑도 끝도 없는 곳으로 처박혔다. 세 사람은 한숨을 내쉬었다. 그래, 또 시작이군.

"자네가 빗맞히는 걸 한 번도 본 적이 없어." 찰리는 군화 발부리로 헨리의 라이플총을 톡 차면서 말했다. "한 번도. 자네가 죽인 독일군이 아이젠하워보다 많을걸."

"그건 마법이 아냐." 헨리가 말했다. "증오지."

"나도 놈들이 싫어. 하지만 종종 빗나가지."

"독일군이 아니야." 헨리는 찰리를 지그시 내려다보며 말했다. "나는 독일군을 증오하지 않아. 내가 증오하는 건 어떤 사내야. 독일군은, 그를 상대하기 위한 연습 대상일 뿐이야."

"젠장, 그게 무슨 뜻이야? 내 생각은 그래도……"

"생각이야 자유지." 헨리가 말하는 동안 한 발 또 한 발이 그들 머리 위로 핑 지나갔다. "하지만 더는 그에 관해 말하지 않았으면 좋겠어."

"그러지." 무키는 말했다. "자네가 원한다면. 하지만 그게 사실이라는 건 너도 알잖아."

무키는 진흙을 한 움큼 집어들어 헨리의 얼굴을 향해 던졌다. 그리고 고개를 절레절레 저었다. "어찌 됐든 뭔 상관이야? 내 말은, 그렇게 믿어서 좀 위안이 된다면, 그래서 금방이라도 죽을 것 같은 공포가 좀 덜해진다면 대단한 거 아냐?"

헨리는 멀거니 그를 쳐다보면서, 얼굴 반쪽에 시꺼멓게 묻은 진흙을 뺨에서 닦아냈다. "별로 대단한 게 아닌 것 같은데." 헨리는 말했다 "별거 아냐."

"별거야, 그래도." 찰리가 말했다.

"그래." 데이턴도 끼어들었다. "목숨은 별거지. 살아 있다는 거. 나한텐 그게 중요해. 그리고 그렇게 만들어준 사람한테 감사하고 싶어. 고마워, 군화 밑바닥부터 우러난 진심이야."

"넌 네 힘으로 살아남은 거야." 헨리는 말했다. "내 덕분이 아니라."

찰리는 헨리를 돌아보며 말했다. "내가 증명해 보이지."

그들은 모두 참호 벽에 기대고 있었다. 독일군이 두 방향에서 그들을 막았고, 병력도 압도적이었다. 총격전이 다시 시작됐고, 몹시 치열했으며, 아까처럼 세상이 끝날 때까지 멈추지 않을 것만 같았다. 하늘에서 총탄이 빗발쳤다. 새들은 지상의 전투 현장을 피해 높이높이 날아올랐지만, 어쨌든 싹 죽었다. 축 늘어진 죽은 새가 참호 속으로 떨어져 군홧발을 피로 물들였다.

죽음이 확실하게 우박폭풍처럼 휘몰아치는 한가운데서 찰리는 자신만만하게 벌떡 일어섰다. 빙그레 웃으면서, 양팔을 쫙 뻗고 뽐내듯 거만하게 햇빛을 받으면서.

"나 여기 있다, 망할 독일 새끼들아!" 그는 소리쳤다. "쏠 수 있으면 쏴봐! 맞혀보라구! 어때, 시도나 할 수 있겠냐!"

그는 무키와 헨리가 발목을 잡고 황급히 끌어내릴 때까지 오 초는 족히 서 있었다. "너 미쳤냐, 이 개자식!" 헨리가 내뱉었다.

하지만 찰리는 껄껄 웃어젖혔다. 데이턴도. 무키는 찰리를 쳐다보다 헨리에게로 고개를 돌렸다. 지옥 같은 아우성 속의 고요.

"긁힌 데도 없어." 무키가 말했다. "어디 한 군데 긁히지도 않았다구."

"그러니까," 헨리가 말했다. "나는 아무 상관 없어. 네 맘대로 떠들어. 그래서 도움이 된다면."

헨리의 마법에 대한 얘기가 병사들 사이에 번져나갔다. 그는 탱크를 없애고, 총알을 깃털로 바꾸고, 적의 마음을 읽을 수 있었다. 노르망디 상륙작전이 성공한 것도 칠십 퍼센트는 헨리 덕분이라고 말하는 사람도 있었다.

전쟁이 끝날 무렵 헨리 워커는 세상에서 가장 유명한 마술사가 되어 있었다.

하지만 제가 하려는 얘기는 이게 아니에요.

아직 책장을 넘길 힘이 남아 있을 무렵에 저는 소설을 많이 읽었어요. 명작은 항상 한 가지 이야기로 시작해 어느새 다른 이야기로 넘어가곤 하죠. 혹은 작가들이 흔히 그러듯 나는 이것에 대해 말하려고 한다고 해놓고선 전혀 다른 이야기를 해요. 저는 그런 유의 책을 늘 좋아했어요. 사람살이와 닮았잖아요. 가게에 가려고 집을 나섰는데 정신을 차려보니 공원에 와 있다든가, 나무를 심으려고 땅을 팠다가 묻혀 있는 보물을 발견한다든가. 애초 의도와 생각이라는 건 세상에서 가장 깨지기 쉬운 것 같아요. 제가 하려던 이야기는 헨리 워커가 왜 저를 전혀 사랑하지 않았는가였죠. 그는 저를 사랑하지 않았어요. 여전히 메리앤 라플뢰르를 사랑했기 때문은 아니에요. 더는 그녀를 사랑하지 않았으니까요. 그녀가 그를 사랑하지 않았거든요.

그리하여 전쟁은 끝났고, 군부대도 귀환했다. 그들이 탄 배가 뉴욕 항구에 들어오자 수천 명의 미국인이 환호하며 환영했지만, 다른 수많은 군인과 마찬가지로 헨리는 기다리는 이 없는 집으로 돌아온 신세였다. 거슈윈은 그에 관해 이렇게 썼다. 사람들은 러브 송을 만들지만, 나를 위한 건 아니다…… 헨리의 전우들은 모두 살아 남았지만, 미국의 씨실과 날실 사이로 사라졌고, 다시는 모습을 볼 수 없었다. 초록색 군복을 입은 헨리는 어깨에 더플백을 메고 음악과 소음과 색종이 사이를 걸었다. 굳이 노력하지 않아도 그는 이미 투명인간이었다. 마음속 깊은 곳에서 그는 전쟁이 영원히 끝나지 않기를 빌었다. 전쟁터에서 그는 전혀 딴사람이 되었는데, 돌아오고 나니 다시 과거로 회귀한 듯 전과 똑같은 기분이었다. 전전(戰前)과 똑같은 상태로 되돌아왔다.

헨리는 점심 먹기 전에 스리카드 몬테를 한두 시간 정도 할 수 있겠다고 생각했다.

그때 누가 그의 이름을 불렀다.

"헨리?"

그는 걸음을 멈추고 뒤돌아보았다. 아무도 없었다.

다시 걸었다.

"미스터 워커!"

내 이름을 아는 사람이 있다니, 헨리에게 이보다 더 충격적인 사건은 없었다. 그 사람은 더블브레스트 헤링본 슈트를 입고 회색 펠트 중절모를 쓴 키 작은 사내였다. 그는 한 손에 얇은 가죽 서류 가방을 들고 다른 손을 열심히 흔들면서 사람들을 헤치고 헨리 쪽으로 다가왔다. 헨리는 뭔가 곤란한 일이 생긴 거라고, 자신의 과거가 현재의 발목을 잡거나 혹은 반대로 그가 과거의 발목을 잡은 거라고 확신했다. 저 사내는 과거를 파헤쳐서 그를 고소하려는 것이다. 그런데 무슨 일로? 검둥이로 가장했다고? 인도의 고행자인 척 사기 쳤다고? 하여간 좋은 일일 리 없었다. 헨리는 뒤돌아서서 걸음을 재촉했다.

사내는 헨리 바로 옆에서 쫓아왔다. 하지만 다리가 짧아 헨리가 한 걸음 걸을 때 두 걸음씩 떼며 거의 뛰다시피 했다.

"카스텐바움입니다." 사내가 말했다. "에드거 카스텐바움." 그는 손을 내밀었고, 헨리는 무시하고 계속 걸었다. 어디로 갈지 생각도 않고 그냥 무작정 걸었다. 카스텐바움인가 하는 사내는 벌써 숨이 턱까지 차서 땀을 뻘뻘 흘렸다. 그래도 여전히 바로 옆에서 쫓아왔다.

"'에디'라고 불러주면 좋겠습니다." 그는 미소 띤 얼굴로 계속 말을 붙였다. "'에드'가 아니라요. '에드'라고 하면 뭐랄까, 너무 노티 나는 느낌이 들어요, 항상. 너무 심각하고 진지한 느낌이죠. 우리 할아버지가 에드셨어요, 아니 지금도 에드시지요. 신은 할아버지에게 살면서 쓰라고 일곱 가지 미소를 내려주었지만 할아버지는 한 번도 쓰지 않으셨죠. 아버지는 그 미소를 물려받아 안전하게 어디론가 치워버렸고요. 내게는 그런 게 바로 에드입니다. 반면에 에디는 뭔가 재밌고 신나고 통통 튀는 느낌이에요. 시쳇말로

23스키두*라는 거죠. 그러니까 에디라고 불러주세요. 아니면 카스 텐바움이라고. 나한테 짜증이 나면—분명 화날 때가 있을 겁니 다, 아무리 착한 사람이라도 으레 그러니까요—있는 대로 성을 내며 소리치면 됩니다, 카스텐바움! 하고. 그게 더 낫게 들리거든 요. 그러면 나도 미스터 워커, 하고 불러드리죠. 아니면 '위대한 헨리'는 어때요. 뭔가 더 눈길을 끌 만한 것을 생각해내는 편이 더 좋을 것 같긴 하지만. 아, 이 경우엔 귀에 확 꽂힐 만한 거라고 해 야 되나. 뭐 좋은 아이디어 있어요?"

헨리는 발길을 늦추지 않고 이 작달막한 사내를 내려다보았다. "아이디어?" 헨리는 반문했다. "뭐에 대한 아이디어 말입니까?"

"고국으로 돌아오는 동안 배 위에서 생각할 시간이 많았을 것 같은데요. 하여간 집에 돌아온 것을 환영합니다."

헨리는 걸음을 멈추고 사내를 쳐다보았다. 사내도 그 자리에 섰 고, 멈추게 되어 살았다는 눈치였다. "집?" 헨리는 말했다. "그 단 어가 무슨 뜻인지도 모르겠는데." 해가 났지만 도시는 우중충하고 흉물스럽고 불쾌했다. 자신이 이런 것에 속하다니 상상도 할 수 없 었다. 그러고 보니 자신이 무엇에든 속한 모습은 전혀 그려지지 않 았다.

"담배 한 대 피우겠습니까?" 카스텐바움이 담뱃갑을 내밀었다. "난 피우지 않습니다만, 다른 분들을 위해 갖고 다니죠."

"이봐요, 나는 당신이 누군지도 모릅니다." 헨리는 말했다. "무 슨 소리를 하는지도 모르겠구요. 완전히 정신이 나간 게 아니라면

---

* 1920년대에 미국에서 유행한 속어. '뜨자' 혹은 '먹고 튀자'라는 뜻.

나를 딴사람하고 착각한 모양이네요. 자, 이제 자리를 좀 비켜주세요. 나는 일자리를 알아봐야 해요."

"왜요?"

"나는 밥 먹는 것과 지붕 있는 데서 자는 걸 좋아하니까요."

카스텐바움은 서류가방을 들었다. "당신에게 줄 일자리를 이미 하나 만들어놨는데요." 그가 말했다. "사실 백 개쯤 돼요."

"백 개? 무슨 일자리가 백 개나 필요하죠?"

"예약이죠, 공연 예약. 마술 공연. 8월까지 스케줄이 꽉 찼어요."

"그게 도대체 무슨 말입니까?"

"당신은 유명 인사입니다, 미스터 워커. 잘 아시면서."

카스텐바움은 그 자리에 무릎을 꿇고 앉아 서류가방의 황금색 걸쇠를 솜씨 좋게 찰칵 젖혔다. 그리고 가방에서 신문 스크랩을 한 다발 꺼냈고, 헨리는 한 장씩 넘겨보기 시작했다.

"총 스물세 장이에요." 카스텐바움이 말했다. "실제로는 훨씬 더 많았을 겁니다."

"이건…… 전부 나에 관한 기사네요."

"맞습니다."

"하지만……" 그는 무키와 그의 허풍과 찰리와 지난 사 년간 동고동락하며 같이 싸웠던 모든 사람을 떠올렸다. 어떻게 된 일인지 이제야 알겠다.

"근데 당신은 누구세요?" 헨리는 대답을, 제대로 된 대답을, 자신을 혼란에서 구해줄 진짜 대답을 기대하며 물었다.

하지만 그런 답은 없었다. 카스텐바움은 똑바로 일어서서 가슴을 자랑스럽게 내밀었다. "나는 당신의 매니저입니다, 미스터 워커."

이제 카스텐바움이 걸을 차례였고, 헨리는 이 수수께끼 같은 사내가 일으키는 세찬 물살에 휩쓸려―그냥 호기심이 동하기도 해서―그의 뒤를 따랐다.

"어디로 가는 겁니까?" 헨리가 물었다.

카스텐바움은 정면을 똑바로 쳐다보았고, 미래를 응시하며 미소를 지었다. "당신의 사무실이죠, 당연히."

사무실로 가는 길에 카스텐바움은 헨리에게 자세한 내막을 들려주었다. 헨리의 마술 업적에 관한 얘기가 어떻게 보병사단과 대대에서 돌았고, 배와 비행기와 잠수함 사이를 돌아 미국 본토 연안에 닿게 됐는지. 그는 유명인이었다. 아주 뜨거운 화젯거리였다. 하도 뜨거워서 그는 낯이 다 뜨거웠다.

"게다가 쇼 비즈니스계에는 딱 한 가지 원칙밖에 없죠." 카스텐바움이 말했다. "바로 쇠뿔도 단김에 빼라입니다. 나는 당신을 위해 당신이 해외에서 일군 성공을 자본으로 치환할 기회를 포착한 겁니다. 하지만 당연히 당신과 연락할 방법이 없었죠. 그래서 내가 먼저 일을 진행시키는 게 최선이겠다고 생각했습니다."

"그러니까 당신을 위해 자본으로 치환하겠다는 말이죠?" 헨리가 말했다.

"에이, 고정하세요. 상호 이득이 되는 관계가 가장 좋은 관계 아니겠습니까."

"나는 매니저가 필요 없습니다, 카스텐바움 씨."

"그러기엔 너무 늦었습니다, 미스터 워커. 이미 있는걸요."

"뭐, 그럼 당신은 해고요."

"엄밀히 말해 나는 실제로 고용된 게 아니기 때문에 해고하는 건 불가능합니다. 계약서에 사인한 적이 없잖아요. 그리고 쇼 비즈니스계에 한 가지 원칙이 있다면, 계약서 없이는 아무것도 얻을 수 없다는 거죠." 그의 말에 헨리의 머릿속은 순식간에 뒤죽박죽이 됐다. "게다가 뭔지도 모르면서 거절부터 하는 건 경솔한 짓이라고 생각지 않으세요? 한번 알아보기라도 해야죠. 아, 여깁니다."

그들은 브리지 가에 있는 벽돌과 유리로 이루어진 사 층짜리 건물 앞에서 걸음을 멈추었다. 건물은 우중충하고, 웅장하다기보다 울적해 보였다. 창문이란 창문은 죄다 어두컴컴했다. 희뿌옇게 왁스칠이 되어 있었고, 문고리가 달려 있어야 할 자리에는 덩그러니 구멍만 나 있었다. 골목 왼편에선 죽은 새가 썩어갔다.

"현재 자금 사정으로 마련할 수 있는 최선이었어요. 임시사무실 정도로 생각해주세요. 그럭저럭 고치면 쓸 만합니다."

헨리는 한숨을 내쉬었다.

"가시죠." 카스텐바움이 말했다.

헨리는 층계참에 한 발 올려놓고 현관문 바로 위에 검은색으로 쓰인 건물의 번지수를 쳐다보았다.

"702." 헨리는 숫자를 읽었다.

"맞아요. 브리지 가 702번지입니다. 기억해두세요. 아니면 무슨 문제라도?"

헨리는 번지수를 뚫어져라 쳐다보며 넋이 나간 채 서 있었다. "아뇨." 그는 혼잣말하듯 나직이 웅얼거렸다. "난 괜찮아."

불 꺼진 나무계단을 따라 3층까지 올라갔다. 어둠 속으로의 상승. 그들은 무디 고무상사와 스윈번 판촉용품점의 어두운 문 앞을 지나 마침내 흐린 유리창이 달린 평범한 문 앞에 섰다. 그 너머는 무척 환했다. 문 바로 뒤에 태양이 있는 것처럼 불빛이 뿜어져나왔다. 마치 그곳에 신이 사는 것처럼.

"먼저 들어가시죠, 보스." 카스텐바움이 말하며 문을 열었다.

헨리 앞에서 문이 쫙 열리고 불빛이 그에게 쏟아졌다. 그는 미인에게 홀린 듯, 아니 미인들에게 홀린 듯 그 자리에 못 박혔다. 사무실 안은 정말 밝았지만, 이는 비단 조명 때문만은 아니었다. '위대한 헨리'의 대기실 벽을 따라 어깨를 맞대고, 헨리가 생전 듣도 보도 못한 빼어나게 아름다운 여인 열다섯 명이 줄지어 서 있었다. 금발 머리, 검은 머리, 빨강 머리가, 멈출 줄 모르고 쭉 뻗은 다리가, 그리고 발보아는 또 어떻고. 오, 발보아들. 톰 헤일리가 지금쯤 관에서 빠져나오려고 안달이겠군. 자신의 전 피고용인을 빙 둘러싼 이 광경을 같이 좀 보자며 관 뚜껑을 긁어대는 모습이 눈에 선했다.

헨리는 카스텐바움을 내려다보았고, 카스텐바움은 이미 다음 질문을 예상했다. "오디션을 보러 온 사람들입니다, 보스."

오디션이라고? 헨리는 생각했다. 그러나 확인하기 위해 되묻지 않을 만큼의 머리는 있었다. 어차피 확인은 하게 될 테니까, 그것도 금방.

"조수가 필요하겠지요, 물론." 카스텐바움이 말했다.

"물론."

헨리는 빙그레 웃었다. 카스텐바움도 빙긋 웃었다. 불가능한 일이었지만, 그것이 사실이었다. 배에서 내린 지 십 분밖에 안 지났는데 두 사람은 막역지우가 된 것이다. 밥 호프와 빙 크로스비. 찰떡 콤비. 이따금 이런 일은 눈 깜짝할 사이에 일어난다. 그들이 바로 그랬다.

"그 계약서 지금 갖고 있습니까?" 헨리가 물었다.

"바로 여기, 믿을 만한 제 서류가방 속에 있죠."

"어디에 사인하면 됩니까?"

그리고 두 사람은 대기실 안의 미인들 틈바구니를 지나 안쪽에 있는 작은 방, 즉 헨리의 사무실로 들어가 문을 닫았다.

서가에 꽂힌 책처럼 사무실 벽에 주르륵 서 있는 여자들을 상상하는 것이 왜 이렇게 즐거운지 저도 잘 모르겠어요. 그들은 저와 정반대예요. 그들이 책이라면, 저는 서가잖아요. 그들 모습을 탓하며 그들을 미워하거나 혹은 제 모습을 탓하며 자신을 미워해야 마땅하겠지요. 근데 그게 안 돼요. 제가 느끼는 감정은 헨리가 그들을 봤을 때 느꼈을 감정과 똑같아요. 그들은 선물이에요. 삶의 활력. 좋은 일이 생길 거라는 전조. 전 그들을 미워할 수 없어요. 미인이 없다면 이 세상은 뭐가 되겠어요? 또 나 같은 사람이 없다면 그들은 또 어떻겠어요?

톰 헤일리를 제외하면 헨리는 조수를 두어본 적이 없었다. 공연 시작 전에 관객 틈에 몰래 스며들어 헨리가 예언에서 써먹을 내용을 미리 알아냈던 톰 헤일리. 하지만 톰 헤일리는 제외할 수밖에 없다. 어떻게 보면 헨리가 그의 조수였고, 환상을 만들어내겠다는 그의 지치지 않는 의지의 산물이었으니까. 헨리 자신이 그의 환상이 되었으니까. 모든 것을 손에 쥐고 좌지우지한 쪽은 당연히 톰 헤일리였다. 물론 헨리는 그를 미워했다. 하지만 미움보다 사랑이 훨씬 더 컸다. 지금의 그는 하나부터 열까지 톰 헤일리의 작품이었다. 헨리의 첫번째 인생은 해나를 잃었을 때 끝났고, 톰 헤일리가 없었다면 나머지 인생은 그저 첫번째 인생의 막판을 상술 부연한 것에 다름 아니었을 것이다. 다르게 생각할 이유가 없었다. 톰 헤일리는 그가 지금까지 배운 것 가운데 가장 중요한 단 하나를 가르쳐주었다. 적응. 그거 하나면 만사 오케이였다. 적응이야말로 생존의 비법이었다. 적응할 수 없다면, 변화하려는 의지와 재능이 없다면 세상 그 무엇도 살아남을 수 없으리라. 그리하여 헨리는 한동안 흑인으로 살았고, 그다음엔 다갈색으로, 이제는 다시 백인이 되었다. 그러나 대기실 한가운데에서 자신을 둘러싼 여인들을 바라보며 영원히 머무를 수 있다면, 그는 기꺼이 녹색 피부로라도 바꾸었을 것이다. 하지만 카스텐바움은 그녀들을 모두 돌려보내야 한다고 말했다. 단 한 사람만 빼고.

"꼭 지금 해야 합니까?" 헨리는 물었다. 그리고 카스텐바움이 의식이라도 행하듯 '당신의 의자'라고 명명하며 빼준, 등받이가 높고 좀 뻐딱하게 돌아가고 쿠션 내용물이 튀어나오려 아우성인 중역용 회전의자에 앉았다. 어쨌든 의자는 그의 엉덩이가 요 몇 년간 알고 지냈던 것 중 가장 편안했다. 사무실 벽면은 벽돌이 그대로 드러난 채였다.

"지금 바로 시작해야 합니다." 카스텐바움이 대답했다. 그는 자기 시계를 톡톡 두드렸다. "시간은 기다려주지 않아요. 시간이 이렇게 말하는 거 들어보셨어요? 나 저기 귀퉁이에서 기다릴게. 아니죠. 절대 기다려주지 않습니다."

"하지만 잠시라도 옆에 좀 두면 안 될까요? 다 같이 나가서 근사한 저녁을 먹거나 뭐 그럴 수도 있지 않나요?"

"그거 멋지군요. 분명 저들도 당신만큼 좋아할 거예요. 하지만 제게도 계획이라는 게 있습니다." 그는 시계를 들여다보았다. 부로바*였다. "지금 바로 시작하지 않으면 제 시간에 맞춰 공연을 올릴 수 없어요."

"얼마나 남았는데요?"

"육 주." 카스텐바움이 말했다. "사십이 일이죠."

육 주라고? 헨리는 저 혼자서 어떤 공연도 성사시켜본 적이 없었다. 육 주라니 도무지 불가능해 보였다. 바로 그때 톰 헤일리의 귀신이 헨리의 멋들어진 의자 바로 뒤에 나타나 그의 어깨를 꽉 붙잡고 말하는 듯했다. 지금 다리가 나와 포유류가 되어 마른 대지를 여행해야겠다고 깨달은 물고기나 할 만한 생각이라고 생각했지? 당연하지. 하지만 걔는 해냈어. 그 물고기는 다리가 자라 대지로 올라갔다고.

헨리는 어깨를 으쓱하고 한숨을 내쉬었다. "그럼 시작하죠."

한 명씩 차례로 들어와 차례로 되돌아 나갔다. 예를 들면 이런 식으로.

"이름이 뭐죠?"

"빅토리아 해리스."

어깨까지 닿는 굽이치는 머리칼, 새빨간 입술, 녹색 눈에 긴 속

---

* 명품 시계 브랜드. 세계 최초로 완전 전자식 무브먼트를 개발했고, 처음으로 손목시계에 다이아몬드를 도입했다.

눈썹, 금방이라도 브래지어를 박차고 튀어오를 것 같은 가슴. 헨리는 톰 헤일리와 그의 비서 로런을 생각하지 않으려야 안 할 수가 없었다. 한번은 톰 헤일리의 사무실에서 두 사람과 마주친 적이 있었다. 로런은 톰의 책상 위에 사지를 벌리고 누워 있었고, 톰 헤일리는 육식동물처럼 그녀를 거칠게 다뤘다. 그녀는 헨리의 존재를 전혀 마음에 두지 않는 듯했고, 톰 헤일리도 하던 짓을 멈추지 않았다. 헨리는 재떨이에서 타들어가던 담배를 기억했다.

"마술사의 조수직에 관심이 있다구요?" 카스텐바움이 물었다. 질문은 대부분 그가 했다.

"아, 아주 관심이 많죠!" 그녀는 열성적인 지원자였다. 너무 열성적이었던 것 같다.

"이 분야에서 어떤 일을 해봤습니까?"

"저기." 그녀는 말했다. "이쪽 일은 원래 처음이에요. 하지만 평생 누군가의 조수 노릇을 해왔어요. 뭐 얼마나 다를라구요."

"수백 명이 보는 무대에서 떨지 않을 자신이 있습니까? 대부분이 당신을, 적어도 당신 신체의 일부분을 똑바로 쳐다볼 텐데요." 카스텐바움은 장난기 어린 눈으로 힐끗 헨리를 쳐다봤다.

"사람들이 얼이 빠져서 저를 바라보는 걸 좋아해요. 전쟁 전에는 나일론스타킹 모델을 했어요. 다시 그 일을 하고 싶었지만, 다른 여자애들이 이미 꿰찼더라고요. 더 어린 애들이."

"수고 많았습니다, 빅토리아." 카스텐바움이 자기 수첩에 표시하면서 말했다. "다 된 것 같군요. 당신 연락처는 갖고 있으니 나중에 연락드리죠."

"저는 미혼이에요." 그녀는 헨리를 쳐다보며 말했다. "혹시 도움이 될까 해서 말씀드리는 거예요."

"무슨 도움이 된다는 거죠?" 카스텐바움이 물었다.

"이를테면 여행할 때? 저는 자유롭게 여행할 수 있거든요. 뭐…… 자유로우니까요." 그녀는 줄곧 시선을 헨리에게 고정했다.

"그거 굉장하군요." 카스텐바움이 말했다. "고마워요."

그녀는 나갔다. 그녀 뒤에서 문이 찰칵 닫히자 카스텐바움은 천천히 고개를 끄덕였다.

"마음에 드는데요." 카스텐바움이 말했다. "번뜩이는 끼가 있어요. 게다가 그녀의, 음, 특정 부분은 남자 관객이 한눈팔게 하는 데 딱입니다. 마누라들은 그녀를 뚫어져라 쳐다보는 남편 때문에 주의가 산만해질 거구요. 주의를 돌릴 만한 그런 요소가 필요하잖아요?"

"맞아요."

"그러니까?"

"그녀는 멋져요." 헨리는 말했다. "바라보기엔 정말 멋집니다. 하지만 아니에요. 내 생각엔 아닙니다."

"뭐가 아니라는 겁니까?"

"아니에요." 헨리는 한숨을 쉬었다. 참호에서 막 기어나온 것 같은데, 지금 여기서 자기와 일하고 싶어 안달이 난, 기꺼이 토끼와 비둘기를 다루고 반으로 잘리겠다는 섹시한 여자들을 하나하나 거절하는 참이다. 그곳에도 여자가 있었다. 아주 많은 여자가. 프랑스 여자, 독일 여자. 생전 듣도 보도 못한 나라에서 온 여자. 그러나 그들의 방은 늘 너무 어두워서 제대로 볼 수 없었다. 그는 지금처럼 불이 켜진 상태가 마음에 들었다. "그냥 아니에요." 그는 말했다. "그녀는 나랑 안 맞아요. 같이 일할 수 없습니다."

카스텐바움은 순간 짜증이 난 것 같았지만, 금세 원래대로 돌아왔다. 그는 감정이 고무공처럼 튀었다. 빅토리아는 그날 면접을 본 열번째 아가씨였다.

"좋아요, 그럼." 카스텐바움은 말했다. "다음 사람을 들이죠." 명단을 들여다본 그는 웃음이 나왔다. "이게 본명일 리 없지. 설마 그럴 리가." 그는 일어나서 웃음을 참으며 고개를 문틈으로 내밀고 이름을 불렀다. "메리앤 라플뢰르, 들어오세요."

헨리는 그녀가 방으로 들어온 순간 적임자임을 직감했어요. 그때 헨리는 제게 정확히 이렇게 말했죠. 그녀가 걸어 들어온 순간, 나는 알았어요. 그래서 제가 말했어요. "그녀를 보고 해나가 떠올랐기 때문이지?" 저는 그녀가 분명 해나와 똑같이 푸른 눈에 금발이고, 똑같이 눈부실 만큼 환한 빛을 지녀서 잠을 자려면 돌아누워야 할 정도였을 거라고 장단을 맞춰줬어요. 메리앤이라는 여자는 해나를 빼앗긴 뒤로 그가 줄곧 찾았던 해나의 어른 버전일 거라고. 헨리는 해나가 사라졌을 때 대충대충 진행된 몇 주간의 경찰 수색과는 다른 방식으로, 마치 풍경을 보고 어, 뭔가 빠졌군, 하고 생각하듯 해나를 찾았어요. 도처에 해나의 부재가 있었던 거죠. 그래서 저는 헨리가 메리앤 라플뢰르의 모습에서 해나를 본 게 분명하다고 생각했어요.

"아뇨." 헨리는 말했어요. "완전히 헛짚었어요."

"완전히 헛짚었다고?" 저는 반문했죠. "왜 완전히 헛짚었다는 거야?"

헨리는 대답해주었죠.

메리앤 라플뢰르는 겉도 속도 어두웠어요. 유일하게 밝은 구석은 그녀의 이름이었죠. 검은 머리는 유행과 한참 거리가 멀었고, 어깨 아래까지 멈출 생각도 없이 제멋대로 자라 겨우 빗질이나 했을까 싶었어요. 그녀는 어린아이였던 적이 없을 것 같은 타입의 여자였어요. 그날 그들 앞에 나타난 그 모습 그대로 태어난 게 분명했죠. 둥근 초콜릿색 눈은 생기 없이 우울했고, 손목은 하도 가늘어 우산대처럼 한 손에 잡힐 것 같았어요. 얼굴에는 웃음기 하나 없었죠. 여성스러운 매력도 거의 없었고, 다른 지원자처럼 자신을 치장하지도 않았고, 실제보다 예뻐 보이려는 시도도 일절 안 했어요.

그래서, 저는 헨리에게 물었죠. 그래서 사랑에 빠진 거야?

그럼 어때서요?

위대한 후디니는 복부에 갑작스러운 펀치를 맞고 죽었죠. 그의 대답이었어요. 세상엔 이해할 수 없는 일이 있게 마련이에요.

* * *

카스텐바움이 면접을 시작하려 하자 헨리는 손을 들어올렸다. "이분으로 하죠."

"암요, 그럼요." 카스텐바움이 말했다.

"자, 미스 라플뢰르." 헨리는 떨리는 목소리를 애써 누르며 물었다. "혹시 마술에 대해 좀 압니까?"

"알아요." 그녀가 대답했다. 헨리와 카스텐바움은 앞쪽으로 상체를 내밀었다. 그녀의 말을 듣지 못했기 때문이다. "알아요." 메리앤은 다시 한번, 이번에는 목소리를 약간 키워서 대답했다.

"아, 네. 잘됐군요, 그죠?" 헨리는 놀란 표정으로 카스텐바움을 쳐다보았다. 마술에 경험이 있다는 사람은 그녀가 처음이었다. 다른 사람들은 무슨 일이든 그저 시켜만 달라는 식이었다. "경력자라." 헨리는 말했다. "좋습니다."

그러나 카스텐바움은 못마땅한 듯 얼굴을 찌푸렸다. "정확히 어떤 일을 했습니까?"

"뭐, 제가 어느 정도 마술사라고 할 수 있어요. 물론 당신 같은 마술사는 아니지만. 그래도 약간은." 그녀는 순간 헨리의 눈을 똑바로 쳐다보았다. "보여드릴까요?"

"물론이죠. 얼마든지." 카스텐바움이 말했다.

"제가 1부터 10까지 숫자 중 하나를 고르겠습니다." 그녀가 말했다. "몇일까요?"

헨리는 어깨를 으쓱하고 카스텐바움을 바라보았다. "3?"

"네, 맞았어요. 3입니다."

헨리는 껄껄 웃었다. 실로 오랜만에. "멋진데요."

"감사합니다."

"하지만 그건 마술이 아니잖아요." 카스텐바움이 말하며 헨리를 쳐다보았다. 일이 돌아가는 모양새가 영 마음에 들지 않았다. "'9'라고 말했어도 저 여자가 맞다고 하면 그만이죠. 우리가 알아낼 도리가 없잖아요."

"알 도리가 없는 것." 헨리는 고개를 끄덕이며 말했다. "그게 바로 마술입니다."

그녀는 그 자리에서 채용되었다.

* * *

그날 밤 카스텐바움은 술집에서 만취해 굴러떨어질 때까지 엉덩이로 스툴을 데웠고, 콘크리트 바닥에 머리를 찧고야 겨우 정신이 들었다. 선원 두 명이 그를 일으켜 세운 뒤 친절하게 출입구를 알려주었고, 그는 감사를 표하고 비틀거리며 브로드웨이로 굴러나와 요새 이 도시를 채우고 있는 최신 가요와 웃음소리와 네온사인과 어둠 속에서 갈 곳 모르고 서 있었다. 카스텐바움은 웃지 않았다. 노래하지도 않았다. 그는 지쳤다. 하루 만에 평생을 다 산 것 같았다. 사실 엄청났다. 모든 것이 정확히 그의 계획대로였고, 그도 인정했듯 그것은 미친 계획이었다. 그와 관련된 모든 것이 미친 짓이었다. 그런데 성공했다! 쇼 비즈니스계에 원칙이 하나 있다면, 그의 생각엔 바로 이거였다. 고위험 고수익. 그는 모든 걸 위험에 내맡겼다. 일 센트도 남김없이 전 재산을, 자신의 앞날을 고스란히 여기에 쏟아부었다. 첫째로 사무실 임대료가 있다. 헨리의 아파트는 비쌌고, 그가 사들인 집기도 비쌌으며, 카스텐바움은 그것을 전부 아버지가 빌려준 돈으로 해결했다. 그는 공연 스케줄을 미리 예약했다. 그리고 심지어 최고급 문구류까지 주문하고, 검은색 글씨로 리넨지에 '매니저 에드거 카스텐바움'이라고 박아넣었다. 그는 자신의 첫번째이자 유일한 고객 헨리 워커를 찾으러 항구로 나갔고, 그를 찾아내 미친 계획을 세웠던 때랑 똑같은 매력과 그럴듯한 설득력으로 헨리가 베팅하도록 만들었다. 매력과 설득력. 그에게는 이 두 가지가 있었다. 그리고 믿음. 자신에 대한 믿음. 자기 확신만 있다면 무엇이든 해낼 수 있을 것 같았다. 그의 아버지는 늘 스스로에 대한 확신만 있다면 하늘 아래 한계란 없다고 말씀하셨다. 그의 아버지는 성공 스토리를, 자신이 어떻게 평범한 농부의 아들에서 미국에서 제일 큰 규모의 튤립 구근 유통업자가 됐는지, 어떻게 느리지만 착실히 성공의 계단을 밟아나갔는지 귀가 닳도록 아들에게 들려주었다. 이 집 저 집으로, 이 동네 저 동네로, 이 도시 저 도시로, 오웰 카스텐바움의 이름이 튤립 업계에서 가장 믿을 만한 이름으로 떠오를 때까지 어떻게 밑바닥부터 자신의 길을 닦았는지―사실 밑바닥보다 더 밑이었다. 땅 한 뙈기 없는 농부의 아들보다 더 밑바닥이 어디 있겠는가―말해주었다. '카스텐바움 튤립 취급점'이라는 간판이 도처에 걸렸다. 튤립! 그의 아버지는 튤립이 먹여주고 재워주고 입혀줬다고 했다. 튤립 덕분에 수도꼭지에서 물이 나왔다. 튤립이라니, 도대체 누가 그딴 생각을 했겠는가. 분명 미친 짓이었다. 나는 미쳤었다. 그의 아버지는 말씀하시곤 했다. 나는 미친 꿈을 꾸었다. 하지만 미치지 않은 꿈이 어디 있는가. 꿈이 말이 된다면 그게 꿈인가. 아니지. 말이 되는 꿈은 계획이지. 우리 같은 이들은 꿈을 꾸고, 우리의 꿈은 우리가 스스로를 믿기 때문에 현실이 된다. 가라!

에드거 카스텐바움은 아버지의 둥지에서 날아올랐다.

그리고 모든 게 계획대로 착착 진행됐다(오후 중반까지 카스텐바움은 벌써 미래의 자기 아들에게 들려줄 이야기에 안달했다). 메리앤 라플뢰르가 사무실로 걸어 들어오고 헨리가 그녀를 고용하기 전까지는. 그런 일이 일어날 줄 대체 누가 알았겠는가. 그는 자신과 헨리가 적어도 여성의 진정한 미에 관해서는 의견이 같으리라고 생각했다. 아니 가정했다. 미국 남자라면 대체로 동일한 이

상형을 공유할 거라고 생각했으니까. 바르가스 걸.* 은밀하고 관능적이고 농염한, 어떤 짓이든 할 수 있는, 생각만으로 군침이 도는 여성. 마술사의 조수는 남자들은 숭배하고 여자들은 질투하는 여성이었다. 믿을 수 없는 마술 자체 못지않게 아름다워야 했다! 무대에 서서 마술사가 달라는 대로 마술에 필요한 속임수 도구를 넘겨주거나 이따금 공중 부양하거나 이따금 반으로 잘리는 것밖에 하는 일이 없지만, 그래도 평범한 조수를 둔 마술사는 못생긴 아내를 둔 남자와 별 다를 게 없었다. 여자를 쳐다보기도 난처할 뿐 아니라 왜 그런 여자를 아내로 삼았는지 의아해지는 것이다.

그러나 메리앤 라플뢰르는 못생긴 여자가 아니었다. 그보다 더 나빴다. 그녀는 무서웠다. 귀신 들린 여자 같았다. 그녀를 보면, 아니 도대체 무슨 일이 있었길래, 하는 생각이 절로 드는 귀신 들린 여자였다. 무슨 일이 있었든 아주 끔찍한 일이었던 게 틀림없다. 그녀는 기묘했다. 하는 짓마다 기묘했다. 눈을 아주 느리게 끔벅거려 생각이 아주 많은 것 같았고, 이유가 있어서 깜박이는 것이니 알아달라는 듯했다. 질문을 하면 그녀의 대답이 나오기 전까지 항상 불편한 정적이 깔렸다. 잘 지내요? 하나, (둘, 셋…… 천), 둘, (셋, 넷…… 천), 셋. 예, 잘 지내요. 그녀는 대답한다. 그리고 하나, (둘, 셋…… 천), 그쪽은 어때요? 게다가 옷 입는 꼴이며. 그녀의 옷은 그녀 손에 들어오기 전에 적어도 한 사람 이상 거친 게 분명했고, 솔직히 진짜 자기 옷인지도 의심스러웠다. 인터뷰하러 오는 길에

---

* 1940년대에 알베르토 바르가스가 〈에스콰이어〉에 그린 섹시 핀업걸 일러스트의 통칭.

빨랫줄에서 훔쳤을지도 모른다. 윗도리는 너무 헐렁하고 주름장식이 많은 데다(그녀의 가슴은 보는 사람이 마음 아플 만큼 평평했다, 거의 없는 거나 마찬가지로) 치마는 장식 없이 타이트했고, 신발 뒤축―낡은 검정 가죽 플랫슈즈였다―에는 진흙이 묻어 있었다. 이 여자는 어디에서 온 걸까? 카스텐바움은 메리앤이 식물 혹은 잡초처럼 흙에서 자라나 뿌리를 끌어당겨 지면에 올라서는 장면을 상상했다. 자, 이제 이 여자가 마술사의 조수다. 카스텐바움이 죽어도 이해 못할 이유로, 헨리는 그녀에게 매혹되었다.

그러나 그날 밤 집으로 돌아오면서 카스텐바움은 자기 확신을 계속 밀고 나갔다. 아버지처럼 그는 리더였고, 선장이었고, 바다가 거칠어질 때 키를 잡으면 안심이 되는 부류의 남자였다. 메리앤 라플뢰르가 설마 그들의 배를 가라앉히기야 하겠는가. 거기에 대해 그는 자신이 없었다. 전혀 낙관할 수 없었다. 하지만 달리 무슨 수가 있겠는가. 그저 앞으로 나아가야 할 뿐.

시간은 쏜살같이 흘러갔다. 엠포리엄 공연장에서 있을 첫 공연이 불과 두 주 앞으로 다가왔다. 헨리와 메리앤은 내내 연습에 전념했다. 카스텐바움은 최신기기를 죄다 사들여 쟁였다. 이중바닥 상자 여섯 개, 투명 줄, 거울. 그중에는 매우 값비싼 최고급 회전식 휠 오브 데스*(헨리는 군대에서 칼 던지기를 배웠다)도 있었는데, 사이즈가 큰 탓에 아버지의 창고에 넣어두었다. 그 밖에 솔직히 인

---

* 빙빙 돌아가는 둥근 과녁. 보통 커다란 판에 여자를 묶어 돌린 후 칼을 던져 과녁을 맞히는 묘기에 쓰인다.

정할 수밖에 없는 지루한 루틴에 양념을 더해줄 다양한 실험적 전자기기도 있었다. 카스텐바움은 이 모든 도구를 실험하고 유용하는 모습을 무척 고대했다. 그러나 헨리는 메리앤과 둘이서 비밀리에 연습하겠다고 고집했다.

"이건 말도 안 됩니다, 헨리." 카스텐바움은 말했다. "어떻게 되어가는지 나도 알아야 해요."

"왜죠?"

"나는 매니저니까요. 그렇잖아요, 나는 최전선에서 당신을 파는 사람입니다. 쇼 비즈니스계에 한 가지 원칙이 있다면, 매니저도 루틴의 일부여야 한다는 겁니다. 보이지 않는 일부죠. 그러니까 커튼 뒤에서요."

"쇼 비즈니스계에는 원칙도 참 많군요." 헨리는 말했다.

"원칙이 좀 있죠. 하지만 나는 아직 그중에 절반도 채 얘기하지 않았다는 걸 알아주세요."

"알겠습니다." 헨리가 말했다. 그러나 그건 립서비스일 뿐이라는 걸 카스텐바움이 모를 리 없었다. "루틴이 완성되면 제일 먼저 우리 매니저님께 보여드릴게요. 하지만 처음에는 절차라는 게 있어요. 마술사와 조수 간에 이뤄져야 할 교감 같은 거요. 둘이서만. 먼저 관계가 잘 성립돼야 해요. 메리앤은 내가 무슨 생각을 하는지 알아야 하고, 나도 그녀 생각을 알아야 하죠. 내가 메리앤 쪽을 흘긋 보기만 해도 뭘 해야 하는지 척척 알아들어야 하니까요. 왼손을 내밀면 이거고 오른손을 내밀면 저거다, 하구요. 내가 메리앤을 향해 짓는 미소에는 다 숨겨진 뜻이 있어요. 그녀도 마찬가지구요. 일이 어떻게 진행되는지 그녀가 감을 잡아야 해요. 그녀가 나를 보며 아주 살짝이라도 얼굴을 찌푸리면 내가 좀더 뭔가를 잡고 있어야 한다는 뜻이죠. 그녀의 주의를, 아니 그들, 그러니까 관객의 주의를 좀더 끌어야 한다는 뜻이에요. 요컨대 우리는 서로의 반쪽이 되어야 하고, 실제로 그러한 관계를 위해서는 사적이고 친밀한 기간이 꼭 필요하다는 겁니다. 마술쇼에서 관객이 체험하는 것 중에 오직 이것만은, 마술사와 조수의 관계만은 환상이 될 수 없습니다."

카스텐바움은 이에 대한 자기 생각을 말하지 않았다. 이건 마술사와 조수의 관계보다 사랑에 빠진 남자와 그 연인의 관계에 가까웠다. 하지만 이 생각을 입 밖에 낼 수는 없었다. 안 그래도 그는 이미 살얼음판을 걷고 있었으니까. 헨리가 자신을 쳐다보거나 찌푸리는 것만 봐도, 그리고 웃거나 거의 웃지 않거나 하는 모습만 봐도 알 수 있었다.

카스텐바움이 나가려고 돌아서자 헨리는 그의 어깨를 잡고 그대로 돌려세워 똑바로 눈을 마주했다. "이건 엄청난 쇼가 될 거예요." 헨리가 말했다. "마술 역사상 가장 위대한 쇼. 전 세계 모든 마술사가 쇼에 관한 얘기를 듣게 될 거예요. 한 사람도 빠짐없이 모두. 그 사람도 내가 여기 있다는 걸 알게 되겠죠. 내가 돌아왔다는 걸 알게 될 겁니다. 그는 알게 될 거예요……"

"'그 사람'이라니, 누구 말인가요, 헨리?"

"네?"

"'그 사람도 내가 여기 있다는 걸 알게 될' 거라면서요. '그 사람'이 누군데요?"

"아무도 아녜요." 헨리는 고개를 저었다. "그 사람은 아무도 아닙니다."

카스텐바움의 추측은 물론 정확했다. 헨리는 메리앤과 사랑에 빠졌기 때문에, 그녀도 자신을 사랑해주길 간절히 원했기 때문에 단둘이 있고 싶어했다. 카스텐바움은, 나중에 다 밝혀졌다시피 모든 면에서 항상 옳았다. 이것은 그의 재능이자 저주였다. 당시에 이미 그는 자신들의 운명을 예감했고, 메리앤 라플뢰르가 그들 두 사람을 굴복시킬 거라는 걸 알았다. 카스텐바움은 헨리의 카산드라였다. 그러나 그가 스스로를 확신하면 확신할수록 아무도 그를 믿어주지 않았다. 그는 머리 위에서 늘 떠도는 아버지의 영혼을 — 비록 그의 아버지는 아직 정정했고 고작 3킬로 남짓 떨어진 곳에 사셨지만 — 감지했다. 어릴 적에 성적을 확인할 때처럼 조용히, 그러나 엄하게 고개를 저으며 저 멀리 밝게 빛나는 성공의 별을 향해 나아가라고 다그치는. 그러나 카스텐바움의 눈앞에는 어둠만 펼쳐져 있었다.

우리 몸속에 전구줄 같은 게 있어서 다른 사람이 나를 사랑하게 되었을 때 자동으로 불이 탁 들어오면 참 좋을 것 같아요. 사랑에 확실하고도 자동적인 보상이 있다면 참 좋겠죠.

어느 저녁엔가 헨리는 공과 사를 솜씨 좋게 결합해 메리앤이 지켜보는 가운데 저녁 식탁을 차렸다. 사기 접시, 반짝이는 은제 커트러리, 크리스털 와인글라스가 난데없이 불쑥 나타났다. 이어서 먹기 좋게 자른 양고기와 당근과 완두콩, 따뜻한 빵 한 덩이와 1897년산 마데이라 와인 한 병이 나타났고, 신기하게도 헨리의 오른손이 한번 슥 지나가자 와인 코르크마개가 따졌다. 저녁 만찬이 준비되었다.

그는 메리앤의 의자를 빼주었고, 그녀는 방을 가로질러 둥둥 떠와서 자리에 앉았다. 실제로 둥둥 떠온 건 아니고, 그렇게 보였다는 거다. 긴 페전트스커트에 가려져 바닥을 딛는 발이 보이지 않았다. 마침내 자리에 다다른 그녀는 자기식 미소를 헨리에게 지어 보였다.

그녀는 방금 헨리가 보여준 쇼에 대해 한마디도 하지 않았다.

"자." 헨리는 자리에 앉아 냅킨을 신중하게 무릎에 펼쳐놓으며 말했다. "무슨 생각 했어요?"

"나는……"

"저녁 만찬. 음식을 차리는 방식. 이것을 '암브로시아'라고 부를까 해요. 왜냐면 암브로시아란……"

"신들의 성찬." 그녀는 말했다. "나도 알아요. 매우 훌륭하다고 생각했어요."

일반적인 여자라면—그러니까 일반적인 필멸의 존재라면—그가 방금 보여준 것을 평가하기보다 우선 감탄해 마지않았을 것이다. 헨리는 그녀가 감탄하지 않았다는 사실마저도 기묘하게 매력적으로 느껴졌다. 비록 몹시 낙심하기는 했지만. 그는 온 세상을 통틀어 자신의 마술에 지금도, 앞으로도 절대 경탄할 리 없는 유일한 사람을 사랑하게 된 것이었다.

그녀는 저녁을 먹었다. 얼마간 두 사람은 입을 열지 않았고, 헨리의 포크와 나이프가 접시에 부딪치는 소리만 들렸다.

그러다 헨리는 사레가 들렸다. 처음엔 조그맣게 시작하지만 이내 멈출 수 없게 되는 그런 기침. 얼굴이 새빨개지고 숨이 막힐 때까지 기침이 계속됐다.

그날 저녁 처음으로—아마도 생전 처음으로—메리앤은 인간미가 엿보이는 걱정 어린 눈길로 그를 쳐다보았다.

"괜찮아요?" 그녀가 물었다.

그는 고개를 끄덕였다. "목에 뭐가 걸렸나봐요. 이젠 괜찮아요."

"정말요?"

"네. 걱정 말아요. 조금 피곤한 것뿐이에요. 첫번째 공연이 사흘밖에 남지 않았잖아요. 죽음도 날 방해하지 못할걸요."

"확실히 죽음은 방해하지 못하죠." 그녀가 말했다.

헨리는 빙긋 웃었다. 그는 다시 포크를 들었고, 그녀도 다시 먹기 시작했다. 그런데 그녀가 그를 응시하며 유심히 살펴보더니, 그가 불편해할 때까지 빤히 쳐다보았다.

"하고 싶은 말이라도 있어요?" 그가 물었다.

그녀는 천천히 고개를 저었다. 낯빛이 너무 창백해서 투명하게 사라질 것 같았다.

"이 완두콩, 완벽하네요." 그녀는 완두콩 서너 개를 숟가락에 알처럼 담아서 입으로 가져갔다. 헨리는 그녀의 일거수일투족을 지켜보았다. 그녀는 시인이었다. 그녀에게 불필요하거나 과잉인 것은 전혀 없었다. 그녀는 오로지 생에 필요한 최소한의 것으로 이루어진 것 같았고, 그 외엔 아무것도 없었다. 그녀가 살아가는 모습—책을 읽고 잠을 자고 숨을 쉬고—을 그저 바라볼 수만 있다면, 그 시간만큼은 행복한 남자이리라. 그 외엔 아무것도 필요 없으리라.

그때 맑은 하늘에 날벼락처럼 문 두드리는 소리가 들렸다.

"헨리! 헤엔리! 문 좀 열어요."

카스텐바움이었다. 헨리는 한숨을 쉬었다. "열어주지 않을 겁니다."

메리앤은 냅킨을 들어올려 가볍게 입술을 누르고 고개를 저었다.

"아뇨." 그녀가 말했다. "열어주세요. 피곤하네요. 나는 가서 잘래요."

그녀는 조그만 손님용 침실을 썼는데, 아마 메이드의 방이었을 것이다. 싱글침대와 나무탁자, 램프가 놓여 있고 그 외엔 뭔가 놓을 데도 마땅치 않은 방이었다. 그러나 그녀는 그것으로 충분한 듯했다.

그녀는 일어섰다. 두 사람은 키스한 적도, 포옹에 가깝게 몸을 밀착한 적도 없었지만, 몇 날 혹은 몇 달 후에나 다시 만날 연인을 바라보듯 서로를 응시했다.

그녀는 방으로 가서 살며시 문을 닫았다.

헨리도 일어나 현관으로 나갔다. "카스텐바움." 그는 문을 열면서 말했다. 카스텐바움이 휙 날아 들어왔다. 평소에는 깔끔하게 빗질해 오일을 발라 넘긴 머리—신중하게 가운뎃가르마를 탄 머리가 참 보기 좋았다—가 지금은 흉포한 빛을 머금은 눈 앞까지 마구 헝클어져 내려왔다. 그는 아파트 한쪽 끝에서 다른 쪽 끝까지, 주방부터 안쪽에 마련한 임시무대까지 어슬렁어슬렁 걸었다. 그는 자신이 쟁여둔 물건을 조소하는 눈빛으로 쳐다봤고, 자기 아버지를 떠올렸다. 그의 아버지, 이 모든 비용을 꼭 돌려받아야겠다는 아버지.

"메리앤은 어디 있소?" 그가 물었다.

"목소리를 낮춰요." 헨리가 말했다. "자고 있습니다."

"오랜 시간 연습하느라 지쳐 나가떨어진 거겠지, 말할 나위도 없이."

"목소리 좀 낮춰달라고 부탁했습니다."

"아니, 안 그랬어." 카스텐바움이 말했다. "목소리를 낮추라고 지시했지. 명령했지. 무슨 파트너십이 이따위야? 당신은 독재자야, 폭군이라고. 헨리 9세!"

"취했군요."

"취했다고?" 카스텐바움이 말했다. "취했다고? 난 취한 게 아니야, 이 친구야. 취하면 난 걷지도 말하지도 못해. 두 눈을 동시에 뜨지도 못한다고. 이름도 잊어먹고, 살아야 할 이유도 까먹어. 하지만 마티니 한 잔 혹은 석 잔은 사나이가 제정신일 때 말할 수 있어야 할 것을 말할 용기를 주지. 물론 사나이라면 말이지만."

"그럼 마티니 석 잔이 필요한 그 말 좀 들어보지요."

그제야 카스텐바움은 내부에서 뭔가 초점이 맞춰진 것 같았다. 마침내 자신이 어디에 있는지 자각했다. 그는 헨리를 쳐다보고, 식탁에 차려진 성찬을 보았다.

"아직 저녁을 못 먹었어요." 그가 말했다. "좀 먹어도 될까요?"

헨리는 고개를 끄덕였다. 카스텐바움이 현관문을 마구 두드렸을 때 헨리는 양고기를 포크로 찍어 입으로 가져가려는 찰나였고, 문을 열러 가느라 그대로 내려놓고 말았다. 이제 카스텐바움이 그 포크를 집어들고 여정을 마무리 지었다. 그는 눈을 감고 기쁨에 몸을 떨었다. 이것이야말로 진정 그에게 필요한 것이었다.

그런데 뭔가 이상했다. 조금 있다 카스텐바움은 씹던 걸 멈췄다. 눈을 떴다. 찡그렸다. 그리고 입안에서 뭔가 끄집어내기 시작했다. 헨리는 그게 뭔지 알 수 없었고, 카스텐바움도 뜬금없기는 마찬가지였지만, 그게 바로 묘미였다. 보이지 않았다. 보이지 않는 줄, 마술 도구, 기다란 투명 줄이 끝도 없이 나왔고, 헨리는 마침내 웃음을 터뜨렸다. 카스텐바움도 웃고 말았다. 미칠 듯이 화가 났지만, 어쩔 수 없이 웃음이 터져나왔다. 카스텐바움은 어린애처럼 높은 소리로 깩깩대며 신나게 웃었다. 그 소리를 들으면 누구라도 웃을 수밖에 없는 웃음이었다. 그래서 헨리도 꺽꺽거리며 더욱 세차게 웃어댔고, 나중에는 하도 심하게 웃어서 식탁 앞에 앉지 않으면 그 자리에서 고꾸라져 문자 그대로 무릎을 꿇을 것만 같았다. 잠시 후 그들 몸속에서 웃음기가 사라졌다. 몽땅 소진됐다. 두 사람은 탈진했고, 남은 생애 동안 다시는 웃지 않을 것 같은 기분이 들었다.

카스텐바움은 포크대 위에 완두콩 한 알을 올려놓고 포크 끝부분을 쿡 눌러 허공으로 튕겼다. 완두콩은 아름다운 호를 그리며 날아올랐다 그의 입속으로 쏙 들어갔다. 그 모습을 보고 헨리는 카스텐바움을 만난 순간부터 그가 마음에 들었던 이유가 생각났다.

"헨리, 쇼 비즈니스계의 첫번째 원칙이 뭔지 아십니까? 짐작으로라도."

헨리는 고개를 저었다. "전혀 모르겠는데요."

"바로 신뢰입니다." 카스텐바움이 말했다. "쇼 비즈니스의 첫번째 원칙은 신뢰입니다. 나는 당신을 믿어야 하고, 당신은 나를 믿어야 해요."

"나는 당신을 믿어요, 에디." 헨리는 말했다. "전적으로 신뢰합니다."

카스텐바움은 헨리의 눈을 똑바로 쳐다보았다. "뭐, 우리 둘 중 하나는 그렇다 치죠."

카스텐바움은 포크로 식탁 끄트머리를 두드렸다. 시계 초침처럼 변함없이 묵묵히.

"절 믿으셔도 돼요." 헨리는 카스텐바움의 손에 제 손을 포개어 두드림을 멈추었다. "에디, 우리는 한 배를 탔어요, 지금까지 줄곧. 당신이 없었다면 나는 빈털터리였을 겁니다."

카스텐바움은 미소를 지었다, 아니 지으려고 했다. 그러나 미소는 처음부터 사산아였고, 그의 얼굴에서도 죽은 채였다. "바로 그렇습니다. 당신은 아무것도 가진 게 없죠. 우리 둘 다 빈털터리예요, 아직까지는. 이게 당신의 첫 무대이고, 우리는 오로지 기대에 의존해 표를 팔았어요. '애국지사 마술사.' 사람들은 이런 신파 문구에 약하죠. 하지만 당신은 실제 경력이라곤 전혀 없고, 전쟁터에서 달고 온 말도 안 되는 영웅담뿐이죠. 지금이야 완벽하고 훌륭해요. 하지만 그건 단지 무대에 서기 전까지의 얘기고, 조명이 들어오면 사람들이 당신을 볼 겁니다. 두 눈으로 말이죠. 한쪽 눈은 당신이 성공하길 바라겠지만, 다른 눈은 쫄딱 망하는 꼴을 보고 싶어 한다고요. 이 바닥에선 실패할 기회조차 많지 않아요, 헨리. 당신 뒤에 줄 선 사람은 어마어마하게 많습니다."

"별로 신임 투표처럼 들리지 않는군요." 헨리는 말했다.

카스텐바움은 일어나서 안쪽의 임시무대로 걸어갔다. 기다란 탁자 한가운데에 이해할 수 없는 순서로 온갖 눈속임 도구가 정렬되어 있었다. "아, 나한테 투표권이 있었습니까?" 카스텐바움이 입을 열었다.

"그게 무슨 뜻이죠?"

카스텐바움은 물이 가득 찬 컵처럼 보이는 것을 들어 거꾸로 엎었다. 물은 쏟아지지 않았다. "헨리, 나는 쇼를 아직 구경도 못했어요. 내가 뭘 파는지, 누구를 파는지조차 몰라요. 무엇을 보게 될지 전혀 아는 바가 없죠. 시내 모든 기자와 꽉꽉 들어찬 관객 앞에서 당신은 살아 있는 단 하나의 생명체에게도 시연해 보이지 않은 공연을 하려는 겁니다."

"당신을 놀래주고 싶어요."

"저는 놀라는 거 싫어합니다."

헨리는 시선을 돌렸다. "에디, 공연 말인데…… 이번 공연은 좀…… 다릅니다."

카스텐바움이 가장 듣고 싶지 않던 말이었다. "뭣과 비교해서 다르다는 겁니까?"

"그 어느 것하고도 좀 다릅니다." 헨리는 말했다. "정확히 우리가 의도했던 바는 아니지만. 그래도 나는 항상 변화를 받아들이려 노력합니다. 어떤 변화든지. 이런 건 억지로 강요할 수 있는 성질의 것이 아니에요. 그냥 자라게 놔두어야 하죠. 나도 잘 모르겠어요, 에디. 나는 이대로 좋아요. 하지만, 어쩌면 약간 대로를 벗어난 길이라는 거죠."

"그렇다면 더욱 누군가에게 보여야 하는 거 아닌가요." 카스텐바움이 말했다. "나 같은 사람한테 보여야죠. 그럴싸하게 포장할 수 있게. 그래야 사람들한테 뭘 보게 될지 말해줄 수 있고, 직접 봤을 때 너무 놀라지 않도록 조정할 수 있죠. 이 장사는 기대치를 만족하기만 하면 성공입니다. 사람들한테 무엇을 얻게 될지 말해주고, 딱 그것만큼 주는 거죠. 바로 그거예요! 토끼를 보러 온 사람한테 코끼리를 보여주면—그게 얼마나 크든 상관없어요, 헨리—실망할 겁니다. 여자애들은 징징거릴 테고, 엄마들은 환불해달라고 아우성칠 거예요. 토끼를 기대하고 왔는데 그 사람들한테……"

"무슨 말인지 알아요." 헨리가 말했다. "코끼리가 문제라면, 안심해도 돼요. 토끼는 안 나와요. 코끼리도 안 나오고."

"말이 그렇단 거죠." 카스텐바움은 유난히 다리가 긴 탁자에서 카드 한 벌을 집어들었다. 그는 카드패를 섞은 뒤 보지 않고 가운데에서 카드를 한 장 뽑았다. 그리고 물었다. "내가 들고 있는 카드가 뭐죠?"

헨리는 눈도 깜박이지 않고 말했다. "하트 3."

카스텐바움은 빙긋 웃었다. "그죠? 나는 이게 좋아요."

"어째서?"

"당신은 항상 하트 3이니까." 카스텐바움은 카드를 도로 패 속에 넣고 한숨을 쉬었다. 그리고 고개를 젓더니 자신의 친구를 바라보았다. "정말 보여주지 않을 겁니까?"

대답은 이미 알았지만, 그래도 물어야 했다.

"네." 헨리는 대답했다. "미안해요, 에디. 하지만 안 돼요."

"이유나 좀 들어봅시다."

"이미 알잖아요."

"아." 카스텐바움이 말했다. "물론 메리앤 때문이지."

"메리앤. 그녀는 공연에 특별한…… 힘을 부여해요. 그건 정말말로 설명할 수 없어요. 만일 설명할 수 있다 해도, 설명하려 애쓴

다 해도, 솔직히 당신이 좋아할 것 같지는 않아요."

"왜?"

"왜냐면 쇼 비즈니스계의 첫번째 원칙을 어기는 거니까요." 헨리가 말했다.

"첫번째 원칙 중 어느 거?" 카스텐바움이 물었다.

헨리는 잠깐 생각하더니 대답했다. "전부 다."

카스텐바움이 서글픈 모습으로 돌아간 뒤 헨리는 설거지를 하고 식기를 정리했다. 그는 접시를 사라지게 하는 마술도 좀 알았으면 싶었지만, 알지 못했다. 그래서 일일이 직접 손으로 씻어야 했다. 설거지를 마친 뒤 메리앤과 함께 연습하던 거실 구석으로 가서 공연의 전 과정과 자신의 대사를 순서대로 마음속에 되짚었다. 그는 그것을 모조리 암기했다, 박자 하나하나, 호흡 하나하나까지.

그는 불을 끄고 침실로 가기 전에 메리앤에게 들렀어요. 살며시 그녀 방문을 밀었죠. 유리창으로 들어온 달빛이 그녀의 뺨을 쓸었어요. 자다가 몸을 뒤챈 듯 긴 검은 머리가 베개 위에 아무렇게나 흩어져 있었죠. 그러나 그녀는 뒤챈 게 아니었어요. 헨리는 매일 밤 그녀를 보러 왔기 때문에 그 사실을 잘 알았죠. 그녀는 손끝 하나 움직이지 않았고, 숨도 거의 안 쉬었어요. 깨어 있는 동안 전력을 다해 할 수 있는 일을 다 했다는 듯, 힘과 의지와 에너지를 마지막까지 쥐어짰다는 듯, 그녀는 휴식을 취하며 꼭 나처럼 되었죠 (물론 나 말고 누가 이런 걸 생각할 수 있겠어요?). 그녀는 자기 자리에서 그대로 굳어버린 거예요. 어떤 밤이면 헨리는 그녀를 만져보기도 했어요. 그녀의 손을 잡고, 자기 손바닥을 그녀의 얼굴에 갖다 댔죠. 그녀는 꿈쩍하지 않았어요. 그날 밤 그는 그녀의 침대 가장자리에 걸터앉아 허리를 숙이고 그녀의 뺨에 키스했어요. 어머니가 돌아가시던 날 어머니에게 키스했던 것처럼.

* * *

그러니까 아니에요. 그는 나를 사랑하지 않았고, 나도 그가 나를 사랑하리라고 전혀 기대하지 않았어요. 그가 나를 사랑하고 싶어하길 바란 적조차 없어요. 믿거나 말거나, 나를 사랑하고 싶어한 남자도 있었어요. 내 말을 듣고, 내 눈동자의 반짝임을 보고, 내 유머 감각을 좋아한 남자들. 어떤 남자는 내가 돌로 만들어지지 않았다면 좋았을 거라고 했어요. 나를 껴안을 수 있기를 바랐고, 내가 껴안아주기를 원했죠. 그래도 사랑은 아니었을 거예요. 하지만 그러길 원했다는 사실만으로도 나 같은 여자에겐 제법 근사한 일이죠.

그러나 헨리는 한 번에 한 사람만 사랑할 수 있는 남자였고, 일단 사랑에 빠지면 온 힘을 다해 사랑했어요. 세상은 사랑하는 두 사람의 배경으로만 존재한다고 믿는 종류의 사랑이죠. 그런 식으로 그는 어머니를 사랑했고, 그다음엔 해나를, 마지막으로 메리앤을 사랑한 거예요. 그리고 더는 사랑할 사람이 없자, 똑같은 양의 에너지와 열정을 증오에 쏟아부었어요. 그는 사랑할 때와 똑같은 방식으로 증오했어요. 한 번에 한 사람만, 미스터 세바스찬이 운 나쁘게도 그 영원한 대상이 된 셈이었죠. 그가 내 곁에 왔을 무렵 그에겐 아무것도 남지 않았어요.

204

공연 당일 아침, 카스텐바움은 선명한 영상과 함께 눈을 떴다. 꿈은 아니었다. 막 깨어난 순간, 이승도 저승도 아닌 곳에서 벌어진 일이었으니까. 영상에서 그는 꽉꽉 들어찬 엠포리엄 맨 앞줄에 턱시도를 입고 앉아 있었다. 얼굴에 다 담지도 못할 정도로 함박웃음을 짓고서. 그리고 어디서 그런 힘이 솟았는지 힘차고 빠르게 열화와 같은 박수를 쳤다. 하지만 카스텐바움뿐이었다. 다른 청중은 꼼짝도 하지 않았다. 아까부터 시체나 마찬가지였다.

그제야 카스텐바움은 무대가 비었음을 알아차렸다. 아무도 없었다. 처음부터 무대엔 아무도 없었다.

그는 박수를 멈췄다. 사방이 쥐 죽은 듯 고요했다.

마침내 그의 아버지가 무대 옆에서 걸어나와 청중 앞에 섰다.

"부디 양해해주시기 바랍니다." 그는 운을 떼었다. "제 상상을 넘어선 엄청난 대실패였습니다. 제가 확신했듯 우리 모두가 실패할 거라고 예견했지요. 일어서거라, 에드거." 그의 아버지는 처음으로 아들을 쳐다보며 말했다. "자, 일어서."

카스텐바움은 마지못해 일어났다. 그는 뒤에 앉은 관객을 보려고 돌아섰고, 모든 관객의 눈이 하나라는 것을 알았다. 키클롭스처럼 얼굴 한가운데에 눈 하나만 떡하니 박혀 있었다.

"이 야심찬 기획의 대실패를 책임질 남자에게 큰 박수를 보냅시다." 그의 아버지가 말했다. "제 아들놈이죠."

아버지는 박수를 치기 시작했다. 그러나 그 혼자뿐이었고, 나머지 외눈박이 관객은 여전히 카스텐바움을 빤히 바라보기만 했다. 어떻게 한 사람이 이런 기념비적인 대실패의 수훈을 세울 수 있었을까 기를 쓰고 이해해보려는 듯했다. 그의 아버지는 계속 박수를 쳤고, 카스텐바움은 더 참을 수 없었다. 그는 주머니에서 칼을 꺼내 아버지를 겨냥하여 힘껏 던졌고, 칼은 아버지의 심장으로 곧장 날아갔다. 아버지는 박수를 멈추고 날아오는 칼날을 무심하게 바라보았다. 카스텐바움은 숨이 멎었다. 외눈박이 관객도 숨을 죽였다. 슬로모션을 보듯 그들은 칼의 궤적을 좇았고, 그것이 목표물에 도달하는 모습을 숨을 멈추고 바라보았다.

그러나 칼은 먼지로 만들어진 환영을 맞추듯 아버지를 통과해 뒤쪽 바닥에 그냥 툭 떨어졌다. 관객은 우레와 같은 박수갈채를 보냈고, 아버지는 연달아 고개 숙여 답례했다. 그는 아들에게 윙크를 날렸고, 에드거만 들을 수 있도록 속삭였다.

"그래. 일은 **그렇게** 하는 거야."

개막 당일 저녁 관객이 꾸역꾸역 객석을 채웠고, 카스텐바움은 그들의 얼굴을 뚫어져라 쳐다보면서 눈이 두 개인지 한 명 한 명 확인했다. 다들 눈이 두 개라는 걸 확인하고 나자 마음이 좀 놓였다. 안대를 두른 남자가 딱 한 명 있긴 했는데, 카스텐바움이 앞을 막고 물어보자 전쟁 때 얻은 부상이라고 설명했다.

그래도 카스텐바움은 제정신이 아니었다. 어떡해야 제정신을 차릴 수 있는지조차 알 수 없었다. 항구에서 헨리 워커를 붙잡았던 자신감 넘치고 활달한 비즈니스맨은 더 찾아볼 수 없었다. 그때의 기질은 어디론가 도망가버린 것 같았다. 그가 꿈꾸고 계획한 모든 것이, 그의 미래 전부가 단 하룻저녁의 성패에 달렸다는 인식이 그를 압도했다. 그는 호흡곤란과 현기증 때문에 자기 자리로 돌아가

주저앉고 말았다. 그는 아버지가 들어오는 모습을 보고 싶었다. 보러 올 거라고 말하긴 했지만, 목소리는 탐탁지 않았다. 마술쇼는 딱히 좋아하지 않아서. 아버지는 말했다. 너도 알다시피 네 할머니가 그것 때문에 무당이 되셨잖아. 어머니는 매주 금요일에 강신술 모임을 하셨지. 죽은 사람처럼 수다스러운 사람이 없더구나.

에디는 결국 아버지를 보지 못했다.

헨리를 위한 오프닝 무대는 없었다. 음악도 없었고, 요란뻑적지근하고 안개를 뿜어대는 등장도 없었다. 다만 일곱시가 지나자 갑자기 불이 꺼졌고, 잠시 후 그가 무대 위로 걸어나왔다. 헨리의 모습은 경이로웠고, 머리끝부터 발끝까지 완벽하게 마스터 마술사라고 할 법했다. 카스텐바움도 이것만은 인정할 수밖에 없었다. 헨리는 그에 딱 어울리는 얼굴이었다. 엄숙하고 경건하고 굳세고 약간 찡그린 듯하면서도 잘생긴. 그에게는 한 줌 두려움도 없었고, 실은 그렇지 않더라도 어쨌든 겉으로 드러내지는 않았다. 카스텐바움은 헨리가 속으로는 잔뜩 겁을 집어먹고 있다는 걸 알았다.

박수 소리가 잦아들면서 사위가 고요해졌고, 헨리가 입을 열었다.

"환상의 예술은," 그의 음성이 새카만 무대 공간에 울려퍼졌다. "즐거운 오락거리입니다." 말을 마치자 비둘기 한 마리가 그의 맨손에서 날아올라 맨 앞줄 위로 날다가 황금빛 가루를 흩뿌리며 파앗 사라졌다. 반짝거리는 가루는 앞줄에 앉은 돈 많은 관객의 머리 위로 눈처럼 날렸다. "그냥 이런 식으로 하룻저녁을 보낼 수도 있지요." 그는 한 걸음 옆으로 비켜섰고, 그의 뒤에 또 한 명의 그가 나타났다. 또 한 걸음 내딛자 이번엔 세 명이 되었다. 그는 손가락을 탁 튕겨 모두 지워버렸다. 관객은 한 사람도 남김없이 숨이 멎었다고 카스텐바움은 맹세할 수 있었다. 분명 거울 속임수를 쓴 것이리라. 헨리는 거울을 많이 갖고 있었다. 하지만 진짜 어떻게 한 건지 카스텐바움이 어찌 알랴. 헨리 덕분에 그는 아무것도 알지 못했다. "세상에는 그보다 훨씬 위대한 마술이 있습니다." 헨리가 말을 이었다. "우리 모두 그게 무엇인지 알죠. 바로 사랑이라는 마술입니다."

조명이 천천히 어둠 속으로 흘러내리며 무대 반대편에 있는 메리앤 라플뢰르를 비추었다. 그녀는 유령처럼 보였고, 헨리에게서 아주 멀리 떨어진 곳에 새하얀 드레스를 늘어뜨리고 홀로 서 있었다. 헨리는 완벽한 마술사로 보였지만, 메리앤은 전혀 조수 같아 보이지 않았다. 이때 카스텐바움의 가슴속에 실낱같이 남아 있던 마지막 희망이 사라졌다. 그는 깨달았다. 관객이 무슨 기대를 하고 왔든, 기대가 크든 작든 그것을 만족시키기는 글렀다는 걸.

"사랑." 헨리는 메리앤 쪽으로 한 걸음 내딛었고, 메리앤은 그의 존재를 전혀 눈치채지 못한 듯 보였다. "그것이 어떤 식으로 이루어지는지 이해할 수만 있다면. 분명 사랑 또한 트릭이고 환상입니다. 세상 그 무엇이 이보다 더 놀랍고, 강력하고, 불가사의하고, 기만적이고, 또 현실적일까요?"

헨리는 허공에서 장미 한 송이를 꺼냈다. 진부한 트릭이라 굳이 루틴에 넣을 가치도 없었다. 그러나 그때 나비를 잡듯 헨리는 다른 손으로 허공을 낚아챘고, 그때마다 장미가 한 송이씩 나타나더니 마침내 열두 송이가 되었다.

"사랑은 분명 현실입니다. 그렇지 않다면 이렇게 아플 리 없죠."

첫 줄에 앉아 있던 사람들이 제일 먼저 보았다. 피. 헨리의 손바닥에서 피가 뚝뚝 떨어졌다. 여자들은 눈을 가렸다. 뒷줄에 앉은 사람들은 좀더 잘 보려고 상체를 내밀었고, 피라고 생각하고 봤던 그것이 진짜 피라는 사실을 확인했다.

카스텐바움은 숨을 죽였다.

"가시가 있었군요." 헨리는 무대 위에 피를 뚝뚝 떨어뜨리며 말했다. 피가 한 방울 떨어질 때마다 증기가 피어오르며 조그만 구름으로 변했다. 작은 구름이 한데 뭉치더니 하트 모양이 되었다. 헨리는 입김을 후 불었고, 하트 구름은 무대를 가로질러 메리앤에게로 흘러가 그녀에게 닿자마자 산산이 흩어졌다. 장미 열두 송이는 헨리의 손안에서 가루로 변했다.

카스텐바움은 메리앤을 관찰했다. 그녀는 자기 쪽으로 흘러오는 하트에 거의 관심을 보이지 않았고, 하트 구름이 한 줄기 먼지로 사라지자 그냥 어깨를 으쓱했을 뿐이다. 하지만 그 동작도 거의 알아보기 힘들었다. 세상에 어느 조수가 이따위란 말이냐. 그녀는 그야말로 하는 일이 없었다. 아하, 바로 이런 계획이었단 말이지. 카스텐바움은 감을 잡았다. 하지만 도대체 왜? 헨리 말이 맞았다. 그는 쇼 비즈니스계의 첫번째 원칙이란 원칙은 죄다, 지금까지 있어왔고 앞으로 생기거나 혹은 조작해서 만들어낼 첫번째 원칙을 깡그리 무시했다. 그렇다면 자신이 지금까지 많은 돈을 들여 투자한 마술 소도구는 다 어디로 간 걸까? 반사 테이블과 유령 기계는 어디 있지? 휠 오브 데스는 어디 간 거야? 그걸 구하려고 몇 주를 쫓아다녔고, 선적하는 데만 이백 달러가 넘는 돈이 들었다. 헨리가 탄 배가 도착하기 하루 전날, 카스텐바움은 혼자 술을 마시면서 휠 오브 데스를 돌리며 꿈에 부푼 밤을 보냈고, 부속품으로 따라온 긴 은제 칼을 개시로 날렸다. 스스로 생각해도 상당히 좋은 놈을 구했다고 혼자 뿌듯해했다. 진정한 예술가인 헨리가 이걸로 무엇을 보여줄지 사뭇 기대됐다. 〈헤럴드 트리뷴〉에까지 실린 기사 중 하나는, 어두운 밤에 헨리가 칼을 날려 독일군 세 놈을 한 방에 해치웠다는 내용이었다. 그런데 이 무대에 휠이 없다니, 어느 모로 보나 이것은 에디의 상식에서 볼 때 공공연한 모욕이었다. 화가 치밀었고 서글펐다. 그는 의자 깊숙이 몸을 구겨넣었다.

헨리는 무대 저편의 메리앤을 응시했다. 그녀는 계속 그를 무시했고, 실제로 자신이 무대 위에 있다는 것도 알아차리지 못한 듯 굴었으므로, 수백 명의 관객은 그녀를 쳐다보며 무슨 짓이든 하기를 기다렸다. 마술사의 조수라면 마땅히 매력적이고 귀엽고 활달하고, 근사한 젖가슴과 쭉 빠진 다리가 있어야 했다. 그러나 메리앤은 유령 같은 하얀 드레스 속에 과연 몸뚱이가 있기나 한지 의심스러웠다. 설사 있다 한들 누가 보고 싶어하겠느냐만. 게다가 헨리가 조명에 무슨 짓을 했는지 조명을 받은 그녀는 평소보다 더 마르고 우울해 보였고, 눈 밑의 다크서클은 더욱 짙어져 흡사 체셔 고양이처럼 금방이라도 사라질 것 같았다. 그러나 미소 대신 오직 저 다크서클만 뒤에 남으리라.

"아니." 헨리가 말했다. "사랑은 마술이 아닙니다. 적어도 보답받지 못하는 사랑은 마술이 아니죠. 오늘밤 여러분은 아주 가슴 아픈 상황을 목도하고 계십니다. 살다보면 누구나 이런 일을 겪지 않던가요? 살다보면 어느 순간 이런 이야기의 주인공 혹은 상대방이 되어 있지 않던가요? 이런 상황에서는 제정신을 잃게 됩니다. 엄두도 내지 못했던 일을 할 수 있게 되죠. 원하는 사람을 잡기 위해…… 여하간 방법은 아니까요."

그는 한 팔을 허공에 휙 휘둘렀고, 메리앤 옆에 있는 옷장 문이 양쪽으로 활짝 열렸다. 메리앤은 꼼짝도 하지 않았다. 카스텐바움은 헨리가 어떻게 옷장 문을 열었는지 알 수 없었다. 그는 의자에서 약간 허리를 세워 좀더 가까이 들여다보았다. 커다랗고 평범한 떡갈나무 옷장은 헨리보다 15센티미터 정도 더 컸다. 카스텐바움이 앉아 있는 곳에서 보면 대략 깊이는 90센티미터, 너비는 150센티미터가량 됐다. 관객도 마침내 호기심이 동한 것 같았다. 헨리가 다시 한번 팔을 휘두르자, 메리앤이 둥둥 떠서—그녀는 원래 떠다니는 것처럼 보이긴 하지만—옷장 안으로 들어갔고, 문이 휙 닫혔다. 처음으로 헨리는 무대 반대편, 그녀가 있던 쪽으로 걸어갔다. 문을 열기 위해서가 아니라 잠그기 위해서. 그는 옷장 문에 은제 맹꽁이자물쇠를 채우고 한숨을 내쉬었다.

"이제 그녀는 내 겁니다."

산발적으로 박수가 터져나왔지만, 관객 대부분은 어리둥절해서 미처 반응을 보이지 못했다. 게다가 헨리가 옷장을 열었는데 메리앤이 없다고 치자. 흥, 관객이 갓난애인 줄 아시나? 옷장 속과 뒷면 그리고 바닥을 관객에게 확인조차 시키지 않았는걸. 적어도 다른 마술사들은 그런 수고쯤은 한다구. 하기야 확인시켰다 쳐도 도대체 여자는 왜 사라진 건데? 여자가 진짜로 사라졌다면, 다시 옷장 문을 열었을 때 뭔가 진짜 재미난 일이 벌어지긴 하는 거야? 여자가 사라진 데에는 오만 가지 이유를 갖다붙일 수 있으니 관객은 입을 다물고 속으로 이 보나마나 진부한 쇼를 평가절하하기로 마음먹었을 게다.

그러나 일은 그런 식으로 돌아가지 않았다.

"그녀는 내 겁니다." 헨리는 말했다. "하지만 한 여자를 물건처럼, 그림이나 의자처럼 소유하는 것은 불가능하지요. 만일 그런다면, 그런 실수를 한다면, 여인의 의사에 반하여 그녀를 붙잡아둔다면 그녀는…… 죽음을 택할 수밖에 없습니다."

그가 말을 마치자 자물쇠가 바닥에 떨어지고 옷장 문이 휙 열리면서 생기 잃은 메리앤의 몸뚱이가 굴러나왔다. 그녀가 쓰러지는 광경은 정말 굉장했다. 그러려면 의식불명이어야 할 것 같았다. 그녀는 쓰러지면서 전혀 몸을 사리지 않았다. 이번엔 맨 앞줄 사람들이 숨을 삼킨 정도의 반응은 약과였다. 여기저기서 비명을 지르고 겁에 질린 외마디가 터져나왔다. 첫 줄에 앉았던 한 숙녀분은 자리에서 일어나 도망치듯 공연장을 빠져나갔다. 나중에 그녀는 무대 위에 널브러진 메리앤의 눈을 보았는데, 넋이 나간 채였다고 말했다. 두 눈에 일말의 생기도 없었다고.

헨리는 무릎을 꿇고 메리앤을 품에 안았다. 그리고 울부짖었다.

"그녀가…… 그녀가 죽었나봅니다." 그는 관객을 향해 말했다. "그녀의 의지에 반해 그녀를 곁에 두려고 하다 나는 그녀를 죽이고 말았습니다. 혹시 관객 중에 의사가 있습니까? 저를 위해, 우리를 위해 이 사실을 확인해줄 분이 계십니까? 이것이 시시한 트릭이 아니라 사실임을, 나의 메리앤이 진짜 죽었다는 것을 증명해줄 분 계십니까?"

잠시 객석이 술렁이더니 세 남자가 일어나 무대로 달려갔다. 이것은 이제 더이상 마술쇼가 아니었다. 한 여자의 생명이 일각에 달려 있었다. 아니, 최악의 경우 이미 죽었을 수도 있다. 처음에 카스텐바움은 의사를 미리 심어놓은 게 아닐까 의심했다. 만약 한 명뿐이었다면 그럼 그렇지 했겠지만, 셋이라니? 무대로 나온 의사 가운데 한 명은 하얗게 센 머리에 팔자수염을 기른 남자였는데, 카스텐바움은 그가 이 도시에서 제법 명망 있는 의사라는 걸 알아보았다. 다른 둘은 상대적으로 젊었는데, 깨끗이 면도를 하고 매우 잘 차려입었으며, 안경을 써서 진지해 보이는 인상에 머리는 기름을 발라 뒤로 넘겼다. 노의사와 다른 한 젊은 의사가 메리앤의 손목과 목에서 맥박을 짚었고, 나머지 의사는 메리앤의 입 앞에 거울을 대고 숨을 쉬는지 살폈다.

그녀는 숨을 쉬지 않았다.

그들은 뒤로 물러섰고, 모두 돌처럼 굳었다. 팔자수염 의사가 헨리를 쳐다본 뒤 돌아서서 맨 뒷줄에 앉은 카스텐바움한테까지 잘 들리는 깊은 저음으로 관객을 향해 말했다. "이 여성은 죽었습니다."

젠장! 죽었다고? 이보다 더 나빠질 수가 있나? 없다. 마술사의 조수가 죽었다면 쇼는 정말 갈 데까지 갔다고 봐야 한다. 이 공연은 역사에 남을 것이다. 후일 사람들은 마술사고 일반대중이고 할 것 없이 엠포리엄에서 있었던 이 공연을 떠올릴 것이다. 메리앤 라플뢰르의 비극적인 죽음, 전도유망한 마술사의 앞날이 그녀의 죽음과 함께 끝장났다, 뭐 이런 식으로. 에드거 카스텐바움의 이름도 각주 정도로 등장할 것이다. 비록 업계 이력으로 따지자면 그도 끝장난 거나 매한가지겠지만. 그의 손에는 아무것도 남지 않을 것이다. 천천히 무대에서 내려가는 의사들을 지켜보면서, 그는 매니저로서 이번 비극에 얼마나 책임을 져야 할지, 솔직히 말하자면 지금 당장 이 동네를 떠야 하는 게 아닐지 고민했다. 여자들은 소매에 얼굴을 묻고 흐느꼈고, 마스카라가 번져 얼굴이 귀신같이 보였다. 그러나 카스텐바움은 무덤덤했다. 어쨌든 메리앤 라플뢰르에 대해선 아무렇지도 않았다. 말이야 바른 말로 그녀의 죽음에는 좋은 점도 있었다. 무대 위만 아니었다면 금상첨화였을 텐데.

그리하여 쇼는, 어찌 됐든 쇼는 쇼였으니까, 끝났다. 관객은 대부분 일어났고, 이제 모자를 쓰고 코트를 걸치고 통로에서 북적거리며 서성였다. 바로 그때 헨리가 안 돼라고 말하는 소리가 들렸다. 처음에는 나직이 읊조렸는데도 그 구슬프고 애처로운 음성을 모두 들었다. 그리고 그는 다시 한번, 이번에는 더 크게 말했다. 안 돼!

다들 돌아보았다.

헨리는 움직이지 않는 메리앤의 시체를 내려다보고 서 있었다. 의사 한 명이 다가가 위로의 뜻으로 그의 손을 잡았다. 그러나 헨리는 손을 뿌리쳤다.

"저는 인정할 수 없습니다." 헨리는 말했다. "내 사랑이 그녀를 죽일 수 있다면, 도로 살릴 수도 있습니다."

의사가 말했다. "미스터 워커, 우리는 구급차를 불렀습니다. 제 생각에는 이게 최선입니다, 만약 우리가……"

헨리는 그녀의 가볍고 가냘픈 몸을 양팔로 안아올렸다. 그녀의 고개가 사자(死者)의 부자연스러운 각도로 뒤로 젖혀지면서 길고 검은 머리카락이 숄처럼 헨리에게 드리워졌다. 관객은 얼이 나가 어쩔 줄 몰라하며 그를 바라보았다.

"여러분은 볼 수 없습니다." 그는 관객을 향해 말했다. "사랑, 진정한 사랑은 사적인 것이며, 두 사람 사이의, 오직 두 사람만의 것입니다."

그리고 메리앤을 품에 안고 옷장 속으로 걸어 들어갔다.

문이 닫혔다.

그들은 사라졌다.

헨리와 메리앤 라플뢰르가 다시 나타날 때까지 몇 분이 흘렀는가를 두고 다음 날 뉴욕의 신문과 거리에서 치열한 토론이 벌어졌다. 오 분이라고 말하는 사람도 있었고, 십 분이라는 사람도 있었고, 그냥 순간이었다는 사람도 있었고. 크리스마스를 기다리는 애들같이 다음에 무슨 일이 일어날지 궁금해 더 길게 느껴졌을 뿐이라는 사람도 있었다.

얼마나 오래 걸렸든 사람들은 기다렸다. 앉아 있던 사람들은 아무 말 없이 그대로 앉아 옷장을 지그시 응시했다. 나가려고 일어났던 사람들은 통로에 그대로 멈춰 섰다. 한 남자가 죽은 여자를 데리고 옷장 속으로 들어갔다. 도무지 이해할 수 없는 상황이었고, 받아들일 마음의 준비가 되어 있지 않은 사건이었다. 이 공연을 보는 특권을 누리려고 돈을 지불했다는 사실에 덧붙여, 이 황당하고 괴기한 상황은 당시나 그 후로나 정신을 못 차리게 만들었다. 특히 나중에 곱씹어볼수록 더더욱.

얼마나 시간이 지났을까, 마침내 옷장 문이 열리고 헨리 워커가 밖으로 걸음을 내딛었다. 그는 혼자였다. 그는 진이 다 빠진 듯 핏기 없이 핼쑥해 보였다. 턱시도는 땀으로 푹 젖었다. 무대 조명이 눈을 찌르자, 그는 어두운 데서 몇 시간 있었던 사람처럼 빛을 피해 고개를 돌렸다. 마룻바닥에 튀어나온 널빤지를 살짝 헛디딘 그는 넘어질 뻔하다 겨우 중심을 잡았다. 옷장 속에서 무슨 일이 있었는지 모르겠지만, 그는 가까스로 빠져나온 사람처럼 보였다. 그래도 어떻게든 추슬러서 무대 앞쪽으로 나와 서더니, 이 기묘한 상황에 그저 입 다물고 의아해하는 사람들의 얼굴을 하나하나 훑어보았다.

"사랑은," 그는 사람들에게 말했다. "무엇이든 해냅니다."

그리고 몸을 돌려 과장한 몸짓으로 양팔을 들었다. 그러자—짜잔!—그녀가 나타났다.

메리앤 라플뢰르는 살아 있었다.

그녀는 무대 위로 걸어나와—둥둥 떠와서—헨리 옆에 섰다. 그는 그녀의 손을 잡았다.

그리고 그녀에게 키스했다. 보통 키스가 아니었다. 오백 명이 보고 있는 엠포리엄 무대 위에서 키스라니, 역사에 길이 남을 일이었다.

다음 날 아침 〈타임스〉는 관객 중 절반이 넘는 여성이 혼절했다고 쓸 것이다. 카스텐바움은 그게 지나친 과장이라는 걸 안다. 하지만 줄 끊긴 꼭두각시처럼 몇 명이 넘어가는 걸 진짜로 봤고, 남편이 잡아준 여자도 있었지만, 몇 명은 객석 사이 통로에 그냥 쓰러졌다. 카스텐바움도 심장이 멎는 것 같은 충격을 받았다. 인생이 주마등처럼 눈앞을 스쳤고, 그러는 데 일 초밖에 걸리지 않았다.

헨리는 메리앤 라플뢰르를 되살려낸 것이었다.

저는 오른팔이 굳었을 때 담배를 끊어야 했어요. 굳을 줄 알고 있었죠(왼팔은 일찌감치 굳어서 옆구리에 찰싹 붙었구요). 그래서 오른팔이 무릎 위에 살짝 얹히는 자세가 되도록, 편안하고 자연스러운 자세로 굳도록 노력했어요. 시중드는 아이더러 끈으로 매달라고 해서 밤낮 그러고 있었죠. 하지만 내 몸뚱이는 의견이 좀 달랐던가봐요. 지금 제 오른팔은 앞으로 쭉 뻗었고 손은 약간 편 상태여서, 마치 누가 와서 악수해주기를 기다리는 것 같아요. 혹은 이십오 센트짜리 하나 주기를. '악어 부인' 아그네스의 다리에 성냥 긋기 체험에만 뒤질 뿐이지, 내 손과 악수하기 체험은 우리 서커스단에서 가장 인기 있는 코너예요.

정말 그때 담배를 끊었어야 했는데, 못 끊었죠. 레슬링을 하는 닉에게 아들이 있는데, 애가 너무 어려서 일에는 별로 도움이 안 되었어요. 그래서 헨리가 가버린 다음 그애가 내 시중을 들어줬어요. 겨우 일곱 살이죠. 두꺼운 안경을 썼고 앞머리가 3센티 길이인 뱅 스타일이에요. 그애가 담배에 불을 붙여 내 입에 물려줘요. 별로 말은 없는데 그래도 상관없어요.

헨리는 여기 있을 때 날 위해 담뱃불 붙여주길 좋아했어요. 그는 꽤 말이 많았는데, 그래서 내가 필요했을지도 모르죠. 그는 담배에 불을 붙여 한 모금 들이마시고는 나한테 줬고, 내가 한 모금 빨고 나면 도로 가져갔어요. 우리는 연인들이 이따금 그러듯 한 대를 나눠 피웠어요. 헨리는 담배를 안 피웠죠. 하지만 담배 연기로 고리를 만든 다음 고리 속으로 연기 화살을 쐈고, 그걸 몽땅 움켜쥐었다 짠 하고 새 담배로 만들어내곤 했어요. 나는 그걸 보고 웃었죠. 제가 할 줄 아는 유일한 트릭은 담배 피우기예요. 연기가 입안에서 새어나와 얼굴을 가리고 베일처럼 떠다녔어요. 그럼 헨리가 후 불어서 날렸죠. 그의 숨결이 얼굴에 닿았고, 그의 입술이 제 입술에 아주 가까이 다가왔어요. 연인들이 그러듯.

메리앤 라플뢰르의 부활 이후 며칠 동안 온 도시 사람들은 그 얘기만 하고 다녔다. 여자가 죽었다 되살아났다. 그런 일이 있었는데 어떻게 딴 얘기를 하겠는가. 놀라 뒤집어질 일이 벌어지면 늘 그렇듯, 쇼를 보지 않은 사람들마저 공연의 전 과정을 마치 그 자리에 있었던 양 술술 읊어댔다. 신문은 일제히 그 이야기를 앞다퉈 실어 날랐고, 약 구 년 전 아멜리아 에어하트* 때처럼 사람들은 온통 공연 얘기만 했다. 어느 유명한 강신술사는 당시 수많은 여자가 혼절했는데, 그 때문에 그들의 생명 중 '일부'가 메리앤 라플뢰르에게 강제로 흘러 들어갔을 수 있다고 주장했다. 심층 탐사 기자들은 메리앤의 뒤를 캤지만 아무것도 나오지 않았다. 헨리 워커도 전쟁 동안에 유명세를 얻었으나 전전(戰前)에는 마치 존재하지도 않았던 사람 같았다. 두 사람에 관한 것은 온통 수수께끼였고 사람들의 입을 근질거리게 만들었다.

카스텐바움은, 그의 입장에서는 아주 황홀해 미칠 지경이었다. 이런 돈 안 드는 광고가 다 있나. 지금까지 그를 지켜보던 신들이 그가 완전히 박살나 파산할 지경에 이르자 그의 뒷덜미를 잡고 가볍게 들어올려 구해낸 다음 지금까지 원했던 모든 것을 주신 것 같

---

* 여성 최초로 대서양 횡단 비행에 성공한 여성 비행사. 1937년 세계일주 비행 도중 태평양에서 실종됐고, 그와 관련해 숱한 의문과 루머가 떠돌았다.

은 기분이었다. 그는 달걀을 몽땅 한 바구니에 넣었고, 달걀은 모두 무사했다. 무사할 뿐 아니라 아예 황금달걀로 변했다. 달걀이 아니라 그가 황금이었다. 공연 다음 날 아침 잠깐 아버지를 뵈러 갔을 때, 아버지와 아들은 이제 동등했다. 사람들도 알아차렸다. 그의 몸가짐과 걸음걸이가 달라졌다. 그는 심지어 이제 잘생긴 사나이가 됐다고 속으로 생각했다. 작은 키에 구부정한 어깨, 시원찮고 소심한 카스텐바움은 죽었다. 그의 생애에서 미인과 가장 가까이 있어본 때는 헨리의 조수를 구하는 면접 때였고, 그는 그 여자들 한 명 한 명을 상대로 혼자 상상의 나래를 펼쳤다. 그러나 이젠 꿈에 그친 공상을 넘어섰다. 그 여자들은 넘볼 수 없는 존재가 아니었다. 그는 원하기만 하면 누구든 가질 수 있을 것 같았다. 자신감 넘치는 자세로 활달하게 성큼성큼 길을 걷는 그를 사람들이 고개 돌려 쳐다봤고, 그는 생각했다. 이게 바로 사는 맛이지. 이 기분을 맛보려고 사는 거야.

그는 삶의 비밀을 발견했다. 바로 성공이었다.

그는 공연 다음 날 헨리가 늦잠을 자도록 내버려두었다. 헨리는 분명 탈진 상태일 것이었다. 헨리와 메리앤 라플뢰르는 공연 직후 사라졌다. 커튼콜도 없었다. 관객은 넋이 나가 박수조차 잊었다. 마치 방금 일어난 일은 박수갈채 따위로 감당할 수 없다는 듯, 박수를 치면 그 색이 바랠지도 모른다는 듯. 카스텐바움은 헨리가 박수가 없었던 것을 다른 뜻으로 받아들이지 않기를 바랐다.

그러나 헨리는 멀쩡해 보였다. 카스텐바움이 열한시쯤 도착했을 때, 헨리는 감색 실크 목욕가운을 입고 커피잔을 들고 있었다. 커튼이 쳐져 있었다. 여기만 여전히 한밤중인 것 같았다. 메리앤은 보이지 않았다.

"메리앤은 어디 있어요?" 카스텐바움이 물었다. "우리의 스타는?"

"아직 자요." 헨리가 대답했다. "엊저녁에 그녀가 겪은 일을 생각하면, 아마 하루 종일 잘 겁니다."

"메리앤은 사실 우리 가운데 제일 쉬운 역할을 맡았다고 보는데요. 실제로 당신이 다 했잖아요. 나는 거기서 당신이 쇼를 보여줄 때까지 죽은 시늉을 하고 있었고. 축하합니다, 헨리."

카스텐바움은 헨리를 포옹했다. 근데 좀 어색했다. 헨리는 포옹을 받아주지 않았다. 그는 헨리의 몸이 너무 차가워서 놀랐다. 그리고 어둠에 좀 적응이 된 눈으로 친구를 올려다보면서, 고작 하루 전에 헨리가 어땠는지 생각해내려고 애썼다. 오늘 헨리는 이십 년은 더 나이 들어 보였고, 얼굴엔 핏기가 전혀 없었으며, 그의 눈은, 녹색으로 밝게 빛나던 눈은 잿빛으로 어두워 보였다.

그리고 말할 때 목소리가 떨렸다. "잘될 줄 알았어요. 모두 다 계산에 넣었거든요."

"잘됐다고? 그건 끝내줬어요!" 카스텐바움이 말했다. "나한테 미리 얘기 안 해준 건 당신이 옳았어요. 분명 난 제정신이 아니었을 테니까. 하지만 당신은 해냈고, 이제 다시는 의심하지 않겠어요. 절대로."

"기뻐하는 걸 보니 다행이네요."

"자, 이제 가르쳐주세요."

헨리는 그를 쳐다보았다. "뭐를?"

"어떻게 한 건지 말입니다, 헨리. 나도 알아야 해요. 방법을 알려주세요. 과자나 달라고 여기까지 온 건 아니니까."

헨리는 고개를 돌렸다. "묻지 마십시오."

"어떻게 묻지 않을 수 있습니까? 뉴욕 사람들이 죄다 알고 싶어 하는데. 물론 그 사람들한테 말해주면 안 돼죠. 나도 입 다물 거구요. 하지만 나는 당신의 매니저이자 친구이고, 하여간 제발 좀 말해주세요. 궁금해서 환장하겠다구요."

헨리가 입을 떼려 하자 카스텐바움이 손가락을 들어올렸다.

"제 첫번째 가정은 의사들을 미리 심어놓았다는 겁니다. 그럼 확실하죠. 하지만 의사가 셋, 셋이나 있었고, 당신도 봤겠지만, 오늘 아침 신문에 보니까 진짜 의사들이더군요. 병원도 있고, 학위도 받았고. 그래서 두번째 가정은, 아 좀 들어봐요, 메리앤이 선천적으로 맥박이 약하다는 겁니다. 그러니까 그녀도 어떤 의미에선 돌연변이라는 거죠, 보면 알잖아요. 청진기 없이는 의사들도 감지해내지 못하는 거예요. 그런데 다시 생각해보니, 아무리 그래도 맥박이 뛰긴 하니까 의사들이 찾아냈을 거란 말이죠. 그래서 세번째로 든 가정이……"

"그만하세요." 헨리가 말했다.

"왜요?"

"왜냐면 절대 못 맞힐 테니까."

"열세 가지쯤 생각해뒀어요, 헨리. 그중 하나는 분명히……"

"글쎄 백 개를 생각해냈대도 마찬가지예요." 헨리는 한숨을 내쉬고 거실로 휘청휘청 걸어가 어둠 속으로 사라지다시피 했다. 그는 소파에 무겁게 몸을 던지고 고개를 가로저었다. "그리고 알고 싶지 않을 거예요, 카스텐바움." 헨리는 말했다. "알고 싶다고 생각하겠지만, 아닐 겁니다."

"나 원, 왜 내가 알고 싶지 않을 거라는 겁니까?"

"내가 말해줘도 믿지 않을 테니까요."

"나 원," 카스텐바움은 껄껄 웃었다. "나도 마술계에 완전히 문외한은 아닙니다, 헨리. 알잖아요. 트릭이란 트릭은 모조리 연구했고, 마술의 역사를 통째로 훑었어요. 아마 내가 당신보다 더 많이 알걸요? 파플라고니아 사람 알렉산드로스*에 대해 들어봤어요? 안 들어봤을 것 같은데. 자크 드보캉송**은? 나는 칼 던지기도 제법 한다구요, 내 입으로 말하긴 뭣하지만. 이런저런 속사정이나 내막을 다 알기 때문에 전체 과정이 얼마나 복잡할지는 나도 대충 짐작이 갑니다. 내가 믿지 못할 설명이라곤 그녀가 진짜 죽었고, 당신이 진짜 되살렸다는 얘기밖에 없어요. 그건 믿을 수 없죠, 불가능하니까. 하지만 그 밖엔 뭐든……"

카스텐바움의 목소리가 낮아졌다가 침묵으로 잦아들었다. 이 세상 것 같지 않은 헨리의 표정 때문이었다. 헨리는 웃고 있지 않았다. 사람이 지을 수 있는 표정 가운데 가장 미소답지 않은 표정을 띠고 있었다.

카스텐바움은 헨리 앞에 무릎을 꿇고 그의 눈을 빤히 들여다보았다. "헨리, 제발. 나한테 그런 얘기는 일언반구라도 하지 마세요."

그제야 헨리는 미소 지었다. "네. 안 할게요."

헨리는 떨리는 손으로 커피잔을 들어 입가로 가져갔다. 그는 시

---

* 2세기경 고대 터키 지역의 한 나라인 파플라고니아에서 가짜 신탁으로 사람들을 속인 유명한 사기꾼.
** 18세기에 세계 최초로 자동기계를 발명한 프랑스의 기술자.

선을 피하려 했지만, 카스텐바움이 놔주지 않았다. 자세를 바꿔 기어이 다시 눈을 맞추었다.

"헨리, 사기꾼한테 사기 치지 마세요. 나는 풋내기가 아닙니다. 나는…… 나는 이 쇼를 기획한 장본인이에요. 당신은 나한테 신세를 졌구요. 심각하게 말하는 겁니다. 자, 여기 앉을 테니 내 눈을 똑바로 쳐다보고 어떻게 한 건지 말해줘요."

방 안에는 오로지 활활 타오르는 눈빛으로 서로를 쏘아보는 두 남자의 눈동자만 존재하는 것 같았다.

"아주 오래전에 나는 맹세를 했습니다." 헨리는 입을 열었다. "피로써 한 맹세였지요. 악마와 직접 계약을 했습니다. 나는 어둠의 예술에 문외한인 자 그리고 마술사의 맹세를 하지 않은 자에게 절대 환상의 비밀을 누설하지 않을 것이며, 마술에 대해 언급조차 하지 않을 것을 맹세한다. 나는 절대 내 마술의 원천을 밝히거나 나를 가르친 마술사의 이름을 입에 올리지 않을 것이며, 환상을 완벽히 조율해 실행에 처음 성공할 때까지 절대 문외한 앞에서 공연하지 않을 것을 맹세한다. 이를 어길 경우, 내가 얻은 모든 것을 잃게 될 것이다. 나는 환상을 실행할 뿐 아니라 그 속에서 살아갈 것을, 오직 그 길만이 마술의 세계에 온전히 몸담을 수 있는 길이기에 실재가 아니라 허상이 될 것을 맹세한다. 마술사와 그의 제자가 피로써 하나가 됐으니, 나는 영원히 이를 맹세한다. 그는 내 안에 있어요. 카스텐바움."

"악마라고요?"

"네. 악마였습니다. 이게 내가 말할 수 없는 이유예요."

카스텐바움은 헨리가 정신이 나간 모양이라고 생각했다. 말하

는 품새가, 머릿속으로 오래된 메모를 읽어나가듯 술술 읊는 모양
새가 그런 느낌을 주었다.

"헨리." 카스텐바움은 헨리의 이름을 조용히 불렀다.

"하지만 말씀드릴게요. 당신은 세상에서 유일한 내 친구니까."

"고마워요."

"그녀의 트릭은 죽는 겁니다, 에디. 그리고 내 트릭은 그녀를 되
살리는 거구요."

카스텐바움은 그 말을 진심으로 믿었다.

헨리는 이렇게 설명했다. 메리앤 라플뢰르는 누구보다 죽음에
가깝게 살고 있다. 하지만 병은 아니다. 그냥 그런 상태로 사는 거
다. 그녀는 이 방에서 저 방으로 가듯 쉽게 이승과 저승을 자유로
이 오갈 수 있다.

그러나 그게 늘 자유의지로 되는 것은 아니었다. 낮 동안 그녀
는 죽음이 자신을 끌어당기는 느낌을 받았다. 죽음은 그녀에게 삶
이라는 수면 바로 밑을 흐르는 세찬 역류였다. 메리앤이 눈을 깜박
일 때 잘 보세요. 헨리는 말했다. 바로 그때 그런 일이 벌어집니다. 늘
그런 것은 아니지만, 헨리는 그저 눈을 감았다 다시 뜨기 위해 몸
부림치는 그녀를 보아왔다. 그녀는 자신의 살아 있는 영혼을 되돌
리기 위해 혼신의 힘을 다했다. 그래서 그녀가 저렇게 보이는 겁니다.
헨리가 말했다. 그것은 쉴 없는 투쟁이었다. 그녀는 잠들면서 밤
동안 내던져진 가파르고 험한 구덩이에서 과연 오늘은 기어 올라
올 수 있을까 불안해했다. 그녀와 죽음 사이에는 그녀의 꿈만 있을
뿐이었다. 그녀는 삶을 꿈꾸었으니까. 꿈이 그녀에게 돌아올 힘을

주었고, 매일 아침 그녀는 파도에 실려 해안가로 떠밀려온 기분이었다.

"얼마나 오랫동안 그런 식으로 살아온 겁니까?" 카스텐바움이 물었다.

"태어났을 때부터요. 그녀의 어머니는 그녀를 낳다 죽었고, 그후로 그녀는 한 번도 죽음에서 완벽하게 탈출해본 적이 없어요. 죽음은 그녀와 함께 태어났고, 고유한 향기처럼 그녀에게 들러붙어 있어요."

"알겠습니다." 카스텐바움은 그리 놀라지 않는 자신에게 더 놀랐다. 그에게 메리앤은 늘 시체처럼, 적어도 반은 시체처럼 보였다. 애당초 그녀를 고용하는 것에 반대한 이유도 그거였다. 그 많은 여자를 놔두고 하필이면, 그 생기발랄한 여자를 다 놔두고!

"그래서 그녀는 죽었다 다시 살아날 수 있군요." 카스텐바움이 말했다. "그럼 당신이 하는 일은 뭡니까?"

헨리는 빙긋 웃고는 어깨를 으쓱했다. 자신도 믿기지 않는다는 듯. "이따금 그녀는 도움의 손길을 필요로 합니다."

"말해봐요." 카스텐바움이 재촉했다.

"한마디로 시간의 문제죠. 오래 죽어 있을수록 돌아오기 힘들어지거든요. 트릭을 쓰다보면—메리앤이 무대 위에 쓰러지고, 관객 중에 누가 그녀의 실제 상태를 확인하러 나오고—그녀는 혼자 돌아오기에 너무 멀리까지 가버리게 됩니다."

"그래서?"

헨리의 눈이 어둠 속으로 사라졌다. 남은 것은 그의 음성뿐이었다. "메리앤이 방법을 알려줬어요. 나도 그곳에 갈 수 있습니다."

카스텐바움은 고개를 절레절레 저었다. 이 이야기가 그의 신경을 갉아먹었다. "잠시만요, 그럼 당신도 죽는 거라는 얘기예요, 지금?"

"아뇨, 그런 건 아닙니다. 하지만 나는 그곳에, 거기가 어디든 하여간 갈 수 있고 그녀를 찾아낼 수 있어요. 난 그곳이 어딘지, 무엇인지 몰라요. 차원 사이의 공간 같은데, 나는 그곳에서 부유하는 그녀를 발견하고 생각해요. 메리앤. 그게 다예요. 메리앤 하고 생각하는 순간, 그녀는 돌아옵니다. 둘 다 돌아와요. 그다음에 옷장에서 나오는 거죠."

헨리는 메리앤을 보러 작은 방으로 들어갔고―이제는 왜 그러는지 확실히 알았다―카스텐바움은 정오 전에는 술을 마시지 않겠다는 확고부동한 결심을 깨고 헨리의 버번을 텀블러에 따라 단숨에 들이켰다. 그리고 술이 뇌로 흘러 들어가 피를 좀 덥히기를 기다렸다.

헨리는 그녀의 방문을 조용히 닫고 말했다. "메리앤은 괜찮아요."

"당신은 잠시 사라졌지요." 카스텐바움이 말했다. "그동안 가벼운 여행을 하는 줄은 꿈에도 몰랐네요. 그러니까 저승으로 말이죠." 그는 농담 비슷하게 말했고, 어쨌든 농담처럼 들리게 하려고 애썼다.

헨리는 대답도 않고 미소도 짓지 않은 채―그는 지난 몇 주 사이에 아주 심각하고 진지해졌다―카스텐바움의 술잔과 그 옆에 놓인 술병을 쳐다보았다.

"좀 이르지 않나요."

"당신이 맹세를 어겼으니 나도 어긴 겁니다."

"아하. 그럼 나도 같이 들죠."

헨리가 막 버번을 따르려는 참에 누가 현관문을 탕탕 두드렸다. 헨리는 병을 도로 내려놨다.

"내가 나가보죠." 카스텐바움이 말했다. "불 좀 켜요. 여긴 칠흑같이 캄캄해요."

헨리는 램프를 켜고, 문을 여는 카스텐바움의 뒤에 가서 섰다. 웬 할아버지가 서 있었다. 혹은 할아버지처럼 늙어 보이는 사람이. 그러나 자세히 살펴보니 헨리와 그다지 나이 차가 많이 나는 것 같지도 않았다. 남자는 체격이 더 작은 남자에게 맞춰 지은 듯한 한물간 낡은 정장을 입고 있었다. 빨갛게 충혈된 서글픈 눈은 쑥 들어가 아예 살 속으로 파고들 기세였다. 피부는 추위에 벗어지고 갈라졌다. 턱수염조차 자랄 힘이 없는 듯 얼굴 가장자리에 철가루처럼 붙어 있었다. 희끄무레한 막처럼 더께 앉은 외투. 몇 년 만에 처음으로 헨리는 아버지를 떠올렸다.

"당신이…… 헨리 워커?" 그는 매 맞기 직전의 강아지처럼 고개를 한쪽으로 돌리고 초조한 목소리로 물었다.

"아뇨." 카스텐바움은 한 발 옆으로 비켜서며 웃음을 터뜨렸다.

"접니다." 헨리가 말했다.

"그 마술사 맞소? 위대한 헨리 워커?"

"네, 맞습니다." 헨리가 대답했다.

남자는 불꽃이 튀는 듯한 눈으로 헨리를 쳐다보았다. "위대한 헨리."

남자는 그다음에 어떻게 해야 할지 모르겠다는 듯 마냥 서 있었다.

"뭔가 도와드릴 일이라도?" 헨리가 물었다.

"그래주셨으면 좋겠습니다. 오 하느님, 그래주신다면." 그는 잠시 말을 멈췄다. "어젯밤에 있었던 공연에 관해 들었습니다." 그는 숨을 고르느라 한 단어 한 단어를 띄엄띄엄 말했다. 언제부턴가 엘리베이터가 고장났고, 3층까지 오르는 건 제법 숨찬 여행이었다. "죄송하지만 직접 가보지는 못했습니다. 하지만 듣긴 했어요, 신문에서도 봤고. 아시다시피 사람들이 온통 그 얘기뿐입니다."

"감사합니다." 왠지 그런 말을 할 계제가 아닌 듯했지만, 헨리는 감사 인사를 했다.

남자는 얼굴을 헨리에게 가까이 대고 속삭였다. "그것은 기적 아닙니까?"

"그렇게 보이긴 하죠. 그게 중요하니까."

"하지만 그런 일이 벌어진 건 맞잖아요, 안 그래요? 분명히 일어난 일입니다."

"뭐 일어난 건 일어난 거죠."

남자는 더욱 흥분해서 숨을 몰아쉬었고, 머리가 위아래로 오르내렸다. 번들거리는 눈빛에 정상이 아닌 미소를 띠고 그는 바싹 앞으로 다가섰다. "당신이 그녀를 되살렸습니다." 그의 말에 헨리는 카스텐바움을 돌아보았다. "당신이 그녀를 되살렸습니다. 그렇죠?" 남자가 거듭 말했다.

헨리는 고개를 끄덕였다. "그렇습니다."

마침내 남자는 듣고 싶었던 말을 듣고 안도한 듯했고, 헨리는 이제 그가 뒤돌아 나가주길 바랐다. 그러나 남자는 나가지 않았다.

오히려 모퉁이에 숨어 있던 누군가에게 나오라고 손짓을 했다.

두 명이 더 있었다. 한 사람은 이십대쯤 되어 보이는 덩치 큰 젊은이였고, 다른 한 사람은 창백한 낯빛에 얽은 자국이 있는 작고 마른 꼬마였다. 두 사람은 낡은 황토색 담요로 둘둘 만 것을 양끝을 잡아 들고 있었고, 헨리는 첫눈에 그것이 무엇인지 알았다. 카스텐바움도 알아차렸다.

그들은 시체를 바닥에 내려놓았다. 청년이 조심스럽게 담요를 펼쳤다. 죽은 여자는 눈을 뜬 채였고, 숱 적은 갈색 머리카락을 마치 이 만남을 위해 예쁘게 꾸민 듯 뒤로 얌전히 빗어 넘겼다. 심지어 화장까지 새로 했다. 외투는 단추를 다 잠갔다. 긴 청색 드레스가 약간 치켜올라가 발목이 드러났고, 노인은 사랑스럽다는 듯 발목을 가볍게 두드렸다.

"어젯밤이었어요." 여자의 얼굴에서 머리카락 한 올을 살짝 쓸어내리며 남자가 말했다. "어젯밤에 이렇게 됐습니다. 우린 손도 못 써봤어요. 약도 못 지어 먹이고 의사도 부르지 못했어요. 좋은 곳으로 데려가지도 못했고요. 뭐라더라, 아, 요양원이라는 데 말입니다."

"이분은……"

"결핵, 폐결핵으로 죽었어요."

헨리는 무릎을 꿇고 더 가까이 들여다보았다. 어지러웠다. 남자를 보고 아버지가 떠올랐듯, 여자를 보니 어머니와 창밖에 서서 죽어가는 어머니를 바라보던 날들이 떠올랐다. 다시 소년 시절로 돌아가 아직 꼬마였던 해나의 옆에 서 있는 듯한 기분이 들었다.

"제발 부탁드립니다. 돈을 낼 형편은 못 됩니다만, 영원토록 당

신을 위해 기도하겠습니다. 하느님의 푸른 지구에서 기도만큼 큰
힘이 되는 것은 없지요."

"아저씨는 빼고요." 꼬마가 말했다. "아저씨의 힘은 빼고."

"맞습니다." 남자가 맞장구쳤다. "당신 힘을 제외하고."

헨리 뒤에 서 있던 카스텐바움은 돌처럼 굳어 입도 벙긋하지 못
했다.

"이 여자를 되살려주십시오, 제발. 이 녀석의 엄마입니다. 얠 보
세요. 엄마 없이 자라기엔 너무 어립니다. 얘한테는 엄마가 필요해
요. 우리 모두 그렇지요. 그녀는…… 우리의 전부였습니다."

일가족은 경건한 침묵 속에서 헨리가 마술을 행하길 기다렸다.
그러나 헨리는 움직이지 않았다. 움직일 수 없었다. 그는 가족 한
명 한 명의 얼굴을 쳐다보았다. 덩치 큰 청년은 소리 없이 흐느꼈
고, 눈물이 볼을 타고 빗방울처럼 흘러내렸다. 노인은 아내의 얼굴
을 만지며 눈을 맞추었고, 꼬마는 눈을 계속 깜박였지만 단 일 초
도 헨리에게서 시선을 떼지 않았다.

헨리는 고개를 저었다. 말을 하려고 했지만, 입을 떼어도 말이
나오지 않았다. 할 말도 없었고, 할 일도 없었다. 그는 자기 집 마
룻바닥에 누워 있는 시체를 마지막으로 한 번 흘깃 바라보고, 자기
방으로 들어가 가만히 문을 닫았다.

그래도 일가족은 희망을 버리지 않고 계속 쳐다보았다. 그마저
좋은 신호라고 생각했다. 이것도 마술의 일부라고, 틀림없다고, 지
팡이나 약이나 수정구슬이나 하여간 죽은 자를 되살리는 데 필요
한 뭔가를 가지러 간 것이라고 그들은 확신했다.

그들은 완벽한 정적 속에서, 셋 다 죽은 여자처럼 꼼짝도 하지

않고 그 자리에서 기다렸다.

오랫동안 기다렸다.

"마술사는 어디 간 겁니까?" 노인이 물었다. "뭘 하는 겁니까?"

"이제 그만 가세요." 카스텐바움이 말했다.

"가라고? 하지만 마술사는……"

"그는 돌아오지 않습니다."

이건 말도 안 되는 소리였다. "안 돌아온다고? 진짜로?"

카스텐바움은 고개를 끄덕였다.

노인은 아들을 바라보았다. 아이는 엄마 옆에 무릎을 꿇고 엄마의 머리를 쓰다듬었다. 그녀의 머리카락을 그렇게 단정히 빗어준 사람은 아이였다. "알겠소." 노인은 이렇게 말했지만 아무것도 모르는 게 분명했다. 일이 어떻게 이 지경으로 됐는지 이해하지 못했다. 도무지 말이 되지 않았다. "그럼 어떻게 해야 하나. 아내를 여기 두고 가야 합니까?"

"여기 둬요?" 카스텐바움이 말했다. "이 마룻바닥에? 방 한가운데에?"

"만약에…… 마술사가 생각을 돌릴지도 모르니까 그때를 대비해서."

그러나 카스텐바움은 고개를 세차게 젓고 눈을 꽉 감았다. 이제한순간도 더 참을 수 없었다. 그저 술 생각만 간절했다. 이 사람들이 나가주기만 하면, 그래서 술을 마실 수만 있다면 원이 없었다. 하지만 그들은 움직이지 않았다. 그들이 생각했던 건 이게 아니었으니까. 카스텐바움도 조만간 그들의 기분을 똑똑히 알게 될 것이었다.

"그럼 우리는 어떡해야 합니까?" 남자가 물었다.

남자의 아내는 자그마했고, 보고 있는 동안 점점 더 줄어드는 것 같았다. 아마도 그녀의 영혼이 기적을 바라며 근처를 서성였으리라. 그러나 이제 영혼은 떠났다.

"이분은 죽었어요." 카스텐바움이 대답했다. "땅에 묻으세요."

카스텐바움은 사무실로 돌아와 차가운 철제책상 위에 사지를 벌리고 널브러져 얼룩덜룩 물때 묻은 천장을 바라보았다. 전에는 한 번도 이런 식으로 천장을 본 적이 없었다. 천장에서 눈을 떼지 않은 채 그는 왼손으로 첫번째 서랍을 열고 스카치 병을 꺼냈다. 그는 한 모금 들이켠 다음 팔다리를 모으고, 이따금 그러듯 혼잣말을 하기 시작했다.

"메리앤 라플뢰르는 누구보다 죽음에 가깝게 살고 있는 사람이래. 하지만 병은 아니라는군. 그냥 그런 상태로 사는 거래. 이 방에서 저 방으로 가듯 쉽게 이승과 저승을 자유로이 오갈 수 있다잖아. 어디로 가는데? 아무도 없는 일종의 황무지 같은 곳인데, 그녀는 거기서 흘러다녀. 그렇게 어둠 속을 떠다니는 그녀를 그가 발견해 손을 잡고 데려오는 거지. 그럼 되살아나는 거야. 그때 옷장에서 나오는 거고."

그는 문장의 뜻이, 헨리가 한 이야기의 메아리가 자리를 잡을 때까지 잠시 여유를 두었다. 술에 전 두뇌가 의미를 알아들을 때까지 기다렸다.

"헛소리하고 앉았네."

말도 안 되는 소리였다. 헨리는 중국놈들처럼 잔꾀를 쓰려는 거다. 속임수였다. 마술이란 그런 거다. 속임수이고, 사실이 아닌 것을 속여서 그럴듯하게 만드는 거고, 어떤 복잡한 트릭이라도 트릭은 트릭이다. 그런 일을 하는 사람이 바로 마술사다. 속임수의 예술가, 그 이상도 이하도 아니다. 공중 부양하는 여자는 교묘하게 끈으로 잘 매달아 U자 모양의 쇠막대기로 무게를 받친 것이다. 모가지가 잘린 채 살아 있는 인간은 여러 각도로 설치한 거울 덕분이다. 마법이 아니다. 그것은 기하학이다! 이건 분명 새로운 트릭이지만, 마술의 역사는 원래 새것이 헌것이 되는 과정이고, 그 속도는 무척 빠르다. 결국 '죽는 여자'도 누구나 할 수 있는 때가 올 것이다. 사람들은 트릭을 간파해낼 테고, 조만간 여기저기서 죽은 사람을 되살릴 것이다.

헨리도 다른 사람들처럼 그를 풋내기 취급했다. 그래서 마음이 아픈 거다. 무딘 칼로 가슴을 저미듯 아픈 이유다. 그는 이 비즈니스를 원했다, 필요로 했다. 아주 절실하게. 그러나 그 이상으로—아무도 알지 못하는 그만의 비밀이었지만—친구를 원했다.

카스텐바움은 그대로 사무실에서 잠들었고, 다음 날 아침 전화 벨 소리에 깼다.

* * *

필라델피아의 비라고에 있는 제이슨 탤벗의 사무실에서 걸려온 전화였다. 비서의 탁한 음성이 들렸다. "미스터 탤벗, 미스터 카스텐바움과 연결됐습니다." 비라고는 투어에서 전략적 요충지였다. 뉴욕의 언론은 필라델피아까지만 퍼졌지만, 필라델피아의 언론은

오하이오까지 닿았다. 미대륙을 횡단하고―혹시 알아?―나아가 세계로 뻗어나가기 위한 디딤돌로서 비라고는 마술쇼 투어에 꼭 필요한 곳이었다.

"고맙소, 미란다." 미스터 탤벗이 말했다. 그는 목소리를 가다듬었고―일어나자마자 시가를 입에 문 참이었다―인사도 안부도 없이 곧장 본론으로 들어갔다. "〈타임스〉를 읽었소, 카스텐바움."

"네, 사장님. 멋진 기사였죠."

"멋진 기사라." 아니, 끝을 올려 멋진 기사라?라고 했던가. 카스텐바움은 처음엔 분간할 수 없었다. "거기서 무슨 일이 있었는지 잘 와닿지 않더군. 자네가 좀 설명해주게. 내가 알기론 당신네 헨리 워커에게 조수가 있었는데, 그녀가 죽었다. 그리고 헨리 워커가 그녀를 되살렸다. 끝. 그게 다인가?"

"네, 그렇습니다." 카스텐바움은 대답했다. "바로 그겁니다. 상당히 놀랍지요, 사장님. 관객 중에 의사가, 그것도 진짜 의사가 무대로 올라가 여자를 검사했고, 그 자리에서 죽은 게 확실하다고 발표했습니다. 그리고 기적처럼 다시 살아난 거죠. 지금까지 이런 마술은 단 한 번도 없었습니다."

탤벗은 껄껄 웃었다. "왜 없었는지 알 것 같군, 안 그래?"

카스텐바움은 하품이 나오려는 걸 억지로 참았다. 깨어나서 세상으로 나오는 데 좀 곤란을 겪고 있었다. "네?"

탤벗은 폭발했다. 카스텐바움은 귀에서 수화기를 멀리 떼야만 했다. "세상에 누가 그딴 쇼를 보고 싶어하겠나!" 탤벗이 버럭 고함을 질렀다.

"누구라뇨?" 카스텐바움은 반문했다. "이곳에 엄청난 관객이 있습니다, 미스터 탤벗. 사람들이 좋아했어요. 사람들은 마술을 사랑합니다. 아주 환장했다구요."

"나도 그런 사람 중 하나라네, 카스텐바움. 나도 마술을 사랑해. 갑자기 사라지는 비둘기, 둥둥 떠 있는 여자, 눈을 가리고 칼 던지기인가 뭐 그런 것……"

"휠 오브 데스입니다." 카스텐바움이 끼어들었다.

"휠 오브 데스, 맞아. 그래, 그거. 하지만 죽음 그 자체는? 이보게, 카스텐바움. 〈타임스〉는 여자가 거의 죽는다고 쓰지 않았어. 죽는다고 썼지. 여자가 실제로 죽어. 그럼 자네는 스무 배 더 즐겁나? 미스터 카스텐바움, 뉴욕에서는 그런 쇼가 통할지 모르지만 필라델피아에서는 안 돼. 여기 사람들은 그런 걸 받아들일 준비가 안 되어 있어. 나 또한 마찬가지고."

"미스터 탤벗, 하지만……"

"카스텐바움, 워커는 전쟁 영웅이었지. 내 생각에 그 남자는 그걸 주력 상품으로 팔려는 모양이야. 마법 주문이나 뭐 그런 걸로 히틀러를 죽이려나, 알 게 뭐람. 그의 관객은 그런 사람들이지. 죽은 여자를 데리고 미신 같은 푸닥거리를 하는 건 안 돼. 그건 무서운 거야. 알겠나, 카스텐바움. 아주 겁난다구! 만약 워커가 그런 걸 염두에 두고 있다면 이곳에 초청할 수 없어. 안 돼. 지금도, 앞으로도 절대."

"지금 크게 실수하시는 겁니다, 미스터 탤벗."

"그래? 난 그렇게 생각하지 않는데."

찰칵하고 전화가 끊겼다. 그러나 카스텐바움은 한참 동안 귀에 수화기를 대고 서 있었다. 이윽고 교환원이 어디로 전화를 걸겠냐고 물었다.

　이것을 시작으로 취소 전화가 빗발쳤다. 뉴헤이븐, 보스턴, 스크랜턴, 벌링턴, 리치먼드, 워싱턴 DC. 이유도 제각각이었다. 보스턴에서는 종교적인 이유를 댔다("이러다 예수도 그냥 마술사였다고 하겠군요?"). 뉴헤이븐은 좀더 실질적인 이유였다. 그들의 의문 사항은 이랬다. 만약 여자가 되살아나지 않으면, 만약 뭔가 잘못되면 어떻게 하지? 죽은 여자를 데리고 뭘 어쩌라고? 카스텐바움은 이건 단순히 트릭일 뿐이라고, 다른 마술과 마찬가지로 속임수라고 열심히 설득했지만, 막상 그들이 어떤 트릭이냐고 물으면 모른다고 대답할 수밖에 없었고, 망할 놈의 마술사가 도무지 가르쳐주지 않는다든가 뭐 그런 식으로 사정할 수밖에 없었다. 리치먼드의 이유는 품위 있고 단순했다. 그냥 보기 흉해서. 그것은 그들이 원하는 가족 모두가 즐길 수 있는 오락거리가 아니었다. 그리고 스크랜턴. 스크랜턴에서는 여자를 빼버리고 좀더 전통적이고 애국적인 마술을 할 생각이 없다면 딱히 헨리 워커를 원하지 않는다고 했다. 이상 끝.

　점심시간이 되기도 전에 카스텐바움은 그런 전화를 열아홉 통이나 받았다. 그들이 계약한 스케줄 전부였다, 딱 한 곳을 빼고. 마지막 취소는 전보로 왔다. 그는 전보를 읽고, 술병을 비우고, 그날 아침을 요약했다. "망했군."

　사실이 그랬다.

　세시 반 무렵 카스텐바움은 거의 만취 상태였다. 아주아주 많이 취했지만, 그래도 정신을 완전히 놓지는 않았다. 자신이 취했으며 한동안 취해 있었고, 곤죽이 되도록 심각하게 마셨으며, 아마 어제 이른 아침부터 한 번도 쉬지 않고 마셔댔으리라는 자각은 있었다. 그리고 지난 한 주 동안, 그 전 몇 주까지 합해 단 몇 분이라도 맨 정신이었던 적이 있었는지 궁금해졌다. 사실은 항상 알코올의 옅은 안개 속을 떠다녔던 건 아닐까? 맞다, 그랬다. 게다가 누가 알랴. 사기당하지 않는다는 게 뭔지 제대로 몰랐던 거다. 몇 년 동안 사기당한 것일 수도 있었다. 그렇다면 그가 성인이 된 이후 저질러온 온갖 머저리 같은 짓과 어리석은 야망이 다 수긍이 갔다.

술 때문이었다.

이러한 깨달음을 손에 쥐고 그는 헨리의 아파트로, 눈 감고도 찾아갈 수 있는 그곳으로 갔다.

"취했군요." 헨리가 말했다.

카스텐바움은 휘청거리며 빙그레 웃었다. "취했다고? 취하긴 했지. 사기꾼들 때문에 아주 돌았거든. 근데 당신은 왜 그런데?"

카스텐바움의 뿌연 눈에도 헨리는 상태가 몹시 안 좋아 보였다. 어제보다 더 나빴다. 몹시 수척했고 부들부들 떨었으며, 잠을 전혀 못 잔 것 같았고, 뼛속까지 아픈 사람처럼 보였다. 그는 셔츠 바람에 무대에서 입었던 검은 정장바지 차림이었는데, 운수 없는 날의 길거리 부랑자 같았다. 카스텐바움은 그에 대해 깊이 생각하고 싶지 않았다.

그는 비틀거리며 들어와 가상의 모자를 벗어 우아하게 절을 하고, 호기심에 못 이긴 척 방 안을 둘러보았다. "아직도 자나, 메리앤은? 아니면—하느님 용서하소서—진짜 죽었나? 만약 후자라면, 당신이 그녀를 데려올 때까지 기꺼이 기다려주지. 저승으로 잠시 여행 갔다 오쇼. 단체 여행객이나 그 비슷한 걸로 붐비기 전에."

헨리는 카스텐바움과 달리 이 농담이 웃기다고 생각지 않았다. 어쨌든 카스텐바움은 숨이 넘어가게 웃어댔고, 한참 동안 멈추지 않았다. 그러다 뚝 그치더니 헨리를 유심히 바라보았다. 헨리의 얼굴은 거무칙칙하게 낯빛을 잃었다. 눈은 멍든 것처럼 몹시 까맸고, 흰자위는 피가 나는 것처럼 빨갰다. 헨리가 카스텐바움 위로 불쑥 나타났다. 키는 원래 헨리가 더 컸지만, 이젠 아예 거인처럼 혹은 나무처럼 보였다. 카스텐바움은 그게 술에 취했기 때문인지 헨리가 멀쩡하기 때문인지 알 수 없었다. 이 모든 게 아마도 알코올이 불러온 효과일 테고, 알코올은 그 어느 때보다 카스텐바움 몸속에 농축되어 있었다.

"그래, 뭐가 잘못됐나, 헨리? 까놓고 말해보시지."

헨리의 표정은 미소에 가까웠다. "우리는 파트너죠, 당신과 나는." 그는 말했다.

"나도 전엔 그렇게 생각했지. 한때는."

헨리는 얘기하면서 거실을 오락가락했다. "당신이 나를 찾아냈어요. 필요할 때 나를 찾아주었죠. 우리가 친구가 되는 데는 일 분도 안 걸렸어요. 내 친구. 당신이 항상 내 친구이기를 바랍니다."

"그거 아주 내 심장을 울리는구먼, 헨리." 그가 말했다. "하지만 더는 아니잖아. 이젠 메리앤이 최우선이지. 아니라면 어디 한번 말해보게, 금방 거짓말이라는 게 들통날 테니."

"아뇨, 당신 말이 맞아요. 이젠 메리앤이 최우선입니다."

카스텐바움은 바로 다가가 스카치를 향해 사랑스러운 눈길을 보냈다. 하지만 병에 남은 양으로는 성이 차지 않았다. "끝장이라구, 헨리."

"뭐가요? 뭐가 끝장이라는 겁니까?"

"우리. 이것. 전부 다. 몽땅 취소됐어. 믿든 말든 아무도 메리앤이 죽는 걸 보고 싶어하지 않아! 최소한 아무도 그걸 보려고 돈을 내진 않는다구. 아무도 없어. 아무 데나 장소를 말해봐, 거기선 공연이 없을 테니."

카스텐바움이 헨리를 보려고 돌아섰을 때, 헨리의 표정은 전혀 변화가 없었다. 충격도, 아쉬움도, 아무것도 보이지 않았다. 더는 어떤 감정도 느낄 수 없는 사람 같았다.

"알았어요." 헨리가 말했다. "알았습니다. 네, 나도 그렇게 생각했어요. 사실 같은 말을 하려고 했어요."

"진짜? 언제 나한테 말할 생각이었는데?"

"오늘요." 헨리가 말했다. "알고는 있었지만 인정하기 싫었습니다. 믿고 싶지 않았어요. 하지만 이제 더는 진실을 회피할 수 없군요. 나는…… 우리는 더이상 못합니다. 내가 그녀를 붙잡으려 할 때마다 그녀는 점점 더 멀리 가 있어요. 언젠가는……"

"내가 맞혀볼게. 당신은 그녀를 잡을 수 없게 되겠지."

헨리는 고개를 끄덕였다. "또 있어요, 에디. 처음 시작했을 때는 몰랐던 겁니다. 그녀를 구하는 것에 관한 건데요, 거기 갈 때마다, 그녀를 구할 때마다 나는 내 생명의 일부를 포기해야 해요. 거기 들어가기 위한 입장권 같은 거죠. 나는 죽음에 매일 다가서고 있습니다."

"벌써 다 죽어가는 것처럼 보여." 카스텐바움이 말했다.

"예. 나도 압니다. 이제 그만둬야 해요. 나 좀 도와주세요."

그러자 더 현명한 본능을 깡그리 무시하고, 카스텐바움은 불현듯 다시 희망에 부풀었다. 희망이라니, 다시 그것을 보게 될 줄은 꿈에도 생각지 못했는데. "그래!" 그는 외쳤다. "그거야! 그게 바로 내가 말하려던 거라구! 무슨 수를 써서라도 도와야지!" 그는 친구의 등짝을 후려쳤다. "당연하지! 옛날부터 검증된 방법으로 돌아가자구! 진짜 마술을 하는 거야. 토끼와 독심술과, 에, 또, 그러니까…… 하여간 그런 걸 말하는 거지? 지금 당장 사람들한테 전화를 걸어야겠어. 결국 우린 잿더미에서 다시 긁어모아 재기할 수 있을 거야."

그러나 헨리는 고개를 저었다. "다른 쇼를 또 만들 수는 없어요." 그는 말했다. "지금 메리앤 상태가 저 모양인데, 안 돼요. 그런 건 진짜…… 진짜 하찮은 거예요. 나는 전적으로 그녀에게 집중해야 합니다."

"하지만 나는……"

"나는 온 힘을 기울여 그녀를 돌봐야 해요. 어떻게든 기회를 잡으려면."

"무슨 기회? 말이 안 되잖아, 헨리."

"메리앤을 이 세상에 잡아둘 기회요." 헨리가 말했다.

"하지만 메리앤이 아프면 의사를 불러야지. 진짜 의사를."

"이해를 못하는군요!" 헨리는 카스텐바움의 어깨를 꽉 붙잡고 흔들어댔다. 카스텐바움은 헨리의 손을 뿌리치려 했지만 되지 않았다. 그는 빠져나오려 안간힘을 썼다. 헨리를 알게 된 후 처음으로, 그가 진심으로 무서웠다. 카스텐바움은 헨리가 무서웠다. 헨리는 지금 제정신이 아니었다.

헨리는 카스텐바움을 꽉 잡은 채 가까이 끌어당겼다. 두 사람의 몸이 맞닿았다. 헨리는 카스텐바움의 귀에 대고 속삭였다. "이해를 못하는군요. 저쪽 세계에서 우리를 파멸시키기 위해 음모를 꾸미는 세력이 있다는 것을. 악마라구요. 주일학교에서 하는 얘기가 아닙니다, 에디. 악마는 있습니다. 진짜예요. 그것은 살아 있어요. 계획도 꾸미구요. 나는 그 계획이 뭔지 압니다. 일생 동안 그것만 연구했으니까, 그걸 이해하기 위해 노력했으니까. 그리고 이제 알 것 같습니다. 알 것 같아요."

카스텐바움은 호흡이 가빠졌다. 눈도 깜박이지 못했다. 아직도 있었어. 그는 생각했다. 물러가라.

"그건 아주 단순해요, 카스텐바움." 헨리는 말했다. "악마의 계획이란 거요. 악마는 우리 중 가장 약한 자부터 공략해요. 거기서부터 시작하죠. 왠지 이해하죠? 우리 중 가장 약한 자. 여자. 연약한 누이, 그렇죠? 여자들은, 그네들은 약해요. 사물을 진심으로 느끼니까요. 이 때문에 악마는 그들을 이용하는 겁니다. 일단 여자들이 넘어가면 센 자들은, 아무리 힘이 세더라도 똑같이 약해져요. 그런 식으로 우리 모두를 하나하나 무너뜨리는 겁니다. 우리 모두를. 우리가 맞서 싸우지 않는 한. 우리가 저항하지 않는 한. 우리가 안 돼, 안 돼, 더는 안 돼, 라고 말하지 않는 한."

"더는 안 돼." 카스텐바움은 똑같이 낮은 목소리로 속삭였다. "안 된다구! 놔. 놓으라고 했어."

헨리는 그를 놔주고 약간 물러섰다. "난 죽을 수 없어요, 에디.

아직은. 나도 나름대로 계획이 있어요. 그래서 당신의 도움이 필요해요."

"당연하지, 헨리." 그는 물러나며 말했다. "뭐든 말만 하라구."

헨리는 카스텐바움의 손을 잡고 화장실로 데려갔다. 두 사람은 거울 앞에 서서 각자 자신의 모습을 들여다보았다. 헨리가 캐비닛을 열고 구두약 통을 꺼냈다. 그는 통을 따고 솔을 집어든 뒤, 구두약을 한 줄 한 줄 자기 얼굴에 발랐다. 얼굴이 완전히 덮일 때까지, 완벽한 흑인이 될 때까지. 새까만 얼굴에서 흰자위가 조그만 광선처럼 번득였다.

카스텐바움은 마치 딴 세상에 들어선 기분이었다. 도대체 지금 무슨 일이 일어나는 거야? 그는 말을 할 수 없었고, 무슨 말을 해야 할지도 알 수 없었다.

"악마는 늘 이깁니다." 헨리가 말했다. 나직하고 긴장한 그의 음성이 목 안쪽에서 울려나왔다. 뭐에 홀린 것 같은 목소리였다. "마지막엔 악마가 이깁니다. 우리가 싸우는 이유는 그래야 옳기 때문일 뿐, 결국 마지막엔 항상 우리가 집니다. 언제나. 왜냐면 선한 것에는—진실로 선한 것에는—규칙이 있어요. 우리 내부엔 규칙이 있고, 우린 반드시 그것을 따라야 하며, 늘 선해야 합니다. 그런데 악마는 하고 싶은 대로 뭐든 할 수 있어요. 불공평한 싸움이죠. 하지만 함께라면, 우리 둘이라면 어떻게든 할 수 있을 겁니다. 뭔가 할 수 있을 거예요. 멈추진 못하더라도, 최소한 늦출 수는 있어요."

카스텐바움은 뒷걸음질로 헨리한테서 떨어져 복도로 나온 뒤 더 멀리, 거실로 되돌아왔다. 일단 나오자 간발의 차로 뭔가에서 빠져나온 기분이었다. 이제야 겨우 안전해진 느낌이었다. 그는 숨을 길게 내뱉고 들이마셨다. 거실에서 기다렸지만 헨리는 쫓아 나오지 않았고, 잠시 후 다시 나오지 않을 것이 확실해졌다. 카스텐바움은 눈으로 스카치를 좇다가 디캔터 바닥에 와인이 조금 남은 것을 발견했다. 그게 더 입맛을 돋웠다. 그는 코르크마개를 열고 얼마 안 되는 술을 꿀떡 넘겼다. 뭔가 기분 좋은 기운이 느껴졌고, 마치 어느 방에 들어갔다 노래의 마지막 몇 소절을 운 좋게 들은 기분이었다.

자기 아버지를 만나는 데 약속을 잡아야 하는 아들이 몇이나 될까? 잘은 모르겠지만, 카스텐바움이 아는 사람 중에는 없었다. 그는 아무 때고 내킬 때 왈츠를 추며 아버지의 사무실에 들어갈 수 있는 아들과, 그런 아들을 보고 반가워하는 아버지를 상상했다. 그러나 아주 오래전에, 아마 열번째 생일이던가, 그의 아버지는 두 사람의 관계를 생물학적인 것에서 철저히 비즈니스적인 것으로 바꾸었다. 아버지 카스텐바움은 사실상 이제 더는 그의 아버지가 아니었다. 그는 미래의 고용주였고 아들은 미래의 고용인이었으며, 그리하여 따라야 할 규칙이 있었고 지켜야 할 방식이 있었다. 그의 아버지는 목요일 오후 세시에만 그를 만났다. 다음 날이었다. 덕분에 카스텐바움은 어느 정도 자신을 추스를 여유가 있었을 것이다.

아버지의 으리으리한 마호가니 책상 앞에 오도카니 놓인 작은 의자에 앉아, 아들 카스텐바움은 아버지 카스텐바움에게 불가피하게 엄청난 실패로 이어진 일련의 사건이 헨리 워커 때문이었음을 설명했다. 아버지는 손톱만큼의 흥미도 보이지 않고 그저 듣기만 했다. 아들이 헨리가 쓴 트릭의 본질을 설명하면서, 그것이 전혀 트릭이 아니었다고 말할 때조차 그랬다. 이 모든 게 비즈니스 문제일 뿐이었다.

이야기를 끝마치자 아버지는 고개를 끄덕였다.

"그것 참 안됐구나, 에드거. 일찍부터 그렇게 꿈에 부풀더니. 너무 야망이 컸던 게야. 높이 날수록 내려오기가 어렵지."

"저도 압니다."

"더디더라도 착실한 편이 결국 이긴다."

"늘 하시는 말씀이잖아요."

이 마지막 언급에는 비난의 기색이 아주 약간, 아주 미미하게 어렸을 뿐이지만, 아버지는 어김없이 눈치챘다. 그리고 불쾌해했다.

"아무튼 실망이다." 아버지가 말했다. "물론 말할 필요도 없겠지만." 그래도 물론 말씀하실 거잖아요. 아들은 생각했다. "이번 업계 진출은 네가 단순히 내 아들이라서가 아니라 내가 퇴임한 후 이 자리에 앉을 적절한 사람이 바로 너라는 것을 나를 포함한 이 조직의 모든 이에게 증명해 보일 기회였다. 나는 세습체제를 혐오한다. 그건 다른 사람들에게, 자기 성이 뭐든 상관없이 열심히 일해온 사람들에게 공정하지 못한 처사야. 하지만 내가 널 돕지 말아야 한다고 주장한다면, 그건 겉과 속이 다른 거지. 아비라면 마땅히 아들을 도와야지. 너는 내 도움을 받아 문 안에 발을 들여놓을 수 있다. 그러나 안에 들어와서 과연 뭘 하느냐, 바로 그게 중요한 거야."

"알고 있습니다." 아들이 대답했다. "안다구요."

그의 아버지는 자그마한 청동 받침대에서 파이프를 집어들어 탁탁 두드린 다음 불을 붙이고, 하느님과 대화를 나누듯 하늘을 올려다보며 가엾는 생각의 바다에 빠져들었다. 회담의 결과는 곧 알 수 있을 터였다. "우리 둘 다 이게 무슨 의미인지 알지." 그는 입을 열었다.

"네. 하지만 한번 더 기회를 주셔야 한다고 생각합니다." 카스텐바움은 아버지가 말하기 전에 선수를 쳤다. 무슨 말을 할지 이미 알았으니까. 아버지는 일단 말을 뱉고 나면 절대 철회하는 법이 없었다.

아버지는 잠시 고민했다. 작은 눈으로 아들을 빤히 쳐다보며 상황을 가늠했다. "네 말을 들어보니 그 여자가 문제의 근원인 것 같은데."

"맞아요."

"그리고 헨리는 예술가이고. 예술가란 실질적인 결정은 잘 못하는 법이지. 그건 그들의 일이 아니야. 네 일이지, 그렇지?"

"네." 카스텐바움은 대답했다.

"그렇다면 뭐가 문제인지 나는 통 모르겠구나."

"저는 조언을 구하러 왔습니다, 아버지."

"그래서 지금 조언해주고 있잖아."

"네? 무슨 말씀인지 모르겠습니다."

"그 여자. 네가 그 여자와 직접 부딪쳐야지. 그녀와 얘기해. 그녀에게 자신이 일으킨 풍파를 알아듣게 설명해줘. 그러면 분명 이해할 거다." 카스텐바움은 고개를 끄덕였다. "네 일에 충실해라, 아들아. 네게 해줄 얘기는 그뿐이다. 네 일을 똑바로 해."

그의 아버지는 손목시계를 보았다. 미팅 시간이 끝났다. 아버지는 일어나서 좀 전에 사무실에 들어왔던 사람한테 했던 대로 아들과 악수했고, 다음에 들어올 사람과도 똑같이 악수할 것이다.

카스텐바움은 자신이 해야 할 일을 알고 있었다.

* * *

자기 입으로 말하긴 뭣하지만, 그것은 정말 영리한 계획이었다.
그는 스스로 뿌듯했고, 하도 뿌듯한 나머지 자신의 쓸쓸한 사무실
로 돌아오자마자 스카치를 한 잔 따라서 뱃사람처럼 신나게 들이
켰다. 그는 헨리에게 전화를 걸어 좋은 생각이 떠올랐다고 말했다.
당신에게 필요한 것은 알람시계다, 그것도 최신형, 빅벤 같은 것.
밤을 거의 뜬눈으로 지새울 게 아니라 매시 정각에 알람이 울리도
록 맞춰놓고 한 시간마다 일어나 메리앤을 살펴보면 되지 않겠느
냐. 헨리는 열정적으로 동의했다. 카스텐바움은 바로 이런 반응을
원했다! 헨리는 지금 당장 시계를 사러 나가겠다고 했다.

카스텐바움은 몇 분 기다렸다 다시 전화를 걸었다. 전화벨이 울
리고 울리다가, 마침내 반대편에서 메리앤의 음성이 들렸다.

"여보세요?" 그녀가 말했다.

"메리앤? 카스텐바움입니다."

"아, 안녕하세요, 카스텐바움."

"제가 괜히 잠을 깨운 건 아닌지 모르겠습니다."

메리앤은 이 말에 대답하지 않았다. "헨리는 나갔어요."

"알아요. 헨리가 전화해달라고 했거든요. 계획이 좀 바뀌었어
요. 다 같이 창고에서 보자던데요."

"창고도 있어요?"

"장비를 보관해둔 곳입니다. 아직 사용하지 않은 장비들이지만."

개봉도 하지 않은 마술 장비가 먼지를 뒤집어쓰고 몽땅 그대로 쌓여 있는 곳. 그걸 사 모으느라 빈털터리가 됐는데. 생각만 해도 부아가 치밀었고 억울해서 잠이 안 왔다. 그러나 그런 문제는 일단 접어두기로 했다.

"모퉁이만 돌면 바로예요. 여섯번째 골목에서."

"잘 모르겠어요. 헨리는 어디 있어요?"

"거기서 기다릴 겁니다. 나만 믿어요."

창고는 동네 한 블록을 다 차지할 만큼 길고 넓었다. 그들의 마술 장비는 그중 아주 일부만 차지할 뿐이었다. 나머지는 낡은 철제 책상과 목제의자, 무슨 이유에선지 쓸모없어진 묵은 튤립 구근이 잔뜩 든 궤짝, 수십 년간 그의 아버지의 여러 사무실에서 폐기하지 않고 갖다놓은 물건들이었다. 언제가 될지는 모르지만 언젠가는 쓸 데가 있을 거라는 이유로 여기에 모아두었다. 카스텐바움의 장비는 안쪽 어딘가의 어둡고 곰팡내 나는 구석에 처박혀 있었다.

그는 잘게 골이 진 철문 앞에서 메리앤을 만났고, 문을 끌어당겨 연 다음 그녀를 안으로 안내했다. 이젠 그녀를 쳐다보기조차 난감했다. 유령같이 형체만 남은 여자는 도무지 살아 있는 것 같지 않았다. 이미 죽은 사람 같았다.

"헨리는 여기 있나요?"

"아직요." 카스텐바움은 말했다. "금방 올 거예요. 그동안 우리의 근사한 장비를 한번 둘러보지 않겠어요? 다 본 적 없잖아요. 재미있을 겁니다."

빈 책장과 세 발 테이블을 지나 통로를 걸어가면서, 카스텐바움은 통로 앞쪽의 등을 켜려고 줄을 잡아당겼다. 드문드문 달린 조그만 알전구는 켜나 마나여서 그림자만 더욱 짙게 드리워졌다. 그는 메리앤을 흘깃 쳐다보았다. 벌써 의심을 품은 건지, 그냥 어리둥절한 건지 알 수 없었다. 그녀는 느릿느릿 걸으면서 박물관에 온 아이처럼 눈을 동그랗게 뜨고 주위를 둘러보았다.

"저는 항상 여기서 길을 잃었어요." 카스텐바움은 그녀를 유쾌한 대화에 끌어들이려고 얘기를 시작했다. "미로 같죠."

"헨리는 어디 있지요?" 메리앤은 다시 물었고, 이번엔 그녀의 목소리에서 두려움이 약간 묻어났다. 하지만 놀랄 일은 아니었다. 그도 여기 있으면 좀 으스스했으니까.

"오는 중일 겁니다."

그녀는 발을 멈췄다. "돌아가야 해요. 밖에서 기다리는 게 좋겠어요."

메리앤이 뒤로 돌아서자 카스텐바움이 그녀의 손목을 잡았다. 아주 꽉. 그렇게까지 꽉 잡을 생각은 아니었다. 술을 거의 꼭지가 돌 정도로 마셨기 때문이었다. 그는 그토록 심하게 마신 적은 한번도 없었지만, 종종 돌기 일보 직전까지 마셨고, 지금이 바로 그러한 때였다. 그는 약간 들떴고, 반응이 일이 초 정도 늦었다.

그는 그녀의 손을 놓고 사과의 미소를 지었다.

"여기 있읍시다."

그는 조명끈을 하나 더 잡아당겼다. 흐릿한 전구의 불빛이 던지는 그늘에 눈이 적응되자, 유쾌한 기만술을 펼치기 위한 온갖 장비가 눈앞에 나타났다. 바라보기만 해도 뭔가 마술 같다고 카스텐바움은 생각했다. 그리고 전쟁터에서 귀환한 헨리를 배에서 내리자마자 픽업한 진짜 이유를 처음으로 깨달았다. 일이 다르게 흘러갔더라면 그것은 상당히 훌륭한 사업적 결단이 되었을 것이다. 그러나 그것은 비즈니스 이상이었다. 다른 세상과의 접촉이야말로 그가 추구하던 바였다. 아주 극소수 사람만이 아는 위장술의 비밀을 알고 있다는 사실에서 비롯되는 품격. 그걸 안다는 것은 자신이 특별하다는 것을 의미했고, 그런 것에 둘러싸여 그는 특별한 기분을 만끽했다. 그 모든 일을 겪었음에도, 이것은 위대한 트릭이었다. 카스텐바움은 그 순간만큼은 정말 행복했다.

"자, 어떻습니까?"

메리앤은 주위를 돌아보았고, 그녀의 얼굴엔 털끝만큼의 감정도 드러나지 않았다. "헨리가 하려던 게 이거군요." 그녀는 입을 열었다. "당신이 헨리에게 바란 것이."

"하지만 안 했죠." 그는 억지웃음을 지으며 말했다. "하지 않더라구요. 사실 그가 이렇게 규모가 큰, 이런 최신형 도구를 가지고 공연해본 적이 있기나 한지 궁금해요. 내가 알기로 헨리는 이 페퍼스 고스트를 써본 적이 없어요. 이걸 가진 사람은 몇 명 없거든요."

메리앤은 별 관심을 보이지 않았다. 지금 그녀는 아예 영혼이 없는 듯했고, 사람다운 요소를 모조리 결여한 것 같았다. 그러나 카스텐바움은 신경 쓰지 않았다. 그저 자기 말만 계속했다.

"설명하기 좀 복잡한데요. 어쨌든 기본적으로 유령의 영상을 무대 위에 투영하는 장치입니다. 사람들은 무대 위에서 유령과 얘기를 주고받죠. 무척 생생해서 진짜 같습니다. 다들 깜빡 속지요."

그는 우호적인 분위기로 계속 나가고 싶었다. 그래서 이렇게 말하지 않았다. 당신이라면 유령 역에 딱인데.

그는 조그만 나무탁자가 있는 데로 걸어가다 줄에 걸려 넘어질 뻔했고, 겨우 중심을 잡았다.

"그리고 여기 이건, 만약 헨리가 마음만 있었다면 모가지가 없는 사람이 될 수도 있었죠."

이것이 그녀의 눈길을 잡았다. "모가지가 없다니, 어째서……"

"말 그대로 받아들이면 안 돼요. 그냥 거울이에요. 아주 간단하지만 효과 만점이죠."

"헨리는 여기 없군요." 그녀는 체념한 듯 조용히 말했다.

"인내심을 가지세요." 카스텐바움이 말했다. "보여주고 싶은 게 하나 더 있어요. 이쪽 구석입니다."

그는 다시 그녀의 팔을 붙잡고, 이번에는 좀 상냥하게 그녀를 빛의 가장자리로 이끌었다. 두 사람은 아무 말 없이 잠시 장비를 쳐다보며 서 있었다.

"이게 뭐죠?" 그녀가 물었다.

"휠입니다. 휠 오브 데스. 당신 전문 아닌가요, 메리앤?" 처음으로 미세한 빈정거림이 그의 목소리에 묻어났다. 비난의 기색이. "좋아할 거라고 생각했는데."

이제 그녀는 알았다. 아는 게 분명했다. 그를 바라보고, 휠을 바라보는 그녀의 태도. 우울하고 절망적인 눈길. 그녀는 미소를 지을락 말락 했다. "휠 오브 데스라."

"가서 보시죠. 얼마든지 가까이 가서 봐요."

그녀는 가까이 다가갔다. 느릿느릿 콘크리트 바닥 위를 떠 가서 휠에 손을 댔다. 짙은색 쪽나무, 금속 장식, 휠 본체를 둘러싼 테두리. 그녀는 이쪽 끝에서 저쪽 끝까지 걸음을 옮기더니, 어디서 그런 힘이 났는지 휠을 돌렸다. 휠은 딱 한 바퀴 돌았다. "어떻게 하는 건지 모르겠어요."

"설명해드리죠." 카스텐바움은 휠 앞에 있는 메리앤 옆으로 걸어 섰다. "여기 쐐쇠가 네 개 있죠. 위에 두 개, 아래 두 개. 거기에 당신의─그러니까 마술사의 조수 말입니다─손발을 넣습니다. 팔을 휠 양쪽으로 뻗고, 다리는 30센티미터 정도 벌리고. 그러고 나서 돌립니다." 카스텐바움은 휠을 한 번 세게 잡아당겨 돌렸다. "그리고 조수가 빙글빙글 돌아가면, 헨리가─그러니까 마술사가─칼을 당신 쪽으로 던집니다. 정확히 말해 당신이 아니라 휠 쪽으로. 무척 위험해 보이지만, 칼 던지기 명수라면 여자 주위의 과녁을 맞히는 건 누워서 떡 먹기예요. 참 쉽죠." 카스텐바움은 웃음을 터뜨리고 어깨를 으쓱했다. "그게 트릭이에요."

"하지만 그건 트릭이 아니에요." 메리앤은 금속 쐐쇠를 살며시 만지며 말했다. "기술이죠. 진짜 겨냥하는 거잖아요."

"바로 그렇습니다."

"그렇다면, 실수할 수도 있고."

"가능성이야 있죠. 하지만……"

"가능성을 말하는 거예요. 자기 목숨을 남에게 맡기는 거고, 죽을지 살지는 그 사람 맘에 달린 거잖아요."

"네. 그거야 사실이죠. 그 사람 맘에 달린 거니까."

메리앤은 휠에서 눈길을 떼지 않았다. "어떤 느낌일지 궁금하네요."

"어떤 느낌이라뇨?" 카스텐바움은 메리앤이 이렇게 나올 줄은 예상치 못했다. "그러니까……"

"휠에 묶어주세요." 그녀가 말했다.

"물론이죠." 카스텐바움은 얼른 평정을 되찾았다. "그러니까 제 말은, 안 될 거야 없다는 뜻입니다. 이리로 올라서요…… 네, 그렇게…… 팔을 약간 펴봐요. 몸하고 직각이 되게, 쥠쇠 쪽으로. 네, 됐습니다. 좋아요, 그대로 있어요."

카스텐바움은 쥠쇠를 채웠다. 먼저 손목을 잠그고, 이어서 발목 쪽의 좀더 큰 쥠쇠를 잠갔다. "괜찮아요?"

"괜찮아요." 그녀가 말했다.

"좋아요. 좋습니다."

"이제 돌려봐요."

그는 웃음을 터뜨렸다. "돌려요? 진짜로?"

"진짜로."

"어지러울 텐데요."

"참을 수 있을 거예요. 돌리세요."

그는 휠을 돌렸고, 메리앤이 빙글빙글 돌기 시작했다. 처음에는 천천히 돌다 두번째로 밀자 더 빠르게 돌았고, 세 번인가 네 번 더 돌렸다. 그리고 속도가 느려지다 멈췄다. 휠의 무게중심은 시작한 데서 끝나게끔, 조수의 머리가 위로 발이 아래로 오게끔 되어 있었다. 카스텐바움은 휠이 느려지다 멈출 때까지 바라보았고, 일단 휠이 멈추자·메리앤은 그가 예상했던 것보다 일찍 뭔가 깨달은 눈빛으로 그를 쳐다보았다.

"헨리는 안 오는 거죠?" 그녀가 말했다.

카스텐바움은 고개를 끄덕였다. "예. 안 올 겁니다."

"어째서죠?" 그녀는 처음 들어보는 부드러운 음성으로 말했다.

"당신과 얘기하고 싶었으니까요, 메리앤. 둘이서만. 그냥 얘기 좀 하려구요. 헨리는 절대 허락하지 않을 테니까. 그리고 당신이 여기 있는 걸 다 봐줬으면 했어요. 우리에게, 헨리에게 가능했던 모든 것을. 그가 마음대로 활용할 수 있는 것 전부를."

"알겠어요." 그녀는 쥠쇠에 잡힌 손목을 움직였다. "하지만 지금은 우선 이것부터……"

"헨리는 나를 해고하겠죠." 그는 말을 이었다. "지금 같은 상황에선 별로 상관없지만. 어쨌든 내가 하고 싶은 얘기는 그겁니다."

"알았어요." 그녀가 말했다. 두 사람의 눈빛이 얽혔다.

"떠나주십시오." 그는 말했다. "당신이 떠났으면 좋겠습니다."

그녀는 도무지 이해가 안 되는 모양이었다. "떠나라고요? 어디로?"

"어디든 상관없어요. 그냥…… 떠나라구요. 돈은 넉넉히 챙겨줄 테니까. 어디든 가고 싶은 데로 가버려요. 유럽이라도."

메리앤의 호흡이 그제야 가빠졌다. "좀 내려줘요. 이제 내려주세요."

"물론이죠." 그는 휠로 걸어가 메리앤의 왼쪽 손목을 묶은 쥠쇠로 팔을 뻗다가, 멈췄다. 그는 그녀를 쳐다보았다. 이렇게 가까이 다가간 것은 처음이었고, 가까이서 보니 그녀는 진정 아름다웠다. 어린 소녀처럼 보였다. 피부는 완벽하게 반투명했다. 목과 뺨에서 짙푸른 혈관이 보였고, 녹색 눈 속의 작고 검은 점도 보였다.

"에드거, 풀어줘요. 제발."

그러나 그는 풀어주지 않았다. 그녀는 먼저 그의 말을 들어야 했다.

"당신이 떠나주는 게 나한테는 무엇보다 중요합니다, 메리앤. 나만을 위해서가 아니라 우리 모두를 위해서요. 헨리의 상태는 좋지 않고, 당신이 떠날 때까지는 나아지지 않을 겁니다. 그는 당신 때문에 모든 것을 잃을 거예요. 당신도 그걸 바라진 않겠죠."

"내려줘요."

"떠날 겁니까?"

"에드거."

"당신이 없어져야 한다고!" 고함 소리가 광활하고 텅 빈 창고 구석구석으로 울려퍼졌다. 되돌아온 자기 목소리의 메아리를 듣고 카스텐바움은 이 순간을 위해 얼마나 많은 분노와 비탄을 차곡차곡 쌓아왔는지 비로소 깨달았다. "왜 몽땅 망치려는 거지? 헨리는 당신을 구하고 싶어해. 하지만 아무도 당신을 구할 수 없어. 아무도 타인을 구하지 못한다구. 스스로 살아남는 수밖에. 하지만 당신은 스스로 살 생각조차 없잖아. 헨리가 자기 삶을 살길 바라지도 않고. 영원히 당신을 구하기 위해 노력해주길 바라는 거야. 계속 그렇게, 둘이 같이 죽을 때까지. 안 그래?"

"아니에요." 그녀는 조용하지만 단호하게 말했다. 그녀는 비명을 지를 때마저 속삭였으니까. 잠시 후 그녀는 마음을 바꾼 듯했다. "당신 말이 맞아요, 에드거. 갈게요. 떠나겠어요. 헨리를 도로 가져가요. 이제 날 내려주세요."

그러나 카스텐바움은 고개를 저었다. 그녀는 거짓말을 하고 있었다.

"도대체 우리한테 왜 이러는 거지?" 그는 그녀에게 가까이 다가섰고, 그녀 얼굴로 손을 들어올렸을 때 자기가 떨고 있음을 알았다. 그는 그녀가 두려웠다. 항상 그녀가 두려웠고, 지금에야, 그녀의 손발을 휠에 묶어놓고서야 가까이 접근하는 두려움을 무릅쓸 수 있었다. "헨리가 어제 악마 얘기를 하더군. 세상에 있는 모든 악마에 대해. 이런 말은 하지 않았지만, 그다지 많은 말을 하지도 않았지만 내 생각에 그건 당신에 관한 얘기였어. 그건 바로 당신이야. 순수한 악. 헨리가 그걸 몰랐을 리 없어."

"헨리가 나를 선택했어요. 그 많은 구직자 중에 나를 골랐어요."

"잘못 고른 거야. 이 모든 것을─그는 팔을 활짝 벌려 자신을 둘러싼 온갖 근사한 마술 장비를 가리켰다─우린 세상과 공유할 수 있었어. 헨리가 다른 사람을 골랐다면, 귀엽고 요염하고 활기 넘치는 젊은 여자 중 아무나 골랐다면. 난 당신이 왜 거기 있었는지조차 모르겠어. 당신은 알아?"

마지막 질문에 메리앤은 정신이 든 것 같았다. 정말 그것에 관해 곰곰 생각해봐야겠다는 듯. 그녀는 카스텐바움을 쳐다보더니, 누군지 모르겠다는 듯 시선을 돌렸다. "아뇨. 하지만 분명 이유가 있었겠죠."

"고향이 어디야?"

그는 이제 메리앤에게 키스라도 할 수 있을 정도로 가까이 서 있었다. 그러나 그녀의 입술은 움직이지 않았다. 그녀는 대답하지 않았다. 전혀 듣지 않는 것 같았다. 카스텐바움은 눈을 부릅뜨고 노려보았지만, 그녀가 잘 보이지 않았다. 시선이 그녀를 뚫고 지나가는 듯했다. 거기에는, 그녀의 내부에는 아무것도 없었다. 그녀는 완전히 체념했다. 그녀는 카스텐바움 너머, 그녀의 눈에는 뭔가 보인다는 듯 그의 뒤에 펼쳐진 창고의 어둠 속을 응시했다. 그러나 뒤에는 아무것도 보이는 게 없었다. 아무것도.

"당신이 그를 죽이고 있어." 카스텐바움이 말했다. "당신이 그를 죽이고 있다구."

그는 휠을 돌렸다. 그녀는 천천히 한 바퀴 돌았다. 다시 한번 더 세게 돌렸다. 이번에는 약간 빨리 돌았다. 그는 거듭거듭거듭 휠을 돌렸고, 한 번 돌릴 때마다 외쳤다. "떠나, 메리앤. 우리한테서 떨어져!" "우리끼리 살게 내버려둬!" 회를 거듭할 때마다 그는 더욱 필사적이 되었고, 그녀는 아무 말이 없었다. 다섯, 여섯, 일곱 번을 돌 때까지도. 이젠 아무래도 상관없다는 듯, 뭐든 개의치 않는다는 듯. 카스텐바움도 이젠 아무래도 상관없다고 생각했다. 지금쯤 그녀는 현기증이 나겠지. 그녀를 쳐다보는 나도 현기증이 나니까. 그는 미쳐버렸다. 그의 손이 주머니를 쓰다듬었고, 마치 오랜 친구를 만난 듯 거기 있는 것을 더듬었다. 술병. 그는 술병을 꺼내 한 모금 마셨다. 그 묘약이 피로 흘러 들어오는 것을 느꼈다. 두개골 속에서 윙윙거리던 유쾌한 소음은 이내 포효로 바뀌었다. 그가 지금 할 수 있는 일은 돌고 있는 그녀를 바라보는 것뿐이었다. 그래서 어떻게 해야 할지 아무 생각도 없이 그저 바라보고 서 있었다.

그때 칼이 눈에 들어왔다. 한쪽 벽에 걸린 목제선반 위에, 상자 뒤에 놓여 있었다. 그는 자세히 보려고 상자를 치웠다. 한 세트가 전부 있었다. 휘황찬란한 은빛을 스스로 발산하며. 모두 열두 개였다. 몇 개는 매우 작았지만, 하나씩 사이즈가 커져 맨 마지막 것은 거의 사브르만 했는데, 누구든 단숨에 반 동강 낼 수 있을 것 같았다. 카스텐바움은 그걸 들어올릴 수나 있을지 의심스러웠고, 결국 가운데 있는 칼을 꺼내들었다. 팔 길이의 절반 정도 되는 크기였다. 손잡이에 정교한 세밀화가 새겨져 있었다. 아들의 머리를 베려는 아브라함. 카스텐바움은 한참 동안 그것을 바라보았다. 아름다웠다. 메리앤은 칼자루를 들여다보는 카스텐바움을 바라보았고, 그동안에도 휠은 계속 돌았다. 말도 안 되게 오랫동안.

그는 구석에서 걸어나와 알전구 밑으로 조그만 잿빛 웅덩이가 드리워진 휠 앞에 섰다. 칼 던지는 법은 알고 있었다. 1934년 어느 날 저녁 서스턴*이 이곳에 왔을 때, 그의 칼 던지기를 보고 몇 년간 쭉 연습했다. 그때 처음으로 카스텐바움은 마술에 흥미가 생겼다. 서스턴은 굉장했다. 끝내줬다! 칼 던지기는 그의 주특기가 아니었지만, 모든 거장이 그렇듯 필요하다면 할 수도 있었고, 그날 밤 그는 칼 던지기 공연을 했다. 그의 조수는 안대로 눈을 가렸고, 서스턴은 칼을 연이어 그녀를 향해 던졌으며, 잠시 후 그녀는 앞서 숨이 멎는 시범을 보였을 때처럼 아름답고 완전무결하게 휠에서 걸어나왔다. 카스텐바움은 공연이 끝나고 통로에 있는 무대 출입구 앞에서 그를 기다렸던 때가 생각났다. 그는 다른 사람들이 다 포기하고 가버린 뒤에도 끝까지 기다렸다. 영원히 나오지 않을 것 같던 서스턴이 드디어 문을 열고 나왔다. 카스텐바움은 몹시 긴장했지만 서스턴은 아주 친절했다. 서스턴은 쓰고 있던 커다란 검은 모자를 벗고 소년을 향해 웃어 보이더니, 딱 질문 하나만 받겠다고 했다. 무엇을 물어보든지 대답해주겠다, 하지만 그다음에는 가

---

* 하워드 서스턴. 유명한 공연 마술사로 미국 각지를 돌며 대규모 마술쇼를 펼쳤는데, 그의 장비와 공연팀이 이동할 때는 열차 여덟 칸이 필요했다고 한다.

야 한다. 카스텐바움은 당연히 질문이 백 개도 넘었다. 천 개도 넘었다.

저도 그랬어요. 헨리가 여기 왔을 때, 흑인도 아니면서 흑인 마술사인 그에게, 바람결에 나타났다 다시 바람결에 사라질 것 같은 그에게 묻고 싶은 것이 천 가지가 넘었어요. 다만 차이가 있다면, 카스텐바움과 저 사이에 차이점이 있다면, 저는 질문할 기회가 있었고, 그래서 매일 묻고 묻고 또 물어서 이렇게 한데 묶어 이야기를 구성할 수 있게 됐다는 거죠. 이게 얼마나 사실과 일치할지 모르겠지만, 별로 상관없어요. 그의 진실을 알았으니까. 그리하여 그가 나를 사랑하지 않는다는 사실을 알았고, 그건 나 자신이나 이렇게 돌이 되어가는 내 모습과는 아무 관계도 없다는 걸 알았으니까. 헨리는 그랬어요. 그런 남자였어요. 그 모든 일을 겪고, 어머니, 아버지, 누이동생 그리고 결국 그녀까지 잃고 어떻게 나를 사랑할 수 있겠어요? 천 가지도 넘는 질문을 저는 그에게 던졌고, 그는 전부 대답해줬어요.

그러나 카스텐바움은 서스턴에게 질문할 기회가 단 한 번밖에 없었다. 그래서 맨 처음 떠오른 것을 물었다. 칼 던지기요. 그는 자신의 영웅에게 물었다. 거기에도 트릭이 있나요? 서스턴은 빙그레 웃었다. 그리고 커다란 검은 모자를 머리에 쓰며 말했다. 아 그럼, 물론이지, 꼬마야. 트릭이 있지. 빛나가길 간절히 원해야 한단다.

잃어버린 시간

헨리는 그 길을 눈 감고도 찾아갈 수 있었다. 그의 인생에 남은 것이라곤 마음속에 새겨진 그 길밖에 없었다. 길은 나무 많은 언덕을 타고 뱀처럼 구불구불 올라갔고, 유칼리나무와 목련나무와 오디나무 숲을 지났다. 블랙베리가 길가를 따라 제멋대로 자랐다. 이제 더는 쉬운 길이 아니었다. 수십 년 전, 오래전에 헨리가 왔을 때는 말이 끄는 마차가 다니는 길이었다. 원래 자동차가 다닐 만큼 넓은 길이 아니어서 지금 헨리가 모는 새빨간 뷰익 에이트처럼 커다란 차는 지나기가 더욱 어려웠다. 만약 반대편에서 차가 오면, 둘 중 하나는 웃자란 풀숲 속에 들어가 상대 차가 지나갈 때까지 기다려야 하리라.

그러나 다른 차는 없었다. 헨리뿐이었다. 워낙 키가 큰 탓에 무릎은 운전대에 부딪혔고 머리는 천장을 쓸었다. 주변 세계에 대한 공간지각력 없이 훌쩍 자라버린 것 같았다. 그애는 늘 너무 크거나 너무 작았다. 그리고 상상할 수 있는 온갖 피부색을 거의 다 해본 끝에, 이제는 색소가 완전히 빠져나간 것 같았다. 꿰뚫어 볼 수 있을 정도로 투명했다. 서른 살. 나는 헨리가 비탄 속에 커가는 모습을 지켜보았다. 아들이 자라서 아버지의 옷을 입을 수 있게 되듯, 그런 날이 오고, 옷은 잘 들어맞는다.

하지만 나도 그애의 어렸을 적 모습을 떠올리긴 힘들다. 기억은 퇴색하고, 옛 기억은 새 기억으로 대치된다. 그래도 나는 그애를 떠올려본다. 우리 파티에서 귀여운 감청색 정장을 입고 손님 이름을 전부 알아맞히던 모습을. 그애는 사람 이름을 다 기억했고, 때론 미들네임까지 알았다. 로이드 칼턴 크리더 씨. 애비 린 브라운 양. 멋지게 차려입은 우리의 훌륭한 친구들, 남편과 나는 헨리가 무척 자랑스러웠다. 헨리는 그 무렵부터 이미 리더의 자질이 있었다. 그애를 보는 사람마다 생각했다. 여기 미래가 있군. 이제 와 돌이켜보면 아무짝에도 쓸모없는 옛일이지만. 더는 존재하지 않는 일을 기억하는 게 무슨 소용이란 말인가. 좋았던 옛날을 기억하는 것이. 그애가 꼬마였던 때를 기억하는 것이.

그대로인 것은 하나도 없었다. 헨리가 마지막으로 여기 왔을 때는 여기저기 장미덤불이 꽃을 피웠고, 구불구불한 길을 따라 언덕을 올라가면 먼지 앉은 분홍색 꽃잎이 길 위에 쫙 깔려 있었다. 한 세상에서 다른 세상으로 넘어가는 것 같았다. 그때를 돌아보니, 장미덤불을 돌보는 일은 온전히 한 남자의 임무였다. 그의 이름은 커티스였다. 헨리도 분명 그 이름을 기억할 것이다. 커티스는 녹색 점프슈트에 노란 모자를 썼고, 헨리를 볼 때마다 아이의 머리를 마구 헝클어뜨리길 좋아했다. 그는 땅바닥을 보면서 짐짓 놀란 척 외쳤다. 누가 여기다 주근깨를 떨어뜨렸구먼! 그리고 뭔가 줍는 척 들어다 헨리의 얼굴에 도로 얹어놓았다. 커티스는 이제 여기 없는 게 분명했다. 덤불은 아무렇게나 구불텅하게 자랐고, 장미는 말라서 손만 대도 바스라질 것 같았다. 길 자체가 세월과 바람과 비에 씻겨나갔다. 헨리는 그리 멀지 않은 미래에 길이 사라지고 그 끝에 무엇이 있는지 아무도 알지 못하게 되는 때를 상상했다. 사실 백미러를 힐끗 쳐다보면, 지금까지 운전해온 길이 등 뒤에서 사라졌다. 카펫처럼 말려 더는 흔적조차 찾아볼 수 없었다.

헨리는 나오는 길을 찾을 수 있으려나 궁금했다.

마지막 모퉁이를 돌기 전에 헨리는 마지막으로 봤던 호텔을 머릿속에 그렸다. 그리 어렵지 않게 떠올릴 수 있었다. 그곳에는 뭔가 환상적인 분위기가 감돌았고, 호텔의 우아함과 —변치 않는 우아함이라고 팸플릿에 적혀 있었다— 뻔뻔스러운 세이렌의 노래가 최고만 고집하는 운 좋은 소수를 손짓해 불렀으며, 그것이 훌륭함을 위해 준비해둔 헨리의 마음속 특별한 자리에 그곳의 이미지를 새겨 넣었다. 개와 말 모양으로 다듬은 거대한 관상용 나무, 대리석 바닥, 금도금한 천장, 천국으로 안내할 것 같은 계단, 음악, 웃음소리, 아름다운 여인들의 향기. 그리고 정말 특별한 사람들 사이에 있다는 느낌, 최고 중의 최고, 명실상부한 톱클래스에 둘러싸여 있다는 느낌이 들었다. 비록 본인은 톱클래스가 아닐지라도. 쥐와 함께 지하실에 살더라도. 프리몬트 호텔.

하지만 그건 오래전 얘기이고, 헨리처럼 그곳도 변했다. 수많은 방을 거느린 놀라운 건물은 무너진 채 돌덩이와 먼지로 변해버린 고대 폐허처럼 서 있었다. 텅 빈 채 스러졌다. 문짝마저 어디론가 사라졌다. 그는 로비로 올라가는 계단 밑에 차를 세우고 걷기 시작했다. 객실 안이 다 보였다. 방 안의 어둠 속에서 흐릿한 연기 같은 형체의 누군가를 혹은 무언가를 본 듯한 느낌이 들었다. 그것은 그가 다가가자 어둠 속으로 물러나더니 완전히 사라져버렸다. 방마다 찬바람이 불었고, 유리창에는 조그만 검은 새가 둥지를 틀었다. 이 천국에 무슨 일이 있었던 거지? 최초의 천국에서도 같은 일이 벌어졌지, 그는 생각했다. 여기서 엄청난 죄가 저질러졌고, 신은 사람들을 내쫓았다.

그는 뒤쪽 계단으로 7층까지 올라갔다. 예전에 늘 다니던 길이었다. 날마다 열 번 아니 그 이상 오르곤 하던 계단, 해나와 같이 혹은 혼자. 나무는 썩었고 서너 층마다 발판이 빠져 있었지만, 그는 이 계단을 손바닥 보듯 잘 알았다. 난간의 서늘한 부드러움. 그에게 유년기라는 것이 있다면 여기가 바로 유년기를 함께한 곳이었다. 이 계단을 오르고, 내리고, 숨고, 찾으면서.

그러나 702호는 문이 있었고, 닫힌 채였다. 헨리는 손을 들어 노크하려다 멈칫했다. 이 문은 노크할 필요가 없었다. 그는 반대편에 누가 있는지 알았고, 반대편에 있는 남자도 그가 오는 걸 알았다. 알아야 했다. 그는 일이 벌어지기도 전에 무슨 일이 벌어질지 알았다. 대본을 쓴 사람이 바로 그니까. 헨리는 무슨 짓을 해도 그를 놀랠 수 없었다.

헨리는 문을 열었고, 그가 거기에 있었다. 미스터 세바스찬. 예의 근사한 검은색 턱시도를 입고, 반짝반짝 광을 낸 구두를 신고, 머리카락을 올백으로 빗어 넘기고, 입가에 미소를 띠고, 늘 그랬듯 얼굴이 백지장처럼 하얀 그가 전과 똑같이 등받이가 높은 커다란 붉은 벨벳 의자에 앉아 있었다. 조지 워싱턴의 얼굴이 새겨진 이십오 센트짜리 동전을 손가락 사이로 굴리는 것도 여전했다.

"헨리." 그가 말했다. "들어오렴."

헨리는 잠자코 있었다. 무슨 말을 할 수 있겠는가? 가슴이 서서히 조여오는 것처럼 숨쉬기가 힘들었다. 그러나 그는 버텼다. 뭔지 모르지만—아마 자신의 심장이었을 것이다—하여간 그것과 싸워 이겨냈고, 방 안을 둘러보았다. 여기도 마찬가지로 변한 게 아무것도 없었다. 메이드가 청소를 막 마친 방 같았다. 침대는 주름 하나 없이 깔끔했고, 눈이 닿는 곳에는 먼지 한 점 없었다.

헨리는 칼을 하나 가지고 왔다. 주머니에 쏙 들어갈 만큼 작았지만, 사람을 죽일 수 있을 만큼 예리했다. 그는 손가락으로 칼을 더듬어 전혀 눈치채지 못하게 잡았다. 진정한 마술사만이 가능한 재주였다. 칼은 언제라도 그의 손을 떠나, 날개 달린 듯 휙 날아갈 수 있었다.

그와 미스터 세바스찬의 시선은 떨어질 줄 몰랐다. 헨리는 겁나지 않았다. 잃을 게 없는 자가 그렇듯 그는 겁날 게 없었다.

"알고 있다." 미스터 세바스찬은 태연하게 말했다. "나도 알고 있어. 하지만 지금은 아니다. 오늘은 아니란 말이지. 나중에. 다른 시간, 다른 장소에서. 오늘은 다른 비즈니스가 있다."

동전이 쉴 새 없이 미스터 세바스찬의 손가락 사이로 미끄러졌다. 마치 스스로 생각하며 움직이듯, 헨리가 그 손을 잘라내도 동전은 멈추지 않고 자신의 여행을 계속할 것 같았다.

헨리는 칼을 도로 주머니 속으로 떨어뜨렸다. "그렇다면 제가 왜 여기 왔는지도 알겠군요."

미스터 세바스찬은 짐짓 선심 쓰는 척 미소를 지었다. "물론이지. 진짜 질문은, 정말 할 건가?"

헨리는 고개를 끄덕였다. 하지만 상대방보다 더 확신이 없는 듯했다. "그녀를 보고 싶습니다."

미스터 세바스찬은 당황한 척했다. 물론 그는 당황하지 않았다. 절대 당황하는 법이 없으니까. 그저 그렇게 보이는 걸 좋아할 뿐이었다. "그녀라니?" 그가 말했다. "그녀? 어느 그녀를 말하는지 모르겠군."

그때 헨리는 방 한구석에 있는 문이 열리는 것을 보았다. 그는 늘 그게 벽장문일 거라고 생각했다. 그러나 아니었다. 그것은 이 세상에 속하지 않는 모든 것이 드나드는 문이었다.

그리고 내가 나왔다.

처음에 헨리는 나를 알아보지 못한 게 분명했다. 누군지 모르겠다는 표정으로 나를 바라보았고, 나는 좀 마음이 아팠다. 그애의 눈길은 한때 부유한 여성들이 즐겨 입던 스타일의 드레스를 입은 어떤 여자에게 머물렀다. 꼭 조이고, 프릴이 잔뜩 달리고, 코르셋을 받쳐 입는 드레스를 입은 여자에게. 머리카락은 동그랗게 말아서 뒤통수에 핀으로 고정했고, 얼굴은 약간 찡그린 표정으로 혈색이 나쁘다. 아주 예전에 본 기억이 있다. 하지만……

"어머니." 헨리가 말했다.

나는 그 단어가 내 귀에 깃들 때까지 기다렸다. "헨리."

그애는 분명 내게 달려오고 싶어했다. 그러나 그런 게 통할 리 없었고, 헨리도 그 사실을 잘 알았다. 헨리는 미스터 세바스찬의 의자 앞을 지나지 않을 것이다. 우리는 이렇게나 가까이 있는데,

더 가까이 다가설 수 없었다.

"다 내 잘못이다." 나는 말했다. "이 모든 게 다 내 잘못이야. 미안하구나, 헨리."

"그게 무슨 말씀이세요?"

"지금까지 있었던 일과 앞으로 일어날 일 전부. 그러니까 내가 죽지 말았어야 했다는 말이란다. 내가 살아만 있었어도 일이 그렇게 되진 않았을 텐데." 이런 말을 해봤자 아무 소용 없고, 아무것도 달라지지 않겠지만, 그래도 말은 해야 했다. 그 말을 하려고 영원을 기다렸으니까.

"어머니는 아프셨잖아요. 어머니가 할 수 있는 일은 없었어요."

"살아만 있다면, 할 수 있는 일은 항상 있게 마련이란다. 나는 다만 하지 않았을 뿐이야."

그애는 고개를 젓고 다 용서한다는 듯 미소를 지었다. 하지만 나는 단 한순간도 더 견딜 수 없었다. 나는 돌아서고 말았다. 손으로 얼굴을 가리고 울었다. 내가 할 수 있는 일은 정말 아무것도 없었다, 아무것도. 엄마로서 그보다 더 끔찍한 기분이 있을까.

미스터 세바스찬이 연민 어린 목소리로 말했다. "자자, 진정하세요."

그때 헨리는 문 쪽을 바라봤고, 메리앤 라플뢰르가 들어왔다.

그녀는 생전과 마찬가지로 모호하고 정령 같고 아름다운 모습으로 방 안에 미끄러지듯 들어왔다. 똑같았다. 헨리가 기억하고 싶어한 대로 정확히 복원된 모습이었다. 창고에서 사람들이 발견했을 때 그녀는 이 모습이 아니었다. 머리부터 발끝까지 칼로 장식되어 있었다. 단 한 개의 칼도 의도했던 과녁을 빗나가지 않았다.

"메리앤." 헨리가 말했다.

그녀는 그저 슬픈 눈으로 그를 쳐다보았다.

이제 헨리는 얼마나 많은 사자가 여기 돌아와 있을지 궁금했다. 카스텐바움도 있을까. 카스텐바움, 헨리가 알았고 사랑했고 저승으로 가버린 사람들의 긴 줄에서 맨 마지막에 서 있는 사람. 카스텐바움은 겨우 한 달 전에 싱싱 교도소에서 전기의자에 앉아 사형에 처해졌다. 헨리는 한때 그를 사랑했다. 비록 카스텐바움이 죽기 전에는 완전히 자각하지 못했지만. 카스텐바움은 예의 그날 항구에서 전후(戰後)의 그를 구했다. 배에서 내리며 헨리는 어디로 가야 할지, 남은 생 동안 무엇을 해야 할지 막막했고, 카스텐바움은 그에게 길을 가르쳐주었다. 그를 사랑하기에 충분한 이유다.

헨리는 기다렸다. 그러나 메리앤은 입을 열지 않았다. 헨리는 그저 자신의 이름을 부르는 그녀의 목소리를 듣고 싶었다. 그의 이름을 말하는 그녀의 부드러운 음성은 늘 최고였다. 그의 이름이어서가 아니라 그녀가 불러주었으니까. 미스터 세바스찬은 이 순간을 즐기는 것 같았다. 두 사람이 서로의 눈을 다시 한번 들여다볼 수 있는 불가능한 기회를 제공해준 이 순간을.

"이 여자는 정말 대단해, 안 그런가?" 미스터 세바스찬이 말했다. "그녀 같은 사람은 많지 않지. 진심으로 갖고 싶은 여자야. 그렇게 죽다니 정말 유감이군."

헨리의 손가락이 주머니 속에 든 칼의 윤곽을 더듬었다. 그도 알다시피 여기선 통하지 않겠지만, 그래도 손에 느껴지는 감촉은 좋았다. 쓸모 있을 것 같은 느낌.

"메리앤." 그가 불렀다. 그녀는 여전히 대답하지 않았다.

악마가 미소 지었다. "그럼 이제 우리 쇼의 스타가 등장할 차례군. 준비됐나? 사랑스럽고 다재다능하며 죽었으나 잊을 수 없는, 결코 잊을 수 없는 해나 워커 양을 소개하지."

쇼를 흉내 낸 소개와 해나가 실제로 등장하기까지의 시간이 영원처럼 길게 느껴졌다. 헨리는 자신의 심장박동을 느꼈다. 심장이 머리에서, 손끝에서 뛰는 것 같았다. 그리고 해나가 거기에 있었다. 해나는 어디를 딛어야 할지 몰라 망설이는 조그만 여자아이가 그러듯 종종걸음으로 나왔다. 그녀는 아홉 살이었다. 머리카락은 아주 긴 금발이었고, 눈동자는 속세의 경험으로 더럽혀지지 않았으며, 손목은 여전히 몹시 가늘어 헨리의 손가락으로 거의 두 번은 감을 수 있을 정도였다. 게다가 지금까지 보아온 그 누구보다 아름다워서, 그는 해나와 같은 존재가 이 세상에 있었다는 게 믿어지지 않았다.

해나는 방으로 걸어나와 메리앤 옆에 섰다. 그리고 잠시 머뭇거리다 메리앤과 나 사이로 자리를 옮겼다. 내 엉덩이에 부딪는 해나의 작은 어깨가 느껴졌다. 해나, 나의 사랑스러운 딸아이는 약간 긴장했다. 해나는 손가락으로 장난을 치다가, 마룻바닥을 내려다보다가, 메리앤과 미스터 세바스찬을 번갈아 쳐다보았다. 여기 나와서 뭘 해야 하는지 잘 모르겠다는 표정이었다. 그리고 헨리를 보더니 빙그레 웃었다. 해나가 헨리를 쳐다보고 미소 지은 그 순간이 헨리에겐 더할 나위 없는 선물이었을 것이다.

"당신이 해나를 죽였지요." 헨리는 미스터 세바스찬을 향해 말했다. 그동안 내내 알고 있었지만 명확하게 사실 확인을 한 건 아니었다. "해나는 죽은 거였어요."

"물론 이애는 죽었다." 미스터 세바스찬이 말했다. "어쨌든 이 꼬마 여자애는 그렇지. 어떻게, 한순간이라도, 이애가 죽지 않았을 거라고 생각할 수 있지?"

말 속에 뼈가 있었다. 악마의 교활한 말. "그게 무슨 뜻입니까?" 헨리는 물었다. "이 꼬마 여자애는 죽었다?"

미스터 세바스찬은 싱긋 웃으며 거의 속삭이듯 말했다. "그 질문에는 대답하지 않겠다. 알다시피 나는 미스터리한 기운을 발산하니까. 마술처럼. 너무 많이 드러나길 원치는 않겠지."

헨리는 해나를 쳐다보았고, 해나도 그를 쳐다보았다.

"안녕, 오빠." 해나가 말했다.

"안녕, 해나."

그녀는 살짝 얼굴을 붉혔다. "오빠 되게 키 크다."

"그래. 그렇게 됐네."

해나는 고개를 끄덕였다. 그러나 이것은 그애에게 새로운 것이었다. "와." 해나는 감탄했다.

미스터 세바스찬은 조끼 주머니에서 시계를 꺼내 보고는 한숨을 쉬었다. "안타깝게도 우리는 이 세상에서 시간이 별로 없소. 자, 본격적으로 쇼를 시작해봅시다!"

헨리는 해나를, 메리앤을, 나를, 그리고 미스터 세바스찬을 쳐다보았다. "내가 뭘 해야 하죠?" 헨리가 물었다. "뭘 어떻게 해야 할지 모르겠습니다."

"그래서 내가 여기에 있는 거다." 미스터 세바스찬이 말했다. "너에게 가르쳐주려고." 그는 심호흡을 하고 손바닥으로 바지 주름을 폈다. "거래다. 너는 저 셋 중에 한 명을 데려갈 수 있다."

"셋 중에 한 명." 헨리가 되뇌었다.

"그래, 한 명."

"나는 세 사람을 다 원합니다. 모두를."

"나도 아네, 헨리. 그게 바로 이 거래의 지독한 점이지." 그는 윙크를 날리며 활기차게 말했다.

메리앤, 해나 그리고 내가 전시품처럼 서 있었다. 우리는 모두 헨리를 바라보았고, 헨리는 우리를 한 명씩 응시했다. 헨리의 심장 박동 소리가 들렸다. 그 소리가 방 안을 채웠다.

"딱 한 명." 헨리는 나직이 말했다.

"딱 한 명."

헨리는 뜸을 들였다. 바야흐로 생애 가장 중요한 선택의 기로에 선 것이었다. 그애는 내 방 창가에 있던 해나를 떠올렸다. 해나를 높이 들어올려 죽어가는 나를 잘 볼 수 있게 해주었던 때를. 그게 내가 본 우리 아이들의 마지막 모습이었고, 뿌연 창유리 너머로도 너무나 아름다웠다. 그래도 나는 최소한 살 만큼 살아봤고, 메리앤도 마찬가지다. 좋은 삶이었나? 꼭 그렇지만도 않다. 죽음은 부러워할 만한 게 못 된다.

하지만 해나는, 헨리가 해나를 잃었을 때 해나의 삶은 막 피어나려는 참이었다. 그애는 거의 아무것도 누리지 못했다. 그리고 사실, 다들 알다시피, 헨리는 해나를 가장 사랑했다.

"그럼, 해나." 헨리는 조용히 말했다. "한 명만 택할 수 있다면, 해나입니다."

나는 헨리의 선택이 반가웠다. 심장은 무너졌지만—누구라도 그렇지 않겠는가?—마음속 저 깊은 곳에서는, 행복했다.

그러나 메리앤은 아니었다. 그녀는 비통함을 숨기려고 눈을 감았다. 죽음에 그토록 가깝게 살았기에 그녀는 늘 삶을 원했다. 그녀는 고개를 흔들고 헨리를 쳐다보았다. 무척 안타까웠다.

그리고 우리는, 메리앤과 나는, 한 걸음 물러났다.

그러나 해나는 그대로 서 있었다. 그애는 미스터 세바스찬을 쳐다보고, 이어서 오빠를 쳐다보았다. 그애는 웃어 보이려 했지만 잘 되지 않았다. 참 난감한 순간이었다.

"잘 모르겠어." 해나의 말이었다.

헨리가 전혀 예상치 못한 반응이었다. "잘 **모르겠다구**?" 헨리는 말했다. "뭘 모르겠다는 건데?"

해나는 이제 헨리를 쳐다보지 못했다. 다시 입을 연 그녀는 모기만 한 목소리로 말했다. "거기로 가고 싶은지 잘 모르겠어."

미스터 세바스찬이 놀란 척 눈을 휘둥그렇게 떴다. "이거야 원, 정말 돌발 상황이로군!" 그는 헨리를 쳐다보았다. "난 전혀 몰랐네. 맹세하지."

"해나, 나는 너를 **되살릴** 수 있어." 헨리가 말했다. "너는 살 수 있다구. 다시 살아갈 수 있어."

"나도 알아." 해나가 말했다. "그냥 내가 여기 너무 오래 있었나 봐, 다른 어느 곳보다 오래. 난 그냥…… 그냥 여기 익숙해졌나 봐." 그녀는 살짝 웃었다. "난 불행하지 않아."

"하지만 넌 **죽었잖아**, 해나." 그가 말했다. "죽었다구."

해나는 어깨를 으쓱했다. "다들 죽는데 뭐." 그녀가 말했다. "근데 오빠. 메리앤은 어때? 메리앤은 여기 오래 있지도 않았고, 아직 익숙해지지도 않았잖아. 메리앤을 선택해, 오빠. 내가 보기엔 그게 가장 좋은 선택인 것 같아." 그녀가 명랑하게 말했다.

이런 일이 생기다니, 믿을 수 없었다. 헨리는 해나에게 삶을 주려고 했다. 그런데 해나는 거절했다!

미스터 세바스찬은 회중시계를 손가락으로 탁탁 두드렸다. "시간은 무궁무진하지 않다네." 그는 헨리를 쳐다보며 말했다. "적어도 자네한테는."

"알아요." 헨리는 손바닥을 펼쳐 보이며 말했다. "안다구요. 그럼 메리앤이요."

그러자 메리앤이 검은 눈을 들어 헨리를 쳐다보았다. 그 눈동자는 과거 어느 때보다 활기차고 생생했다.

"차선으로 말인가요, 헨리?" 그녀가 말했다. "차점자로? 싫어요, 헨리. 그건 싫군요."

"하지만 메리앤……"

그녀의 꿰뚫는 듯한 시선에 헨리는 옴짝달싹할 수 없었다. "당신과 함께 가느니 차라리 죽어 있는 편이 낫겠어요."

다음으로 헨리는 줄 맨 끝에 있는 나를 바라보았다.

"어머니?" 그애가 말했다. "제발."

그러나 나는 이미 충분히 살았다. 이제 와서 돌아가는 건 나에게 너무 버거운 일이었다. 입 밖에 내지는 않았지만, 헨리도 알고 있었다. 그리고 솔직히 그애는 나를 원하지 않았다. 이제 더는 내가 필요치 않았다.

미스터 세바스찬은 한숨을 내쉬더니 고개를 절레절레 저었다. "미안하네, 헨리." 그는 말했다. "하지만 이게 최선일지도 모르겠네. 세상만사에는 다 이유가 있는 법이니까. 과거는 흘러가게 놔두게. 여기서 교훈은 그거겠지. 과거는 흘러가게 놔두라. 망각은 언제나 좋은 거야. 더군다나 기억해야 할 것이 죄다 슬픈 일일 경우에는."

헨리는 뒤돌아서서 떠났다. 우리를 여기에 남겨두고. 그는 계단을 내려가 차를 타고, 길 없는 언덕을 달려, 바스러지는 장미와 그를 굽어보는 유령들의 눈을 지나, 프리몬트 호텔에서 영원히, 혼자서, 떠났다. 나는 벌써 그애가 그리웠다. 하지만 한순간도 다시는 볼 수 없었다. 나는 눈을 감았고, 다시는 뜨지 않았다.

정의

1954년 5월 31일

내 이름은 카슨 멀베이니. 테네시의 다운타운 멤피스에서 조그만 사립 탐정사무소를 운영한다. 나는 이 이야기에 뒤늦게 합류했는데, 내가 몸담고 있는 직업의 속성이 원래 그렇다. 사실 나는 보통 가장 나중에 등장한다. 다들 연락하기 싫어하는 상대이고, 도와주실 수 있나요?라고 부탁하기 제일 싫은 상대니까. 비록 늘 네, 라고 대답하지만, 진실은 대개 아니올시다이다. 아니요, 도와드릴 수 없습니다.

의뢰까지 오는 지저분하고 비극적인 사건은, 당연한 말이지만 해피엔딩일 리 없다. 그러므로 누군가의 어두운 인생에 노란 불빛을 비추는 식의 도움을 말한다면, 나는 그다지 도움이 안 된다고 생각한다. 말하자면 내 일은, 무엇보다 사랑에 관한 일이다. 사람들은 대체로 이 점을 이해하지 못한다. 내 직업은 사랑할 상대를 잘못 고른 사람이나, 잘못된 상대에게 희망과 꿈을 투자한 사람이나,

혹은 그 자체로든 거기서 비롯됐든 전혀 나쁜 것은 아닌 욕망에 관한 일이다. 그런데 이중 어떤 것이든 부정적인 결말을 초래할 수 있다.

내 직업에서 안타까운 사실은 오직 사랑만이 우리를 가장 어두운 곳으로 끌고 갈 수 있다는 점이다. 원래 인생 자체가 그래서 안타까운 거다.

이번 건처럼 실종됐거나, 자취를 감췄거나, 우리 모두를 휩쓰는 시간과 거리의 거센 흐름 속에 잘못 놓인 사람을 찾아달라는 의뢰가 종종 들어온다. 나는 이런 사건을 좋아한다. 이런 유의 사건은 내가 하는 일 중에서 가장 사랑과 관련이 깊다. 누가 나를 찾고 싶어한다는 걸 아는 것보다 더 좋은 일이 있을까? 발견되는 것보다 더 좋은 일이 있을까?

하기야 있긴 있다.

이번이 제러마이어 모스그로브의 차이니즈 서커스단을 찾아가는 두번째 여행이었다. 한국전쟁도 슬슬 마무리되는 중이었고, 네바다의 사막에선 핵폭탄이 터졌고, 나는 사이드쇼에 가는 중이었다. 나는 헨리 워커를 찾기 위해 고용되었는데, 한 달 전에 그를 찾아냈다. 이런 경우 대개 그것으로 이야기는 끝나지만 — 일반적으로 한 번이면 족하니까 — 이번 건은 꼬일 대로 꼬인 독특한 사건이었고, 그래서 나는 다시 그를 찾기 위해 이곳에 왔다. 마지막으로 그에게 전해야 할 말이 있었다.

가장 먼저 얘기를 나눈 사람은 제러마이어 모스그로브였다. 그는 콧수염을 길게 기른 순진한 인상의 남자로 친절해 보였고, 명함을 건네기 전까지는 나를 만나 반가운 듯했다.

그는 명함을 보고, 나를 보고, 다시 명함을 봤다. "사립 탐정?"

"네, 선생님." 나는 대답했다. "맞습니다."

그는 고개를 끄덕이고 다시 한번 명함을 자세히 들여다봤다. 그리고 웃음이 나오려는 걸 꾹 참는 듯했다.

"뭔가 재밌는 거라도 있나요, 모스그로브 씨?"

"아, 아뇨. 그다지. 별로 사립 탐정 같아 보이지 않아서."

나는 넥타이를 바르게 펴고 이런 반응은 처음이라는 듯 물었다. "그럼 사립 탐정이 어떤 타입일 거라고 생각하셨는데요?"

그는 의자에서 상체를 앞뒤로 움직이며 생각에 잠겼다. "거 왜, 아시잖소." 그가 입을 뗐다. "말발 세고 덩치 크고 터프한 타입이랄까. 알코올과 좌절의 향기에 민감하고, 면도한 지 만 하루는 지났고, 무감각하면서도 슬퍼 보이는 그런 사내. 그러니까 그 뭣이냐……"

"〈말타의 매〉에 나오는 험프리 보가트 같은."

모스그로브 씨는 고개를 끄덕였다. "맞소. 바로 그거요."

나는 한숨을 내쉬었다. "그건 영화입니다, 모스그로브 씨."

"알고 있소."

"이건 영화가 아니구요."

"그것도 잘 알고 있소."

모스그로브 씨는 외양적 특징이란 게 아무 의미가 없다는 것을 알았고, 틀림없이 현실과 비현실을 어느 정도 구분할 줄도 알았다. 그게 그의 직업이니까. 비현실적인 것과 만들어낸 것을 파는 일. 그는 그 차이를 알아야 했다. 그러나 그도 남들만큼이나 선입견의 희생자였다.

나는 험프리 보가트가 아니다. 나는 마르고 가냘픈 골격에, 마흔두 살의 남자보다는 사춘기 이전의 소년이 먼저 떠오를 법한 생김새다. 바람이 세게 불면, 넘어가지는 않지만 뒤로 조금 딜리기는 한다. 그래도 어깨를 모로 세우면 괜찮다. 크기를 재본 적은 없지만 두상이 작다는 것은 안다. 얼굴도 마찬가지로 작은 편이라, 있어야 할 것은 빼곡히 다 있지만 역시 축소형이다. 눈, 코, 입도 조그맣다. 하지만 얼굴 크기에 맞으려면 그럴 수밖에 없다. 나는 꾸준히 면도하고 샤워한다. 하루에 두 번, 아침에 한 번 저녁에 한 번. 나는 고양이 세 마리—하위, 조, 루—를 기르는데, 여행 갈 때는 이웃에 사는 레프코트 부인에게 맡긴다. 부인은 고양이를 아주 잘 돌보고, 우편물도 맡아준다.

그러므로 나는 자고로 사립 탐정이란 어떠해야 한다고 생각하는 많은 사람들의 기대를 저버린다. 믿든 말든 자유지만 나도 터프해질 수 있다. 어떤 때는 말발 세고 입담 거친 사람으로 인식되기도 한다. 나도 그런 사내가 될 수 있다. 필요할 때 내가 사용하는 가면이다. 때로는 타인의 선입견에 부응하는 편이 있는 그대로 봐달라고 부탁하는 것보다 쉽다.

"좋아요." 나는 말했다. "여기 온 이유를 말씀드리죠."

"책을 쓰시오? 머리 둘 달린 태아는 그냥 미끼요, 어쨌든. 혹시 그게 궁금하다면."

"헨리 워커에 관한 일입니다, 모스그로브 씨."

심드렁하던 그의 허세는 온데간데없이 사라지고 곧장 경청하는 태도가 되었다. 그는 자세를 바로잡고 한 쌍의 서글픈 눈동자로 나를 응시했다. "그를 찾았습니까?"

"여기 없나요?"

"없소. 지난주에 사라졌소. 어디로 갔는지 아는 사람이 아무도 없습니다."

"한 사람도?" 나는 수첩을 꺼내 빈 페이지가 나올 때까지 넘겼다. "이곳에 친구는 없었나요? 누구 얘기할 만한 사람이라도?"

"내가 헨리의 친구였소." 그의 말에서 찬바람이 쌩 불었다. "나하고 얘기했지."

"그런데 아무 말도 안 했나요? 무슨 계획이라든가, 떠나고 싶다든가, 떠나면 갈 만한 데라도?"

"그런 말은 없었소. 그래서 걱정이 좀 되는 거요. 나한테 말을 안 했다면……"

"그가 얘기했을 만한 다른 사람은 없나요? 다른 친구는?"

절대 인정하기 싫다는 눈치였지만, 모스그로브 씨는 다른 친구들도 있다고 대답했다.

나는 '세상에서 제일 힘센 사나이' 루디를 찾아 나섰다.

힘센 사나이의 트레일러 앞에서 엎질러진 버번의 향긋한 악취가 나를 맞았다. 나는 상냥한 노크로 인사했지만, 그는 낮은 으르렁거림으로 대답했다. "꺼져."

나는 잠시 기다렸다 다시 노크했다. "다시 말하는데, 꺼져." 그가 말했다.

나는 꺼지라는 말에 대해 생각해보았다. 그가 얼마나 센지는 모르지만, 들리는 것의 절반만이라도 세다면, 그는 나를 신선한 셀러리 줄기만큼이나 가볍게 부러뜨릴 수 있으리라. "친구를 한 명 데려왔는데요." 나는 거짓말을 했다. "잭 대니얼이라고, 혹시 기억나세요?"

"기억나다마다." 그는 말했다. "두말하면 잔소리지. 꺼져."

"루디, 몇 가지 물어볼 게 있습니다. 헨리 워커라는 남자에 관해서요. 당신이 그의 친구였다고 하던데요."

그는 내게 꺼지라고 하지 않았다. 조용했다. 이어서 쿵쾅거리며 내려오는 소리가 났다. 그는 문을 열고 머리를 내밀었다. 크고 네모난 대머리. 그가 태어난 날 그의 어머니가 가엾다.

"친구였다고?" 그가 말했다. "그게 무슨 뜻이야, 친구였다니?"

"아무 뜻도 아닙니다. 무슨 뜻이라고 생각하셨는데요?"

그는 잠시 고민했다. "죽었다는 줄 알았어. 그 양아치들이 헨리를 죽였다는 줄 알고."

"그 양아치들에 대해 얘기해주세요."

"세 놈이었어. 폭주족 세 놈."

"괜찮다면 들어가서 얘기할까요?"

"글쎄." 그는 뒤를 돌아보았다. "엉망진창인데."

"괜찮습니다."

그는 오늘 하루 종일 사람들이 나를 재던 그대로 나를 쟀다. "경찰은 아니군."

"물론 아닙니다. 알아봐줘서 고맙습니다."

마지막으로 한번 흘끗 보더니, 루디는 도로 안으로 사라졌다. 그게 나를 초대한 거라고 믿는 수밖에 없었다. 나는 조심스럽게 그의 뒤를 따랐다.

그의 트레일러는 엉망진창이 아니었다. 그 완벽한 혼돈은 예술

가만이 가능한 경지였다. 우리 어머니는 이렇게 표현하셨다. 모든 사물에는 제자리가 있게 마련이다. 나는 커서 이 격언에 진실이 담겼음을 알게 되었다. 그러나 여기엔 무엇 하나 제자리에 있는 게 없었다. 베개 위에 플라스틱 커피잔이 놓여 있고, 베개는 바닥에 있었다. 다량의 증거에 비추어볼 때 그는 침대 위에서 식사를 했다. 냉장고 문은 열린 채였고, 그게 유일한 불빛을 던졌다. 진화한 선사시대 인간이 사는 동굴에 들어온 기분이었다.

나는 의자같이 생긴 무언가에 앉으며 말했다. "그 폭주족들에 관해 얘기해주세요."

"당신 얘기부터 먼저. 왜 헨리를 찾지?"

"그러라고 고용됐으니까요." 나는 대답했다.

"정말?"

"네, 사실입니다."

"누가 고용했는데?"

"가족입니다."

"거짓말이라는 걸 이제 알겠군."

"어째서요?"

그는 술병을 찾아 우람한 손에 쥐고는 주둥이를 입으로 가져갔다. 그리고 단숨에 들이켰다. 한 번에 다 마셔버렸다.

"헨리에겐 가족이 없으니까." 그는 말했다. "그의 가족은 전부 죽었어."

"다 죽은 건 아닙니다."

그는 전에 어디선가 봤던 표정으로 나를 흘겼다. 폭력을 휘두르기 직전의 표정과 같은 종류다. 그러나 단지 표정만 그럴 뿐일 때가 종종 있었고, 나는 거기에 희망을 걸었다. "당신 때문에 헷갈리는군. 나는 헷갈리게 만드는 사람을 싫어해."

"그렇다면 설명해드리죠." 나는 말했다. "제 이름은 카슨 멀베이니입니다. 사립 탐정이구요. 헨리 워커에게 누이동생이 한 명 있다는 건 압니까?"

"물론 알지. 헨리가 여동생 얘기를 다 해줬으니까. 그애는 죽었어. 죽었지. 아주 오래전에."

"지난번에 제가 봤을 때는 아주 쌩쌩하던데요."

"그게 대체 뭔 소리야?"

"저는 그녀를 위해 일합니다." 나는 그에게 말했다. "해나 워커는 살아 있습니다."

다음 몇 분간 루디의 눈동자에 나타난 공허함은 대개 시체에게서나 볼 수 있는 것이었다. 나는 시체를 본 적이 있다. 음, 딱 한 번 봤다. 빨간불에 길을 건너던 노파였다. 노파는 차가 오는 것을 보지 못했다. 루디의 눈은 그 노파처럼 멍했고, 도저히 생각이 안 나는 뭔가를 죽어라 생각해내려 애쓰는 것 같았다. 진실은 그의 내부 깊숙한 곳 어딘가를 갈가리 찢었다. 루디는 크로마뇽인 같은 눈썹 밑에 거의 보이지도 않는 단춧구멍만 한 눈으로 나를 쳐다보았다.

"제니가 이 얘기를 들어야겠군." 그는 말했다.

"물론입니다. 누구와든 기꺼이 얘기하지요."

"제러마이어도. 그리고 JJ도 불러야 할 것 같군. 다들 이 얘기를 들어야 해. 애깃거리가 많지 않다면. 긴 얘기가 아니길 바라오, 선생."

"그 점은 마음 놓으셔도 됩니다."

그는 또다시 사나운 눈초리로 나를 노려보았다. "따라오시오."

나는 그를 따라갔다. 다년간의 숙련을 통해 그는 트레일러 문을 어떤 각도로 통과해야 하는지 익혔고, 불가능해 보이는 묘기를 태연자약하게 해냈다. 그는 왼쪽으로 꺾어서 줄지어 선 트레일러 옆을 따라 성큼성큼 걷더니 조그만 천막 앞에 닿았다. 조악하고 화려한 포스터를 제대로 기억하는 거라면, 스파이데렐라가 부지런을 떨며 장사하는 곳이었다. 그러나 지금 그녀는 거기에 없었다.

"들어가서 기다리시오." 그가 말했다. "금방 돌아올 테니."

나는 얌전히 그 말에 따랐다. 그는 약 사 분 삼십 초 만에 돌아왔고, 양팔에 뭔가를 한 아름 안고 있었다. 석화한 길쭉한 통나무인 줄 알았는데, 머리가 보였다. 그리고 다리도. 아마 중간에 있는 것도 전부. 하지만 나머지는 담요에 둘둘 싸여 있었고, 나는 굳이 엿보려 하지 않았다. 유일하게 움직이는 부분은 입술과 눈이었고, 그게 뭐든 내가 보는 부분은 살아 있으며, 여자라는 것을 깨달았다.

"이분은 멀베이니 씨야." 루디가 말했다.

"한눈에 반했어, 나." 그녀가 말했다.

"아이고 두야."

"이쪽은 제니." 루디가 말했다. "헨리하고 무척 가까웠소."

"만나게 되어 반갑습니다." 나는 무의식적으로 악수를 하려고 손을 내밀었다.

"미안해요." 그녀가 말했다. "저는 악수를 안 해요. 병균 옮을까 봐." 그녀는 빙긋 웃었다.

일이 분인가 있다 제러마이어와 JJ가 천막의 휘장을 들추고 들어왔다. 제러마이어는 아까 봤다. 그는 내 쪽으로 고개를 까딱했다. JJ는 팽팽한 밧줄처럼 빈틈없고 단단했다.

"안녕하세요." 나는 인사했다. 그러나 그들은 화답하는 예의를 갖추지 않았다.

"계속하시오." 루디가 말했다. "다들 듣고 싶어하니."

그래서 나는 얘기했다. 내가 그들에게 자세한 얘기를 털어놓은 이유는, 각자 그들 나름의 기묘한 껍질 아래에서 헨리를 걱정하는 마음이 느껴졌기 때문이다. 어떤 이들은 다른 이들보다 그 마음이 더 쉽게 드러났다. 천막 안에는 헨리 워커를 향한 애정이 충만했다. 나는 그처럼 사랑하는 사람들에게는 좀 약한 편이다. 그들은 흰부리딱따구리처럼 희귀했고, 그만치 아름다웠다.

나는 이야기의 운을 뗐다.

그녀에게서 전화가 왔을 때 나는 일이 없어 한숨 돌리던 차였다. 언제가 일을 하는 때고 언제가 일이 없어 노는 때인지 정확히 구분할 수는 없었지만. 나는 매일 아침 하던 대로 크로스워드를 풀고, 사무실을 정리하고, 전화벨이 울릴 때마다 항상 간이 철렁 내려앉긴 했지만 그래도 벨이 울리길 기다리며 오전의 상당 시간을 보냈다. 예상할 수 없는 것을 예상하는 사람은 없다. 나는 낙관적인 사람이 되려고 노력하지만, 내 사무실에는 뭔가 음울한 기운이 서려 있다. 사무실은 삼 층짜리 붉은 벽돌 건물의 뒤편과 마주한 구석진 잿빛 공간으로, 장님이 운전하는 삐걱대는 창살이 달린 엘리베이터를 이용해서만 들어갈 수 있다. 내 주머니 사정으로 고를 수 있는 최선이었다. 어둠은 늘 나를 우울하게 만든다. 해 떨어지기 전에 사무실에서 나와야지, 하고 다짐하지만 한 번도 그런 적은 없다.

나는 하루 종일 라디오를 켜놓는다. 거기서 세상 돌아가는 얘기와 최신 뉴스를 얻는다. 로젠버그 부부의 사형이 임박했고, 아이젠하워가 취임 선서를 했다. 북해에서 홍수가 나 이천 명 가까이 사망했다. 안다는 건 좋은 거다.

여하튼 그녀가 전화를 했고, 나는 받았으며, 그녀는 내가 뭘 하는지 물었다. 달콤한 목소리였다. 내 귀에 감기는 그녀의 말투가 제법 마음에 들었다.

"뭘 하냐구요?" 나는 말했다. "저는 탐정입니다. 전화번호부에 정확히 그렇게 쓰여 있군요." 좀더 정중하게 대할 수도 있었지만, 나는 세로 27번 문제에서 골머리를 썩고 있었다. 수렁에 빠져 길을 잃다가 뭐지?

"비밀(private) 탐정인가요?"

"저는 동네방네 떠들고 다니지 않습니다." 내가 말했다. "네, 사립(private) 탐정입니다."

"이 일을 비밀로 해두고 싶어서요." 그녀가 말했다.

"누구한테 비밀로요?"

나는 그녀가 계속 말해주길 바랐다. 그녀의 목소리는 한마디 할 때마다 점점 달콤해져서, 이젠 노래를 부르려는 참인 듯했다. 이런 종류의 목소리는 사람들을 행복하게 해준다. 어디 출신인지 알아챌 만한 악센트의 흔적도 없었다. 그녀는 손으로 수화기를 가리고 있었다. 다년간의 경험으로 알 수 있다. 전화기 코드가 뽑힐 만큼 팽팽하게 잡아당겨 부엌 구석에서 몰래 전화하는 그녀의 모습이 그려졌다. "그건 중요하지 않구요." 그녀가 말했다.

이쯤 되면 일이 어떻게 돌아가는지 뻔했다. "말씀하시지 않아도 됩니다. 남편 문제인가요? 남편분이 뭔가를 비밀로 하기 때문에 당신도 이 일을 비밀로 하고 싶은 걸 테고, 남편분이 숨기는 게 뭔지 알아내고 싶은 거죠. 볼링 치러 간다면서 진짜로 어딜 가는지 뭐 그런 거."

그녀는 웃음을 터뜨렸다. "아녜요, 그런 건 아닙니다."

"남편분이 말씀하셨나요?"

"저기요." 그녀의 목소리가 점점 듣기 힘들어졌다. 속삭임에도 못 미칠 정도였다. 전화선을 통해 들려오는 그녀의 숨소리도 채 내 귀에 와닿지 않았다. 그래서 열심히 귀를 기울여야 했다. "만나서 얘기해야 할 것 같아요, 직접 만나서."

"저도 그렇게 생각했습니다. 제 사무실은 3번가에 있어요. 걸어 갈 수 있는 거리면 어디든 괜찮습니다."

"얼마나 멀리까지 걸을 수 있으세요?"

"아주 멀리는 못 갑니다."

"이쪽으로 좀 오셨으면 하거든요. 아기가 있어서 집에서 뵙는 게 편할 것 같아요. 이쪽으로, 콩코드하이츠까지 오실 수 있나요?"

나는 갈 수 있다고 대답했다.

콩코드하이츠는 10킬로미터쯤 떨어진 곳에 있는, 부유한 멤피스 사람들이 사는 현대식 성이었다. 그곳에 집을 장만하려면 돈도 억수로 많아야 하고, 덧붙여 하느님에게 허가서도 받아야 한다. 그곳에는 최고인 사람들만 살았고, 이 말인즉슨 온갖 알려진 끔찍한 죄에 더해 아직 이름이 붙지 않은 다른 여러 죄까지 득시글댄다는 뜻이었다. 사립 탐정은 그곳의 한 블록 안에서만도 경미한 죄 몇

건으로 제법 짭짤한 수입을 올릴 수 있었고, 그녀의 해명과는 상관없이 나는 그런 건수에 말려들었다고 생각했다.

내 생각이 틀렸다.

해나 캘러핸이 그녀의 이름이었다. 더는 워커가 아니었다. 개인적으로 만난 적이 없다 뿐이지, 분명 어디선가 봤다고 장담할 수 있는 스타일의 여성이었다. 나 같은 사람은 해나 캘러핸 같은 여성을 만나지 않는다. 우리는 그런 여성을 잡지 표지에서 본다. 요컨대 그녀는 여름 하늘처럼 아름다웠고, 지나가는 차도 멈출 수 있는, 아니 지나가는 기차도 멈출 수 있는 미인이었다. 금발에, 비단결 같은 피부에, 한 시간이 반 시간처럼 느껴질 것 같은 몸매까지. 일 분이었나, 나는 그녀를 계속 뚫어져라 쳐다봤다. 그녀는 내가 고개를 들 때까지 기다렸다 안으로 들어오라고 청했다.

"길에 주차한 건 아니죠?" 그녀가 밖을 흘끗 내다보며 물었다.

"아무 데도 주차하지 않았습니다. 버스를 타고 왔어요."

"버스가 여기까지 오나요? 전혀 몰랐네요."

나는 내 고물차가 이렇게 멀리까지 올 수 있을지 의심스러웠다는 얘기는 하지 않고, 다만 그녀의 지시에 따른 거라고 믿게 놔두었다. 그녀는 내가 여기 왔다는 사실을 아무도 모르길 바랐다. 나는 그녀에게 이해한다고 말했다. 이번 드라마에서 내가 맡게 될 역할은, 필요하긴 하지만 앞에서도 언급했듯 달갑지는 않은 역이었다. 사립 탐정이란 비밀 탐정을 뜻한다. 또한 은밀함을 뜻하기도 하고, 때론 어두운 뒷면을 뜻하기도 한다. 이것은 내 자존감에 별 도움이 되지 못한다.

"마실 것을 갖다드릴까요?" 그녀는 내게 물었다.

"물 한 잔이면 충분합니다."

"일단 앉으세요. 가져올게요."

나는 걸어가는 그녀의 뒷모습을 바라보았다. 봐서는 안 되는 걸 보는 기분이었다. 그녀와 같은 미인은 남자들에게 그런 느낌을 준다.

나는 호화로운 윙체어 중 하나에 앉았다. 자주색이었고, 자연물에서 나왔다고는 전혀 생각할 수 없는 소재로 만들어서, 재봉틀과 아시아 여공이 빽빽히 들어앉은 넓은 방이 떠올랐다. 소파는 평균적인 미국 자동차 크기만 했다. 분명 소파를 먼저 놓고 그 주위로 집을 지었을 것이다. 이 소파가 통과할 만한 문이 보이지 않았다. 거기다 훌륭한 상들리에, 토끼를 입에 문 개 그림, 진짜 책으로 가득 찬 서가. 이 사람들이 돈 걱정을 한다면, 어떻게 쓰느냐에 관한 것뿐이리라.

위층 침실 중 한 군데에서 아기 우는 소리가 들렸다.

그녀는 조그만 쟁반을 들고 돌아왔다. 쟁반 위에는 피처와 유리컵, 얼음이 든 작은 그릇이 놓여 있었다. 그녀는 얼음 그릇에 걸린 은제 집게로 세심하게 얼음 세 개를 집어 유리컵으로 옮겼다. 그리고 물을 따랐다.

"저는 좀…… 다른 분일 거라고 예상했어요." 그녀가 말했다.

"다들 그럽니다."

"그러니까 뭐라고 해야 하나, 험프리 보가트 같은?"

"무슨 말씀인지 압니다."

그녀는 얼굴을 붉혔다. "그건 그냥 영화겠죠."

나는 고개를 끄덕였다. 그저 그녀가 스스로 질릴 때까지 험프리

보가트에 관한 얘기를 하게 내버려둘 생각이었다. 그러나 그 얘기는 그것으로 끝이었다.

그녀는 빙그레 미소 지었다. "내가 왜 당신을 청했는지 궁금하겠군요."

"네." 나는 수첩과 연필을 꺼내들었다.

나는 혼자서 내기를 했다. 그녀가 전화로 뭐라 그랬든, 이건 바람난 남편에 관한 건이라고. 하지만 내가 졌다.

"오빠를 찾아줬으면 좋겠어요." 그녀가 말했다.

나는 오빠라고 받아 적었다. "알겠습니다."

"알겠다고요?"

"그러니까, 찾겠다고요. 당연히. 당신의 오빠를 찾겠습니다."

그녀는 컵을 홀짝였다. 콜라였다. "이렇게 간단할 줄은 몰랐네요."

"글쎄요, 간단할 수도 있고 아닐 수도 있죠. 어쨌든 저는 그분을 찾을 겁니다."

"어떻게 그렇게…… 자신 있게 말씀하세요?"

"자신 없는데요. 하지만 만약 제가 그분을 찾을 수 없다고 한다면, 저를 고용하겠습니까?"

그녀는 싱긋 웃었다. "일리가 있네요."

"그런데 몇 가지 말씀해주셔야 하는 것이 있습니다."

"물론이죠. 가령 어떤?"

"오빠분의 이름이라든지, 생김새라든지, 마지막으로 본 게 언제였는지 등등. 그분이 지금쯤 어디 계실지 짐작 가는 데가 있다면, 뭐 막연하게라도요, 뭐든지 말씀해주세요. 기본 정보로."

얘기를 나누는 동안 아기가 계속 울었다. 뒷골이 당기도록 악을 쓰며 우는 게 아니라 그냥 흐느꼈다. 총체적 불만. 실존적 불평. 해나 캘러핸은 나를 쳐다보았다.

"아기는 괜찮아요. 그러니까, 낮잠 시간이거든요. 데버러가 오늘 쉬어서요."

"데버러?"

"유모예요."

"아, 네. 안 그래도 유모는 어디 갔나 궁금하던 차였습니다." 사실대로 말하자면, 유모를 두는 집에 와본 건 머리털 나고 처음이었다. 나는 새로운 세상을 등반하는 중이었다.

"어쨌든 기본 정보부터 시작해 어느 방향으로 갈지를 알아보는 겁니다."

그녀는 시선을 돌렸다. "안타깝지만 정말 모르겠어요."

"다시 말씀해주시겠습니까?"

"그러니까 당신 질문에 대답할 수 없다는 말이에요. 할 수만 있다면 대답하고 싶어요. 하지만 불가능해요. 모르거든요."

한 장소에 오래 머물수록 일은 꼬이는 법이다. 나는 한숨을 내쉬었다. "알겠습니다. 하지만 그건, 진짜로, 제가 생각할 수 있는 가장 단순한 질문이었어요. 원래 여기서 시작해 더 복잡한 영역으로, 예를 들어 좋아하는 것과 싫어하는 것, 좋아하는 색, 주로 가는 피서지 등으로 넘어갈 생각이었습니다." 나는 그녀를 쳐다봤다. "그럼 말씀해줄 수 있는 게 뭐죠?"

"죄송해요, 멀베이니 씨." 그녀가 말했다. "어쨌든 내가 아는 건 모두 말씀드릴게요."

"고맙습니다."

그녀는 콜라를 한 모금 마시고 컵을 내려놓은 뒤, 차가워진 유리에 맺힌 물방울이 또르르 굴러 컵받침으로 떨어지는 모양을 지켜보았다.

"어떻게 된 거냐면, 우리는 어릴 때 헤어졌어요. 아홉 살 이후로 오빠를 보지 못했죠. 그때 오빠가 어떻게 생겼는지 말씀드릴 수는 있지만, 별로 도움이 될 것 같진 않네요."

나도 아마 그럴 거라고 동의했다.

그녀는 미소 지었다. "하지만 오빠를 뚜렷이 기억해요. 길고 날렵한 콧날에 머리카락은 검은색이었어요. 키가 크고, 눈도 까맣고, 어린 소년이었는데도 잘생겼더랬죠. 오빠는 지금도…… 잘생겼으리라 생각해요. 우리 아버지가 그랬으니까."

"그럼 아버님은?"

"돌아가셨을 거예요, 분명. 아버지도 마찬가지로 오랫동안 못 뵈었어요. 그 시절에, 대공황 시절에 다들 어땠는지 알잖아요. 사람들은 단지 살아남기 위해 힘든 선택을 해야 했죠."

당시 나는 아홉 살이었고, 지하철역에서 신문을 팔았다. 나는 거기서 아버지가 열차에서 내릴 때까지 기다렸다. 아버지는 술주정뱅이였고, 그래서 어머니는 나에게 단단히 일렀다. 아버지를 붙잡아 번 돈을 소위 자기 약이라는 데 홀라당 써버리기 전에 집으로 데려오라고. 나는 이 사소한 이야기를 해나 캘러핸과 공유할까 하다 관두기로 했다.

"오빠의 이름은 헨리 워커예요."

"헨리 워커? 어디서 들어본 것 같은데요, 어렴풋하긴 한데."

"네, 오빠는 마술사예요. 혹은 마술사였죠. 잠깐 유명했어요, 전후에."

"맞아요. 생각났습니다." 나는 수첩에 메모하고 안경 너머로 그녀를 쳐다보았다. "아시다시피 유명인을 찾는 건 그리 어렵지 않습니다."

"예, 알아요." 그녀가 말했다. "그러나 그때는—벌써 팔 년 전이군요—마음의 준비가 되지 않았어요. 오빠를 다시 만날 마음의 준비가. 하지만 이제는 괜찮아요."

"이제는 유명하지 않으니까?"

그녀는 나를 힐끗 쳐다보고 고개를 끄덕였다. "지구상에서 완전히 자취를 감춘 것 같아요."

"흠, 당신에게는 그게 마술로 보이겠군요. 죽었을지도 모른다는 생각은 해보셨나요?"

"해봤어요."

"그랬더니?"

"그랬더니, 믿고 싶지 않더군요."

"알겠습니다. 만약 제가 찾아봤더니 죽었다면요?"

"그러면 믿어야죠, 물론."

"오빠가 이름을 바꾸었을 수도 있습니다."

"참 많은 것이 바뀌었을 거라고 생각해요." 그녀가 말했다. 그녀는 이제 슬퍼 보였고, 슬픔은 그녀에게 잘 어울렸다. 그 때문에 더욱 아름다웠다.

"내가 말씀드릴 수 있는 건 그게 다예요, 멀베이니 씨. 오빠를 찾을 수 있을 것 같나요?"

"물론입니다." 나는 일어나 그녀와 악수했다. "그 밖에 뭔가 더

해줄 말씀은 없습니까? 확실히 다 말씀하셨나요?"

"네. 다 했어요." 그녀가 대답했다.

나는 그때 이미 그녀가 거짓말을 한다는 걸 알았다. 어디까지가 거짓인지 몰랐을 뿐이다.

거두절미하고, 나는 그를 찾아냈다. 그때 우리가 있던 곳에서 그리 멀지 않은 곳이었다.

일에 성공하면, 성공률은 대략 오십 퍼센트인데, 의뢰인이 어떻게 해냈느냐고 물을 때마다 나는 이렇게 상투적으로 답한다. 쉽지도 어렵지도 않았습니다. 그냥 제 직업인걸요.

하지만 이 건은 정말 쉬웠다.

어떤 이들은 다양한 삶을 산다. 오하이오에서 보험외판원을 하던 사람은 쉽게 미네소타에서 각종 기기를 판매하는 영업사원이 될 수 있고, 캘리포니아에서 방문판매원을 하던 사람은 또 금방 뉴햄프셔에서 자동차 세일즈맨이 될 수 있다. 그러나 열 살 때부터 마술사였던 사람은 한평생 마술사다.

헨리 워커 같은 사람은, 예상컨대 자기 정체성에서 그리 많이 벗어나지 못했을 것이다.

내가 처음 들른 곳은 전미 순회공연 사무국이라는 조그만 협회였다. 사무국은 멤피스 남부의 좁은 길, 덱스터 전당포와 캐럴 화장품점 사이에 조그만 사무실을 두고 있었다. 나는 노크도 하지 않고 그냥 들어갔다. 바닥의 리놀륨은 닳아서 금이 갔고, 천장의 형광등은 갓도 없이 깜박거렸고, 블라인드 사이로 비치는 한 줄기 햇빛 속에서 먼지가 춤을 추었다. 한쪽 벽에 정체불명의 대학에서 수

여한 학위가 걸려 있었고, 그 외에는 아무 장식도 없었다. 맞은편에 책상이 하나 있고, 그 앞에 하워드 스펠먼이 앉아 있었다. 그가 이 사무국의 대표이자 유일한 직원이었다. 회중시계가 달린 멋진 정장을 입고 나비넥타이를 맸는데, 콧수염은 아무리 봐도 입술 위에 난 눈썹 같았다.

내 명함을 보고 나서 그는 허리를 쭉 펴고 뒤로 기대어 앉아 잠시 나를 지그시 바라보았다. 그는 나를 재고 있었다. "공연계 뒷얘기를 캐러 온 거라면 우리 회사에서 한동안 머물러야 할 텐데. 이 바닥에 그런 얘기가 하도 많아서 원. 예를 들어……"

"물론 많이 아시겠죠. 그런데 제가 온 건 그 때문이 아닙니다. 사람을 찾는데, 도움을 주실 수 있을 것 같아서요. 과거 활동했거나 혹은 현재 활동하는 서커스단과 사이드쇼 종사자에 관한 기록을 갖고 계시죠?"

"내가 보관하는 게 바로 그런 거요." 그가 말했다. "여기 있는 게 다 그거지. 최대한 모두 긁어모으려 하고 있소. 이쪽 업계가 워낙 이직률이 높아서. 나는 구석구석 총망라한 상세 일람을 보유하고 있는데, 물론 사이드쇼와 관련된 자료집이지. 감히 단언컨대, 이 방면에 관해서라면 나보다 더 잘 아는 사람을 만나기란 하늘의 별 따기일 거요."

"어째서요?"

"그쪽 세계와 그 세계의 기발하고 별난 것에 아주 홀딱 빠졌거든."

"아, 알겠습니다."

"그럼 어떻게 도와드릴까?"

"헨리 워커. 마술사입니다. 들어본 적 있으세요?"

그의 얼굴은 만족감으로 환히 빛났다. 그는 항상 반에서 제일 우수한 학생이었고, 모든 애들이 싫어하는 애였다. "당연하지."

"저도 들어본 적은 있습니다. 하지만 단순한 기억 이상이 필요합니다. 저는 그가 어디에 있는지 찾는 중입니다."

"그건 도와주기 어렵구먼."

"모르는 게 없으실 거라고 생각했는데요."

"알 만한 건 다 알지. 하지만 그걸 아는 사람은 아무도 없소." 그는 조그만 금색 받침대에서 파이프를 들어 파이프 속을 채우고 가볍게 두들긴 뒤 불을 붙이고 연기를 후 불어 내 쪽으로 날렸다. "전후에 그는 쇼를 한 번 했소, 딱 한 번. 그 얘기는 아직도 사람들 입에 오르내리지. 아마 그래서 당신도 그의 이름이 낯익은 걸 거요. 아니라면 내 손에 장을 지지지. 그는 죽은 여자를 되살렸소."

"어느 여자분이 그를 찾고 싶어합니다. 그의 여동생이죠." 나는 말했다.

그는 파이프를 한 모금 빨고 한숨을 내쉬었다. "사정이 그렇다니 나도 돕고 싶은 마음이 굴뚝같소. 근데 방법이 없어. 미안하오."

유능한 사립 탐정과 그렇지 못한 사립 탐정을 구분 짓는 기준은 두번째 질문이다. 두번째 질문은 항상 첫번째 질문과 상당 부분 유사하나, 다른 답변을 유도해낼 만큼 미묘하게 달라야 한다. 나는 물었다.

"그러니까 당신이 아는 바로는, 사이드쇼나 순회공연 그 어느 곳에도 헨리 워커라는 종사자가 없다는 건가요?"

"없다고는 안 했소." 그는 콧속에 뭐가 들어갔는지 신중하게 코를 팠다. "헨리 워커라는 작자가 있긴 있소. 공교롭게도 마술사고, 제러마이어 모스그로브의 차이니즈 서커스단에서 일하지. 어떻게 그런 걸 다 아냐고? 물어보셔도 좋소. 전국 각지에 취미가 같은 친구들이 점조직으로 퍼져 있어서 신문 광고나 전단지 같은 것을 나한테 보내주거든. 그래서 헨리 워커도 기억하는데…… 아니 뭐, 당연히 기억이야 하지. 한때 워낙 유명했으니까."

"하지만 분명 아까는……"

"알긴 압니다. 하지만 당신이 찾는 그 헨리 워커는 아니오."

"그걸 어떻게 아십니까?"

그는 바로 이런 상황을 좋아했다. 자신이 나보다 훨씬 더 많이 아는 상황. 그는 이 순간을 실컷 만끽한 뒤 내게 정보를 알려주었다. "그는 흑인이거든." 그가 말했다. "그는 흑인이오. 헨리 워커는 백인이었고."

나는 어안이 벙벙했다. "그러니까 흑인이고 마술사인데, 다른 백인 마술사와 우연히 이름이 같다는 말입니까? 그 사람은 관객을 바보로 아나요?"

"그건 당신이 이 바닥을 잘 몰라서 하는 말이오. 마술의 세계는 원래 그렇소. 많은 마술사가 선배 마술사의 이름을 따서 써요. 예를 들어, 후디니(Houdini)는 장외젠 로베르 우댕(Jean-Eugène Robert Houdin)의 이름에서 따왔지. 물론 후디니는 훌륭한 마술사였소. 이 남자는, 이 검둥이는 단순히 위대한 선배 마술사의 명성을 이용하는 것뿐이지만. 게다가 끝에 모음 하나 더 붙이는 수고도 안 하잖아. 상상력의 빈곤을 드러내는 예지, 내 생각을 묻는다면."

"마침 저도 그것이 상상력의 빈곤을 드러내는 예인가 물으려 했습니다."

"바로 그렇다니까."

그는 파일함으로 가서 서류를 샅샅이 뒤지다 의기양양하게 종이 한 장을 획 꺼내들어 들여다보았다.

"맞아. 여기에 차이니즈 서커스단은 이제 막 테네시에 와서 삼 주 동안 머문다고 쓰여 있군. 이게 몇 주 전 거니까 지금쯤이면 아마 더 남쪽으로 내려갔을 거요."

나는 고개를 끄덕이고 일어섰다. "감사합니다. 정말 많은 도움이 됐습니다."

한 달 전 내가 처음 여기 왔을 때, 남아 있던 마지막 가족 단위 관람객이 자리를 뜨고, 서커스는 막을 내린 뒤 정리를 하는 중이었다. 나는 어느 여자분께 물었다. 이름이 욜란다라고 했던 것 같다. 그녀는 친절하게도 헨리와 그 떨거지들이 시간을 보내는 술집을 알려주었다.

"떨거지라니, 그게 무슨 뜻입니까?"

"가보면 알아요." 그녀가 말했다.

그곳은 이름 없는 길에서 벗어난 이름 없는 술집이었고, 사이드 쇼에 종사하는 온갖 사생아를 위한 안식처였다. 숲 속의 서커스단 임시숙소 뒤에 있는 그냥 오두막이었다. 그런 곳이 있다는 걸 알리는 표지라곤 소나무 사이로 새어나오는 불빛 두 개와 그리로 이어진 샛길 옆 도랑에 버려진 차 한두 대가 고작이었다. 불빛은 미친 개의 눈알처럼 노랗게 빛났다.

나는 술집 안으로 걸어 들어갔다. 회의 중인 엘크스 클럽*에 들어온 느낌이었는데(나는 엘크스 클럽의 회원이다), 몇 가지가 결정적으로 달랐다. 술집 주인은 '악어 부인'이었다. 그녀는 다리 하나 달린 난쟁이와 다리 둘 달린 거인과 모자를 쓴 저능아의 주문을 받고 있었다. 한밤중에 마주치는 것들과 어두운 동굴이나 미지의 계곡에 사는 것들이 술집 여기저기에 흩어져 있었다. 내가 들어가자 그들은 일제히 눈을 돌려 나를 바라보았고, 이내 별 감흥이 없는 듯 술로 관심을 돌렸다. 나는 이것을 어떻게 받아들여야 할지 알 수 없었다.

그리고 거기에 헨리 워커가 있었다. 구석 자리 테이블에 홀로 앉아 있는 그는 그림자나 다름없었다. 그의 얼굴은 그가 숨어 들어간 어둠만큼이나 새카맸고, 나는 한눈에 그가 헨리 워커임을 알아보았다.

나는 '악어 부인'에게 맥주 두 잔을 주문하고 그에게 다가갔다.

"안녕하세요, 워커 씨." 나는 테이블 위에 맥주를 올려놓았다. "한 자리 앉아도 될까요?"

그는 맥주를 쳐다보고는 어깨를 으쓱했다. "물론이죠. 두 자리 앉아도 됩니다."

그는 의자 하나를 걷어차서 내주었고, 나는 앉았다. 이러나저러나 그에게는 별 차이가 없는 듯했다. 그는 내 쪽으로 눈길 한번 주지 않았다.

---

* 1868년 설립된 미국의 전통적인 남성 사회 네트워크로, 전국 조직망을 갖추고 자선사업을 포함한 광범위한 사회활동을 하고 있다.

"여기 음료는 당신 겁니다." 내가 말했다.

"음료요?" 그가 말하며 미소 지었다. "그것 참 너그러운 말이군요. 미스터……"

"멀베이니입니다. 카슨 멀베이니. 사립 탐정이죠."

"아." 그는 마치 기다렸다는 듯 말하고 자기 앞의 맥주를 한 모금에 다 마셨다. 그리고 내 맥주를 바라보았다.

"저는 딱히 맥주를 좋아하지 않습니다."

"저도 그렇습니다." 그가 말했다.

그러고 나서 내 맥주를 마셨다. 그는 한숨을 내쉬었고, 공허한 눈길을 멀리 보냈다. 나는 그 표정을 안다. 그의 마음은 기억 속으로 떠났고, 왼쪽 오른쪽으로 내딛었던 자신의 모든 걸음을 다시 한번 되짚으면서, 어쩌다 지금 여기에 다다랐는지, 어쩌다 삶이 결국 그렇게 되지 않고 이렇게 됐는지 납득하려 애쓰는 중이었다. 그는 도무지 납득할 수 없는 모양이었다. 당연하다. 원래 이해할 수 있는 성질의 것이 아니니까. 과거에 일어난 한 사건을 이해하는 것과 전체를 이해하는 것은 전혀 별개의 문제다. 왜라는 문제를 이해하지 못했기 때문에 인간은 신을 발명했다는 것이 내 의견이다. 그러나 헨리 워커는 아직 신을 발명하는 단계까지 이르지 못했다는 느낌을 받았다.

"지금 체포할 겁니까?" 그가 말했다. "아니면 작별 인사 할 시간이 있을까요? 마지막으로 인사하고 싶은 친구가 몇 있는데."

"체포?" 나는 물었다.

하지만 그는 내 말을 듣지 않았다. 그는 껄껄 웃었다. "그게, 내 생애 가장 오랫동안 궁금해하던 거라니까요."

"뭐가 궁금하다는 겁니까, 워커 씨?"

"내가 잡히고 싶은지 아닌지. 내가 한 일이 옳은지 그른지. 내게는 옳은 일이었어요. 해야만 하는 일이었죠. 그런데 그렇게 다가오질 않아요. 세상에는 법이 있지 않습니까? 문명세계의 일부가 되려면 따라야 하는 법이."

"그렇지요. 네. 하지만……"

"문제는, 그게 문명세계의 일부가 아니라면 어떻게 되는 겁니까?"

"죄송합니다만 워커 씨, 무슨 말을 하는 건지 모르겠습니다. 제가 여기 온 이유는……"

"제발. 바보 연기는 그만두십시오, 안 어울리니까. 제가 죽인 남자 얘기를 하는 겁니다." 그는 말했다. "미스터 세바스찬에 대해."

내 얼굴이 더듬었다. 얼굴에서 모든 표정이 사라지고 그저 얼빠진 듯 바라볼 수밖에 없을 때, 얼굴이 말을 더듬는 일이 벌어진다. 나는 다른 이야기 속으로 들어갔고, 그 얘기는 지금까지 이어지고 있으며, 그런 얘기를 들으리라곤 꿈에도 생각지 못했다. 그러나 장단을 맞춰야 할 것 같았다. 상대 입장에서 생각하라. 사립 탐정의 탐문 수사에서 가장 중요한 요소다. "물론이죠." 나는 말했다. "미스터 세바스찬."

그는 기억 속을 들락날락했고, 그의 머릿속을 스치는 생각과 기억에 아무렇게나 스스로를 내맡겼다. 나는 항상 그런 표정을 본다. 그럴 때 말을 걸어봤자 그들 귀에는 전혀 들리지 않는다. 뭔가 다른 일이 벌어지는데, 그건 오직 그들 머릿속에서만 일어나는 일이다. 이것이 헨리 워커였다. 그의 마음은 온통 딴 데 가 있었다.

"당신은 무척 유능한 분이군요, 멀베이니 씨."

"예, 뭐. 노력하고 있습니다."

그는 고개를 저었다. "살인과 관련해 나를 떠올렸죠. 여기 있는 날 찾아내고. 쉽지 않은 일이었을 겁니다. 분명 상당히 잘 알겠죠, 나에 대해."

나는 고개를 끄덕였다. "몇 가지는 압니다. 가령 당신은 그 뭐냐, 뭐라고 표현해야 되나, 그게 아니죠."

"흑인. 하려던 말이 그거겠죠."

"네."

"이젠 그리 대단한 비밀도 아닙니다. 내가 조심성이 없어서 가끔 한두 군데 칠을 빠뜨리거든요. 누구든 잘 보려고만 하면, 진짜로 나를 본다면 다 칠이라는 걸 알 거예요. 구두약이죠. 근데 보는 사람은 아무도 없습니다. 흑인인 경우에, 특히 이곳 앨라배마 같은 데선 알아챌 만큼 오랫동안 제대로 들여다보는 사람이 없어요. 이건 위장이죠." 그가 말했다. "더 까맣게 칠할수록 나는 더 안 보이게 됩니다." 그는 싱긋 웃었다. "그런데 당신은 나를 보는군요."

나는 수첩과 연필을 꺼내고 빈 페이지가 나올 때까지 수첩을 넘겼다. "그럼 말씀해주시겠어요, 이게 다 어떻게 된 일인지. 이번 살인 말입니다. 그러니까 제…… 상관에게 보고서를 올려야 해서." 이게 어디로 튈지 나는 전혀 알지 못했다. 그래도 끝까지 가보고 싶었고, 모두 적어두고 싶었다. 그래야만 돌아가는 길을 찾을 수 있으리라.

그때 그가 입을 열었다. "기꺼이 말하고 싶습니다, 멀베이니 씨. 처음부터 시작하지요."

"좋은 생각입니다."

그는 숨을 쉬기 위해, 심호흡을 하고 의자에 똑바로 앉기 위해 잠시 뜸을 들였다. "전체 이야기를 요약하자면 이렇습니다. 나에게는 여동생이 있었어요. 이름은 해나입니다. 우리 어머니는 돌아가셨어요. 아버지는 어려운 시기를 맞으셨구요. 아버지는 큰 호텔에서 잡역부 일을 얻으셨습니다. 꿈같은 곳이었죠. 대리석 바닥, 높은 천장, 모든 것이 전부 다."

"알 것 같군요." 내가 말했다.

"해나와 나는 둘이서만 노는 시간이 많았습니다. 우리는 굉장한 모험가였어요. 손님 중 몇몇과 만나기도 했습니다. 살면서 만나본 이들 중 가장 훌륭하고 근사했죠. 하지만 딱 한 사람, 미스터 세바스찬은 참 이상한 인물이었어요. 모든 면에서 이상했죠. 그는 피부에 문제가 있었습니다. 생애 한 번도 햇볕을 쬐어본 적이 없는 사람처럼 새하얬지요. 처음엔 그를 무서워했어요. 하지만 그는 마술사였고, 나는 그 점에 끌렸습니다. 그에게서 마술을 배웠는데, 그때부터 시작된 거였죠. 그 남자 때문에. 나는 그가 하라는 대로 다 했어요. 심지어 맹세까지 했죠."

"무슨 맹세를?"

"마술사의 맹세. 자신이 익힌 것을 절대 발설하지 않고, 누구한테 배웠는지도 말하지 말 것. 그리고 오랫동안 나는 그 맹세를 지켰습니다."

이 맹세에서 뭔가 냄새가 났다. 이야기를 시작하고 처음으로 내 눈을 피하는 그의 모습에서 나는 이 맹세가 그에게 매우 중요한 것이었음을 알아차렸다. "계속하시죠."

"그는 내게 여러 가지를 가르쳤습니다. 그는 대가다웠어요. 그리고 나는 제법 소질이 있었지요. 날마다 새로운 트릭을 배웠어요. 그건 굉장한…… 오락이자 도피였죠. 우리 아버지한테서, 현실의 삶에서."

"그러다 무슨 일이 생겼군요."

"어떻게 알았습니까?"

"일이란 늘 생기게 마련이니까요."

나는 그의 손을 내려다보았다. 이십오 센트짜리 동전이 손가락 사이를 누비며 앞뒤로 왔다갔다했다. 그의 손가락은 동전과 아무 상관 없는 듯 보였다. 그저 동전의 진로를 방해하지 않기 위해 움직일 뿐이라는 듯. "그 남자는 나를 가지고 놀았던 겁니다. 세바스찬은 날 가지고 놀았어요. 그러면서 내내 내 여동생을 노렸죠."

"그런 부류의 사람이 있지요." 나는 말했다.

"아뇨." 헨리는 두 눈으로 나를 붙잡았다. "그는 사람이 아니었습니다. 악마였어요."

"악마요?"

"악마. 그가 해나를 데려갔습니다. 어느 날 그냥 함께 사라졌어요. 경찰이 와서 해나를 열심히 찾는 중이라고 말은 했지만, 해나는 잡역부의 딸이잖아요. 잡역부 딸을 찾으려고 얼마나 노력했겠습니까? 게다가 나는 내가 아는 걸 한마디도 할 수 없었습니다."

"맹세 때문에." 내가 말했다.

"그는 자기 피와 내 피를 섞었어요. 그는 내 안에 있습니다. 언제나."

"당신은 어렸어요. 겁을 먹었고요." 변화를 좀 줄 수 있을까 해서 말해보았다. 그러나 소용없었다. 그 어떤 말도 소용없으리라는 것을 직감으로 알았다.

"내 인생을 통틀어 해온 일이라곤 그들을 찾는 것뿐이었습니다." 그는 고개를 절레절레 저었다. "사립 탐정이 사람을 찾는 방식과는 다릅니다. 내게는 그것이 삶의 일부였습니다. 내 소명이었어요. 나는 전 세계를 가봤습니다, 멀베이니 씨. 전국을 다 돌아다녔고요, 일하면서. 2차 대전 때는 프랑스와 이탈리아에 갔습니다. 그 빌어먹을 전쟁에서 이기고 싶어서가 아니라―누가 이기든 상관없었어요―그들이 있을까 싶어서였죠. 거기서 '놀라운 마술사 미스터 세바스찬!'이라고 쓰인 플래카드를 볼지도 모르니까. 불가능한 게 어디 있겠어요. 전역한 뒤에는 온갖 공연장과 사이드쇼에서 일했습니다. 지금 생각엔 수백만 가지 이름을 썼던 것 같군요. 수백 번 다른 사람이 되어서. 한 번도 멈추지 않고 있을 만한 곳이라면 어디든 가봤습니다. 어딜 가든 그들을 찾았구요. 사람들에게 그 남자에 대해 묻고 다녔죠. 그의 얼굴과 피부에 대해 설명하면서."

"그래서요?"

"해나는 찾지 못했습니다, 죽었으니까요. 오래전에 죽었어요. 아마 그 남자가 해나를 데려가고 일주일도 안 돼서 죽었을 겁니다. 그래서 그애를 찾을 수 없었던 거였고, 나는 이미 알고 있었습니다. 하지만 그 남자는 찾았습니다."

"그래요?"

그는 미소 지었다. 그리고 '악어 부인'을 향해 손을 흔들어 맥주 한 잔을 더 시켰다. "그다음 일은 잘 알잖습니까."

헨리 워커는 세상에 꼭 필요한 사람 가운데 한 명이었다. 사람들은 그를 보며 이렇게 말할 수 있었다. 상황이 아무리 나빠도, 밑바닥까지 추락하더라도, 인생이 고달프고 앞으로도 늘 고달프기만 하더라도, 최소한 헨리 워커보다는 낫잖아. 이게 바로 내가 얻은 교훈이다. 만약 우리 모두가 평등하게 태어났다면—사실 이 자체도 그리 미덥지 못한 전제이다—헨리의 인생 여정은 뺄셈 연습이었다. 그가 가진 것 중 결국 뺏기지 않은 것이 있는가? 그는 태양 아래 물웅덩이 같은 존재였다. 날마다 작아지기만 했고, 존재조차 거의 사라졌다. 그가 받은 유일한 선물인 마술은 악마가 준 재능이었다. 적어도 헨리는 악마라고 생각했다. 하지만 그나마도 거래일 뿐이었다. 세바스찬은 그에게 마술을 주고, 헨리의 유일한 사랑을 앗아갔다. 그러므로 명명백백히 헨리는 그를 죽여야만 했다. 그것은 결심이 아니었다. 삶의 명제였다.

그 점에서 나는 그가 운이 좋았다고 생각한다. 그에게는 목표가 있었다.

그는 자신이 실력 있는 마술사였다고 내게 말했다. 그는 최상급에 속하는 마술사였다. 그러나 메리앤 라플뢰르 이후, 에드거 카스텐바움 이후, 그가 스스로의 힘으로 진짜 삶을 일구고자 했던 단 한 번의 마지막 기회가 수포로 돌아간 이후에 그것을 뒷받침할 만한 기록—신문기사든 입소문이든 뭐든—을 나는 찾지 못했다. 문제는, 그 자신도 정확히 자기가 누구인지 혹은 무엇인지 모른다는 점이었다. 그는 흑인인가 백인인가? 선택할 수 없었기에 둘 다 될 수밖에 없었다. 워낙 실력 있는 마술사였기에 그는 똑같은 장소에서 공연을 두 번 할 수 있었다. 한 번은 백인으로, 한 번은 흑인으로. 각각 완전히 다른 루틴을 공연했다. 백인 헨리의 공연은 초기 위대한 선배들을 모델로 했다. 서스턴, 켈러, 로베르 우댕. 백인 헨리는 진지하게 마술을 했고, 관객도 진지하게 받아들여주기를 바랐다. 그러나 흑인으로 공연할 때는 순전히 민스트럴쇼*였다. 그는 바보 연기를 익혔고, 철저히 바보 행세를 했다. 한밤중처럼 까만 그의 얼굴에서 커다랗고 탁구공같이 툭 튀어나온 눈이 희번덕였고, 자기 마술에 자기가 놀라는 것 같았다. 그는 흑인일 때는 '검둥이 대마왕' 클래런스라는 이름을 썼고, 백인일 때는 '수수께끼 요술쟁이' 서 에드워드 모비라는 이름에 변장용 턱수염까지 붙였다. 하지만 사실 그럴 필요도 없었다. 헨리가 원래 자신으로서 세상에 모습을 드러낸 건 한 번뿐이었다. 단 한 번의 공연에서 그는 메리앤 라플뢰르를 죽음에서 되살려냈다. 그리하여 그는 한 사람 두 사람으로 분열했지만 결국 다 같은 인물이었다. 그때가 1940년대 말이었다. 잃어버린 시간, 이라고 그가 이름 붙인 때. 그는 세바스찬을 죽일 때까지 다시는 본명을 쓰지 않았다. 종점에 다다를 때까지.

클래런스와 서 에드워드는 한 남자를 찾아, 그 남자에 관해 아주 조금밖에 모르고 심지어 본명을 알기나 하는지조차 자신이 없는 남자를 찾아 미국 전역을 돌았다. 헨리는 오직 마술사의 생김새만 기억할 수 있었다. 분필로 칠한 듯 새하얀 얼굴의 마른 사내. 그

---

* 백인이 흑인으로 분장하고 흑인의 춤과 노래를 선보이며 흑인 노예의 삶을 풍자한 무대극.

런 얼굴은 한 번만 봐도 잊기 힘들다. 헨리는 그 얼굴을 매일 보았다. 그가 만들어낸 환상 가운데 하나처럼 늘 눈앞에서 맴돌았다. 그는 업계 사람들을 만날 때마다 그 남자에 관해 물어봤다. 그 남자에 관해 들어봤는지, 전에 여기서 공연한 적이 있는지, 어디 가면 찾을 수 있는지 혹시 아는지. 헨리는 사람들에게 그 남자의 생김새를 설명했다. 제 멘토예요. 그는 말했다. 근데 사라졌어요. 그분을 꼭 다시 만나고 싶어요. 감사드리려고요, 모든 것에 대해.

그러나 아무도 그 남자를 알지 못했다. 아무도 그 남자에 관해 들어본 적이 없었다.

한 사내를 제외하고.

사내는 심지어 마술사도 아니었다. 트럭 운전사였다. 그는 마술사 바넘 밑에서 페리스 대회전 관람차를 운반했다. 그가 헨리에게 말하기를, 어느 날 운전을 하다 동네 식당에서 커피나 한잔 마실까 해서 고속도로를 벗어났다고 한다. 주유소 식당보다 동네 식당 커피가 더 나으니까. 그는 '루에즈'라는 괜찮은 조그만 식당을 발견했고, 바 의자에 엉덩이를 올려놓고 보니 저쪽 끝자리에서 웬 남자가 어린 여자애한테 마술을 보여주고 있었다. 제법 흐뭇한 광경이었다. 여자애는 엄마와 같이 있었고, 둘 다 즐겁게 보다가 애엄마가 시계를 보더니 이만 가야겠다고 말했다. 그게 끝이었다. 하지만 그가 이 광경을 기억하는 이유는 그 남자의 얼굴 때문이었다. 그런 얼굴은 난생처음 봤다. 사발 속의 밀가루보다 더 하얬다. 얼굴은 시체 같았는데 몸뚱이는 그렇지 않았다. 쌩쌩하니 잘 움직였다. 어쨌든 동네 사람들은 그의 얼굴에 익숙한 것 같았다. 그래서 트럭 운전사는 그 남자가 이 근처에 사나보다 했다.

거기가 어디였습니까? 헨리가 물었다.

사내는 확신이 들 때까지 곰곰 생각했다.

인디애나요. 사내가 말했다. 인디애나 주 먼시였을 겁니다.

그 남자 정말 괜찮은 사람 같았어요. 트럭 운전사는 덧붙였다.

　다음 날 헨리의 공연에 관객은 구름같이 몰려들었지만, 정작 본인은 가지 않았다. 그날 저녁 그는 '검둥이 대마왕' 클래런스가 될 예정이었을까, 아니면 '수수께끼 요술쟁이'서 에드워드 모비가 될 생각이었을까? 헨리는 기억하지 못했다. 상관없었다. 앞으로 다시는 클래런스나 서 에드워드가 되는 일은 없을 테니까. 그의 마지막 공연은 어차피 재앙 수준이었다. 그는 우아한 모비 쇼를 하는 도중에 자기도 모르게 클래런스가 되어, 칠칠치 못하게 굴며 휘둥그런 눈알을 굴렸다. 자기혐오식 익살로 수천 관중을 즐겁게 했던 클래런스였다면, 느닷없이 박학다식해지고 깊은 생각에 잠겼으리라. 관객 누구보다 헨리 자신이 더 당황스러웠다. 자신에게 무슨 일이 일어나는 건지 전혀 알 수 없었다. 그가 만든 두 캐릭터가 이제 자기보다 더 자기다운 것 같았다. 만약 본래 헨리라는 것이 존재한다면, 그것은 계속 좁아지는 두 캐릭터 사이의 간극에 있었다. 어쨌든 둘 다 포기할 만큼의 헨리 워커는 아직 남아 있었기에 그는 짐도 꾸리지 않고 한마디 말도 없이 훌쩍 인디애나 주 먼시를 향해 어둠 속으로 차를 몰았다. 그는 단지 저 세월 너머 앞서 세바스찬이 했던 것을 그대로 실행에 옮길 뿐이었다. 사라지는 것. 그의 마지막 트릭이었고, 그가 가장 잘하는 트릭이었다.

인디애나 주 먼시까지는 열네 시간이 걸렸다. 휘발유는 갤런당 정확히 삼십 센트였고 주머니에 십이 달러하고 잔돈이 있었으므로, 연료탱크를 가득 채우고 커피 몇 잔과 샌드위치 하나와 과자 부스러기를 좀 사도 넉넉했다. 그러나 헨리는 배고프지 않았다. 그는 오로지 달리고 싶었다. 마치 끝 모를 여정의 끝에서 그 동네가 자신을 기다리는 것 같았다. 처음에는 길거리며 집이 너무 작아 거의 분간도 되지 않았지만, 점점 다가가면서 서서히 윤곽을 드러냈다. 그의 몸뚱이 속 분자 하나하나가 앞으로 끌려나갔다. 새벽녘부터 세찬 비가 내리기 시작했고, 하늘에 구멍이라도 뚫렸는지 오십 센트짜리만 한 굵은 빗방울이 쉬지 않고 맹렬하게 퍼부었다. 그러나 폭우 속에서도 그는 저 앞에 있는 동네를 마음의 눈으로 선명하게 보았다. 그 동네가, 그 동네에 자리 잡은 세바스찬의 집이 보였다. 검은색 덧문이 달린 조그맣고 하얀 집은 한쪽 구석에 자란 목련나무를 빼면 주위 다른 집들과 큰 차이가 없었다. 잔디밭은 훌륭했고 여닫이창 밑엔 진달래가 흐드러지게 피었다. 콘크리트 보도에서 갈라져나온 근사한 벽돌길을 따라 맥문동이 심어져 있고, 손님과 현관문 사이에는 방충문이 있었으며, 현관문의 눈높이 부근에 청동 노커가, 하단 중간쯤에 편지함이 있었다. 그를 기다리는 것은 바로 이런 것이었다. 그러나 헨리는 실제 자신보다 앞서 나간 상태였다. 임무 완수의 순간에 그토록 근접했기에 한발 앞서 나가는 건 어렵지 않았다. 시간과 공간 같은 사소한 문제가 자신과 운명 사이에 비집고 들어오는 것을 누가 참아주겠는가?

비는 도무지 멈출 줄 몰랐다. 이차선 아스팔트 길은 빗줄기 밑으로 사라져 모든 것을 똑같아 보이게 만드는 어둠 속에 잠겼다. 길가의 침침한 붉은색 브레이크등은 야생동물의 눈처럼 보였지만, 사실 동물은 폭풍 속으로 뛰어들지 못하는 겁먹은 여행자였다. 그러나 헨리는 그렇지 않았다. 그는 계속 앞으로 나아갔다. 그는 눈을 감고도 남은 여정을 지속할 수 있었을 것이다. 지금 그는 현관문을 지나 거실로, 이어서 부엌으로 들어갔다. 하나하나가 모두 미국인의 이상에 대한 눈부신 증거이자, 청결과 질서와 평범을 향한 진부한 광고이자, 편안하고 튀지 않는 낯익은 주제의 변주였다. 이 것이야말로 그가 대적할 상대가 뒤집어쓴 간편한 위장이었다. 뒤뜰에는 조각난 여자아이의 시신 수십 구가 있을 터였다. 화창한 오후에 손님들은 파라솔 아래에서 차를 마실 테고, 그들 발밑 30센티미터 아래에 죽음이 도사리고 있음을 아는 미스터 세바스찬은 슬며시 미소를 지을 것이다. 범죄의 즐거움이 그의 가슴속에서 숨 쉬었고, 그는 자신이 해온 짓을 음미하며 몹시 뿌듯해했다. 그의 평판은 완벽했다.

이 모든 것을 헨리는 새벽어둠 속을 뚫고 달리며 보았다.

그가 먼시에 도착할 때쯤 하늘에서도 비가 바닥났다. 안개가 집 없는 유령처럼 피어오르며 거리 위를 맴돌았다. 먼시는 예쁘장하고 아담한 마을이었다. 사라지기에 더없이 완벽한 장소다. 그러나 헨리는 그를 찾아냈다. 그가 보였다. 눈에 보이기 때문에 보는 게 아니라, 보기 때문에 보이는 것이다. 누군가 말했다. 마술사의 신조다.

오늘 미스터 세바스찬은 보일 것이다.

헨리는 곧장 그의 집으로 차를 몰았다. 왼쪽, 오른쪽, 다시 왼쪽. 헨리는 길을 묻지 않았다. 표지판도 보지 않았다. 제대로 찾아왔는지 확인하기 위해 편지함에 쓰인 이름을 들여다볼 필요조차 없었다. 주소는 알고 있었으니까. 702번지. 전 세계를 다 돌아보고 나서, 그가 갈 수 있는 마지막 장소에 다다르게 된 것 같았다.

그는 노크도 하지 않았다. 초대받은 사람처럼 그냥 곧장 걸어 들어갔다.

그리고 그곳에 그가, 미스터 세바스찬이 기다리고 있었다. 똑같은 남자, 똑같은 얼굴, 똑같은 미소, 똑같은 의자. **똑같은 의자.** 도대체 어떻게 그럴 수 있는지 헨리는 이해할 수 없었다. 하지만 실제로 그랬다. 전부 똑같았다. 순간 헨리는 다시 꼬마가 되어 처음으로 악마를 마주하는 느낌이 들었다. 다른 것이라곤 그가 입은 옷뿐이었다. 정장이 아니었다. 이곳에서 그는 흰색 면 니트셔츠와 청색 슬랙스에 페니 로퍼*를 신었다. 그의 새로운 모습.

"안녕, 헨리." 그가 말했다.

헨리는 아무 말도 하지 않았다. 그저 노려보기만 했다. 그의 주머니에는 칼이 들었고, 그는 손가락 끝으로 살짝 칼을 더듬었다. 알아차리기 힘들 만큼 아주 작은 움직임이었다. 그러나 미스터 세바스찬의 눈길이 그리로 떨어졌다. 그는 입술을 오므렸고, 이제 미소가 달라졌다. 그는 체념한 듯 실망한 표정을 지었다. 이런 일이 생길 줄 알았으면서도 아무쪼록 이 상황이 오지 않기를 바랐으니까. 그러나 이제 그는 확실히 알았다.

"미안하구나, 헨리." 그는 말했다. "네가 알아줬으면 했다." 그의 눈은 지금까지 일어난 모든 일을 되돌아보는 것 같았다. "내가

---

* 발등 부분에 구멍을 낸 가죽을 덧댄 편한 구두.

한 일에 후회는 없지만, 그 때문에 네가 겪은 아픔은 유감스럽게 생각한다."

미스터 세바스찬은 헨리에게 대답할 시간을 주려고 잠시 말을 끊었다. 그러나 헨리는 아무 말도 하지 않았다. "그래, 해나가 어떻게 됐는지 알고 싶나?"

드디어 헨리가 입을 열었다. "아니."

"말해주고 싶은데. 그리 긴 얘기는 아니야."

"아니."

"좋아." 그는 어깨를 으쓱하더니 대화에 흥미를 잃었다는 듯 주위를 둘러보았다. "어차피 자네한테는 실망스러운 얘기일 거야. 다른 여자애들이라면…… 다른 여자애들에 관해서는 제법 재미있는 얘기가 좀 있지. 하지만 해나는 거의 모든 면에서 평범한 아이였어. 물론 머리카락은 빼고. 그애 머리칼은 정말 최고로 아름다웠지. 안 그래?"

헨리는 해나의 머리카락을 기억했다. 지금 그 생각을 하니, 미스터 세바스찬이 그 머리칼을 만졌을 거라 생각하니, 그는 억장이 무너졌다. 여기 오기 전부터 그는 자신이—자신과 세바스찬 둘 다—무너지리라는 걸 알았다. 그러나 이렇게 빨리는 안 된다. 아직은 안 된다. 기껏 기억 때문에 무너지는 건 안 된다. 순간 모든 감정이 그에게서 빠져나갔다. 그는 칼을 쥐었다. 미스터 세바스찬의 표정은 전혀 달라지지 않았다. 그대로였다. 헨리가 그를 놀라게 할 수만 있다면 쾌감이 훨씬 더하겠지만, 그래도 바뀌는 건 없었다. "해나를 생각하세요." 헨리는 말했다. 그리고 평생 동안 갈고닦은 기술로 증오를 담아 칼을 날렸다. 그 칼은 보이지도 않을 정도로 빠르게 방을 휙 가로질러 날아갔고, 세바스찬의 심장에 막히지 않았다면 맞은편 벽이라도 뚫었을 것이다. 칼 던지기는 완벽했다. 아름다웠다. 완벽한 것이 모두 그렇듯, 심지어 죽음까지도 그렇듯, 아름다웠다. 그 모든 시간과 세월을 겪은 뒤이건만, 이것은 단 일 초도 걸리지 않았다. 칼 주위의 상처가 아물더니, 핏자국만 조금 남았다. 세바스찬은 별다른 감명을 받지 못한 것 같았다. 그는 칼을 쳐다보고, 헨리를 올려다보더니 싱긋 웃었다.

"너는 좋은 제자였어." 그는 마지막으로 헨리의 마음을 읽으며 말했다. "최고였지."

그리고 그는 죽었다.

헨리는 백인으로 그 집에 들어갔지만, 나올 때는 흑인이었다. 앞으로 평생 동안 그는 흑인으로 머물 것이다.

사립 탐정은 대개 경찰이나 그 비슷한 정부기관에 오래 종사한 사람들이다. 그러나 나는 일찌감치 이 일에 끌렸고, 다른 일을 하는 나를 상상할 수 없었다. 나는 학교가 너무 좋았다. 커가면서 하고 싶었던 것은 오로지 공부하고 책 읽고 배우는 것뿐이었다. 부모님은 나를 걱정하셨고, 나는 부모님이 걱정됐다. 부모님의 예와 내가 만난 거의 모든 어른의 예로 볼 때, 일단 소년이 남자가 되면 진리 탐구는 끝이 났다. 오직 학자들만 질문과 배움과 새로운 것에 대한 발견을 위해 애쓰며 산다. 그러나 대부분의 사람들은―내가 가장 두려워했던 것이 바로 대부분의 사람들처럼 되는 거였다― 그걸 아무렇지도 않게 포기하고, 주위를 둘러싼 세계와 사람과, 심지어 남편과 아내에 대해서도 잘 모르는 채 행복하게 잘 산다. 내게는 그것이 늘 영원한 미스터리였다. 그것이 내가 사립 탐정이 된 이유다. 나는 늘 궁금했고, 항상 배웠다. 나는 언제나 사물을 이해하려고 한다. 진실에는 그 자체로 자유로운 해방감을 주는 뭔가가 있다. 진실은 좋은 소식이다. 그 소식의 내용은 좋지 않더라도.

나는 그를 체포할 권한이 없다고 말했다. 그리고 그에게 도망치지 말라고 충고하고, 법의 집행자가 조만간 들이닥쳐 그를 감옥에 집어넣을 수도 있다고 덧붙였다. 그것은 모종의 시스템에 의해 처리된다고 둘러대면서. 그는 어깨를 으쓱했다. 일찌감치 단념했으니까.

나는 해나에 대한 이야기는 한마디도 하지 않았다. 죽은 줄로만 알았던 여동생이 살아 있고, 300킬로미터 남짓 떨어진 곳에 산다는 얘기는 입도 벙긋하지 않았다. 마땅히 말해야 했으나 하지 않았고, 그때는 왜 그랬는지 나도 알지 못했다.

* * *

그녀가 나에게 미리 전화하라고 했으므로, 나는 미리 전화를 걸었다. 그녀는 지금은 전화 받기가 곤란하다고 말했지만, 내가 전할 소식이 있다고 하자 잠시 조용하더니 서둘러 오라고 했다. 나는 그녀의 남편이 곧 귀가할 것이고, 그녀가 여전히 이 일을 비밀로 하고 있다는 의심이 들었다. 결혼생활은 아름다운 것이다.

그녀는 아기를 안고 문을 열었다. 아기는 나를 수상하다는 듯 쳐다보았다. 해나는 빙그레 웃고는 어쨌든 안으로 들어오라고 했다.

그녀는 내 뒤를 힐끗 보았다. "길가에 주차하셨네요."

312

"오래 걸리지 않을 겁니다." 오래 걸릴 수도 있지만, 나도 모르겠다. 충분히 확신을 갖고 말하면 사람들은 순순히 믿게 마련이다. 심지어 스스로도 믿는다.

우리는 전에 앉았던 의자에 전과 똑같이 앉았다. 지금은 해나의 의자 옆에 유아용 침대가 놓였지만, 그것만 빼면 달라진 게 전혀 없었다.

"전할 소식이 있다고 하셨죠." 그녀가 말했다.

"제가 그랬나요?" 내가 좀 퉁명스럽게 굴었던 것 같다. 하지만 누가 나한테 거짓말을 했다는 걸 알았을 때 나는 절대 친절하게 대하지 않는다. 누군가 나한테 거짓말을 하면, 나는 모두가 바라는 사립 탐정 이미지에 좀더 가까워진다. 험프리 보가트. 필립 말로. 터프한 사내. 말발 센 사내. 도덕법에 개의치 않고, 원하는 정보를 얻기 위해 팔 하나쯤은 아무렇지도 않게 부러뜨리는 사내. 이게 다 애초에 내가 요구했던 것을 주지 않았기 때문이다. 사실 정말 간단했다. 내가 원한 것은 진실뿐이었으니까.

"제발 말해주세요." 그녀가 말했다.

"조사를 좀 했습니다, 해나."

"당연하죠. 그게 당신 직업이잖아요. 그래서 내가 당신을 고용한 거구요."

"그러니까, 당신에 대해서요."

내 말에 그녀는 주춤 물러났다. 많이는 아니었지만, 내 생각보다는 훨씬 뒤로. "저에 대해서요?" 그녀는 말했다. "정말요?" 그녀는 차라리 이렇게 말하는 게 나을 뻔했다. 세상에 뭐하러? 그녀의 눈이 그 정도로 놀라 휘둥그레졌으니까.

나는 차가운 눈으로 그녀를 응시했다. "왜 말하지 않았죠?"

그녀는 아기를 다른 쪽 무릎으로 옮겼다. "죄송하지만…… 무슨 말을?"

"과거에 일어난 일." 나는 말했다. "과거에 진짜로 일어났던 일. 당신은 어렸을 때 가족과 헤어졌다고 했습니다. 그러나 어떻게 헤어졌는지는 말하지 않았어요."

"어떻게라뇨?"

나는 그녀가 항복할 때까지 쏘아보았다.

"그건 중요하지 않다고 생각했어요." 그녀는 말했다. 또 거짓말. 참으로 명약관화한 거짓말이 아닐 수 없다. 숫제 '나는 거짓말쟁이입니다'라고 쓴 커다란 깃발을 매달아도 되겠다. "당신에게 의뢰한 일에선 중요하지 않죠." 그녀가 말했다.

"그것이 바로 제가 중요하다고 생각하는 내용입니다. 한 소녀가 유괴되어 실종됐고, 죽었다고 여겼는데, 이십 년 넘게 지난 후에 보니 콩코드하이츠에서 아주 쾌적하고 안락한 삶을 살더라, 근데 전혀 자기 가족을 찾으려 하지 않았다? 저는 아인슈타인은 아니지만, 제 귀에 이것은 중요한 얘기로 들리는군요."

나는 신문 스크랩 복사본을 커피테이블 위로 던졌다. AP에 있는 옛 친구한테서 얻은 것이다. 녀석은 내게 빚이 있었다. 전체 스토리가 거기 다 있었다. 정확히 헨리가 말한 그대로였다. 호텔, 지역, 수상한 남자, 실종. 전부 다.

그러나 해나는 스크랩에 손도 대지 않았다. 쳐다보지도 않았다. 그럴 필요가 없었다. 그게 뭔지 알았으니까.

"왜 저를 고용했을 때 이 얘기는 하지 않은 겁니까?"

"모르겠어요." 하지만 그녀는 알고 있었다. 나는 『우리 아이 책 읽기 첫걸음』을 읽듯 그녀의 속마음을 읽을 수 있었다. "나는 아무 것도 숨기지 않습니다, 멀베이니 씨. 나는 당신에게 오빠를 찾아달 라고 했지, 내 상세한 과거사를 알아내라고 하지 않았어요. 도대체 그게 무슨 상관이죠?"

아기가 약하게 울어대기 시작했고, 해나는 애가 조용해질 때까 지 잠시 무릎을 들썩이며 얼렀다.

"진실은 언제나 상관이 있습니다." 나는 말했다. "제가 몸담고 있는 업계에선 그렇습니다, 캘러핸 부인. 진실, 제가 쫓는 것은 그 것뿐입니다. 그래서 누가 진실을 방해한다는 기분이 들면 화가 납 니다."

"별로 화난 것 같지 않은데요."

"이 직업에서 제가 좀 잘하는 또다른 요소지요. 감정을 남에게 내보이지 않을 것."

그녀는 아기 얼굴에서 마른 눈물을 닦아내고, 전에도 본 적 있 는 표정으로 나를 쳐다보았다. 좋아요. 내가 졌어요. 이번에는 진실을 들려드리죠. 물론 사람들은 대체로 또 거짓말을 한다. 그러나 나는 그녀에게 두번째 기회를 줄 용의가 있었다.

"저기 가져오신 것 말인데요, 저 신문에 난 기사. 저건 사실과 달라요. 아니, 적어도 그런 식은 아니었어요."

"그래요?" 나는 기사를 집어들고 훑어보는 척했다. "오해할 만 큼 만만한 이야기가 아니잖아요?"

그녀는 동의하지 않았다. "일부는 사실이죠. 단지 전부 사실은 아니라는 거예요."

"계속 말해보시죠."

그녀는 일어나서 아기를 침대에 눕혔다. 아기는 잠시 칭얼거리다 이내 잠들었다. 해나는 무릎 위에 손을 얹고, 마음을 다지듯 깊이 심호흡을 한 번 했다.

"나는 가족과 헤어졌어요. 말씀드렸다시피 그건 대체로 사실이에요. 그리고 아버지나 오빠를 다시는 만나지 않았죠. 그것도 사실이에요. 하지만 유괴는 아니었어요, 멀베이니 씨. 그건 일종의…… 합의였어요."

"합의?"

"나는…… 우리는…… 순탄치 않은 삶을 살았어요. 푸념하는 게 아니에요. 그냥 사실이 그랬다는 거죠. 내가 열 살 때 어머니가 결핵으로 돌아가셨고, 아버지는 전 재산을 잃으셨죠. 우린 빈털터리나 마찬가지였어요. 아버지는 호텔에 취직하셨죠, 잡역부로. 그게 어떤 건지 짐작이 가세요? 자산가였던 사람이 가진 것을 다 뺏기고 그렇게…… 된다는 게 어떤 심정일지. 아버지는 자기혐오에 빠졌어요. 술을 많이 마시기 시작했죠. 일하지 않을 때는 늘 술에 취해 있었고, 나중에는 근무 중에도 술에 취해 있었어요. 우리는 저녁 식탁에서만 아버지를 볼 수 있었어요. 그 무렵 아버지는 거의 죽은 거나 다름없었습니다."

"유감입니다."

"네. 오빠와 나는 매우 친했어요. 친하다는 말로 부족할 정도로 가까웠죠. 오빠는 나를 지나치게 사랑했어요. 지나치다는 말이 맞는지 모르겠지만. 내 생각에 헨리는…… 오빠는 나를 구하고 싶었던 것 같아요."

"구해요? 무엇으로부터?"

"세상으로부터. 세상과 세상의 온갖 나쁜 것으로부터. 나도 얼마간은 그냥 두고 봤어요. 하지만 그때 일이 터진 거죠."

"어떤?"

"두 가지예요. 나는 오빠가 나 대신 살아줄 수 없다는 사실을 깨달았어요. 정확히 그렇게 생각했는지는 잘 기억나지 않지만, 어쨌든 그 비슷한 거예요. 그후에 우리 둘 사이에 거리가 생겼어요. 나는 오빠가 내게 줄 수 없는 것을 원했죠. 우리는 각자 새 삶을 만들어갔어요. 그때 그 개가 나타난 거죠. 길 잃은 개였어요. 나는 어느 날 갑자기 나타난 개에게 온 정성을 쏟아부었어요. 개 덕분에 살아갈 힘을 얻었다고도 할 수 있죠. 그저 개를 돌보는 일에 집중한 덕분에."

"그리고 또하나는요?"

그녀는 고개를 저었다. "오빠는 운이 다한 것 같았어요. 심지어 그때에도. 도저히 희망이나 꿈을 걸 만한 사람이 아니었죠. 그런데 그때 오빠도 뭔가 몰두할 수 있는 다른 것을 찾았어요."

"미스터 세바스찬." 내가 말했다.

"네. 미스터 세바스찬. 물론 본명은 아니죠. 그냥 뭐랄까⋯⋯ 좀더 마술사답게 보이려고 그렇게 말한 거예요. 오빠를 위해서. 그는 심지어 진짜 마술사도 아니었어요. 그냥 트릭 몇 개를 아는 사람이었죠. 실제로는 세일즈맨이었어요. 비누를 팔았죠. 고급 호텔에서 쓰는 질 좋은 비누를 포함해 온갖 종류의 비누를 파는 사람이었어요. 그래서 프리몬트 호텔에 머물렀던 거구요."

"비누 세일즈맨이라."

"오빠는 그가 아는 모든 트릭을 배우면서 그에게 집착했어요. 하루 종일 그의 방에서 지냈죠. 얼마나 그랬으면 마침내 아버지까지, 우리가 어떻게 지내는지 전혀 관심이 없던 아버지까지 눈치를 챘겠어요. 어느 날 아버지는 오빠의 뒤를 밟았고, 오빠가 나온 뒤에, 그날의 트릭을 배우고 방에서 나온 뒤에 아버지는 문을 두드리고 들어가 그 남자를 만났어요. 두 사람은 한참 동안 얘기를 나눴어요. 그날부터 일주일인가 내내 그렇게 만났구요."

"그럼 헨리는?"

"오빠는 전혀 몰랐어요."

"좋아요. 계속하세요."

"미스터 세바스찬은, 당신이 부르던 대로 하자면, 재산을 꽤 모았어요. 경제 상황이 최악이었는데도, 아시다시피 사람들에겐 비누가 필요하니까요."

"그렇죠."

"내 말의 요지는, 당시 대화를 통해 아버지는 미스터 세바스찬이 좋은 사람이고, 돈도 많고, 항상 가족을 원했다는 것을 알게 됐다는 거예요. 최소한 자신만의 아이라도."

"그럼 왜 자식을 갖지 않은 겁니까?"

해나는 웃음을 터뜨렸다. 그러나 달리 무슨 말을 해야 할지 몰라 엉겁결에 터뜨린 억지웃음에 가까웠다. "바보 같은 질문이군요. 그의 피부 상태 때문이었죠. 그는 햇볕에 나가지 못했어요, 그랬다간 끔찍한 화상을 입을 테니까. 얼굴이 너무 하얘서, 음, 무섭거든요. 솔직히 여자가 끌릴 타입이 전혀 아니죠."

"알겠습니다."

"이 모든 얘기의 결론은, 아버지는 오빠와 나를 다 키울 형편이 아니었다는 거예요. 특히 내가 그런 식으로 사는 걸 볼 수 없었던 거죠."

해나는 일부러 잠시 말을 멈추었다. 내게 이야기를 종합해볼 시간을 주기 위해. 그녀는 결혼반지를 오른쪽 왼쪽으로 돌리면서 만지작거렸다. 나는 일 분 전에 종합해본 이야기를 다시 조각조각 분해했다. 합쳐진 모양새가 마음에 들지 않았다. 그래도 거기에 있긴 있었다, 진실이.

"두 사람은 합의를 봤던 거군요." 내가 말했다.

"네." 그녀가 대답했다.

"어떤 합의였죠?"

"아버지는 나를 버렸어요, 멀베이니 씨." 해나가 말했다. "나를 미스터 세바스찬에게 주었어요."

나는 머리를 흔들었다. 그녀가 방금 한 말을 믿지 못해서가 아니라, 두뇌 속에 끼워 맞추기 위해서였다. 잘 들어가지 않아 공간을 마련하기 위해 머리를 흔들어야 했다.

"당신의 아버지가 당신을 버렸다고요." 그 말을 반복해야 믿을 수 있다는 듯, 어떻게든 좀더 그럴듯하게 들리도록 나는 다시 한번 말했다.

그녀는 자는 아기를 힐끗 쳐다보고 다시 내게로 시선을 돌렸다. "네. 나는 유괴된 게 아닙니다. 입양된 거예요. 그는 나를 데려갔고, 나는 그의 성을 받았어요." 그녀는 미소 지었다. "엄밀히 말해 합법은 아니었죠. 입양 서류에 서명한 건 아니었으니까. 당신이라면 아마 신사협정이라고 부르겠죠."

"뭐라고 불러야 할지 잘 모르겠습니다. 신사라면 보통 자기 아이를 버리거나 하지 않지요."

"멋대로 판단하세요." 그녀는 과거에 야구카드처럼 거래됐던 여자치고는 좀 거만하다 싶게 말했다. "어쨌든 일이 그렇게 된 거예요."

"힘들었겠군요."

"네, 힘들었어요. 처음에는. 나는 아버지가…… 친아버지가 그리웠죠. 그리고 오빠도…… 무엇보다 오빠가 참 보고 싶었어요. 오빠가 무슨 일을 겪고 있을지 상상도 할 수 없었죠. 하지만 당시 우리 셋은……"

"셋?"

"미스터 세바스찬과 나와 개 조앤 크로퍼드, 우린 내가 알던 것과는 판이하게 다른 생활을 누리기 시작했어요. 훌륭한 생활이었죠. 그는 나를 친딸처럼 키웠어요. 입양되지 않았다면 어떻게 살았을지 짐작도 가지 않아요. 나에겐 집이 생겼죠, 멀베이니 씨. 학교에도 갔어요. 대학까지. 친아버지는 그럴 여력이 없으셨을 거예요. 그러니까…… 네, 좋았어요. 기막히게 좋았죠."

"그것 참 근사하군요." 나는 신문기사를 집어들었다. "하지만 이건 어떻게 된 겁니까? 신문에서 보통 기사를 꾸며 쓰지는 않을 텐데."

"아버지가 그렇게 하셨어요. 오빠를 위해."

"헨리를 위해?"

"아버지는 오빠에게 사실대로 말하지 못했어요. 나를 다른 사람한테 줘버렸다고. 오빠가 그 사실을 알면 같이 살 수 없을 거라면

320

서. 그래서 경찰과 그 밖의 사람들이 온통 드나들게 한 거예요. 오빠가 눈치채지 못하게……"

"그래서 당신은 유괴되어 성폭행당하고 살해됐죠." 나는 말했다. "당신 아버지는 헨리가 그렇게 아는 편이 더 낫다고 생각한 겁니까? 대단한 아버지군요."

"아버지는 용감한 사람이 아니었습니다, 멀베이니 씨. 우리 아버지는 나에겐 옳은 일을 하셨어요. 당신의 자리를 대신할 아버지를 구해주셨죠. 나는 진심으로 그렇게 믿어요. 그러나 오빠에겐 옳지 않았어요. 그래서 당신에게 오빠를 찾아달라고 부탁한 겁니다. 오빠에게 말하기 위해서, 나는 잘 있다고 알려주고 싶어서."

그런데 바로 그 점이 이 이야기에서 영 아귀가 맞지 않는 부분이었다. 그녀는 잘살고 있었다. 누가 봐도 그 점은 명확했다. 그녀는 근사한 집에 사는 아름다운 여자였고, 아기와 유모와 하루 종일 바깥에서 일하는 남편도 있었다. 그녀는 정말 행복해 보였고, 헨리와 만나서 이야기한 후에 나는 이게 어떻게 말이 되는지 이해할 수 없었다. 세상에 어떻게 이런 일이 있을 수 있을까.

"자, 그럼 어떻게 됐지요?" 그녀가 물었다.

"뭐가요?" 나는 되물었다.

"찾았냐고요, 오빠를. 소식이 있다고 했잖아요. 오빠를 찾았다는 얘기인 줄 알았는데요."

그녀의 눈동자에 담긴 희망으로 세상에 빛을 가져다줄 수도 있을 것 같았다. "그런 것 같군요. 네." 내가 말했다.

그녀는 상기됐다. "정말요? 오, 세상에, 정말요? 오빠는 아직도 마술사인가요?"

나는 고개를 끄덕였다. "제가 모은 정보에 의하면 그리 실력 있는 급에는 못 끼지만, 어쨌든 네, 맞습니다. 마술사입니다."

"헨리." 그녀는 그리운 듯 불렀다. "얼마나 많은 밤을 오빠 생각을 하며 잠들었는지 모를 거예요. 그냥 궁금했어요. 오빠를 다시 만나면 어떻게 될까 하고. 너무 보고 싶어요, 멀베이니 씨! 지금 내게는 가정이 있어요. 내가 상상했던 것과는 좀 다르지만⋯⋯ 어쨌든 가정은 가정이죠. 나는 오빠가 우리 가정의 일원이 됐으면 좋겠어요. 우린 돈도 있어요. 필요하다면 도울 수도 있어요. 원한다면 이곳에서 함께 살아도 되고. 하지만 무엇보다 먼저 내가 살아 있다는 걸 알리고 싶어요. 오빠는 어떻던가요?"

"좀 전에 말씀하신 대로입니다. 불운하죠."

해나가 무슨 말인가 하려던 그때, 무슨 소리가 났다. 나도 들었다. 차가 들어오는 소리. 차 문이 열렸다 닫혔다. 현관으로 오는 발걸음. 그녀는 들켰다는 표정으로 나를 바라보았다. 그 표정을 나는 18개 국어로 표현할 수 있다.

"오, 맙소사." 그녀는 말했다.

"폭력적인 타입은 아니죠? 물론 저는 제 몸을 방어할 수 있습니다. 보시는 것처럼 약하지 않아요. 그래도 제가 방어 자세를 취해야 하는지 어떤지 안다면 좀더 도움이 될 것 같은데."

그녀는 웃음을 터뜨렸다. "아녜요, 전혀. 폭력적인 사람은 아닙니다. 그가 화내는 걸 한 번도 본 적이 없는걸요."

"그래요? 그럼 왜 그렇게 숨기는 겁니까?"

그녀는 일어나 거울 앞에서 몸단장을 점검했다. 이 남자에게 최상의 모습을 보여주고 싶어했다. "내가 슬퍼한다고 생각할까봐요." 그녀는 돌아서서 나를 바라보았다. "나를 너무 사랑하거든요. 그가 원하는 건 내 행복뿐이죠. 그리고 실제로 나는 전혀 슬프지 않아요. 그냥 오빠가 이 삶의 일부였으면 하고 바랄 뿐이죠."

"그럼 저는 이만 가야겠습니다."

"아뇨, 더 얘기해주세요. 어쨌든 일 분 정도는 여유가 있으니까. 스프링클러를 틀고 진달래꽃을 돌아볼 거예요. 귀가하자마자 늘 하는 일이죠."

나는 수첩을 덮고 연필과 같이 코트 주머니에 넣었다. 그리고 그녀를 쳐다보고, 깊이 숨을 들이마셨다. 내 생애 가장 깊은 심호흡이었다. 발가락 끝에서도 숨을 느낄 수 있었다. "그가 들어오기 전에 말씀드릴 일이 몇 가지 있습니다. 두 가지예요, 사실."

사람들은 말씀드릴 일이 몇 가지 있습니다라고 하면, 좋은 소식일 리 없다는 걸 알아챈다. 그녀는 겨울날 동상처럼 얼어붙은 채로 기다렸다. "해나, 미스터 세바스찬은—이름이 뭐든 하여간에—죽었습니다."

"뭐라구요?"

"그는 죽었습니다. 이게 첫번째 소식입니다." 나는 내 말이 자리를 잡을 때까지 잠시 뜸을 들였다 다음 말을 꺼냈다. "두번째는 헨리가 그를 죽였다는 겁니다."

그녀는 돌연 이상한 사람 다 보겠다는 듯 나를 쳐다봤다.

"충격이 크겠지요, 이해합니다." 나는 말했다.

"오, 주여." 그녀는 말했다. "충격보다 더하죠. 이렇게 어처구니 없는 말은 생전 처음 들으니까요."

"네?"

"당신 정말 사립 탐정 맞아요, 멀베이니 씨? 정말 사립 탐정이라면, 내가 여태까지 보고 들은 사람 중 최악이군요."

"사실 최악의 사립 탐정일 수도 있습니다. 하지만 가끔은, 거의 우연이긴 해도, 저도 아는 게 있습니다. 제게도 통찰력이라는 게 있습니다."

"글쎄요, 이번 건은 헛짚었어요. 제대로 짚은 적이 있기나 한지 모르겠지만."

현관문이 열렸다. 해나는 미소 지었고, 그 아름다운 눈동자로 나를 쏘아보았다.

"자, 보시죠." 그녀가 말했다. "아버지가 오셨어요."

"해나." 그가 말했다.

나는 일어나서 목소리가 들리는 쪽으로 돌아섰다.

그녀의 아버지는 짙은 감색 정장에 번쩍번쩍 광을 낸 검은 구두를 신었는데, 구두 가장자리에 진흙이 말라붙어 있었다. 작고 여윈 남자였고, 혹시라도 넘어질까 종종걸음으로 신중하게 계단을 올라왔다. 그는 다리를 약간 절었다. 그러나 단연 눈에 띈 것은, 당연히 그의 얼굴이었다. 귀신처럼 하얬다. 헨리가 묘사한 그대로였다.

"캘러핸 씨." 나는 말했다.

그는 다가오면서 내게 미소 지었고, 손을 내밀었다. 거리낌 없고 정직한 남자라고 나는 생각했다. 그는 무척 괜찮은 사람 같아 보였다. 우리는 악수했다. "제임스 캘러핸입니다." 그가 말했다. "그런데 우리가 모신 분은 누구신지?"

해나는 그의 뺨에 키스했다. "멀베이니 씨예요." 그녀가 말했다. "보험 판매 일을 하신대요."

"그래?" 그는 알겠다는 듯 딸을 바라보았다. 그러나 그 말을 믿지는 않았다. 어느 바보가 믿겠는가. "그래, 결국 전화를 했구나."

"그래야 할 것 같았어요." 그녀가 말했다.

그는 웃으며 나를 바라보았다. "해나는 내가 범람지대 한가운데에 있는 줄 압니다. 괜찮으니까 걱정하지 말라고 계속 말하는데도, 홍수 피해 보험을 들어야 한다고 우기는군요. 어떻게 생각하십니까, 멀베이니 씨? 우리가 범람지대 한가운데에 사나요?"

그는 나를 차갑게 노려보았고, 나는 그가 이미 내가 보험외판원이 아니라는 사실을 알고 있음을 깨달았다. 그래도 나는 장단을 맞췄다.

"그럴 가능성도 없지는 않죠, 캘러핸 씨. 만약 하늘에 구멍이 뚫리면 여기에 무슨 일이 일어날지 장담할 수 없으니까요."

"멀베이니 씨는 자신이 무슨 말을 하는지 좀 아시는 분이구나." 그는 말했다. "그래도 너는 좀 다른 의견을 가져야 할 것 같은데."

"그러려고 해요, 아버지. 방금 멀베이니 씨한테 그 점을 말씀드렸고, 이제 가신대요."

"잘됐구나." 그는 말했다. "헨리는 오늘 어땠니?"

"헨리?" 나도 모르게 입에서 곧장 튀어나왔다. 너무 빨리, 너무 날카롭게. 하지만 그 이름을 그의 입에서 듣게 되리라곤 전혀 예상치 못했다.

캘러핸이 이상하다는 듯 나를 쳐다보며 말했다. "내 손자 말이오, 물론."

그러곤 해나에게 물었다. "자니?"

그녀는 고개를 끄덕였다.

"잘됐구나. 나도 좀 자야겠다. 하지만 먼저 이 정장 좀 벗고, 서재에 가서 몇 가지 메모 좀 하고."

"메모요?"

"아버지는 늘 일기를 쓰세요." 해나가 말했다. "나는 아버지의 취미라고 부르죠. 그날 있었던 일을 모두 적어놓으세요."

"인간이란 잊어버리게 마련이니까." 그는 자기 머리를 가리키며 말했다. "나는 잊고 싶지 않소. 기억하고 싶지 않은 일까지도."

"좋은 취미 같군요." 나는 말했다.

"언젠가 보여주실지도요." 해나가 빙그레 웃으며 말했다.

"언젠가는." 그는 말했다. "약속하마."

우리는 그가 계단을 올라가 침실 문을 닫는 소리가 날 때까지 입을 떼지 않았다. 나는 아기를 쳐다보았다. 평화롭게, 똑바로 누운 채, 잠들어 있었다.

해나는 미소 지으려 했지만, 잘되지 않았다. "좀더 놀라실 줄 알았어요."

"뭐 그런 거죠. 어쨌든 대충 사정을 알겠군요."

"죄송해요. 미리 설명했어야 하는데."

"아, 그러실 필요 없습니다. 알 것 같군요. 캘러핸 씨는—이제 본명으로 불러야겠지요—당신을 착한 아이로 키웠군요. 다만 당신이 착한 아이가 아니었을 뿐."

"여자에게 인정사정없군요." 그녀는 살짝 얼굴을 붉히며 말했다. "예의 바른 분이길 바랐는데."

"죄송합니다. 저는 멍청했다는 생각이 들면 거칠게 나가거든요."

그녀는 아기를 쳐다보았다. "실수를 저질렀어요. 대학을 졸업한 이듬해에 나를 사랑하지 않는 사람과 사랑에 빠졌고, 일이 복잡해지자 그는 떠났어요. 이런 얘기야 많이 들으셨을 테죠."

나는 고개를 끄덕였다. 땀방울이 볼을 타고 흘러내렸다. 그녀는 금방 눈치채고 창문을 열었다. 그리고 내 쪽으로 돌아서서, 위층에서 무슨 소리가 날 때마다 멈칫하면서 조용히 말을 꺼냈다.

"멀베이니 씨, 다행히도 나에겐 집이 있어요. 그게 얼마나 근사한 일인지…… 집 말예요. 항상 나를 위해 제자리에 있고, 언제든 돌아올 수 있는 곳. 사람에게 정말 필요한 건 집이라고 생각해요. 집이 있는 한, 이 천국이 있는 한 한두 가지쯤 실수를 저질러도 괜찮아요. 집이 있으면 실수도 축복이 될 수 있는 기회가 주어지니까요."

"마술처럼." 나는 말했다.

그녀는 유아용 침대 쪽으로 걸어가 아기를 들어올려, 누가 빼앗아갈세라 품에 꼭 안았다.

나는 그녀와 아기를 쳐다보고 한숨을 쉬었다. 내 생각은 죄다 틀렸다. 이렇게까지 완벽하게 일을 망친 게 처음은 아니었고, 마지막도 아닐 것이다. 그러나 이 소규모 드라마에서 내 생각에 들어맞은 사람은 단 한 사람도 없었고, 나는 이 일을 접고 형이 하는 장사나 도와야 하나 싶어졌다. 형은 세탁소를 한다.

나는 모자를 집어들고 돌아섰다.

"그런데 아기 이름은 왜 말해주지 않았습니까?" 나는 물었다.

"그런 것까지 일일이 다 고해 바쳐야 하나요?" 그녀가 말했다.

나는 그녀를 쳐다보았다. 스스로 천국이라고 부르는 집에서 완벽한 아기를 품에 안고 서 있는 아름다운 여자. 바깥의 나무에서는 새가 울었고, 하늘은 푸르렀으며, 진짜로 더워지면 아이스티 한잔 주문하듯 산들바람을 주문할 수도 있을 것 같았다. 금방 알게 될 거야. 나는 생각했다. 때로는, 어딘가에서는, 전혀 생각지도 혹은 믿기지도 않는 이유로 행복한 사람도 있다.

나가려는데 그녀가 소리쳐 불렀다. "멀베이니 씨."

나는 고개를 돌렸다. "네?"

"헨리가 왜 그를 죽였다고 했을까요?"

나는 빙긋 웃었고, 대답을 할까 말까 고민했다. 하지만 입바른 남자가 되기 싫었다. 사실 그럴 필요도 없었고. 나는 차에 올라타고 그대로 떠났다.

나는 차를 몰고 사무실로 돌아왔다. 전화도 메시지도 없었고, 내가 이 세상에 존재한다는 것을 아는 바깥세상의 신호는 하나도 없었다. 그래서 나는 없는 척하기로 했고, 그건 그것대로 나름 위로가 됐다.

나는 산책을 나갔다. 밤공기는 땅콩버터처럼 끈적끈적했고, 검은색 모직 양복을―내 단벌 정장이다―입어서 더웠다. 멤피스는 큰 도시라기보다 작은 마을 수십 개가 제멋대로 헤쳐 모인 도시에 가까웠다. 밤중에 그 속을 걷노라면 늘 남의 집 앞마당에 불법 침입한 듯한 느낌이 들었다. 조의 클램 바* 같은 곳조차 빨간 네온사인의 기분 나쁜 불빛을 짙은 밤의 어둠 속에 피처럼 흘렸다. 그러나 클램 바는 나를 환영해줄 것이고, 그 옆집도, 그 옆집도 환영해

---

* 대합이나 조개 등 해산물 요리를 전문으로 하는 식당.

줄 것이다. 나는 이웃 방문의 시간을 가졌다.

경우가 달랐다면, 나는 관련된 두 사람 모두에게 사실대로 얘기했을 것이다. 하지만 이번 건은 아니었다. 헨리에 관해 알게 된 사실을 몽땅 해나에게 들려주거나, 아니면 모스그로브의 차이니즈 서커스단으로 다시 찾아가 헨리 워커에게 해나에 관해 알게 된 것을 모조리 말한다면, 일이 어떻게 될지 나는 짐작도 할 수 없었다. 그게 내 일이고, 나는 메신저일 뿐이다. 나는 마땅히 그렇게 해야 했다.

그러나 하지 않았다. 대신 매일 아침 일어나 고양이들에게 먹이를 주고, 오렌지주스를 한 잔 따라 마시고, 시리얼을 한 사발 먹은 후 커피를 한 잔 마셨다. 그리고 사무실로 출근했다. 앞서 내가 조그만 사립 탐정사무소를 운영한다고 말했는데, 얼마나 작은 곳인지는 말 안 한 것 같다. 나는 우리 사무소의 유일한 직원이다. 그밖에 아무도 없다. 비서가 있으면 좋을 것 같긴 하다. 근사하게 생긴 인터컴 버저를 누르고 뭔가 요청하는 것이다. 데니시 페이스트리 좀 갖다줘요. 혹은 블랜더스미스 부인 좀 연결해줘요. 하지만 그러면 생계에 심각한 지장을 초래할 테고, 그걸 감당할 여력도 없다는 걸 잘 안다. 나는 하루가 지날 때마다 조그만 탁상달력에 표시를 했고, 날이 저물면 해나 캘러핸과 헨리 워커에게 진실을 말하지 않은 채로 또 하루가 지났구나 하고 되돌아보았다.

그때쯤 해나는 매일같이 전화를 했다. 나는 무슨 말을 해야 할지 몰라 아무 말도 하지 않았다. 보통은 조사 중입니다라며 거칠게 으르렁댔는데, 계속 전화하는 걸 보니 그다지 거칠지도 무섭지도 않았나보다. 얼마 후에는 전화벨 소리만 듣고도 그녀의 전화라는 걸 알았고—끝부분에 달콤하고 경쾌한 가락이 살짝 들어갔다—
나는 아예 전화를 받지 않았다. 그녀 역시 그냥 한동안 벨이 울리
게 놔두었다.

왜 나한테 이것이 그리도 힘들었을까? 평생 진실을 찾아 알리는
것을 사명으로 삼아온 나인데. 그냥 가서 전하기만 하면 되는데.
하지만 난생처음으로 나는 진실에 그만한 가치가 있을지 어떨지
확신이 서지 않았다. 우리 중 어느 누구한테도. 나는 헨리가 정말
미스터 세바스찬을 죽였다고 믿지는 않았으리라 생각한다. 그저
그러기를 소원했을 뿐이다. 그의 평생소원이었다. 그는 소원에 맞
춰 이야기를 지어냈다. 누구든 들어줄 만큼 오래 앉아 있기만 하면
거듭 말해줄 수 있는 괜찮은 이야기를. 사람들이 그 얘기를 모두
믿었다면 그도 따라서 믿게 되었을 테고, 갈수록 조금씩 힘을 더
해, 거듭되는 반복을 통해 실제 삶의 현실성이 희미해졌을 것이고,
그 대신…… 그 대신 그는 뭔가 다른 것을 보게 되었으리라. 헨리
워커의 삶은 사실 두 이야기로 이루어졌다. 죽인 적이 없는 누군가
를 죽였다는 죄책감, 그리고 멀쩡히 살아 있는 누군가의 죽음에 대
한 비탄.

전화벨은 멈출 줄 몰랐다.

나는 반 시간가량 이야기를 풀었고, 이야기가 루디와 JJ, 제니,
모스그로브를 충분히 적실 때까지 가만히 있었다. 그들이 지금 어
떤 기분인지는 알 수 없었지만, 다들—특히 제니는—넋이 나갔
다. 제러마이어와 루디는 바닥에 깔린 톱밥에 시선을 고정한 채 고
개를 절레절레 저었고, JJ는 담배 한 움큼을 입에 넣고 씹기 시작

했다. 천막 바깥에서 말발굽 구르는 소리가 났다. 누가 외치는 소리도 들렸다. "다음 주에 네가 한번 당해봐라!"

한참 깊이 생각한 끝에 루디가 가장 먼저 말문을 열었다.

"뭐, 헨리는 이야기꾼이었어. 그건 확실해."

"그건 누가 뭐래도 사실이지. 나로 말할 것 같으면, 그의 말은 단 한마디도 믿지 않았어." 제러마이어가 말했다.

"누군 믿었대?" JJ의 말이었다. "그래도 이건 아카데미 각본상 감이군. 남우주연상도."

"남우조연상이겠지." 제러마이어가 말했다. "만일 준다면."

루디는 크고 흉진 턱을 쓰다듬으며 생각에 잠겼다. "하지만 이야기꾼이랑 거짓말쟁이는 달라. 나는 헨리가 거짓말쟁이였다곤 생각 안 해."

"그는 절대 거짓말하지 않았어." 제니가 말했다. "절대로." 제니는 티끌만큼도 의심치 않고 진심으로 그렇게 믿었다.

"난 잘 모르겠어, 제니." JJ가 말했다. "난 헨리를 일 년 넘게 본 후에야 검둥이가 아니라는 걸 알았는걸. 헨리가 한창 분장 중일 때 우연히 그의 트레일러에 들어갔다가 말야. 충격이 딴 게 아니더라구."

"하지만," 루디는 여전히 생각하는 중이었다. "만에 하나 헨리가 거짓말을 했다면, 뭐 얘기를 위해 일단 거짓말을 했다고 치자구. 그건 헨리가 악마를 죽인 적이 없다는 뜻이잖아."

그는 제니를 처다보았다. 제니가 물고 있던 담배에서 재가 그녀의 볼이며 가슴이며 사방에 떨어졌고, 루디는 깃털 같은 손놀림으로 재를 쓸어냈다. "그렇다는 건 말하자면……" 루디는 뒷말을 흐리며 침묵에 빠져들었다.

"루디, 괜찮아?" 제니가 물었다.

"괜찮아. 일을 전체적으로 되짚어보는 중이야."

JJ는 웃음을 터뜨렸다. "이 몸은 절대 그의 말을 곧이곧대로 믿지 않았다구. 단 한 번도. 어느 누구도 악마를 죽일 수는 없어. 달리 악마겠어?"

"JJ가 요점을 제대로 말했네." 제러마이어가 말했다. "이건 역사적으로 정립된 얘기야. 아무도 악마를 죽일 수 없어."

제니의 눈동자가 쉴 새 없이 우리 사이를 오갔다. 그녀의 육신에서 실제로 움직일 수 있는 부분은 오로지 눈동자뿐이었으므로, 세 블록을 전력 질주하는 것에 맞먹는 속도로 움직였다. 그녀는 진짜로 전력을 다했고, 그 때문에 진이 빠진 듯했다.

그러다 그녀의 시선이 내게 머물렀다.

"당신은 그가 악마라고 생각하세요?" 제니가 물었다.

"제임스 캘러핸 말입니까? 제가 보기에는 악마 같지 않던데요." 나는 대답했다. "딸을 사랑하고, 일기를 쓰는 남자였죠. 옷도 깔끔하게 잘 입었어요."

"악마란 바로 그런 거지." JJ가 말했다. "악마가 만날 악마처럼 **보인다면** 일찌감치 다들 악마라는 걸 알아챌 거야. 그럼 아무 문제도 없을걸."

"내 말이!" 제러마이어의 목소리에는 전문 연설가다운 단호한 울림이 있었다. "만약 악마가 다가오는 걸 보면, **사탄아 물러가라!** 뭐 그러면 되잖아. 악마의 재주란 게 원래 자기와 완전 딴판으로 보이게 하는 거야. 좀 착하고 뭐 그런 비슷한 걸로. 가령 제임스 캘

332

러핸인가 뭔가처럼." 그는 이 주제에 마땅히 따라야 할 심도 깊은 생각을 하고자 잠시 말을 끊었다. "맞아. 그 남자가 사실은 악마일 수도 있어. 내 경험에서 우러난 추측일 뿐이지만." 그는 덧붙였다.

"사실 저는," 내가 말을 꺼냈다. "좀 다르게 봅니다. 악마가 이 사건과 큰 관련이 있다고 생각지 않습니다. 그리고 헨리가 악마를 만났을 것 같지도 않고요. 만약 악마가 정말 존재한다면, 아마 지난 천 년쯤은 손 놓고 있었을 겁니다. 우리끼리도 알아서 잘한다고 생각했을 테니까."

아무도 나를 거들떠보지 않았다. 그들은 내 싸구려 지혜가 허공을 떠돌게 놔뒀다.

제러마이어는 나를 쳐다보며 껄껄 웃었다. "거참 웃기는 얘길세!"

"웃겨 죽겠군." JJ가 말했다. "악마는 없다라. 거참 섹시하구만."

루디는 여전히 영문을 모르겠다는 표정이었다. 제러마이어와 JJ가 웃고 또 웃는 동안, 루디는 고개를 설레설레 저었다. 하고많은 생각이 그의 내부에서 전사처럼 싸웠다. 그는 그냥 떨쳐버릴 수 없었다. 마침내 그는 기나긴 한숨을 내쉬었다.

"그러니까 당신 말은," 루디가 입을 열었다. "헨리가 우리한테 말한 게 몽땅 거짓이라는 거요?"

나는 그의 억장을 무너뜨리고 싶지 않았으므로, 잠자코 입을 다물었다. 그러나 제니는, 이미 억장이 무너져내린 그녀는 입을 열었다.

"헨리는 거짓말하지 않았어." 제니가 말했다. "거짓말을 하려면 진실이 무엇인지 알아야 하잖아. 근데 헨리는 몰랐어. 그 차이를 몰랐다구."

그때, 지금까지도 나는 그 이유를 알 수 없는데, 루디가 울음을 터뜨렸다. 참으려 했지만 눈물이 흘러나왔고, 일단 나오기 시작하자 어쩔 수 없었다. "헨리는 아무도 죽이지 않은 거지?" 루디는 말했다. "한 사람도 안 죽인 거지?"

"저는 그렇게 말하지 않았습니다. 그는 누군가를 죽였어요, 네. 단지 그게 악마도, 캘러핸 씨도 아니었던 거죠."

"그럼 누구지?" 루디는 애원했다. "누구야?"

천막 안의 시선이 일제히 내게 쏠렸다. JJ, 제러마이어, 루디. 심지어 제니까지 나를 보려고 고개를 돌리는 바람에 녹슬고 굳은 목에서 끼기긱 소리가 났다. 내 생전 이렇게 열심히 귀를 기울이는 혹은 이상한 관객은 처음이었고, 그들 모두가 헨리의 이야기에 대한 내 견해를 기꺼이, 심지어 열렬히 경청하려 들었다. 자기네 의견을 모두 말하고 난 다음에 말이다. 이제 우리는 우리가 알고 있는 것에서 모르는 것을 다 빼버릴 것이고, 그런 식으로 부디 진실같이 보이는 뭔가가 나타나기를 소망할 터였다.

드라이브

1954년 5월 20일

이윽고 밤이 내렸다. 플리트라인의 전조등만이 밤을 갈랐고, 차는 보이지 않는 커브를 돌 때마다 자살 충동을 일으키듯 좌우로 요동쳤다. 달도 별도 떴지만 아주 멀리 있는 것 같았고, 부질없이 빛을 내며 반짝였다.

타프가 운전을 했다. 콜리스는 타프 옆에 앉았다. 제이크와 헨리는 뒷좌석에 함께 앉았고. 라디오에서 디제이가 다음 노래를 걸었다. 크루 커츠의 〈Life Could Be a Dream〉. "난 이 노래가 맘에 들어." 타프가 말했다. 노래가 흘러나오자 그는 볼륨을 높이고, 음악을 듣는 동안 다들 조용히 하라고 하더니 노래를 따라 불렀다. "인생은 꿈같을 거야…… 널 천국으로 데려갈 수만 있다면." 흥을 다해 목청껏 노래를 불러젖히면서도 타프는 액셀에서 발을 떼지 않았다. 차는 타프의 전용 놀이기구 같았다. 그는 아까 누구에게랄 것도 없이 말했다. "이런 건 눈 감고도 할 수 있다구." 그러더니 잘 봐하고 씨익 웃고는 시속 80킬로미터로 달리며 핸들에서 두 손을 뗐다. 백미러를 통해 헨리는 타프가 눈을 감는 모습을 보았다. 타프의 검은 옷이 검은 밤과 뒤섞였고, 대시보드에서 흘러나온 부드러운 녹색 빛이 그의 얼굴에 반사되어 꼭 머리만 있는 유령이 웃으면서 둥둥 떠 있는 것 같았다.

이제 속도가 시속 100킬로미터에 육박했고, 아주 약간만 길이 굽어도 위험했다. 그들의 몸뚱이는 미친 듯이 부는 바람에 요동치는 나무처럼 마구 흔들렸다. 이따금 길에 팬 구덩이에 차가 걸렸고, 순간 차와 승객이 날아올랐다. 정 원한다면 뭔가 장엄한 사건의 시작이라고 믿을 만도 했다. 마치 솟구쳐 비상하는 것 같았다. 그러나 대개는 이륙하자마자 도로 거칠게 낙하했고, 흡사 지구가 탐욕스런 손을 뻗어 절대 놔줄 수 없다며 홱 끌어내리는 듯했다.

날아라! 만약 이런 일이 한참 전에 일어났다면, 그저 날아라라는 말을 떠올리기만 해도 그들은 날아올랐을 거라고 헨리는 생각했다. 헨리는 날 수 있었으리라. "모자 꼭 잡아!"라고 외치며 땅을 박차고 날아올랐으리라. 타프와 콜리스와 제이크와 헨리 모두 연두색 플리트라인을 타고 차갑고 하얀 달을 가로질러 날아갔으리라. 이런 생각을 하니 헨리는 웃음이 비어져나왔다.

하지만 웃으려니 아팠다. 눈을 깜박여도, 숨을 쉬어도, 살가죽 안에 존재하는 것만으로도 아팠다. 부러지고 베이고 찢기고 깨지고 금가고 까진 목록을 작성해보다 포기했다. 보이는 그대로였다. 겨우 숨만 붙어 있었다. 피를 한 양동이 쏟았다는 사실은 확실했지만, 얼마나 큰 양동이인지는 잘 알 수 없었다. 그러나 과거 어느 때보다 몸도 머리도 가벼워진 느낌이었고—고통은 어느 선을 넘으면 어질어질한 쾌락으로 변질된다—분명 피를 너무 많이 흘려서 그런 것이 틀림없었다. 피만은 잃은 적이 한 번도 없었는데. 가진 것을 깡그리 잃어버린 남자의 또다른 상실.

노래가 끝나자 타프는 라디오 볼륨을 줄이고 대시보드를 손으로 탕 내리쳤다. "젠장, 좋았는데." 그는 맞바람에 대고 목이 터져라 계속 노래를 불러댔다. 너무 열심히 부른 나머지 숨을 헐떡였다. "너도 이 노래 좋아하지 않냐, 콜리스?"

콜리스는 고개를 끄덕이며 그 노래도 좋아하고 크루 커츠도 좋아한다고 말했다. "캐나다 출신이지."

왠지 그 말을 하면서 두 사람은 힐끗 헨리를 돌아보았다. 타프는 껄껄 웃으며 또다시 대시보드를 쾅 후려쳤다. 헨리는 그가 항상 뭔가를 후려쳐야 하는 성격임을 알아차렸다. "캐나다라. 당신도 거기 출신이지, 헨리? 뭐 그런 괴상한 데서 왔어?" 타프는 거울 속에서 헨리의 시선을 감지하고 웃어 보였다. 그들은 이제 오랜 친구 같았다. "그래, 다시 백인이 된 기분이 어때?" 타프가 물었다.

헨리는 대답하지 않았다. 무슨 말을 해야 할지 몰랐고, 설사 알았다 쳐도 턱을 움직일 수 있을 것 같지 않았다.

"기분 좋지? 끝내주지? 안 그래? 제이크가 아까 그 말 했을 때, 쟤가 뭐라 그랬는지 기억해, 콜리스? 하지만 검둥이도 아냐라고 했잖아. 난 그때 쟤가 완전히 맛이 갔구나, 머리가 돈 게 분명하구나, 하고 생각했다니까. 안 그러냐, 콜리스?"

"맛이 갔다고 생각했지." 콜리스가 말했다.

"근데 만약 쟤가 틀렸다면. 어이 제이크, 넌 그걸 어떻게 알았냐?"

그러나 제이크도 대답하지 않았다. 정신이 딴 데 팔린 것 같았다. 타프가 한 손으로 핸들을 잡고 S자 커브를 돌았고, 헨리의 몸이 제이크 쪽으로 쏠리자 제이크는 지금 여기로 되돌아왔다. "몰랐어." 제이크가 말했다. "그러니까, 그냥 눈이고 어디고 피가 잔뜩 흘러서 닦아주려고 했는데…… 그다음엔 어떻게 된 건지 알잖아."

"재미있는 얘기야." 타프가 말했다. "아무도 안 믿겠지만, 하여간 재미있는 얘기라구."

헨리는 타프의 말을 이해할 수 없어 뭔가 놓친 게 있나 의아했다. 중간에 깜박깜박 잠들었을 수도 있지만, 너무 갑작스럽고 순간적이라 지금 도대체 무슨 일이 일어나는 건지 알 수 없었다. 마치 세상이 산산이 부서졌다 다시 한 조각씩 꿰맞춰진 듯, 이전과 똑같지 않은 것 같았다. 뭔가 변했고 빠졌는데, 그게 뭔지 헨리는 알 수 없었다.

바닥의 발치에 어둠보다 더 짙은 조그만 피웅덩이가 생겼다. 한동안 헨리는 피웅덩이가 고무매트 위에서 이리저리 굴러다니는 모양에 열중했다. 그러나 타프가 길에 떨어진 나뭇가지 때문에 브레이크를 밟자 핏물이 의자 밑으로 흘러 들어가 보이지 않게 됐다. 차가 다시 여느 때처럼 믿을 수 없는 속도를 되찾은 뒤에도 핏물은 돌아오지 않았다.

"헨리가 별로 안 좋아 보여." 제이크가 말했다. 그러나 하도 작게 말해서 거의 들리지 않았다. 그는 다시 한번 말했다. "헨리 상태가 안 좋은 것 같아."

"뭐라고?" 타프는 짜증 섞인 말투로 반문했다. 자기가 제대로 들었는지 알 수 없었고, 들었다 쳐도 듣고 싶지 않은 내용이었다.

"헨리가 좀 창백해." 제이크가 말했다.

콜리스는 웃음을 터뜨렸다. "그거 농담이냐?" 그는 제이크 쪽으로 고개를 돌렸다. "그거 농담이지? 안 그래? 창백하다고⋯⋯ 검둥이가 아니라서 창백하다는 거지?"

"아냐." 제이크가 말했다. "헨리가 죽을 것처럼 창백하다고."

헨리의 눈꺼풀이 날개처럼 파르르 떨렸다. 제이크가 전에 구해준 새, 나중에 고양이한테 물려 죽은 새의 날개처럼. 헨리는 그 새에 관한 이야기가 떠올랐다.

타프는 상황을 가늠해보려고 왼손으로 핸들을 잡고 백미러로 헨리를 유심히 살폈다. 그는 주위를 둘러싼 칠흑의 장막을 헤치며 마술처럼 길을 안내했다. 타프는 정말 운전에 일가견이 있었다.

"이봐, 헨리!" 그는 헨리를 깨우려는 듯 말을 붙였다. 그러나 헨리는 아무 말도 하지 않았다. 눈을 뜨고 그를 똑바로 쳐다보긴 했지만, 아무 말도 하지 않았다. 타프는 전방과 백미러를 번갈아 주시했다. "헨리, 헨리, 헨리! 정신줄 잡고 있는 거지? 버티고 있다고 말해봐, 친구! 자, 어서. 새로 사귄 친구의 얼굴에 미소가 좀 돌게 해달라구."

타프는 헨리를 오래 들여다볼 수 없었다. 지금 헨리에겐 오래 들여다보기 힘들게 하는 뭔가가 있었다.

"헨리가 우릴 친구라고 생각할지 모르겠어, 형." 제이크가 말했다. "그를 이렇게 만든 게 바로 우리잖아."

"이 망할 자식아, 다시 한번 그따위 소리 해봐. 난 미안하다고 얘기했어. 빌어먹을 검둥이가 아니라는 걸 진작 알았다면 이런 일은 없었을 거라고 아까 얘기했다구. 내 기분은 엿 같지 않을 것 같냐, 제이크? 나도 엿 같아. 바보 같은 기분이 안 들 것 같아? 그건 실수였다고. 순전히 실수. 하지만 돌이켜 생각해보면 이런 결론에 이르거든. 우리는 왜 헨리를 검둥이라고 생각했을까? 왜? 그가 자기 이마에 커다랗게 '나는 검둥이'라고 써붙였기 때문이야."

"맞아. 바로 그거야." 콜리스가 맞장구쳤다. "자기가 그렇게 써붙였다구."

"우리한테 미리 말했으면 됐잖아. 뭔가 말할 수도 있었다구. 그러니까 그 뭣이냐…… 젠장, 나도 잘 모르겠지만, 하여간 나는 검둥이가 아니다 그 비슷한 말만 하면 됐잖아! 무슨 말인지 알겠냐, 제이크?"

형제는 거울을 통해 서로를 쳐다보았다. "무슨 말인지 알아." 제이크는 대답했다. "헨리가 우리한테 바랐던 것과 얼추 비슷하겠지."

"조금만 참으면 돼." 타프가 말했다. "이제 조금만 더 참으면 된다구. 집에 갈 때까지."

"집에? 헨리를 왜 집에 데려가는데? 형, 우린 병원으로 가야 해. 헨리를 좀 봐."

"좋아 보이진 않네." 타프는 거울로 헨리를 또 한번 힐끗 쳐다보며 말했다. "하지만 집에 데려가 차에서 내린 다음 상태가 진짜 어떤지 보자구. 그럼 더 좋은 생각이 날 테니까." 타프는 기침하듯 켁켁 웃었다. "진짜 신나게 두들겨 팼지. 하지만 중요한 건, 내가 거기서 마무리를 자제했다는 거야. 그랬잖아. 난 쏘지 않았어. 그래서……"

제이크는 창밖을 내다보며 말했다. "그래. 훈장감이야."

"제이크, 너나 네 꼴값이나 다 진절머리가 난다." 타프는 제이크가 뭐라고 대답하든 다 묻히도록, 소리란 소리는 다 묻히도록 라디오 볼륨을 확 높였다. 페리 코모의 노래였다. 〈Don't Let the Stars Get in Your Eyes〉.

헨리는 눈을 떴다. 머리를 제이크의 어깨에 기대고 있었나보다. 얼마나 오래 기댔는지 알 수 없었다. 그가 아는 거라곤 자기 머리가 제이크의 어깨 위에 놓였고, 제이크는 그것을 전혀 치우려 하지 않았으며, 그래서 다행이라는 것뿐이었다. 잠시 다른 곳에 가 있었다고 헨리는 생각했다. 그는 동시에 두 곳에 있었다. 실로 오랜만에 메리앤을 생각했다. 그 생각에 외로워졌다. 하지만 돌이켜보면, 그녀는 살아 있을 때도 늘 그를 외롭게 만들었다. 생각나는 사람은 전부 그를 외롭게 했다. 헨리는 견딜 수 없었다. 누군가와 함께 가던 곳을 혼자 가는 것. 힘들었다.

그때 타프가 백미러로 헨리를 흘깃 보았고, 헨리도 타프를 보았다. "정신이 들었어, 친구?"

헨리는 말하려고 입을 벌렸지만, 소리가 나오지 않았다. 난 네 친구가 아냐라고 말하려 했지만, 도통 소리를 낼 수 없었다. 그가 할 수 있는 일은 그저 미소 짓는 것뿐이었다.

타프도 마주 웃었다. "봤지, 제이크? 저 친구 아직 정신이 있어. 웃을 수 있잖아. 난 의사는 아니지만, 저건 괜찮다는 뜻이라구. 괜찮아질 거라는 뜻이야."

제이크는 자기 어깨를 바라보았다. 티셔츠에 붉은 얼룩이 졌다. 헨리의 입가에서 흘러나온 피였다. "형, 이 사람을 어쩌려고? 우린 이 사람한테 아무 도움도 안 돼. 병원에 데려가자. 병원에선 어떻게든 조치를 해줄 거야."

콜리스는 음악이 끝날 때까지 음악에 맞춰 콧노래를 흥얼거렸다. "좋은 노래야. 페리 코모는 참 노래를 잘한단 말이야, 안 그래?"

타프는 고개를 끄덕였다. 그의 입술 끝에 매달린 담배에서 연기가 피어올랐다. "엄마한테 보여주고 싶어." 그가 말했다.

"페리 코모를?" 콜리스가 말했다.

"헨리 말이야." 타프가 말했다. "엄마가 헨리를 만났으면 좋겠어."

콜리스와 제이크가 동시에 타프를 쳐다보았다. 타프의 말을 듣긴 들었는데, 무슨 말인지 통 이해하지 못하겠다는 듯.

"엄마가 그를 만났으면 좋겠다고?" 제이크가 말했다.

타프는 고개를 끄덕였다. "헨리가 엄마를 위해 마술을 몇 가지 보여줬으면 해서."

길은 곧장 뻗어나갔고 카펫처럼 매끄러웠다. 헨리는 문득 길이 포장도로로 바뀌었다는 것을 깨달았다. 반대편에서 로켓처럼 지나가는 다른 차들도 보였다.

그는 타프가 마술이라고 말하는 것을 들었다.

"엄마가 마술 좋아하잖아, 제이크. 분명 좋아하실 거야." 타프가 말했다.

"만약 형이 하고 싶었던 게 그거라면, 헨리의 팔은 부러뜨리지 말았어야지." 제이크가 받았다.

"난 안 부러뜨렸어."

"내가 그런 거야." 콜리스가 말했다. "나였다고 장담할 수 있어." 그리고 앉은 자리에서 몸을 돌려 헨리를 쳐다보았다. 콜리스의 눈은 소처럼 컸고 소처럼 슬펐다. "정말 미안해. 진짜로."

제이크가 물었다. "어떤 마술 공연을 생각한 거야, 형?"

"나도 몰라." 타프는 제이크의 질문을 곰곰 생각하면서 백미러로 헨리를 쳐다보았다. "뭐 그냥, 상대방이 무슨 카드를 갖고 있는지 알지만 안다는 걸 안 알려주고, 상대방이 자기는 모른다는 걸 믿을 때까지 모르는 척하는 거? 뭔지 알겠어?"

"헨리가 나한테 했던 것 같은 거?" 콜리스가 말했다.

타프는 고개를 끄덕였다.

오케이. 헨리는 말하려 했다. 단어 비슷한 것이 입술에서 숨결의 날개를 타고 살짝 미끄러진 것 같았다.

그냥 한 음절이었지만, 어쨌든 소리가 비슷했다. 타프가 그의 말을 들었고, 콜리스도 들었으므로—"들었어? 오케이래!"—제이크는 단념했다. 그는 살아 있는 것을 살려두려고 애쓰다 그만 질려버렸다. 그저 너무 힘들었다.

헨리는 눈을 감았다 다시 떴다. 하지만 바람 부는 날 현관문처럼 도로 감겼다. 이젠 완전히 잠긴 것 같다. 헨리는 눈을 뜰 수 없었고, 아무리 노력해도 다시는 뜨지 못할 것 같은 기분이었다. 떠져라라고 생각해. 그러면 눈이 떠질 것이다. 그리고 진짜로 떠졌다.

콜리스는 뭔가 열심히 궁리하더니 마침내 남들과 그것을 나누기로 결심했다. 대단히 복잡한 내용이었으므로, 그는 천천히 이야기했다. "만약 그가 검둥이가 아니라는 걸 알기 전에 그를 죽였다면, 우리는 그가 검둥이였다고 생각하고 죽였을 거고, 그렇다면 우리가 차이를 알았든 몰랐든 누가 신경이나 쓸까?"

"무슨 말인지 모르겠다, 콜리스." 타프가 말했다.

콜리스는 한숨을 내쉬었다. "그러니까 내 말은, 그냥 우린 항상 우리가 하지 않은 일을 했다고 생각했을 거라고." 그는 생각을 다시 가다듬었다. "이런 일이 세상에 얼마나 많을까 궁금해졌어."

"거의 다 그렇지." 헨리가 말했다.

타프와 콜리스와 제이크는 이 말에 깜짝 놀랐고, 말 그대로 펄쩍 뛰어올랐다. 헨리의 말은 힘 있고 명징했다. 그렇게 오랫동안 끙끙 앓는 소리만 겨우 내더니. 어쨌든 그는 말할 수 있었다. 헨리는 눈을 크게 떴다. 세상 모든 것을 흡수하려는 아기의 눈 같았다. "거의 모든 게 그런 식이지." 그는 다시 한번 말했고, 문득 전성기 때처럼 자기 몸에 아무런 이상도 없는 것 같았다. 육신에서 고통이 사라졌다. 헨리는 이제 다 나은 것 같았다. 실제로 날아갈 듯한 기분이었다. 그는 살아났다. 턱에 금간 적도 없고, 갈비뼈가 부러진 적도 없다는 게 가능할까? 옆구리에서 분수처럼 흘러나오던 피는 사실 해나와 같이 어머니의 임종을 지켜볼 때 창밖 나뭇가지에 베여 흘렸던 피와 비슷한 양이었을까? 이 모든 것 역시 그가 만들어낸 것일까? 헨리가 앉은 쪽 창문은 반쯤 내려져 있었고, 차갑고 습한 바람이 그의 얼굴에 부딪혔다. 그는 바람을 느꼈고, 그 속에서 숨을 쉬며 뭔가 다른 것을 같이 들이마셨다. 삶. 그는 삶이 폐에 들어차는 것을 느꼈다. 삶이 서서히 그의 몸으로 스며들었다. 공기에서, 바람에서 흘러 들어왔다. 그가 아는 모든 이의 흩어진 기가 그를 위해 다시 모여 그의 속으로, 오로지 그를 살리기 위해 모여들었다. 이 구원의 순간이 오기 전에 그는 거기서 죽었기를, 콜리스가 실행하려 했던 대로 그 벌판에서 죽었기를 소원했다. 그가 죽기를 원했기 때문이 아니라—그는 죽고 싶지 않았다—단지 삶에서 의미를 찾을 수 없었기 때문에. 그러나 이제 살아야 할 이유가 있는 듯싶었다. 아니 이유라기보다, 사실 명확하게 딱 떨어졌던 것은 아니고, 그냥 예감이었다. 이제는 살아갈 이유가 있을 거라는 예감.

"봤냐, 제이크? 이 멍청아! 내가 괜찮을 거라고 했잖아. 내가 말했지." 타프는 저 혼자 흥에 겨웠다. "너는 내가 항상 옳다는 걸 똑똑히 알아야 해, 알아들어? 이걸 네 그 염병할 머릿속에 넣어두고 명심하라고."

헨리는 제이크가 이를 가는 소리를 들었다고 생각했다. 내려다보니 제이크가 왼손에 그 일 센트짜리 동전을 여전히 쥐고 손가락으로 쓰다듬는 모습이 눈에 들어왔다.

제이크. 헨리는 속삭였다. 헨리는 제이크를 만지려 손을 뻗었다. 손가락 끝이 제이크의 어깨를 향해 움직였고, 그때 제이크가 오른손으로 헨리의 손가락을 꽉 쥐었다. 다른 손으로는 여전히 동전을 묵주처럼 쓰다듬으면서.

제이크는 동전을 튕겼다 잡았다.

"어느 쪽, 헨리?" 제이크가 물었다. "앞면 아니면 뒷면?" 보지도 않고 동전을 튕겼다 낚아챘다. 그는 바람 소리보다 높게 엔진 소리보다 크게 소리를 질렀고, 그의 음성에 분노가 가득했으나 헨리는 그 이유를 알 수 없었다. "어느 쪽이냐고, 헨리! 앞면이야 뒷면이야? 흑인이야 백인이야? 선이야 악이야? 죽었어 살았어?" 제이크는 헨리의 대답을 기다렸고, 대답이 없자 잡았던 손을 놓아버리고 시선을 돌렸다. 그는 동전을 몇 번 더 튕겼고, 매번 더 높이 올렸으며, 끝내 동전은 차의 천장에 부딪혀 바닥에 떨어졌다.

제이크는 헨리를 쳐다보았다. 그의 가슴을 가득 채웠던 분노가

서서히 빠져나가면서 이제 슬픔밖에 남지 않았음을 헨리는 느낄 수 있었다. 이윽고 모든 사람과 모든 사물이 고요해졌다. 타프가 라디오를 끈 것이다. 타프와 콜리스는 똑바로 앞을 바라보며, 벌레 투성이 앞유리를 통해 바깥을 내다보며 앞좌석에 앉아 있었고, 꽤 길게 느껴지는 시간 동안 누구도 입을 열지 않았다.

헨리는 빛을 보았다. 밝고 환한 빛이었다.
가로등이었다.
타프가 속도를 줄였다. "거의 다 왔어."
아주 느리게 가고 있었으므로, 헨리는 이제 주변을 볼 수 있었다. 아담한 마을을 지나는 중이었다. 아마도 타프와 콜리스와 제이크가 사는 곳이리라. 집과 사람과 개가 있고, 맥문동 위로 꽃대를 기울인 참나리가 핀 잔디밭에는 꽃그늘이 졌다. 일상의 평범한 아름다움.
"자 헨리, 우리 엄마를 위해 마술 좀 보여줄 수 있겠지?" 타프가 물었다. 헨리는 고개를 끄덕였다. 타프는 싱긋 웃었다. "좋아. 엄마가 분명 좋아하실 거야. 전에 조그만 개를 키우셨는데, 그 개새끼 이름이 뭔지도 까먹었지만, 하여간 그게 서커스 개처럼 뒷발로 춤을 췄거든. 그 개가 춤출 때 엄마는 제일 많이 웃으셨어."
"폴리야." 제이크가 말했다. "개 이름이 폴리였다구."
"맞아." 타프가 말했다. "폴리였지." 제이크와 타프는 옛 추억을 공유했다. 헨리는 정말 멋진 개 이름이라고 생각했다. "근데 마술할 때 실수하지 마, 알았어?" 타프가 헨리에게 말했다. "이번만은 절대 망치면 안 돼."

"아주머니는 죽어가고 있거든." 콜리스가 말했다.

이번엔 타프가 진짜로 콜리스를 쳤다. 있는 힘껏 세게 목덜미를 때렸다. 콜리스는 되받아치지 않으려고 입술을 꽉 깨물어야 했다. "타프, 이 자식."

"엄마가 죽는다고 하지 마, 콜리스." 타프가 말했다. "그게 사실이라도 입 밖에 내면 더 나빠지기만 한다구. 넌 그럴 권리가 없어. 너네 엄마가 아니잖아."

콜리스는 권리가 없는 사람답게 입을 다물었다.

그들은 집 앞에 차를 세웠고, 타프는 엔진을 껐다. 처음으로 차가 조용해졌다. 타프는 헨리를 돌아보았다.

"당신만 믿어. 알았지?" 이제 두 사람은 친구였다. "이건 최고로 잘될 거야. 두고 보라구. 어르신을 즐겁게 해드리는 거야. 잘할 수 있지, 그지?"

헨리는 고개를 저었다. 그러나 타프에겐 그가 알아들었다는, 다 이해했다는 신호로 보였다. 타프는 제이크를 쳐다봤다. "나 먼저 들어가서 엄마를 의자로 모실게." 그리고 글러브박스를 열고 천조각을 찾아 제이크의 가슴팍 쪽으로 던졌다. "헨리 좀더 말끔하게 닦아봐. 얼굴에 그 시커먼 것 다 지우고. 핏자국도." 타프가 얼굴을 찡그렸다. "무슨 냄새 나지 않아?" 그는 헨리를 쳐다봤다. "누가 오줌 싼 것 같은 지린내. 어휴, 젠장. 뭐 이제 와서 어쩔 수 없지." 그는 헨리에게 윙크를 날리고 미소를 지었다. 그리고 헨리의 뺨에 손바닥을 대고 손가락으로 쓸어내렸다. 연인이 그러듯. "다 잘될 거야. 두고 보라구."

"자, 이거. 필요할지도 모르니까." 콜리스가 하트 3을 헨리의 무룷 위에 올려놨다.

타프가 차에서 내리고 콜리스가 뒤따라 내리자, 제이크와 헨리만 뒷좌석에 남았다. 두 사람은 서로를 마주 보았다. 서로 오래 잘 알았던 사이처럼 지그시 바라보았다. 제이크는 천조각을 집어들어 헨리의 왼쪽 눈가에 살며시 갖다대고 뺨 쪽으로 부드럽게 쓸어내렸다. 헨리에게 제이크는 유령이나 성자나 혹은 천사처럼 보였다.

"지금 와서 이런 말 해봤자 별 소용없겠지만, 어쨌든 말해두고 싶어." 제이크는 숨을 깊이 들이마셨다. "미안해. 이 모든 일에 대해 사과할게. 이렇게까지 되리라곤 전혀, 꿈에도 생각지 못했어. 당신이 그러니까…… 이런 사람이란 게 밝혀지지 않았다 해도 말이야." 제이크는 애잔함을 눈동자 가득 담고 있었다. 헨리가 그 눈을 처음 본 순간부터 그랬다. 제이크는 헨리를 아프지 않게 닦아주려 무척 애썼지만, 이따금 너무 아파서 헨리는 움찔했고, 그때마다 제이크도 움찔했다. "이 지경이니 잘될 리가 없어."

마침내 제이크는 포기하고 고개를 저으며 헨리를 바라보았다. "잘될 리가 없어."

헨리의 고개가 등받이 쿠션 쪽으로 젖혀졌고, 덕분에 창밖 세상이 잘 보였다. 몹시 아름다웠다. 커다란 떡갈나무가 구름처럼 무성한 나뭇잎을 집 위에 드리웠다. 골목 어귀마다 가로등이 환했고, 박쥐와 날벌레가 춤추듯 불빛 속을 드나들었다. 주변 집들은 작고 소박했지만, 갖춰야 할 것 ─ 베란다, 현관, 창문, 그 안에서 반짝이는 따뜻한 불빛 ─ 은 다 갖추었다. 삶은 어디에나 있었다. 짧은 반바지만 걸친 노인이 시야에 들어오더니 다리를 끌며 골목을 돌아 사라졌다. 잠자리에 들기 전에 잠깐 산책을 나온 것이리라. 헨리는 생각했다. 매일 밤 똑같이 반복하는 일과. 노인의 산책을 시계 삼아도 될 것이다. 헨리는 낡은 돌담 위의 노란 고양이를 생각했고, 거기에 바로, 낡은 돌담 위에 노란 고양이가 몸뚱이 밑에 네 다리를 포개어 넣고 앉아 있었다. 그리고 남녀가 있었다. 헨리 또래거나 더 어려 보이는 젊은 남녀는 손을 맞잡고 걸었다. 헨리는 그들을 바라보았다. 그때 어떤 소녀의 웃음소리가 들렸는데, 보이지는 않았다. 어디서 나는지도 알 수 없었다. 다만 어디선가 들리는 소녀의 웃음소리만이 세상에서 그의 곁에 존재했다.

제이크는 헨리의 셔츠를 매만지고 어깨에서 먼지를 털어내면서 핏자국을 뭉개보려고 했다. 하지만 시간 낭비였다. 헨리는 여전히 죽도록 두들겨 맞은 사내처럼 보였고, 감출 방법은 없었다.

제이크는 한숨을 내쉬었다.

"이제 안으로 들어가야 할 것 같아. 엄마는 아마 의자에 앉아 기다리실 거야. 마술을 망쳐도 신경 쓰지 마. 어차피 잘 알아보지도 못하실 테니까." 제이크는 한 손으로 차 문을 열고, 다른 손으로 헨리의 팔을 잡아 살살 끌어당겼다. 그러나 헨리는 움직이지 않았다. 그는 세상에 매혹되었다. 영원히 세상을 바라보고만 싶었다. 소녀의 웃음소리, 노인, 손잡고 걸어가는 부부. 사람들은 이렇게 살았구나. 사람들은 이 세상이 살 만한 곳이라는 듯 그 속에서 살고 있었다. 세상이 그들을 위해 만들어진 것처럼. 그리고 놀라운 것은—헨리에겐 그저 놀랍기만 했다—세상은 그들을 위해 만들어졌다는 것이다. 그를 위해, 우리를 위해. 그게 바로 세상이 여기 존재하는 이유였다. 오, 신이시여. 이것을 깨닫는 데 왜 그리 오래 걸렸던 걸까? 나도 이 삶의, 이 세상의 일부가 될 수 있을까?

제이크는 좀더 세게 당겼다. 그러나 헨리는 여전히 움직이지 않았다. "헨리, 나 혼자서는 당신을 안으로 옮길 수 없어. 당신이 좀 도와줘야 해, 응? 헨리?"

헨리는 환영을 보았다. 헨리는 이곳에 살았다. 이 마을에 살았다. 그의 눈앞에 자신의 삶이 펼쳐졌다. 무슨 일이든 상관없이 일자리를 얻고, 자기만의 공간을 구할 것이다. 앞뜰에 정원도 가꿀 것이다. 밤이면 잠자리에 들기 전에 오래 산책할 것이다. 지금 밖에서 펼쳐지는 삶의 퍼레이드에 동참할 것이다. 분명 처음에는 이방인이겠지만, 그건 중요하지 않다. 누구나 처음엔 이방인이다. 그러나 다들 점점 변할 것이다. 그는 산책을 계속할 테고, 길에서 누군가를 만나면 멈춰 서서 이야기를 나눌 테고, 그러면 서로 친해져 환영해주고 따뜻하게 대해줄 것이다.

예를 들자면 저 젊은 부부. 헨리는 그들을 만날 것이다.

새로 오신 분이군요. 남편이 웃으면서 손을 내밀겠지. 악수를 하고, 허파 가득 밤공기를 깊이 들이마시는 거야. 제 이름은 짐입니다, 이쪽은 아내 샐리구요. 그가 소개할 테지. 헨리는 그녀와 악수하며 빙그레 웃고, 누군가 밤과 날씨와 별빛 가득한 하늘에 대해 얘기를 꺼내겠지.

그리고 거기 그대로 서 있을 거야. 너무 오랫동안 서 있어서 결국 짐이 물어봐야 할걸. 그런데 성함이 어떻게 된다고 하셨죠?

거기서 환영이 멈췄다. 헨리는 대답할 말이 없었다. 모르겠어요라는 대답은 적절하지 않은 것 같았다. 하지만 그 말밖에 떠오르지 않았다.

"헨리." 제이크가 그의 어깨를 잡고 잠든 그를 깨우려는 듯 세차게 흔들었다. 헨리는 일어나지 않았다. 눈도 뜨지 않았다. 제이크는 헨리의 어깨에 팔을 두르고 그를 들어올리려 했지만, 이렇게 무거운 건 난생처음이다 싶었다. "헨리." 제이크는 다시 한번, 마지막으로 그의 이름을 불렀다.

그러나 헨리는 그 이름마저 전혀 인지하지 못했다. 이제는 알지 못했다. 헨리 워커가 누군지 몰랐다. 알았던 적도 있지만, 알아야만 했던 적도 있지만, 그건 오래전 일이다. 수십 년 전에, 이 모든 일이 일어나기 전에, 그의 어머니와 아버지와 해나와 악마보다 먼저, 톰 헤일리와 '콩고 오지에서 온 바카리'보다 먼저, 전쟁과 메리앤 라플뢰르와 카스텐바움과 그 밖의 모든 것보다 먼저 그가 해야 했던 일은 오로지 헨리 워커를 생각하는 것뿐이었다. 헨리 워커를 생각해. 그러면 헨리 워커가 나타날 거야. 그가 누구였든 눈부신 미소를 지으며, 생기로 볼이 달아올라 더욱 아름다운 모습으로 헨리 워커는 나타날 거야.

헨리 워커를 생각해. 그냥 떠올리기만 해. 생각만 하면 돼. 그럼 다 된 거야. 그는 알 거야.

초고를 다 완성할 때까지 나는 이 책을 비밀로 했고, 완성한 다음 세 사람에게 보여주었다. 로라 윌리스, 엘런 레프코트, 조 리걸. 세 사람은 책을 읽고 나서 잘된 부분과 잘못된 부분을 말해줬고, 그들이 아니었다면 이 책은 이 책이 아니었을 것이다.

그러므로, 고마워 로라, 고마워 엘런, 고마워 조. 그런 뒤 진정한 마에스트로 크리스틴 프라이드가 이 책을 자기 집으로 가져가 깔끔하게 단장해 세상에 내보냈다. 고마워 크리스틴. 아, 내가 로라를 언급했던가? 나의 아내 로라, 나의 다정한 친구. 쪽쪽쪽쪽쪽쪽쪽쪽쪽쪽쪽쪽쪽쪽쪽쪽쪽쪽쪽쪽쪽쪽쪽쪽쪽쪽, 사랑해.

기억 혹은 망각에 관한 보고서

작가이자 배우 겸 제작자인 댄 슈나이더는 대니얼 윌리스의 이름값이 왜 이렇게 저평가되었는지 모르겠다고 투덜거렸다. 그는 출판사와 평론가가 좀 뜬다 싶은 작가의 책이라면 질적 고하를 막론하고 무조건 찬사를 남발한다며 아니꼬워하고, 외려 대니얼 윌리스가 (무려 노벨문학상 수상자인!) 토니 모리슨보다 낫다고 단언한다. 그러면서 윌리스의 책은 『빅 피쉬』와 이 책 『미스터 세바스찬과 검둥이 마술사』딱 두 권 읽어봤단다. 이것 참, 작가 입장에서는 고맙기도 하고 어이없기도 하겠다.

요컨대 슈나이더는 현란한 수사와 매끄러운 문장과 지적인 깊이를 굳이 자랑하지 않아도 생생하고 투박한 문장으로 삶의 요점을 짚어낼 수 있다는 거였다. 세상에는 내밀하고 심도 있는 주제를 정교하고 아름답게 시적으로 써내려가다 심연의 바닥을 긁는 작가도 있고, 두고두고 음미할 만한 지성의 향연을 펼치다 스노비즘의 절정을 달리는 작가도 있다. 대니얼 월리스는 그런 현학적 부류가 아니다. 그는 직설적인 구어체로 일상적인 것을 뒤집어 보여주고 각자 스스로 생각하게 만든다. 현실의 전복, 거짓으로 진실을 꿰뚫어 보는 힘이 그가 가진 무기다. 내용 전개에서 피카레스크식 구성이랄지 화자를 여럿 둔달지 해서 약간 기교를 부리기는 하지만, 기본적으로 그의 얘기는 따라가기 어렵지 않다. 다만 그가 말하는 A는 A가 아니고, B는 B가 아닌 것으로 밝혀지는 경우가 허다하다.

가령 이 책에서 그가 캐스팅한 검둥이는 백인이고, 죽은 사람과 산 사람이 바뀌며, 내 얘기 하듯 남 얘기를 풀어낸다. 남부 소도시를 전전하는 변두리 서커스단 사람들의 입을 빌려 헨리 워커라는 남자의 생애를 재구성해나가는데, 이야기를 중첩하며 한 꺼풀씩 벗길수록 진실은 의심을 부르고 기억은 망각을 낳는다. 헨리 워커는 왜 검둥이로 살았을까. 헨리는 정말 악마를 죽였을까. 헨리가 해준 얘기는 어디까지 사실일까. 한참 아리송한 지경으로 빠져들 무렵 사립 탐정 카슨 멀베이니가 다음 화자로 바통을 넘겨받는다. 유능한 탐정인 그는 사건에 가장 객관적으로 접근하지만, 가장 충격적인 반전을 제공하며 전복을 완성한다.

여러 화자를 채용해 시점을 바꿔가며 같은 이야기에 다른 살을 입히는 방식은 구로사와 아키라 감독의 영화 〈라쇼몽〉을 연상시키나, 〈라쇼몽〉은 이야기가 진행될수록 진실이 미궁에 빠지는 반면 여기서는 다행히 점점 진실에 가까워진다. 비록 가까워지기만 할 뿐 속 시원히 진실에 도달하지는 못하지만. 어차피 중요한 것은 진실 자체가 아니라 진실을 대하는 저마다의 태도다. 슈나이더의 표현을 다시 빌리면, 이 책은 기억(더 정확히는 망각)에 관한 훌륭한 보고서이자, 인종적 정체성에 대한 미국인의 모호한 개념을 다룬 한 편의 논문인 것이다.

대니얼 월리스는 앨라배마 주 버밍엄에서 태어났다. 그의 첫 직업은 동물병원에서 동물 우리를 청소하고 항문낭을 짜는 일이었다. 대학을 중퇴하고 이 년여 동안 일본 나고야에 머물며 아버지가 운영하는 무역회사에서 일했다. 하지만 업무능력이 시원찮아 회사를 그만두고(혹은 아버지한테 해고당하고) 작가의 길로 들어섰다. 아버지는 불만이었지만 어머니는 좋아하셨다(아버지가 싫어하는 일이라면 어머니는 뭐든 환영이었다). 그후 십삼 년 동안 서점에서 일하며 다섯 권의 소설을 썼으나 번번이 출판을 거절당했다. 그는 한 인터뷰에서 그 시절을 이렇게 회상했다. "그땐 내가 아주 대단한 작가인 줄 알았다. 내가 만든 이야기에 매혹됐고, 문장을 엮어 문단을 만들어낼 수 있다는 게 진짜 신기했다. 올망졸망한 잉크 자국이 한데 모여 뭔가가 된다는 게 마법 같았다. 글 쓰는 사람을 작가라고 한다면, 나는 작가였다. 하지만 그 너머는 보지 못했다. 창작의 순수한 기쁨이 다른 모든 판단력을 마비시킨 셈이다. 나는 좋은 이야기와 잘 쓰인 좋은 이야기를 구분할 줄 몰랐다. 나는 글을 써가면서 글 쓰는 법을 배웠다. 그리고 쓰지 말아야 할 것도 같이 배웠다. 그러다 마침내 내가 쓰고 싶은 책이 아니라 다른 사람들이 읽고 싶어하는 책을 쓰고 있다는 사실을 깨달았다. 그때 『빅 피쉬』가 터졌고, 그게 나에게 돌파구가 되었다."

그의 가장 유명한 소설이자 데뷔작인 『빅 피쉬』가 출간되면서 그는 공식적으로 작가라는 직함을 갖게 되었다. 『빅 피쉬』 이후 『거꾸로 사는 레이』(2000), 『수박왕』(2003), 그리고 이 책 『미스터 세바스찬과 검둥이 마술사』를 펴냈다. 현재 그는 노스캐롤라이나 대학 영문과에서 문예창작을 가르치고 있다.

2011년 2월
엄일녀

옮긴이 **엄일녀**
1975년 서울에서 태어났다. 서울대 언론정보학과를 졸업하고 출판기획과 잡지 편집을 했으며, 현재 전문번역가로 활동하고 있다. 옮긴 책으로 『함정』 『사라진 수녀』 등이 있다.

문학동네 세계문학
미스터 세바스찬과 검둥이 마술사

초판인쇄 2011년 2월 25일 | 초판발행 2011년 3월 10일

지은이 대니얼 월리스 | 옮긴이 엄일녀 | 펴낸이 강병선
책임편집 류현영 | 편집 오영나 | 독자 모니터 행운바다
디자인 이경란 이원경 | 저작권 김미정 한문숙 임현경
마케팅 정민호 김도윤 박보람 장선아 | 온라인 마케팅 이상혁 한민아 정진아
제작 안정숙 서동관 김애진 | 제작처 한일프린테크(인쇄) 시아북바인딩(제본)

펴낸곳 (주)문학동네
출판등록 1993년 10월 22일 제406-2003-000045호
주소 413-756 경기도 파주시 교하읍 문발리 파주출판도시 513-8
전자우편 editor@munhak.com | 대표전화 031) 955-8888 | 팩스 031) 955-8855
문의전화 031) 955-3576(마케팅) 031) 955-8858(편집)
문학동네카페 http://cafe.naver.com/mhdn

ISBN 978-89-546-1427-6 03840

www.munhak.com